武田泰淳と竹内好

近代日本にとっての中国

渡邊一民

みすず書房

武田泰淳と竹内好　目次

武田泰淳と竹内好

近代日本にとっての中国

［凡例］

武田泰淳と竹内好のテクストは、敗戦前のものはすべて雑誌・単行本の初出にしたがい、戦後のものは原則として『武田泰淳全集』（筑摩書房、一九七八―八〇年、増補版）と『竹内好全集』（筑摩書房、一九八〇―八二年）によった。また堀田義衞の作品に関しても以上の原則に準拠し、戦後のものは『堀田義衞全集』（筑摩書房、一九七四―七九年）によっている。

I　戦時下の十年

1　中国と日本

清朝滅亡（一九一二年）からほぼ二十年間、日本は軍部はじめ実業界こぞって中国に権益を求めつづけたにもかかわらず、国民は意外と現代中国については無知にひとしかった。むろん、辛亥革命後の中国で群雄割拠して内戦がつづき、政情が定まらなかったこともある。けれども日清戦争（一八九四―九五年）このかた、孫文らの民族独立運動の根拠地は東京であり、おおくの志士が日本につどう一方、宮崎滔天から北一輝まで、中国革命に共鳴し、すすんでそれに参加した日本人もけっしてすくなくはなかった。しかも中国からの留学生は日清戦争後急速に増加し、實藤恵秀の『中国人日本留学史』（くろしお出版、一九六〇年）に出てくる日本の各学校における中国人卒業者の年度別一覧によれば、一九〇一年に四十名、一一年に六百九十一名、二二年に五百五名、二九年には四百十七名を算えている。そして一九二六年に上海を訪れた谷崎潤一郎は、「今の支那人の新知識は、殆ど大部分が日本語の書籍を通して供給される。〔…〕日本語はしゃべるのはむづかしいが、単に読むだけなら、英仏独語に比較して難易は同日の談でない。〔…〕従つて、手ッ取り早く新知識を獲得しようとする支那人は、皆争つて日本語へ趨る」（「上海交遊記」）と書いているのである。しかるに、たとえば総合雑誌ではじめて「現代支那号」を編んだ、一九二六年七月の『改造』の「編輯後記」を見ると、「日華間に政府と政府との儀礼交歓はある。実業家と実業家との交歓もある。しかし文壇、論壇の交歓は今回の本誌の計画がはじめてである」と記されているように、現代中国は日本の知の埒外におかれつづけていたのだった。

その「現代支那号」は、胡適、梁啓超、郭沫若、田漢ら二十八名の中国知識人と木下杢太郎、幸田露伴、長與善郎、佐藤春夫らに寄稿をもとめ、中国の政治から文学、絵画から自然科学、寄席から歌謡まで紹介しているのだが、巻頭におかれた胡適の「近代西洋文明に対する吾人の態度」が、「現代に於て最も根拠のない且つ最も有害な妄言は実に西洋文明を貶識し唯物的となし、東方文明を尊崇して精神的と為すことである」と書きだされるといった、きわめて啓蒙的なもので、ここに収められる中国側のほとんどの論攷は同種のものと見てさしつかえない。唯一例外をなすのが、林騤の「新支那の青年運動と日本の立場」であって、そこでは中国人青年が日本にひじょうな関心をもっているのに、「何故日支間の関係がこんなに円満に行かないのだらう?」と自問し、「予の考へではこれは㈠に日本政府の誤つた方針の為㈡に日本人の支那を了解しない為だと思ふ」とこたえたうえで、「日本人は年寄りの支那通に誤まられて現支那の青年心理乃至は現支那の青年運動がどう云ふものであるか知らなかつた事である。かれ等年寄りの支那通は、支那の年寄ばかりを知つて又支那の昔の事ばかりを知つてそれでもて支那対策を研究するからいかぬのだ」と、きびしく日本を批判している。

もうひとつ例を挙げれば、「現代支那号」の三年後、「『思想』が支那号を出す！　或人達はそれを何か非常にそぐはない、ふさはしくないと思ふかも知れない。現に編輯者の知合にも、〔…〕怪訝な顔付をした人があつた」という「編輯後記」をのせて刊行された、一九二九年七月の『思想』の「特輯支那号」巻頭を飾る和辻哲郎の「支那人の特性」は、上海、香港、シンガポールなどの「「支那固有でない」町に於てちやうど「支那固有なもの」が最もあらはに現はれてゐる」ところに、政治的権力や武力がどうあっても外国人の町を中国人のものにしてしまう、「支那人の底の知れぬ強さ」を見、それを歴史的に解明するものであって、殷鑑遠からずの思いは禁じえない。

竹内好は一九四三年に書いた「支那研究者の道」（『揚子江』七月号）のなかで、日本の代表的支那学者内藤湖南の『支那論』最初の部分を引用しているが、それをそのまま写させてもらおう。

支那の時局は走馬燈の如く急転変化して居る。之に対して意見を立てる人々は、動もすれば其の推断の外れ勝なるが為に、いかに支那事情に通達した者でも、他の信用をも落し、自らも茫然たる事が多い有様である。是は支那の歴史が、従来其の変化のいつも遅緩する例を示して居たのに、近頃の文明の利器の利用は、全く反対の結果を齎らした上に、本来支那人が無節操で日和見で、勢力に附和して、一定の主張に乏しい処からして、始終ぐらぐらして、傍観者から全く見当が付かない為である。

竹内は、「その書物は大正三年に書かれてゐるが、今日でも権威の如く一般には信じられてゐる」と解説しているが、この『支那論』が一九一四年の初版以後、二四年、三八年と増補再版され読みつがれてきたことからも、一九三〇年代まで、現代支那が日本では一般の知の対象となりえなかった所以はあきらかであろう。

西原大輔は、この時期中国大陸で鉄道網が整備されたことと、いわゆるエクゾティシズムとしての「支那趣味」とを結びつけて考えているが（『谷崎潤一郎とオリエンタリズム』中央公論新社、二〇〇三年）、佐藤春夫や谷崎潤一郎や芥川龍之介があいついで中国を訪れたのは、一九二〇年前後であった。彼らは「支那趣味」の作品をすくなからず残しているとはいえ、現代支那について触れたものはじつにすくない。さしあたって挙げられるのは、芥川の「上海游記」（一九二一年）の、「誰でも支那へ行つて見るが好い。必一月とゐる内には、妙に政治を論じたい気がして来る。あれは現代の支那の空気が、三十年来の政治問題を孕んでゐるからに相違ない」という一節と、すこし時代がくだって二六年の谷崎の「上海交遊記」のなかで、谷崎の上海のホテルの一室にきた郭沫若と田漢が、西洋に蹂躙されている「此のわれ〳〵の絶望的な、自滅するのをじーいッと待つてゐるやうな心持」、そして「国民全体が、今度は今迄の野蛮人を相手にするやうな訳には行かない、真剣になつて対抗しなければならないと云ふ自覚を持つやうになつたんです」という決意をこもごも訴える条りくらいだろうか。ところが文学の世界では、一九二〇年代のおわりころから事態が一変する。それを象徴するのが横光利一の『上海』なのだ。

横光利一が上海へ赴いたのは一九二八年四月、わずか一月の滞在で帰国したが、翌年三月から三二年六月にかけて『改造』に断続的に分載され、三二年七月に刊行されたのが『上海』である。単行本の「序」で横光は、この長篇の執筆動機をめぐって、「むしろ自分の住む惨めな東洋を一度知つてみたいと思ふ子供つぽい気持から筆をとつた。しかし、知識ある人々の中で、この五三十事件といふ重大な事件に興味を持つてゐる人々が少いばかりか、知つてゐる人々も殆どないのを知ると、一度この事件の性質だけは知つておいて貰はねばならぬ」と説明している。まさに『上海』は横光のいう「五三十事件」そのものを描いた作品にほかならぬ。その「五三十事件」は、一九二五年二月、上海最大の綿紡績会社、日本人経営の内外綿の中国人工人虐待と不当馘首に端を発したストライキが、日系企業の苛酷な収奪にたいする反発とあいまって瞬時に他の企業にも波及し、五月内外綿が警官隊の支援をうけてロック・アウトに踏みきった結果、中国人工人一名が死亡、かくて排日をスローガンとする学生、労働者がいっせいに抗議運動に立ちあがったところからはじまる。五月三十日、上海の目抜き通り南京路を埋めつくした二千の学生、労働者のデモにむかって、イギリス人警部の命令一下警官隊が一斉射撃をおこない、多数の死傷者を出したのだった。ただちに上海総工会は抗議のゼネストを指令し、ほぼ三ヵ月間、上海全市は完全な麻痺状態に陥ったのである。それればかりではない。事件は中国全土に大きな反響をよび、六月には香港で排日排英を掲げる〈省港大ストライキ〉が開始され、いわばこれを契機として中国の〈大革命時代〉の幕が開くこととなる。それが五・三〇事件なのだ。

横光利一の『上海』はこの事件を描くのに、舞台を四月下旬から六月下旬までの二ヵ月の上海にしぼり、作中では内外綿が東洋綿とかわり、そこでの排日運動の指導者で女工の闘士芳秋蘭にたいして、おなじ東洋綿に就職したばかりの参木を配し、参木は暴徒による工場の機械破壊の騒ぎから怪我をした芳秋蘭を救いだし、城内の自宅まで送りとどけ一泊したことから、彼女への愛に目覚め、動乱の日々もう一度会いたいと秋蘭を追う参木をとおして、事件そのものが作品に定着されていく。しかもキャバレーやトルコ風呂をめぐって繰りひろげられる享楽的な植民地生活のなかに、芳秋蘭との恋が突如割りこんできて、短時日のうちに参木の生活を根底からくつがえし、それが過ぎさったあとひとり残された参木には、ふたたび現代中国の問題を知らなかった以前の日本人だけの閉ざされた世界にもどろうとしてもかなわない、そうした参木の内面の苦悩のうちに小説の幕がおろされる。まさしく『上海』はおおくの問題を秘めた、みごとな革命小説となっているのである。

この『上海』が上梓された半年後の一九三三年一月、茅盾が三〇年の上海を舞台とした『子夜』を、その四ヵ月のちの三三年五月、アンドレ・マルローが〈大革命時代〉の終焉を告げる二七年四月の上海における蔣介石のクーデターを描く『人間の条件』を、それぞれ刊行している。しかも横光と茅盾は一八九八年生まれのおない年、マルローがそれより三歳下の一九〇一年生まれなのだ。このように、ほぼ同年齢の国籍を異にする三人の作家が、ほぼ同時期に、一九二〇年代の上海を小説として造型したという事実に、わたしは注意を喚起したい。一九二〇年代の上海は、ヨーロッパから革命の大きなうねりが引いたあと、あらたな世界革命の夢の舞台として全世界の注目を集めていたのだった。

2　『中国文学月報』

わたしはかねてから一九三五年前後を、近代日本の精神史上の一大転換点、あえていえば知の地殻変動がおこった時期と見なしている。

一九三五年は、まず何よりも、明治以来天皇を国家の統治機関としてきた美濃部達吉博士の天皇機関説を、「崇高無比ナル国体ト相容レサル言説」として弾劾する決議案が、三月帝国議会で可決され、七月政府が日本は神国であるという「国体明徴」声明を発し、中島健蔵の言葉を借りれば、「局面はまったく一変した」、「天皇制下の全組織が、公然と、組織的に、当然の職務として「異分子」排除の実行にかかった」（『昭和時代』岩波新書、一九五七年）年だったのである。文学の領域にかぎっていえば、すでにその二年まえの三三年、治安維持法によって検挙された小林多喜二が警察で拷問死させられ、獄中の共産党首脳の転向声明とあいまって、いわゆる転向の雪崩現象が生じ、翌年にはプロレタリア文学をささえてきた組織ナルプ（日本プロレタリア作家同盟）が解散する一方、『文学界』はじめ『行動』『文芸』があいついで創刊され、〈文芸復興〉が語られるとともにシェストフの『悲劇の哲学』がこぞって読まれるといった、混沌たる状況のうちにあった。しかしながら、そうした現場から数歩さがり長い射程をとって一望してみると、そこにはまたべつの俯瞰図があらわれてくることは否定できない。一九三五年に完成された三つの記念碑的作品の立ちならぶ偉容である。三つの作品とは、島崎藤村の『夜明け前』と和辻哲郎の『風土』と西田幾多郎の『哲学論文集 第一』のことだ。この一九三五年前後のもうひとつの遠景については、すでにべつのところで論じているので、いまはその意味について簡単に触れるにとどめる。(1)

これら三つの作品ないし仕事は、それぞれ異なった時期の異なった問題意識から出発しながら、いずれも激動する時代から離れたところで雑音に惑わされることなく、五年、十年、二十年といった時間をかけ刻苦精励をかさねて完成されたものであった。しかもその全体を大きくとらえるならば、いずれも明治以来の日本と西洋という根源的な問題に取り組んだものであって、それぞれ異質な領域においてであったにせよ、そうした取り組みをつうじてはじめて、西欧の文化を学びながら西欧とは異なった日本独自のものを生みだしたところに、その大きな特色がある。藤村と和辻の場合、そのような作業を可能にしたものとしてヨーロッパ滞在が原点にあり、ヨーロッパで生活することで日本を相対化し、また西欧を肌で知ることにより西欧をも相対化しえたといった、その間の事情を見逃してはなるまい。それにたいして西田にはついに西欧体験がなかったとはいえ、おなじ相対化する眼が、生涯西欧の新しい思想に驚くほど敏感であった彼の思索をとおして、徐々にではあるがやはり獲得されていったことは、西田哲学の展開を考えれば、さして理解するのに困難ではなかろう。明治以来ながいこと欠けていた日本と西洋をともに相対化する眼を身につけることによって、一九三五年のみのりははじめてもたらされたのにほかならない。このように見てくるとき、一九三五年という年は、二十世紀のはじめの三十年間、西洋と日本をめぐって繰りかえし提起されたさまざまな問題に、いちおうの結着をつけた年ともいえるわけで、そこに近代日本のひとつの到達点を見ることができるにちがいない。

わたしが一九三五年前後を、あえてこうした遠望まで加えて考えたいというのも、そのような時代全体の動きまで視野にいれることなくしては、この時期に淵源をもつ多様な流れを正確にとらえることが困難だと思うからだ。ここで一九三五年一月の『コギト』に載った保田與重郎の一文を引くのも、それが三五年の青年たちのおかれている精神状況を、遺漏なく描きだしているためである。

世代的に云つても僕らの青年の経歴の主たる時期は、一九二〇年代末から三〇年代の始めにまたがる。かつて僕らの日本の過去に於て、かやうなはげしい時代の青春を経験した青年の時代はないのだ。この時代に於けるより、人類的良心をさまざまに刺戟された世代はかつてない。この狂瀾の時代を、一番傷つきやすい年齢に於て感じ、一番痛みやすい時代の心情を以て生きてきた人間の文学を、僕らは今後始めねばならぬ。〔…〕この時代にもまれてきた青春の文学は、日本に始めての青年の文学を生きねばならぬ。この豊富な時代、左翼に制せられ、右翼に抑へられ、家庭に、環境に、情緒に、恋愛に、右往左往し、前後の極微のものにさへはげしい全身的関心をひかれた心情だけが、次代の文学のために準備せられる。追ひつめられたものである。（「後退する意識過剰――「日本浪曼派」について」）

むろんこれは日本浪曼派という一流派をこえて、この時代の青年たちに共有された問題意識を披瀝している。そしてこのような問題意識を念頭におけば、たとえば、それまで学問と見なされなかった明治以後の近代文学の本格的研究をおこなおうと、三三年十月に『季刊明治文学』を、それとはべつに三四年一月に『明治文学研究』を、それぞれ創刊した青年たちの動向も、じゅうぶん納得のいくものとなるだろう。それは戦後に確立する近代文学研究の嚆矢をなすものであった。

とはいえここでは当然のことながら、おなじ問題意識から出発して、中国人の嫌う「支那」のかわりに「中国」という名称を使うことでみずからの旗幟を鮮明にした、三五年三月から『中国文学月報』を刊行することとなる中国文学研究会に焦点を絞っていかなければならない。

保田與重郎と大阪高校で同級だった竹内好は、一九六〇年七月から八月にかけて『近代文学』に連載された座談会「武田泰淳――その仕事と人間」のなかで、自分は「プロレタリア文学のなかでも景気のいいものでないものに、そっちのほうに引かれて、まあ支那文学ならやっても悪くないのではないかというくらいの気持」で東大の支那文学科にはいったが、大学時代中国へいって「向うを見てから本気になったわけですよ」と語っている。帰国後学科の仲間と研究会をつくったが、それは、「官学的な伝統的な学問が露骨に目に」つく「権力迎合的な」「東大アカデミズムに対する反抗心」と、「在野史学と言うか、日本のマルクス主義からする中国研究もあきたらないという」不満にもとづくものだったという。このとき集まったのが岡崎俊夫、武田泰淳、増田渉、松枝茂夫、松井武男、一戸務に竹内の七人である。もっとも増田と松枝はすでに翻訳もある先輩である一方、竹内と同級の武田は、三一年大学入学直後に得度式をあげ仏門に入っていたうえ、おなじ年の五月には中央郵便局で反帝グループのビラまきのため検挙、一ヵ月拘留され、その後大学には出席せず三二年三月に東大を退学していた。会が「中国文学研究会」と公式に名乗ったのは、来日した周作人と徐祖正の歓迎会を、与謝野寛、佐藤春夫、有島生馬らを発起人に依頼して組織した三四年八月である。彼らは満州事変後ふたたび増加した中国人留学生とさまざまな交流があり、なかでも武田は、来日中の女流作家謝冰瑩《しゃひょうえい》と語学交換教授をおこなっていたため、三五年四月満州国皇帝の訪日で警察がいっせいに予備拘束をはじめたとき、謝冰瑩とともに一ヵ月半拘留された。この事件で経歴に傷がつくのをおそれて脱会するものもあり、研究会は一時存続の危機に立たされたと伝えられる。

『中国文学月報』第一号は一九三五年三月五日に刊行された。菊版で表紙はなく全体で一二ページ立て、各ページは九ポ四段組で、第一ページの右肩には三段ヌキで、武田が当時市川で亡命生活を送っていた郭沫若にたのんで書いてもらった、「中国文学」という瀟洒な題字の四文字がたてに奔放に踊っていた。雑誌というよりまさにその名のとおり「月報」としか呼びようのない『中国文学月報』創刊号は、一ページから五ページまで、革命文学凋落後の中国文学の現状が「時報　今日の中国文学の問題」と題して竹内好によって書かれ、そのあと二ページを使って岡崎俊夫の「時報　袁中郎研究の流行」、増田渉による一ページの「雑言」、日本語に訳されていない漢字のままの杜宣「対研究中国文学者的一点貢献」、一戸務による二ページの「作家と作品」とつづき、その間各ページ四段組の最後の一段を横につかう「『中国文学月報』への感想と希望」欄に、鹽谷《しおのや》溫、新居格はじめ六人の短文がならぶ。研究会の案内、会史などにあてられた最後のページの「後記」には、わざわざ、「会名の「中国文学」は「支那文学」と同義である。個有名詞が同文の二国間で翻訳なしに通用しない不便は避けたいと思ふ以外に他意はない」と記されてある。後年竹内好は「中国」の語を使ったため、「僕らの雑誌が日本の雑誌目録にさえ載せられぬ中に支那で翻訳され紹介された」（「支那と中国」、『中国文学』第六十四号、四〇年八月）と、誇らしげに語っている。『中国文学月報』は、『中国文学』と改称し本格的雑誌として再出発する一九四〇年四月まで、この体裁を踏襲し、年十一回刊行、全五十九冊をかぞえた。しかしさしあたって、日中戦争が開始されたばかりか、竹内が中国に留学し武田が召集されるといった、会にとって大きな変動のあった三七年おわりあたりまでをいちおうの目安として、『中国文学月報』を見ていきたい。

このほぼ三年のあいだ『月報』は、「現代小品文特輯」「魯迅特輯」「中国文学研究の方法と問題特輯」「言語問題特輯」など、特集号を十ちかく編んではいるが、何といっても三年間の誌面を賑わせたのは、いわゆる「漢学論争」であった。

発端は一九三五年七月の第五号に発表された竹内照夫の「所謂漢学に就て」である。ここで竹内照夫は、漢学の今日における学問としての存在理由を問い、漢学は「徳川時代に於てその完成を見た一箇の思想的体系」であり、「あらゆる科学的性分を包含し之を衣被するに堅固な道徳的観念を以てしたエンチクロペヂズムスであつた」として、その啓蒙的側面を重視してから、「漢学は聖学である。漢学の実践性は、通俗的道徳のみを包含しない。その百科全書性が探究し得た真善美は、その統合に於て聖なるものを把握し、その演繹に由つて人性の凡ての部面は高揚される」と述べる。あるいはこれは、東大の支那文学科の基盤たる漢学を批判することで出発した会のなかにあって、疑われることのなかった考え方にあえて一石を投ずるため書かれたものだったかもしれない。それが研究会内部に一種の緊張感を走らせたことは、反論が次号にひとつも出なかったことからも逆に推測できるだろう。

「所謂漢学に就て」への攻撃は、一号おいた第八号に掲載された竹内好の「漢学の危機」によって火蓋が切られる。竹内好は言う。現在問題とすべきは漢学が聖学であるか否かではない。「むしろ「聖学」である漢学が何故今日の堕落〔…〕を来したかについて妥当な自覚と、打開策の講究こそ希ましいのである。」そして「今日の事態は、むしろイデオロギイとして不用化され、脱棄てられた漢学が、余りにも多くの封建的拮据を一身に背負はされて、社会の進化の外に身動きもならず形骸化されたことに諸悪の根源は発足するものの如く思はれる」と、竹内はみずからの判断をあきらかにする。そして「すべての学問がアカデミイとの宿縁を断切れぬものであるにしても、潑剌たる外気の流入が自由ならば一応の硬化は防げる筈であらう」と、漢学の閉鎖性を指摘し、「今日の漢学に最も必要なものは爽涼なディレッタントの精神である。或はディレッタント精神を許容すべき雅量であるといふことも出来よう」と結ぶ。

つぎの第九号は「漢学を続る諸問題」という小特集をおこない、竹内照夫の反論のほか三篇を掲載している。竹内照夫の「非道弘人」は、中国文学研究会に自分としては多大な同情と関心を持っているつもりだが、「国民生活のあらゆる面に影響力を持続する「漢学的イデオロギーは、何故に実践的だと言ひ得ないか」理解に苦しむ」として、「「歴史」とは必ずしも「変遷」を意味せず、真理は必ずしも「新奇」でない」と慨歎する。吉村永吉の「象の鎖」は、「「漢学」なる悪影響」を「支那文芸評価上に於ける癌種」として、「今吾々に必要なことは、木像の孔子様を礼拝することではなくて、仲尼を含む生きた支那人全体を理解することである」と反論する。そして丸山正三郎の「漢学者とヂャーナリズム」は、「漢学は決して実学とは成り得ぬ」所以を説く。しかしこの号の議論のなかでひときわユニークできわ立つのが、武田泰淳の「新漢学論」である。

それは、「同人・竹内氏の「漢学の反省」にのべた意見とは少し異つた考へもあるので一言する」とはじまり、そのあと武田の漢学にかかわる意見が、番号をつけた箇条書きにされて十項目ばかりならぶ。それだけに要約のしようもないのだが、とくに重要と思われる部分のみを抽出して以下に転記する。「⑴漢学はむやみに打倒さるべきものではない。その中には優秀な東洋学の芽生えも見出される。〔…〕／〔…〕／⑶しかし大体において漢学はやや進歩性を失つた、方法の下手な、またきはめて統一されないテンデンバラバラな学問である。／⑷そして従来の漢学の中にふくまれる「支那哲学」「支那文学」はどうやら哲学でも文学でもなくて、要するにいはゆる「支那文学」「支那哲学」であつたうらみがある。〔…〕／⑸しかしそれだからといって漢学は見棄てらるべきではあるまい。むしろ衰弱した巨軀を横たへた漢学に油をそそいで、出来るなら動かすように努力すべきである。〔…〕／〔…〕／⑻また「己は己だ、他人の研究なんか知らぬ。己の研究のわからぬ奴は駄目」などといふ個人主義、孤立主義はどうかと思ふ。〔…〕／〔…〕／⑽個人的感情のためとか、情実関係のためとか言はないで、きはめてあたりまへなこの新漢学を指導して下さる先生があらはれることはもつとも渇望するところではあるまいか。導いてくれるもののないことは何と淋しい事であらう。〔…〕」この全文を躍動させているアイロニーは、武田の意見の妥当性とともにさまざまなことを考えさせずにはおかない。

武田泰淳の漢学にたいする折衷的ともいえるこうした姿勢は、この時期の『月報』の誌面を見るかぎり一貫している。たとえば一九三六年七月の第十六号に載った「「漢学雑誌」の二論文について」という副題のついた「猺人と釁《キン》型儀礼」では、山田統の「釁型儀礼」をとりあげ、「山田氏の論は従来の漢学にあまり見られなかつた新しい方法・宗教学的方法によつて中国古代文化を研究せんとする意気を示してゐる」として、加藤常賢の古代文化研究とならべ、「いずれにせよ両氏の論文はすでに漢学会の分解を物語るものではあるまいか。〔…〕漢学会の分解の過程に於てこそ新しき支那学者が輩出することを切望する」と書き、同年十月の第十九号に掲載された「擬古派か社会学派か？」では、中国における「旧国学の打倒のために共同戦線」を張っている「顧頡剛《こきつごう》に率ゐられる擬古派と郭沫若の研究に端を発した社会史派」の論争に注目し、さらに同年十二月の第二十一号の「よろめく「学報」の群」では、「中国の学報はよろめいてゐる」と見たうえで、「日本の漢学の雑誌のやうに坐りこんで平然たるとは異り少くとも歩かんとする努力あればこそ苦悩してよろめく。坐り込んだ奴は問題にするに足らんが中国の学報の苦悩は注目すべきである」と共感する。竹内好のように短兵急に断定することなく、事態をあくまでもさまざまな角度から検討しようとする武田の複眼的視座が、『月報』の誌面に波紋をよび活気をあたえていることは認めなければなるまい。

このような漢学をめぐる論戦は、一九三七年二月の第二十三号に掲載される竹内好の「私の周囲と中国文学」によって、いちおう終止符を打たれたと見るべきだろう。そこで竹内は、今日の漢学の問題は、

「漢学（或は支那学）の根柢に横はる文献考証学的な態度に由来する」として、そこには「清朝の考証学」に見られた「烈しい批判精神」、「灼くやうな否定精神」が見失われていると指摘してから、こう述べる――「漢学を昔の姿に回さうとする努力は、意図とは別に、私は無駄だと思ひます。失つたイデオロギイは元の形では戻らないし、強ひて戻さうとする附会が漢学者を支那浪人に仕立て直すに過ぎないことは、私共の周囲に余りにも多くの見本がころがつてゐる。〔…〕考証が文学の原理を誇称するのは、考証学者の罪ではなく、考証に限界を与へ得ない文学研究者の怠慢であらうと思ひます。」そして竹内はこの論を、「私は改めて、私の眇小を観じ去るために、中国文学の全眺望を見下す峰に立たねばならぬのかもしれません」と一歩身を引いたうえで、いささか唐突な、「中国文学いかに広大なりとも、それが私の血の中になければ、私にとつて何であらう」という言葉で擱筆する。そしてこの結語は、武田の、「そして従来の漢学の中にふくまれる「支那哲学」「支那文学」はどうやら哲学でも文学でもなくて、要するにいはゆる「支那文学」「支那哲学」であつたうらみがある」という言葉と共鳴しあい、漢学に苛立っているふたりの根底にあるものが、そこには文学がないという一事に尽きることを、わたしたちに了解させるのだ。

漢学論争に窺われる、仲間にも手加減しない竹内好のきびしさは、同年六月の第二十七号の「王国維特輯号を読む」にもあらわれている。「謬れる傾向について、とくに同人に」と副題されたこの文は、前号の「王国維記念特輯」号に載った同人の論文、とりわけ岡崎俊夫のそれを、「一言以て評するならば、センティメンタルといふほかない」と一刀両断するのだが、「君は白き手もて古典を摑まんとするが、自ら傷つかず古典もまた甦らぬであらう」という一節が象徴しているように、その裏にあるのは漢学批判に見られたのとおなじ、文学にたいする安易な接し方にたいする怒りにほかなるまい。そこに竹内好の不動の立場がある。ただし竹内照夫が、その後も『中国文学月報』、さらに『中国文学』にも寄稿している事実は、中国文学研究会の厳格さと表裏一体の寛容さを示すものとして記憶しておかなければなるまい。

『中国文学月報』の最初の一年をしめくくって、竹内好は一九三六年一月の第十一号に「一年あれこれ」を載せ、そこで「翻訳を基礎に有たぬ外国文学の研究は所詮浮き草の根がない」と書いている。それだけに、わずか一二ページの誌面にもかかわらず、これまでほとんど邦訳のなかった現代中国文学の作品が数おおく訳出紹介されているのは、『中国文学月報』の大きな特徴と言えるだろう。一年目に訳出された作品の作家名を列挙すれば、魯迅、林語堂、周作人、老舎、郁達夫など十一名にのぼる。こうした誌面を統轄しているのが竹内好であるのは、中国へ出発する直前の三七年七月の第二十八号まで、「編輯後記」が竹内ひとりによって書かれていることからも推察されるだろう。竹内自身、すでに見た論争文のほか「茅盾論」「魯迅論」「郁達夫覚書」など、もっぱら現代文学について執筆しているが、それと対照的なのが、竹内好とおなじく頻繁に登場する武田泰淳で、彼は「中国民間文学研究の現状」「唐代仏教文学の民衆化について」「袁中郎論」というように、中国古代から明代までの文学や民俗、さらに文化一般についてのエッセーを発表しているのだ。

その武田泰淳が一九四一年八月の第八十五号に載せた「会へ行く路」は、中国文学研究会をとりあげた創作として知られている。そのなかで、最初のころ白金今里町の竹内好の自宅にあった研究会へ急勾配の坂道をあがっていく自分の姿を、彼はこう描きだしている。「砂利をザクザクと踏んで行く抵抗感と共に、自分に対する不満や不安、会に対する不満や不安が、指の爪から頭髪へ、腹の底から背すじへと吹きぬけて行ったのだけが、たしかである。」そして「大きな頭の男で、まるで会の「主《ぬし》」であり、霊であるやうに、その二階にひかへてゐた」と竹内が素描され、「私が部屋へ入つて行くと、もう何もかも考へをめぐらしてゐて、私の申し分に対し、襲ひかからうとしてゐるかの如くだつた。会へ行くといふのは、結局、そのしかめ面した男に会ひに行くことだつたのだが、私はつひ最近まで気がつかずにゐた。〔…〕面白いかはりに辛いことも多かつた」とつづいていく。こうした竹内好と武田泰淳の関係は今日では伝説化されたきらいがあるが、武田はけっして竹内の言いなりになっていたわけではない。たぶんおもてむきは「会へ行く路」に語られているようなふたりであったろうが、武田は竹内の意見に耳を傾けながらもつねに一歩退いて受けとめ、そこから竹内には見えなかった問題点を指摘する――そのような関係にあったことは、すでに『中国文学月報』の誌面をつうじてわたしたちの理解したところであった。ある意味では対蹠的なふたりであったればこそ、ふたりにささえられた『中国文学月報』、そして『中国文学』は、偏狭でない広い視野をもった独自な誌面をつくりだしていくことができたのである。

3　日中戦争

一九三七年七月七日の日中戦争開始によって国内情勢が一変したことはあらためて言うまでもあるまい。国民精神総動員が叫ばれ、言論統制は日々想像を絶したきびしさを加え、新聞雑誌もいまは戦争に関する報道や解説で埋めつくされ、巷には軍歌が氾濫する。「挙国一致」のスローガンのもと労働団体も農民団体も戦争協力を謳い、戦争に批判的だった政党、労働組合幹部、そして学者たちは治安維持法違反で逮捕される。中野重治や宮本百合子らも一時執筆禁止の状態に追いやられた。そして小林秀雄が三七年十一月の『改造』に発表したエッセーのなかで、「僕には戦争に対する文学者の覚悟といふ様な特別な覚悟を考へる事が出来ない。銃をとらねばならぬ時が来たら、喜んで国の為に死ぬであらう。僕にはこれ以上の覚悟が考へられないし、又必要だとも思はない」(「戦争について」)と書いたことも、つけ加えておこう。

こうした状況下、安藤彦太郎によれば「中国語ブームがおこり、入門書、会話書の類が巷にあふれ出てきた」(『中国語と近代日本』岩波新書、一九八八年)。それはさらに中国ブームを呼び、前年十二月深澤正策訳で全三巻の完結したパール・バックの『大地』は、戦争開始とともに「暴風的売行という異常現象」(長谷川郁夫『美酒と革嚢』河出書房新社、二〇〇六年)を捲きおこし、三七年秋にはアメリカ映画『大地』が公開されたこともあって、出版元の第三書房に創立以来の借金すべてを帳消しにするほどの利益をもたらしたのである。

そのような中国ブームの一環として一九三七年から三九年にかけて、いわゆる戦争文学が隆盛をきわめる。いま記憶に浮かぶまま列挙しても、三七年十月には林房雄の「上海戦線」(『中央公論』)、三八年三月には、そのため掲載誌の『中央公論』が発禁処分に付せられた石川達三の「生きてゐる兵隊」、八月には火野葦平の「麦と兵隊」(『改造』)、十月には上田廣の「黄塵」(『文芸春秋』)、三九年一月には石川の「武漢作戦」、丹羽文雄の「還へらぬ中隊」(ともに『中央公論』)、二月には日比野士郎の「呉淞クリーク」(『中央公論』)というふうに、まさに枚挙に暇がない。しかも火野の「麦と兵隊」にいたっては、単行本となってじつに百二十万部を売りつくしたのであった。

こうした戦争文学人気の背景には、戦地の現況を知らせるため新聞社や雑誌社ばかりでなく、内閣情報局と陸海軍も作家を動員して〈ペン部隊〉と称し前線に派遣したといった事情も介在していた。この時期の戦争文学を論じた安田武は、おなじ戦争小説であっても、火野や上田や棟田博のように「あの戦争を一兵士として身をもって戦った作家たち」と、そうでない石川達三のような作家の作品とをはっきり区別して、前者の「戦場での体験をとおして、息づまるような感動とともに知った兵士たちの実直な、誠実な善意、これを疑うことはできない」と述べたうえで、後者を「生死を賭して戦っていた兵士にたいする、実に傲岸な侮辱である」（『戦争文学論』勁草書房、一九六四年）と糾弾している。けれども率直にいって、これらの作品を今日読みかえしてみると、そこには共通してほぼふたつの特質が見られるように思う。ひとつは、そこでは兵士の使命遂行の妨げとなるものいっさいにたいして思考が停止され、思考停止の領域に接近すると作者は本能的に感性的な言葉をつらね、感傷にひたって身の危険をかわすこと。もうひとつは、描かれるのは日本人兵士のあいだだけの閉ざされた世界であって、そこに中国人が〈他者〉として割りこむ余地のまったくないこと、である。たぶんその唯一の例外となるのが上田廣の「黄塵」であって、そこには部隊を追って娘子関から太原にむかう糧秣係の「私」と、苦力《クーリー》として「私」にしたがうふたりの中国人青年――生きるためやとわれたが夜襲のあと姿を消し、数日後敗残兵とともにつかまり戻ってきた二十一歳の柳子趙と、中国兵の屍体に目礼したといって日本兵になじられる大人しい、十六、七の陳子文との交渉が、「私」のあたたかいまなざしをとおして描きだされているのだ。

　とはいえ日中開戦後二、三年のあいだ、現地に生活している中国人を描いた文学作品というと、わたしは、一九三七年七月に「燕京」と題して雑誌に発表されたのち、全面的に書きなおされ三八年四月に上梓された、阿部知二の『北京』を挙げたい。

『北京』は、北京滞在中の若い学者大門勇が体をこわして急に帰国することとなった、その出発までの一九三五年夏のおわりの八日間の出来事を、大門の眼をとおして描いたものである。そこには、大門を万里の長城に案内し八達嶺の頂きに立って、「骨をこのやうな荒れ果てた土の中に埋めてもいいから、何かやりたいのです。東洋のために、祖国のためにです」と訴える、かつて大門の教え子だった風雲児加茂少年はじめ、すくなからぬ日本人が登場する。しかしわたしの興味を唆るのは、大門の下宿先の大邸宅の富豪の息子で、英国帰りの大学講師王子明である。彼はたまたま料理屋で大門を囲んで日本人ジャーナリストや外交官のいる席にきあわせ、むかしから異なった民族でも思想でも中国に足を踏み入れるとたちまち同化されてしまうと論じているのに口をはさみ――「僕たちはもはやそんなものを有難いとは思はないのです。〔…〕いろいろのものを、呑み込むたびに、中から腐つてゆくからです。一度沙漠のやうに、――ちようど魯迅の言葉をここで想ひ出すわけですが――乾いてしまつた方がいいのです。その後に、全く新しい何物かで、生き返りたいのです。それが、いかにして可能か、といふことは、今云へないのですが」と話す。するとジャーナリストの沼がすぐ、「それが、マルキシズム、あるひは人民戦線だ、とあなたの友人たちは考へてゐられるやうですね」と詰問する。それに子明はこたえる。「中国の知識階級、――最初に沼さんが僕にお訊ねになつた、彼等の運動は、決して、そんなあなたのいはれるやうな外来の借り物ばかりぢやありません。僕たちの国の伝統です。」それから子明は大門のほうに向きなおって、日本人は中国人と違う健啖力を持っていると語りだし、「その性格の根底では、これほど、中国とも西洋とも、理解を超えたほど異つたものを持ちつづけてゐる特殊な民族は、どこにもありはしない。個人にしても、相手にすぐに適応するやうな人間に限つて、根本は頑固に自分の性格を持ちつづけるものですね。〔…〕隣り合はせに、こんな極端な二民族、――あなたのいふ消化力無比な僕たちと、僕の見る頑強無比なあなた方とが、並んで住んでゐるといふ宿命には、到底マルキシズム以上の興味があります」と言う。べつの日に邸内で会うと、きょうは大学の同僚がきて「救国論争」をしていたと打ち明けるだけで、それ以上語ろうとはしない王子明だが、大門が船に乗りおくれ滞在をのばした一日、昼から深夜まで大門に親切につきあってくれ、大門は子明と別れたあと考える――「王子明との半年足らずの友情は美しかつた。そのことを、どんなに誇つてもいい。しかし、それは、憎悪の枠、――巨大な、個人個人の善意以上の力あるものの枠にはめこまれたものであり、一日として、その枠の制裁を意識しないで友情を取りかはしたことがあつたらうか。いや、その友情そのものが、憎悪といふものの、もつとも複雑な絶望的な倒錯の表現であつたに過ぎず、憎悪を表現するために、出来るかぎり、殷懃に美しくつきあつたといふことではないか。愛をあらはすために、戦の形式を借りる場合もあるやうに。」そして北京をあとにした大門は、やがて王子明がモスクワ留学を志していた教え子と再婚したことを知るのだ。ここに描かれているのは、あくまでも開戦二年まえの夏のことだが、わたしたちは『北京』をつうじて、それぞれ相手国になみなみならぬ関心を抱いてきた日中の知識人のあいだの、じつに微妙で複雑な関係を読みとることができるにちがいない。このような作品を阿部知二に書かせたものこそ、両国の関係の未来にたいするまぎれもない危機感だったと言うことができるだろう。

そうした危機意識は、おなじころべつのひとりの日本の知識人に、次のような文章を書かせていた。

現在日本が大陸において行ひつつある行動がどのやうな事情から生じたかについては種々の批判があり得るであらう。しかし時間は不可逆的であり、歴史は生じなかつたやうにすることはできぬ。そしてもし出来事が最後まで傍観してゐることのできるやうな程度のものであるならば傍観してゐることも好いであらうが、もしそれがあらゆる傍観者を否応なしに一緒に引摺つてゆくやうな重大な帰結を有すべき性質のものである場合、過去の批判にのみ過すことは我々に許されない。それがどのやうにして起つたにせよ、現に起つてゐる出来事のうちに我々は「歴史の理性」を探ることに努めなければならぬ。

一九三八年六月の『改造』掲載の三木清「現代日本に於ける世界史の意義」冒頭の一節である。このように、既成事実を承認したうえで新しい展望を追究しようとする知識人のとるべき姿勢をあきらかにしてから、三木清は、「支那事変に対して世界史的意味を賦与すること、それが流されつつある血に対する我々の義務であり、またそれが今日我々自身の生きてゆく道である」と、みずからの新しい使命を開陳するのだ。

以後一年余にわたって三木清が精力的につぎつぎと発表していく、「新しい世界秩序に対する普遍的原理を内在し」「世界の新秩序の形成にとつて動力となる」（「東亜思想の根拠」、『改造』一九三八年十二月号）「東亜協同体」の理論こそ、「個性はどこまでも全体のうちに包まれつつしかもどこまでも独立であるといふ新しい倫理」にささえられて各民族の独自性から各個人の独自性と自立性まであくまでも尊重し（同上）、「東亜協同体の建設とは不可分の関係にある」「資本主義の問題解決」という「国内における革新」を主張し（「現代日本に於ける世界史の意義」）、その実践を裏づけるものとして「今日においては単に非合理的な感情に止まることができ」ず「合理的なものにならなければならない」「愛国心」、さらに「協同主義の原理に立つ社会革新の意欲となつて現はれなければならない」「民族の使命の自覚」の必要を訴える（「青年知識層に与ふ」、『中央公論』一九三九年五月号）ものにほかならぬ。当時のきびしい検閲のもと〈奴隷の言葉〉でつづられた「東亜協同体」理論構築のための一連のエッセーを今日読みかえすとき、そこに窺われる、奔流のような歴史の流れを正面から食いとめるのではなく、その流れにいちおうしたがうかに装いながらその方向転換をはかろうとする、まさに力技としか言いようのない張りつめた精神のありように、わたしたちは圧倒されぬわけにはいかない。

この三木理論はたちまち大きな反響を呼び、蠟山政道は「東亜協同体の理論」（『改造』一九三八年十一月号）のなかで、「今次の事変は東洋の日本が始めて西欧諸国の指導と干渉から離れて、独自の立場から大同世界への使命を自覚したことを示してゐる」と解明し、尾崎秀實は「「東亜協同体」の理論とその成立の客観的基礎」（『中央公論』一九三九年一月号）で、「支那におけるこの「東亜協同体」理論を真に自己のものとして協力せんとしつつある人々は、日本の所謂「国民再編成」問題の成行に特に注意を払つてゐるのである」と書き加える。その三木清は三八年はじめ昭和研究会に迎えられ、三木理論が昭和研究会そのものを先導し、日中戦争の早期妥結をのぞむ第一次近衛内閣の政策にさまざまなかたちで反映していくことも、ここで言い添えておこう。

阿部知二の『北京』から三木清の「東亜協同体」の理論まで見てきた以上、最後にほぼおなじころ、これまでまったく注目されてこなかったが、中国人の視点に立って事態を観察し新しい未来を構想しようとした、北京帰りのひとりの中国学者の語るところに耳を傾けよう。竹内好が北京で知りあい、三年の留学ののち帰国してすぐ中国文学研究会同人となった、神谷正男である。

一九三八年九月の「北京特輯」号と銘うたれた『中国文学月報』第四十二号の巻頭論文、神谷正男の「新啓蒙運動（新五四運動）点描」は、こう書きだされる。

一九二七年以後において満州事変及上海事変が中国の政治、経済及社会のあらゆる展開上に新しい、しかも急激な変化を与へたことは、私が今更ここに細説するまでもないことであるが、この急激な政治的経済的社会的転換は同時に中国文化界に強烈なる衝動をあたへた。その結果、この転換を契機として中国のあらゆる文化人が自国の運命と前途に対して中国三千年の歴史上いまだ経験したことのない深刻な民族的自覚と覚醒を促したことは注目すべき事実である。

そして「国民政府は爾来積極的に知識階級の協力を求め〔…〕、知識階級はまたそれ〳〵の立場において未曾有のこの難局に身をもつて善処すべきことを約束した」として、民国二三年以来の新生活運動、国民経済建設運動、中国本位文化運動などをあげ、「中国最近時の一切の問題は中国民族の「救亡圖存」といふ一つの焦点に集中してゐる」と書く。こうして「過去におけるすべての尖鋭なる対立と抗争はことごとく民族の「生死存亡」の前に否定されて、一切の民主主義者、社会主義者、国粋主義者もここに完全に挙国一致して急激なる国外的国内的情勢の変化に適応し、国民の進むべき道に対して正しく啓蒙し、指導する任務と使命を負はされてゐる」。こう論じたうえで、陳伯達のはじめた啓蒙運動を具体例として取りあげてから、それらが五・四文化運動の欠陥を補足する文化的、綜合的なものであることを力説し、「現下の文化運動のもつとも大きな役割は救亡の任務と使命を果して新中国の文化を創造することである」と断じ、「広大なる民衆意識を提醒する見地から現下の文化運動は国難文化運動と称することが妥当であるといふにある」と結んでいる。

「新啓蒙運動（新五四運動）点描」は、当然検閲を意識して文化運動に限定して書かれているが、神谷がその枠をこえて今日の問題を論じたのが、その四号あと、一九三九年一月の第四十六号に「源衣水」名で発表した「現代支那の知識階級」である。ここではまず長谷川如是閑の「支那の知識階級——その歴史的考察」（『日本評論』一九三九年一月号）が、「上代より清朝末期にいたる歴史的支那の知識階級は政治国家の知能であつて抽象的人間知能ではな」く「一般大衆を代表するところの農民社会とも遊離した存在であつた」と述べたのにたいして、「一九二七年の国民革命とその後の社会主義思想の浸潤、満州事変とその後の民族主義の運動の発展によつてもはや過去において全く見られなかつた一つの現代支那知識階級の一つの性格をつくりつつあるやうに思はれる」と反論し、民族、民権、民主を基礎とする三民主義こそ、そうした新しい知識階級により支持されてきたことに注目する。そして「さる北京の知識人が一日本の知識人に対して、「現在では国民党を好まぬ人でも、蔣介石を好きな人でも蔣介石を援けるのが民国の大勢ですからね」と語つた言葉はたしかに現代支那知識階級の真実な告白だらう」と肯定する。だから「日支事変の発生は日本の知識階級にとつては一大驚異であつた。然るに支那の知識階級にとつてはむしろ起るべきことが当然起つたといふ感が深かつた」。「それ故に日本の知識階級が事変後一年有余にして漸く事変の意義をはっきり認識するにいたったのに反して、支那の知識階級は事変前から国際的、国内的時局に関聯して日支関係の将来についてはっきりした認識をもってゐたといふことを知ることが出来る。」日中知識階級のあいだの事態認識の落差はまさにここから生じている。すなわち、「日本の知識階級は事変の意義を東洋の新秩序を建設するための聖戦であるといふことを信じてゐる。／だが支那の知識階級は事変の聖戦的意義を理解することはできないばかりでなく日支事変は日本の大陸政策発展の必然的段階であると考へてゐる。」事変開始後枢要な中国知識階級が占領地帯を去って抗日運動に邁進している事実こそ、そのことを証してあまりあるものだろう。「それ故に真に正義に立脚して東亜の新秩序が建設せられざる限り、現代支那の知識階級の事変観も、或はまたかれらの性格も本質的に是正することは困難であらう。」そしてこの文は、事態打開のためには、「まづ日支両国の知識階級が相互に率直にその見解を吐露し、率直にこれを検討する日が来らねばならぬ」として擱筆される。

「枚を銜んで敵前上陸」「日章旗は進む万歳！」「蔣の抗戦に怨嗟の声」といった大見出しが日々の新聞紙上におどるこの時期に、このような冷静な日中関係にかかわる意見が、ともかくも活字になったこと自体驚きであると言えよう。ともあれ、そうした文章を掲載したところに、竹内好も武田泰淳も留守だったとはいえ、中国文学研究会をつらぬく揺らぐことのない時代への抵抗精神を読みとらねばなるまい。

いささか重複するが、日中開戦とともに中国文学研究会は大きな危機を迎えた。この年竹内好は本格的な中国留学を思い立ち、志望した外務省文化事業部第三種補助金の支給が六月に決定し、七月中旬出発を予定していたところ開戦で延期となり、結局三ヵ月おくれて十月十七日に北京へむけて旅立った。他方、日中開戦により大規模な徴兵がおこなわれ、竹内に先立って研究会の若い同人千田九一、吉村永吉、陣内宣男が召集されて中国へ送られ、さらに十月十三日武田泰淳も召集令状を受けとり、十月十六日近衛師団近衛歩兵第十二連隊に補充兵として入隊した。武田はただちに上海派遣軍第六十一師団に配属され、二十二日品川駅から輜重特務兵として出征する。そのうえ翌年になると實藤恵秀と飯塚朗が留学生として北京へ向かった。その他留守をする同人にもすくなからぬ移動があって、『中国文学月報』は松枝茂夫が中心となって編集することとなる。けれども『月報』は休刊することもなく、これまでどおり年十一冊の刊行をつづけていく(2)。

一九三七年十月の第三十一号から『中国文学』と改題して再出発する四〇年四月の第六十号刊行までの二年半の期間、『中国文学月報』の特色といえば、竹内、武田はじめ、留学生としてであれ兵士としてであれ、ともかくすくなからぬ同人が中国に赴いたこともあって、現地からの報告が誌面のおおくのページを占めたということであろう。

北京に落ち着いた竹内好は早速「北京通信」を一九三七年十二月の第三十三号に寄せ、「旅をしてきた僕には、北京の街に、予想し得る何らの混乱もないのが物足りぬのだ」という感想を洩らしてから、こう書いている――「時たま通訳から帰つてきた留学生にきく話はここに記せぬほど生々しい。だが僕は北京へ来てから日毎に戦争に遠ざかる気がしてならない。これが現地といふものであらうかと僕は屢々自問した。少くとも僕の逢つた限りでは、現地の人々は、失はれた文化の建設に対して、無気力といつて悪ければ冷淡である。僕が私かに期待したものは、混乱の中に生れ出る荒々しい生気であつた。思想と思想の相撃つ火花であつた。戦争の伴ふ急激な文化の相剋、交流――一瞬にして成るであらう破壊から建設へのすさまじい奔流の胸打たれる光景であつた。」次の第三十四号の「北京通信　二」には、「この一月ほうけ暮した今となつては更に思ひ起すこともありません」と記し、四ヵ月おいた三八年五月の「北京通信　三」では、「今年の二月『月報』へ原稿を半分書きかけてやめる。その時は武田から来た手紙と『留東外史』のことを書こうと思つた。武田からの手紙はしばらく念頭にあつたが今はもう書く気がしない。書かないで惜しいことをしたと思つてゐる。悪劣な心境を打破する力のこもつた手紙であつた」と述べたあと、注文された周作人訪問記の書けなかった理由を記し、『周作人随筆集』の書評でお茶を濁している。

輸送船で中国へ送られた武田泰淳は、杭州湾敵前上陸を遠望して呉淞《ウースン》に上陸、上海の戦闘に参加したあと杭州攻略戦に従軍、杭州にしばらく駐留し、翌年の徐州会戦にしたがい、さらに武漢作戦へと転戦をつづけていた。その武田の戦地から送った増田渉あての手紙が一九三八年八月の第四十一号に「同人消息」として掲載されている。武田はそこで、「土壁ばかりの村落、まるで歴史のなかつたやうな住家に宿営してゐる時など今まで文化といふものに対して抱いてゐた考へが変るやうな気がします」、「私は自分の物の見方のいかに小さな形式の中で満足してゐたかといふことを知りました」、また「支那の土地で今見ると何と月報が色あせて見えることでせう」と書いている。ついでその三ヵ月あとの『月報』第四十六号には、「土民の顔」と題して、「土民の顔は黒く日焼けし素朴に見えますが彼等の心は青黒く深い潭のやうです。子供でさへ何といふ鋭い智慧のはたらきを蔵してゐることでせう」と記し、「しかしアジア的なるもの、東方文化の一つの源流をなす支那を形づくつてゐるものは彼等なのであつて、日本の漢学者と古書の発見についてペチャクチャ高等な北京語をはなす未来の学者ではありません」と、みずから肌で感じた思いをつづり、こういう反省の言葉でしめくくる――「しかし文化人・東方における知性の華を花咲かせることを夢みる人は、一人の農民の表情の中に人間の表情をよみとる深い愛がなければなりません。勝手な独断を押しつける態度ではなくて、あらゆる法則や概念の束縛を離れて、流れ溢れる東方の文化の泉に浴する謙虚な姿がほしいと思ひます。そのために苦悩しそのために絶望するともなほその影を追ひもとめる熱情は、静かに思索する者の胸にこそ宿りうるでありませう。」そしてそのおなじ号に同時に掲載された武田の「北京の輩に寄する詩」は、戦場にある兵士武田の、北京に留学している竹内たちにたいする複雑な思いをアイロニカルに歌いあげたものと言えるであろう。ここでその一部を引用しておく。

北京に集りし我等が輩《やから》よ
中支からでは悪口もとどかぬなれど
かくもあこがれの一角に集りし輩に
何か言はずに居られようか
〔…〕
今お前等のあこがれの北京の秋
澄みたるは北京の空だけで
お前等の眼は黄塵に濁つてゐるだらう
〔…〕
黄塵に濁るとは何たる幸福者ぞ
お前等の心優しき驢馬よ

忘帰忘帰《ボーキーボーキー》と啼き
文学の網に縛られて
天に向ひて憐れみを乞ひたるも
現実の雲は美しきが故に冷酷に
我等支那病患者の上に垂れ下つてゐた
〔…〕

武田は一九三九年九月二十一日部隊とともに帰還し、十月一日除隊となった。他方竹内もおなじ十月一日にほぼ二年間の留学をおえ帰国している。その竹内好は、十二月の『月報』第四十二号に「黙することの難ければ」という副題をもつ「二年間」を発表する。このエッセーは、「今年秋某日、岡崎、武田と目黒に会す。二年半ぶりなり」とはじめられ、「武田云ふ。二年間のことは何もかも忘れてしまつたやうな気がする。頷いて僕云ふ。たとへば発狂しさうな気持だ。内からあがき出ようとするものがあつて、何であるか失語症のやうに思ひ出せない。声に出せばけらけらと響くであらう。何とも云ひやうのない途方に暮れた焦燥、不安。密度のちがつた空気の中へいきなり抛り込まれた感じだ」とつづく。もっともこの文は、二年間の日記の順不同の抄というかたちをとっていて全体としてまとまりがないのだが、そこから三節だけ引いておこう。「某日、武田云ふ。君の『月報』を政治的に転換しようとする意図には賛成出来ない。我々は今が如何に不調な時代でも『月報』自身の持つ意味がそのために将来の約束に関してまで無益になったとは思はない。〔…〕あくまで文化的でいいではないか。」(3)／「僕は留学して支那文学を勉強しなかつたことには、人に云ふ程の恥辱を感じてゐない。自分の行為を客観しようと思つてゆき、却て混沌に陥れた悔恨は深い。」／「何かがつしりしたものにぶつかつてゆきたし。そういふ荒々しいものの呼吸をかいで生命の力をもやしたし。そういふものがあるものやらないものやら知らず。やつぱり東京へ帰つた方がいいかとこの数日考へるやうになつた。」

このような竹内の迷いを打ち砕くように、あきらかに竹内にあてて書かれている、武田泰淳の「支那文化に関する手紙」が一九四〇年一月の『月報』第五十八号に発表される。

この手紙は、武田がこれまで前線から送った感想文を整理し、戦場体験にもとづく文化にかかわるみずからの見解をまとめて展開したものと考えていいだろう。武田は書く――「何万といふ人間が「支那」を自分で見て帰つてきた！　この事実は日本の文化の歴史にとつてどれほど深い意味があるかとても考へられないほどです。〔…〕兵士たちにとつては日常の生活が尊い支那研究でありました。〔…〕兵士たちは東亜協同体論も知りません。その他大雑誌の巻頭に飾られる、東亜に関する大論文も読んでゐません。〔…〕しかしながら日本の軍隊のために、その目的のために、彼らは支那人を知らなければなりませんでした。支那の家屋、支那の河川、支那の畠、支那の動物、支那の絵画を知らねばなりませんでした。」日本へ帰って驚いたのは、支那関係の出版物の華やかさと空しさだった。「我々が戦地で見た支那土民の顔」は「あまりにも鮮明に眼の底にとどまつてゐるので、活字になつた支那評論が色あせて見えるのです」。ここからみずからに引きよせてその体験が具体的に述べられていく。

私のはじめて見た支那の家屋は砲弾の痕すさまじき壁であり、私のはじめて見た支那人は腐敗して物言はぬ屍でありました。学校には倒れた机の上に泥にまみれた教科書があり、図書館には号の揃つた「新青年」や「歴史語言研究所集刊」などが雨水に打たれてゐました。それは淋しくもはかなき文化の破滅のやうに見えました。〔…〕私たちの熱心に研究した古典も今は一銭の価値も無いものの如く打ち棄てられてをりました。東洋文庫の書庫にもないやうな明刊本も馬糞の山の下積みになつてゐました。文化とは何と無力なものであらう。その時私は数万の鴉の群れ飛ぶ空を仰ぎ、永遠に濁り流れる無言の江水を見下ろして嘆息しました。我々が研究し愛着を持つた支那の文化といふものはかくも無力に破壊され消滅して行くものであらうか。私は足下に積み重なつてゐる煉瓦の山を眺めて考へました。文化とはこの煉瓦のやうに雑然たる堆積にすぎないのであらうか。何の意義もなく積み重ねられまた壊れ落ちて行くものであらうか。

そして正月に漢口の中山公園で出喰わした「人のゐない公園の光景」と、廬州の公園で木版本を薪とし五彩の花瓶を炉とした焚火にあたり、燃えつきた灰と花弁のように割れた陶片を池に沈め、「豪奢な王族のやうに立つてゐたのに心は痩犬のやうにふらついてゐ」た経験を語ってから、述懐する――「二十四史が何だらう。北京図書館が何だらう。万巻煙となつて消ゆるとも自分の馬鹿面だけは残つてゐてくれる。すべてのもの焼け失せるともなほ自己の「文化」をだきしめてゐる身一つが残つたらそれでよいではないか。だきしめる物一つなく文化といふことの軽々しさよ。私は支那の文化をいぢくりまはすあのいやらしい手つきを見たくない。愛することなく利用するばかりを知つてゐる「研究」が何であらうか。」最後に、支那文学史の方法論を最近京都の一先生が批評されたことに触れて、「今の私には方法論とは、秦の始皇帝の焚書よりももっと広範囲な文化の破滅がいつの日か行はれた跡のその焼け跡に立つた時の個人の感情にすぎないやうな気がしてくるのです。一冊の書でも身にしみて読むこと、それが何と困難なことか今にして知ることでありました」と記し、この手紙は擱筆される。

中国文学研究会の人々は何よりも中国を愛するがゆえに、無視されてきた現代中国を日本に知らしめるため、漢学をはじめとする古い支那観と闘ってきた。武田の名づけるそうした「支那病患者」のうちでも、すでに見たようにひときわ古典への深い関心を抱きつづけていたのが武田泰淳であった。その武田が国家の命により、粟津則雄の表現を借りれば、「侵入し、奪いとり、押しつけ、傷つけ殺す側」の一員として、「侵入され、奪い取られ、押しつけられ、傷つけ殺される側」の中国に送りこまれ、中国の破壊に直接的かつ具体的にかかわらざるをえぬ窮地に追いこまれたのである。中国へ送られた何百万という日本の兵士のうち、武田のような絶対絶命の悲劇的状況におかれたものは、けっしておおくはあるまい。しかもあれほど愛していたにもかかわらず、武田が現実の中国と対面したのは、まさにそのときが最初だったのである。粟津則雄は、「彼の内面は、或る根本的な解体にさらされるのである」（「滅亡の視点」、『武田泰淳全集』第十二巻解説）と述べる。その「解体」は、それまでの三十年ちかい武田の存在そのものにかかわるものであって、彼がこのさき生きていくためには、中国そのものとおなじく、破壊されつくし荒涼たる原野となった地点から、あらためて自己を創りだしていかねばならなかった。「文化とは何か」と繰りかえす彼の問いかけこそ、何とか新しい一歩を踏みだそうとする武田の悲痛な叫びにほかならない。武田泰淳の文学の原点はまさしくここにあったと、わたしは思う。

だからこそおなじ号の「後記」で竹内は、「文化の根底を覆へすある種のさし迫つた幻影を僕らもつとよく見極めその混沌としたすさまじさに僕ら努力して形象を与へることが本来の任務だといふ気はするのである。武田が『月報』へこの二号つづけて書いてゐる問題は〔…〕この怪物の影を分析してゐるのだと分つてきた。万巻の書灰となつて崩れる白日夢を描いた武田は僕らより鋭くこの問題を直覚してゐるかも知れない」とこたえている。しかし竹内が武田のきびしい問いかけをしっかりと受けとめられるには、なお二年ちかい歳月が必要だった。たとえば一九四〇年八月の『中国文学』第六十四号で竹内好は、北京で自分は好んで洋車を走らせ空想に耽ったことを縷々と書きしるし、「年老いた洋車ひきの裸の背筋に流れる汗を見つめて、この者に何を加へ得るかと問う」自分の姿を描きだしてから、中国へ「行くときは、一つだけのともしびがともつてゐた。今は、それがない。〔…〕阿呆は支那へ行つて、自分を失つてしまつたのである」と語る（「支那と中国」）。そこにわたしは、武田泰淳とは対蹠的な、帰国以来の竹内好の混迷状態を見たいのだ。

この時期の『中国文学月報』には、竹内、武田の中国にかかわる以上の論稿のほかにも、神谷正男の「支那文化消息」二篇（第四十四、四十五号）、飯塚朗の「北京行」（第四十三号）、實藤恵秀の「本を追ふ」（第五十二号）「北京から見た南方」（第五十七号）など、すくなからぬ現地報告が掲載されている。

4　中国文学研究会と支那学派

一九四〇年四月一日、『中国文学月報』は『中国文学』と改題し、四八ページ立ての表紙つき市販雑誌として再出発した。ただし号数は『月報』時代のものを継承し、あらたに生活社が出版を引きうけ、原稿料を支払うことができるようになった。(4) この新体裁の第六十号では竹内好が「中国文学研究会について」という一文を草し、研究会発足以来の歩みを概観してから、同人として魯迅の増田渉、周作人の松枝茂夫、史料整理の實藤恵秀というふうに紹介したあと、年代のややさがったものとして岡崎俊夫、武田泰淳、竹内好、飯塚朗、千田九一を修飾語なしで氏名だけ挙げている。そして最後に、最近の「会自体はむしろ沈湎し、自ら無みする行為によつて逆に世俗の迂愚を嗤はうとした」態度を反省し、「支那文学に対する愛情の問題や、支那史に於ける近代の意味を劃定することから我々の仕事をやり直さうと思ふ」と、新たな決意を披瀝するのだ。

じじつこの第六十号前後から、『月報』まで含めて『中国文学』の誌面が大きくかわりだしたことは否定できない。そしてそれには、留学から帰国した竹内の影響が大きかったと見てさしつかえないだろう。

何よりもまず、これまでの研究会のメンバーが中核となっていた誌面がひろく開放され、積極的に研究会以外の人々、それも専門分野を異にする人たちに寄稿を仰ぐようになったことが挙げられる。具体的にいえば、土方定一、羽仁五郎、中橋一夫、田中克己、古谷綱武といった人たちである。ついで中国にかかわりはあるが文学関係でない社会科学系の人々、岩村忍、幼方直吉、野原四郎といった研究者がしばしば目次に顔を出すこととなる。最後に、東大系で固められていた誌面に、あらたに吉川幸次郎、倉石武四郎といった京大系の人々も参加する。こうして『中国文学』は、いまや文学の枠をこえて中国そのものを研究する雑誌に変貌をとげていくのだ。

そうした新しい方向を裏づけるものとして、一九四〇年から四一年をつうじて『中国文学』が取りあげたのが、中国とアメリカの問題であり、「支那学」の問題であった。

一九四〇年には、三月に汪精衛《おうせいえい》が和平建国宣言を出し南京に新中央政府が出現する一方、六月にフランスがドイツに無条件降伏、ヨーロッパにドイツの覇権が確立し、九月に日独伊三国同盟が締結された。このような国際情勢の推移をうけて、四一年にはいると緊迫化する日米関係が国内ジャーナリズムにいっせいに取りあげられる。二月の『文藝春秋』が座談会「米国の攻勢と日本の決意」を掲載し、同月の『改造』時局版には「アメリカは世界を支配するか」といった論文がならび、『中央公論』も三月に「現代アメリカ論」特集をおこなう。このアメリカ・ブームに一歩先んじるかたちで、四一年一月の『中国文学』第六十八号は「アメリカと中国」特集をおこなったのである。とはいえこの特集号は、アメリカを日本にたいする脅威と見る世の風潮とははっきりと一線を画し、あくまでもアメリカの中国研究に焦点を絞り、日米関係を文化の問題としてとらえたところに、その独自性があった。

この第六十八号は、冒頭に竹内好の「「アメリカと中国」特輯に寄せて」を掲げ、そのあとに新居格、石濱知行、平野義太郎、和田清、岩村忍、増田渉といった、ひろく中国にかかわる著名な学者をならべ竹内が司会する、二〇ページ近い座談会「アメリカ、中国、日本」がきて、あと武田泰淳の創作「E女士の柳」、六篇の論文、米中関係の文化消息、アメリカの漫画、人名録がつづき、ふつう四八ページの誌面が七二ページの特大号となっている。

冒頭の一文で竹内は、日本では「西から来るものだけを文化と観念する」教養が横行しているが、「中国にとつてアメリカは、ヨーロッパの向う側ではなくて、太平洋を距てた対岸にあると自然に思惟されるやうな環境があつたのではないだらうか。逆にアメリカの立場からすると、アメリカにとつて東洋は日本と中国からはじまるのである」と新しい問題を投げかけ、「中国文学の研究者にとつて、アメリカに投影された中国を見、中国に投影されたアメリカを見ることは、固定した観念を打砕く手段の一つである。目前の政治にかかづらふのでなくて、実に広汎な支那学改造の問題を示唆するものに考へたいのである」と、この特集の意図を表明する。それにつづく社会科学者が中心となる座談会については、時代による制約もあったし、今日から見ればさまざまな批判もあろう。けれども、たとえば平野の語る、エドガー・スノー、フランツ・ボアス、オーエン・ラティモアらの現地における調査研究、国民政府の支援のもとアメリカ人学者のおこなう調査により実現した「支那土壌地理学」、ウィットフォーゲルの中国における活躍などは、戦後になってはじめてひろく知られたことであって、この時点で紹介したその先駆的意味は貶価してはなるまい。また石濱のもちだす、日支事変開戦後中国のアメリカ留学生が激増している状況を具体的に示す数値や、済南の大学でアメリカ人医師が中国語で講義しているといった情報は、平野と和田による、辛亥革命後の日本人の中国への関心の低下が研究のおくれをもたらしているといった指摘とともに、日本の研究者にとって他人事ではなかったはずだ。そしてこの座談会は何よりも、中国とアメリカを問題とする以上、それは人文科学から社会科学にわたる広範囲の専門家の協力なしには不可能なものであって、その成果はともあれ、一九四一年という時点でこれだけの権威ある研究者を集めたということだけでも、画期的意味をもつものにちがいない。

しかしこの特集号でとくにわたしの興味を唆るのは、一見特集そのものにそぐわないような、武田泰淳の「E女士の柳」の存在なのである。

それは、アメリカ留学中の胡適が、E女士の残していった柳を背景に写っている一枚の写真を手にとって、中国に関心をもつE女士にアメリカのことをイサカでじつにいろいろ教えてもらったとなつかしく思い出し、ニューヨークに出た折その地に住む女士を訪れたというだけの物語にすぎない。けれどもそのなかで、絵をかく女士がニューヨークでぜひ見せたいと胡適をつれていったのが美術館の中国絵画部で、そこにある北魏のこわれかけた石の仏像を彼女は「最大の傑作」と呼び、耳にむかって切れあがる口もとの笑いこそ「自然の諷刺」なのだと熱心に語り、胡適を呆然とさせる。そこにはこう記されてある――「胡適の求めてゐるもののすべてにこの女は倦きてしまひ、胡適の棄て去つたものの中に、光を求めてゐると しか思はれなかつた。〔…〕ただ興味を持つのは東方の書物に対してのみであつた。胡適には古いと思はれるものが、彼女には新しく見えるらしかつた。」この作品が、特集の他の部分にたいして一歩さがったアイロニカルな位置にあることとは説明するまでもあるまい。アメリカ文明に絶望したE女士は、胡適とは正反対に古い中国のうちにだけ新しさを見ているからだ。そして「E女士の柳」は、近代化の夢につかれた後進国の啓蒙家の孤独な姿を浮き彫りにすることによって、近代化にともなう痛みをけっして見落としてはならぬと、特集号全体に語りかけているように、わたしには思われてならない。

ここで戦地から生還した武田泰淳が、『中国文学』には「E女士の柳」やすでに引いた「会へ行く路」のような創作のほかは、書評や感想のたぐいの小品しかもはや発表しなくなったことに注意を喚起しておきたい。しかもその創作は「E女士の柳」のように、掲載される誌面と同一の主題を取りあげるところに、武田の雑誌への新しい独特なかかわり方を見るべきであろう。あと一例をあげれば、一九四一年十月の第七十七号「民国三十年記念特輯」に載っている「学生生活」である。民国元年から十七年までに中国であらわされた『留東外史』はじめ老舎、魯迅、郁達夫などの作中に出てくる、革命派から反革命派、狂気にとらわれたものまで、じつに多様な学生の姿を点描したこの作品は、さまざまな学生群像をつうじてユニークな民国史をつくっているのだ。

あとひとつ、一九四一年三月の第七十号に発表された吉川幸次郎の「アメリカの支那学」に一言触れておかなければならない。「本誌一月号に載つた諸家のお考へのうち、アメリカの支那学について、私の臆測と似たものは、見当らぬやうに感ずる」から一筆認めたということわり書きで、それははじまる。そこには吉川の接した三人のアメリカ人学者のことが書かれている。すなわち、京都で『歴代名尽記』の英訳にたずさわっているA氏の、出てくる官名ひとつひとつにこだわって徹底的に調べあげる態度、北京からの帰途京都に立ち寄ったB氏が乾隆期の政治史をやっている政治学者であるのに中国語が流暢のうえじつに謙虚で、おなじころ京都にきたフランスの大家の「支那人なり支那の文化を、始めつから馬鹿にしてるやうな、いはゆる超人的態度」とはまさに対照的だったこと、北京へいく途中来日したC氏の話す、アメリカの支那学の講座では支那語の教程がきびしく定められていることなどが、その内容である。

その吉川幸次郎は、一九四〇年九月の『文藝春秋』に「支那語の不幸」を発表している。「現代のわが国で、もつとも正当に認識されてゐない外国文化は支那文化であり、もつとも不幸な状態に放置されてゐる外国語は支那語である」と、それは書きだされる。つづいて、「支那語の不幸の第一は、それが国語と「同文」であることに基く」として、「同文」であるため「大した変りのない言葉のやうに考へられ勝ちである」が、「われわれの国語と支那語とは、全くちがつた言語である」と断言する。そして両者は言語の構造が根本的に違うとして、漢字を二字複合させた国語の言葉をあげ、「支那語の意味と厳密に合致する「漢語」は、むしろ稀だといはねばならぬ」と述べ、「支那語の不幸を救ふためには、まづこの「同文」万能思想が排除されねばならない」と主張する。支那語を外国語と認識したとき待ちかまえている「第二の不幸」は、「支那語はやさしい外国語だといふ思想である。／この思想の根底をなすものは、支那の文化はヨーロッパの文化よりも数等劣つたものだといふ、明治以来の認識である」。そして「支那語のむつかしさは何よりもまづその曖昧性に基く」として文例をあげながら、アクセントの移動および前後の関係により内容がどれほど区別されるかを説く。さらに「文」の「意」に徹するには、そのうえ言語の法則、慣習にも通暁する必要があることに注意を促す。「第三の不幸」がわが国古来の「漢文訓読法」で、それは「支那語の曖昧性をそのままに国語に移す方法」であった。しかもそこでは音調の理解はまったく無視されていた。「さうして支那語といふものは、そこに使はれてゐる漢字を、日本人の漢字の常識で解し、かくて解した漢字と漢字の間に、何とか仮名を埋めて読めば、それでよいとなつてゐるらしい。」この文は、「支那語の不幸は救はれねばならぬ。学術のためにも、政治のためにも」と訴えて、結ばれている。

この文に竹内好は早速反応を示し、一九四〇年九月の第八十三号の「後記」に、「吉川幸次郎氏はいいものを書いた。〔…〕ここで云はれてゐることは、〔…〕常識の程度である。ある部分は常識以下である。それにも拘らず、この文章はいいと云はなければならない」と記す。

吉川はつづけて同年の『文藝春秋』十一月号に、「支那学の問題」を掲載する。「現代の社会は、支那について恐ろしく無智である」という一句を頭に振って、なぜ現代の支那学に欠陥があるかと問い、「それはこの学問が、一方にはあまりにも古い歴史をもち、また一方にはあまりにも新しい歴史をしかもたぬからである」とこたえたうえで、古いものの過誤は、徳川時代の儒者の態度をそのまま継承しようとする「漢学者と呼ばれる人達の研究」にあると決めつける。徳川時代の儒学は、自分たちの理解したのは支那の「部分」だけのことであったのに、それを「全体」と錯覚した。しかもその現代における継承者たちは、祖述を正しくおこなっていない。今日の支那学をささえるのは、漢学者と支那学者と支那研究家であるが、その三者はまったく相互に無関係に研究をすすめている。これまでの漢学は、支那の書物を読み、その一部を「われわれの好みに合ふやうに理解する方法であつた」。それが明治以後、「漢学の理解では理解し難い多くのものを発見した。それに対する驚きは、やがてかかる部分のみを誇張して、そればかりが今の支那だと考へるやうになつた」。にもかかわらず「今の支那を知るには、なほさら昔の支那を知らねばならぬ」。してみれば、支那学者と支那研究家の統合なしには支那の全貌はとらえられぬ。そしてその統合のためには、何よりも現在のわが国の支那語教育が改善されなければならない。そう論じきたって吉川は、支那文化のなかに占める言語の重要性を強調し、古典語と近代語双方の同時履修によってこそ「逞ましい支那学が始めて成立するのである」と開陳する。この吉川の文の発表された二ヵ月後に、竹内好が中国研究家の大同団結ともいえる座談会「アメリカ、中国、日本」を開催していることを、あらためて記憶にとどめておこう。

吉川がみずからの支那学論の結論とする、一九四一年三月の『文藝春秋』掲載の「支那学の任務」では、「私の主張するやうな学問は、支那人の生き方を研究するやうな学問」であるから、それは「世界史的意義をもつものであり、従つてまた、われわれの新らしい文化の創造に大きな寄与をするものと信ずる」と、その信念を吐露している。

『中国文学』が一九四〇年十一月の第六十六号から、「翻訳時評」という欄を創設したのは、たぶんこうした一連の吉川幸次郎の議論と無縁ではあるまい。じじつ最初の二回は神谷正男に担当させたものの、四一年二月の第六十九号から二回、竹内自身がこの欄の執筆者となる。

竹内好は「翻訳時評 一」で、「支那語の翻訳の歴史は若い。若いといふより歴史がないと云つた方がいいかもしれない」としたうえで、「新しい翻訳は翻訳絶対の信念に基いて発生したものだから、漢学者流の翻訳の伝統とは系譜を異にする。〔…〕日本語を支那語に合せようとするのでなく、逆に日本語によつて支那語を解釈しようといふのが独立した翻訳の態度である。そして、その態度は、最近ようやく成立したばかりだと云つたのである」と独自の翻訳論を展開する。次号の「翻訳時評 二」では具体的な実例が俎上にあげられる。まず対象となるのが松枝茂夫と増田渉の翻訳で、松枝の場合「言葉の訳は正しいが文章の訳は正しくない」ことがおおいとしてから、「松枝、増田の直訳派に対して、強ひて云へば意訳派と称すべき翻訳家」として吉川幸次郎と魚返善雄の名があげられる。そして吉川による胡適の『四十自述』の訳文が原文の支那語としての味わいをよく日本語に写しとっていると褒めあげながら、「極端に日本語に置きかへるため全く異つた物の名を類似の日本語で代用してゐる事に僕は不賛成である」と、みずからの見解をあきらかにする。このあと「今の日本の支那語研究の程度では、誤訳は絶対に不可避である」と述べ、吉川の翻訳にも誤訳があると指摘して筆をおく。

竹内の「翻訳時評 二」の載った第七十号から一号おいた一九四二年五月の第七十二号には、吉川幸次郎、竹内好連名の「翻訳論の問題」が掲載される。これは「翻訳時評 二」で竹内が吉川を批判したことへの吉川の反論と、それをめぐるふたりの往復書簡六通を収めたもので、そこで吉川が誤訳の具体例を示せと迫り、その実例にかかわる議論が展開され、それはそれなりに興味深いのだが、いまはそれぞれの立場を理解するのに必要最小限の言葉だけ引いておく。吉川は言う――「要するに小生の態度は、支那語がもつてゐるだけの観念をなるだけ附加物を加へずに、またなるだけ省略せずに、そのまま日本語に移さうといふのでありまして、日本語としての調和よりも、むしろ支那語をそのまま移し得る日本語を捜すのに苦労してゐるわけであります。」そして竹内の誤訳不可避論にたいして、「小生は誤訳不可避論でなくして、誤訳可避論の立場に立つものであります。〔…〕「誤訳は絶対に不可避である」といふお言葉は、小生にはあまりにニヒリスティックに響きます」。他方竹内は書く――「僕にとつて、支那文学を在らしめるものは、僕自身であるし、吉川氏にとつては、支那文学に無限に近づくことが学問の態度なのである。それが翻訳論に現れて誤訳不可避と可避になるのではないか。」

その吉川幸次郎は、魚返善雄のあとをうけて第七十六、七十八、七十九号と三回にわたって「翻訳時評」を担当した。そこでわたしを瞠目させたのは、九月の第七十六号で、七月の第七十四号掲載の實藤恵秀の「日本雑事詩」に出てくる、「人力車」のおわり一行の七文字中の最後の「緩緩帰」という三文字の訳が誤訳であることをあきらかにしたのち、なぜ誤訳が起こったかを、中国詩のリズム、七言絶句の法則、さらにまえにおかれた文字との関係で生じてくる意味といった異なる角度からひとつひとつ立証していく、深い学識に裏づけられたその論理のはこびのみごとさであった。そしておなじ時評の末段では、おおくの誤訳を生じさせる原因として「只今の社会情勢」をあげ、「支那に対する世間の関心は、性急なものであり、奥行のないものである。翻訳の良否までつきとめる親切さはない。誤訳の洪水はかうして起つてゐるのである」と述べ、汪精衛の新政府設立の談話の新聞社訳の誤りを指摘する。そして第七十八号の「翻訳時評 二」では、誤訳を起こす他の要因として「書物の読み方が粗略になつたこと」を糾明し、第七十九号の「三」では、翻訳家の「事項尊重主義」に警鐘を鳴らしている。

吉川幸次郎がその改革の緊急性を訴えた支那語教育に関しては、一九四一年四月の第七十一号の「後記」で竹内は、「支那語教育の問題は刻下の重要問題である」と宣言し、本文に倉石武四郎の「支那語教育について」を掲載した。それに加えて竹内好は、「倉石武四郎『支那語教育の理論と実際』について」と副題をつけた「支那学の世界」を、四一年六月の第七十三号に発表する。そこでは、「漢文科の廃止、日本人の漢文を古典として国語科に入れること、支那語を一体として外国語として教授すること、それには現代語から古典語へ進むこと、その他の一系列の、語学教授の実際的立場からの改革案は、今日では恐らく反対者はないだらう」とまず述べられる。しかしそれにつづく部分で竹内は、「倉石さんにとつて、支那学とは、疑ふことすら想ひ及ばない実存の世界なのである」と断定し、支那学そのものにたいするみずからの疑問を、こういう言葉で投げかける――「いつたい支那学を支へるものは何であるのか。支那学の立場に立つてものを見る前に、なぜ広い立場から支那学を見ぬのか。支那学の存続を前提とする前に、なぜ自己の生活を根拠としないのか。」そしてこのエッセーは、「支那語教育の革新は有益なことにはちがひないが、それだけのことである。〔…〕僕は支那学のやうに、安心して身をまかせる場所をもつてゐない。その点で、倉石さんは、別の世界に住む人かもしれない。僕にとつては、支那学が改造されようとされまいと、大して興味の対象にはならない。僕は、自分の生き方の方が大切である」と記しておわる。

この「支那学の世界」は、前年から竹内も関心を示しだした吉川幸次郎、倉石武四郎ら京都の支那学者との関係の総括として読むことができるにちがいない。日本社会における中国への偏見、中国語にたいする誤解といったものに立ちむかい、漢学を批判して新しい研究を促がそうとする点では、視野のひろい碩学吉川幸次郎のような存在は竹内好にとっても貴重だったろう。しかしひとたび文学、あるいは学問とのかかわり方という基本的な問題に立ちいたると、すでに漢学論争でも、また翻訳をめぐる竹内、吉川の対立にも見られたように、竹内も武田も、みずからの生との絆のたちきられた仕事はけっして認めることができなかった。ここに中国文学研究会と京都の支那学派との分岐点がある。あるいは再出発した『中国文学』のおこなった最大のことは、支那学派と対立する中国文学研究会の立場を、あらゆる点において鮮明にしたことだったと言えるかもしれない。

なおこの時期の研究会の政治的姿勢を明確にしたものとして、一九四一年五月の第七十二号「後記」に、東亜文化協議会出席のため来朝した周作人について、七年まえの来日に際して自分たちは歓迎会を開いたが、「今度は、同氏は、最高の儀礼と多忙な日程をもつて要路の人々の歓迎を受けられたやうである。当然僕らは遠慮しなければならなかつた。そのことを僕は悔んでゐない。なすべきをなし、なすべからざるをなさず。それは同氏に対して非礼ではあるまいと思ふ」と、北京で周作人と会っていた竹内好が書いたことを挙げておきたい。むろん周作人は、汪政権の文化使節として来日したのである(5)。

5　大東亜戦争

一九四二年一月の『中国文学』第八十号の巻頭に、「宣言」と題して「大東亜戦争と吾等の決意」が掲載される。それはこうはじまるのだ。

歴史は作られた。世界は一夜にして変貌した。われらは目のあたりにそれを見た。感動に打顫へながら、虹のやうに流れる一すじの光芒の行衛を見守つた。胸ちにこみ上げてくる、名状しがたいある種の激発するものを感じ取つたのである。

そしてその感動を噛みしめるようにつづく――「何びとが事態のこのやうな展開を予期したらう。戦争はあくまで避くべしと、その直前まで信じてゐた。戦争はみじめであるとしか考へなかつた。実は、その考へ方のほうがみじめだつたのである。卑屈、固陋、囚はれてゐたのである。戦争は突如開始され、その刹那、われらは一切を了解した。一切が明らかとなつた。天高く光清らかに輝き、われら積年の鬱屈は吹き飛ばされた。ここに道があつたかとはじめて大覚一番、顧れば昨日の鬱情は既に跡形もない。」

さらに思いはその「鬱屈」をつくりだした過去の日々におよぶ。「率直に云へば、われらは支那事変に対して、にはかに同じがたい感情があつた。疑惑がわれらを苦しめた。われらは支那を愛し、支那を愛することによつて逆にわれら自身の生命を支へてきたのである。支那は成長してゆき、われらもまた成長した。その成長は、たしかに信ずることが出来た。支那事変が起るに及んで、この確信は崩れ、無残に引き裂かれた。苛酷な現実はわれらの存在を無視し、そのためわれらは自らを疑つた。余りにも無力であつた。現実が承認を迫れば迫るほど、われらは退き、萎へた。舵を失つた舟のやうに、風にまかせて迷つた。辿り着くあてはなかつた。〔…〕不敏を恥づ、われらは、いはゆる聖戦の意義を没却した。わが日本は、東亜建設の美名に隠れて弱いものいぢめをするのではないかと今の今まで疑つてきたのである。」

かくていま反省が訪れる。「われらの疑惑は霧消した。美言は人を誑すも、行為は欺くを得ぬ。東亜に新しい秩序を布くといい、民族を解放するといふことの真意義は、骨身に徹して今やわれらの決意である。

何者も枉げることの出来ぬ決意である。われらは、わが日本国と同体である。〔…〕この世界史の変革の壮挙の前には、思へば支那事変は一個の犠牲として堪へ得られる底のものであつた。支那事変に道義的な苛責を感じて女々しい感傷に耽り、前途の大計を見失つたわれらの如きは、まことに哀れむべき思想の貧困者だつたのである。」

そのうえで「吾等の決意」がこうあきらかにされる――「東亜から侵略者を追ひはらふことに、われらはいささかの道義的な反省も必要としない。敵は一刀両断に斬つて捨てるべきである。われらは正しきを信じ、また力を信ずるものである。／大東亜戦争は見事に支那事変を完遂し、これを世界史上に復活せしめた。今や大東亜戦争を完遂するものこそ、われらである。」

最後に中国文学者としての自分たちの果たすべき責務が開陳される。

われらは支那を愛し、支那と共に歩むものである。われらは召された兵士たるとき、勇敢に敵と戦ふであらう。だが常住坐臥、われらの責務は支那を措いて無い。今日われらは、かつて否定した自己を、東亜解放の戦の決意によつて再び否定され返したのである。われらは正しく置きかへられた。われらは自信を回復した。東亜を新しい秩序の世界へ解放するため、今日以後、われらはわれらの職分において微力を尽す。われらは支那を研究し、支那の正しき解放者と協力し、わが日本国民に真個の支那を知らしめる。われらは似て非なる支那通、支那学者、および節操なき支那放浪者を駆逐し、日支両国万年の共栄のため献身する。もつて久しきに亘るわれら自身の俯甲斐ない混迷を償ひ、光栄ある国民の責務を果したいと思ふ。

おなじ一月の総合誌・文芸誌はいずれも、十二月八日の感激を語る言葉で埋めつくされているのだが、この「大東亜戦争と吾等の決意」は、その切迫した格調の高さにおいて、「さきの三国条約の時と言ひ、此度のことと申し、神命はつねに国際謀略を霧消せしめ、万民草莽の苦衷は必ず大御心の知しめすところ、まことに神州の神州たる所以、神州不滅の原理を感銘し、感動し、遂に慟哭したのである」と書く、保田與重郎の「神州不滅」(『文芸』)と双璧をなすものと、わたしには思われてならない。(6) もっともこの「宣言」は、一九四一年十二月十三日の同人会にはかったあと、竹内好が執筆し発表したものである。(7) そして、たとえば四二年三月の『中国文学』第八十二号巻末に掲げられた、武田泰淳の手になると伝えられる、「ひのひかり、かがやくあたり、につぽんとしなのひとびと、いろくろきたみとむつみて、あたらしきみなみのさちを、うみいだすなり」といった「後記の詩」を読めば、「宣言」に読みとれる昂揚感が、けっして竹内ひとりのものではなく、中国文学研究会全員に共有されていたことが了解されるだろう。それにしてもこの「宣言」の行間からは、中国帰還以来抜けだすことのできなかった、あの執拗な「鬱屈」「混迷」から、開戦により一気に解放され甦った、ほかならぬ竹内好その人の姿がくっきりと浮かびあがってくることに、だれしも疑念をさしはさむわけにはいくまい。

一九四二年一月には、また高坂正顕、鈴木成高、西谷啓治、高山岩男ら京都学派による座談会「世界史的立場と日本」が『中央公論』に発表され、座談会そのものは前年十一月におこなわれたものだったとはいえ、大きな反響を呼んだのであった。竹内好は翌四三年一月の『中国文学』第九十一号の「後記」で、「大東亜戦争の勃発によつて昨日の新聞までが太古のやうに古ぼけてしまつた中に、この座談会だけが戦争を理論的に予言してゐた。僕は驚嘆に近い感動でこの座談会記事を読んだことを覚えてゐる」と記している。

一九四〇年六月のヨーロッパにおけるフランスの降伏は、日本の知識人に深刻な衝撃をあたえた。たとえば正宗白鳥は、「文華が進むと国家が衰運に向ふのなら、文華なんかあまり進まない方がいゝのであらう」（「文華の無力」、『読売新聞』夕刊六月二十九日）と一種の痛恨の念をこめて書き、林達夫は、「誰が何と云つても、これはたいへんな大空位時代である」（「歴史の暮方」、『帝国大学新聞』六月三日）と断じた。第一次大戦後日本の文学や思想を曲がりなりにも先導してきたフランスの敗北は、前年八月の独ソ不可侵条約の締結とともに、いまや歩むべき道を指ししめす羅針盤の失われた混迷状態に日本の知識人を追いやったのである。そういうなかでこの「世界史的立場と日本」は、ひとつのまったく新しい方向を明示するものにほかならなかった。とりあえずそれを簡単に要約すれば、こういうことになろう。すなわち、「世界歴史の上における日本の使命は何か」という設問にこたえるため開催されたこの座談会では、ヨーロッパにおける新しい情勢をうけとめ、西谷の指摘する、「結局ヨーロッパといふものが一種の特殊的な地域になつたといふ意識と、その背後にはやはり有色人種の抬頭、有色人種が大きな影法師みたいに、かう地平線の向ふから出て来た、さういふ感じ」にもとづいて、「この動乱の世界に於て、どこが世界の中心となるか。無論経済力や武力によつて原理づけされなければならない。新らしい世界観なり新しいモラリッシェ・エネルギーによつて原理づけられなければならない。新らしい世界観なり、モラルが出来るか出来ないかといふことによつて世界史の方向が決定されるのだ」（高坂）という点で全員の意見の一致を見て、高坂が結論のように、「日本は今いつたふうな意味でもつて〔…〕世界史的必然性を背負つてゐるといふ気もする」と感想を洩らして座談会はおわる。それこそ、ドイツのヨーロッパ征覇と太平洋における大戦の危機という国際情勢に助けられて、日本の知識人の混迷状態にあかるい希望をもたらしたものだったのである。それは、もっぱら中国情勢のみから演繹された竹内好の十二月八日の決意を、しっかりと西洋の側から裏づけてくれるものだったことは言うまでもない。

竹内好は一九四〇年四月以来回教圏研究所の研究員となっていたが、四二年二月、回教事情調査のため研究所から派遣されて中国へ赴き、北京から内蒙古を経て太原、開封、さらに杭州、上海と旅し、四月末帰国している。(8) 竹内はこの年、『中国文学』には、旅の副産物の「旅日記抄」を四回連載しているほか、「伊沢修二のこと」と短文一篇を発表したにすぎない。むしろ『中国文学』以外の場での活躍が目立つ。なかでも注目されるのが、「大東亜戦争と吾等の決意」に直接つながるものとしての、雑誌『揚子江』十二月号に掲載された座談会「大東亜文化建設の方図」である。もっともこの座談会の出席者は、竹内のほか武田泰淳、飯塚朗、實藤恵秀といった中国文学研究会のメンバーに奥野信太郎、そして「企画院嘱託」という肩書から判断すればお目付け役にちがいない橋本八男であるから、この座談会自体、研究会の延長と考えられないこともない。

この座談会を正確に位置づけるには、前史ともいうべきものをいちおう心得ておかなければならない。この年の『文芸』七月号に南京政府の要人林柏生(9)が「東亜文芸復興」を発表し、「東亜の旧秩序的文化にたいする革命としての東亜文芸復興運動を提唱したのが、そもそもの発端であった。それをうけておなじ『文芸』十月号で、豊島與志雄、片岡鐵兵、谷川徹三、増田渉による座談会「東亜文芸復興」がおこなわれた。だがそれを読むと、「東亜文芸復興」が南京政府宣伝部の推進する運動であることはわかるものの、出席者がこもごも語るように運動の意味そのものがいまひとつ明確さを欠き、結局座談会もほとんどみのりなくおわっているのである。そうした経緯をへて開催されたのが『揚子江』の座談会なのだ。ただし誌面を見るかぎり、ほとんど竹内好と武田泰淳の独壇場であり、したがってここでもふたりの発言を追っていくこととなる。

まず武田泰淳が日本の文学者の見た中国ということを話しだし、「大東亜戦争が始まるまでは単純な愛情と云ふものが許され、〔…〕支那趣味と云ふものは日本人の間に非常に根強く存在して来た」が、「今までの愛情と云ふものを当てにして行く事だけでは駄目である」ことがだんだんわかってきたと、現状を解説する。そして「現代の文化とか云ふものを考へる場合にはさう云ふものを自分の悩みと感じる自分のことから始めなければ……」とつづけるのを竹内が遮って、現代支那文化とは何かと問い、こう自説を展開する。「支那全体として、民族全体の文化として見た場合には、好むと否とに拘らず一番本質的なものはやはり重慶側の方にあるんですね。〔…〕日本から言つて支那文化をどうする斯うすると云ふ議論を立てる場合は現在の南京や北京だけ見てゐると近視眼的になつて文化の本質的な動きを見落す危険がある。」これにたいして武田が、重慶側のことはわからない、「分らんものは分らんとして置くより仕方がない」と異論を唱え、自分の意見を披瀝する。つまり北京には伝統を重んじる傾向が、上海派にはモダニズムがそれぞれあったわけで、「とにかく魯迅と云ふ人は大体恰度この両方の中間点に居つ」たから、「支那のこれからの文化と云ふものを考へる上に、この魯迅の伝統といふものは〔…〕基準になるんぢやないかと思ふ」。しかるのち武田は、「東亜文芸復興」の問題を、みずからの戦場体験をにじませるような言葉で熱心にとりあげる。「現在支那は文化的に焼野原だ、その焼野原に兎に角どんな形ででも文化と云ふものを創り出さなければいけない。生きるか死ぬかと云ふぎり〳〵の考へでもつて東亜文芸復興と云ふものを看板にして出して来た。〔…〕向ふは文化の生活問題的な意味で東亜文芸復興と云ふことを云ひ出した。〔…〕復興と云ふのは歴史的な転換期で、非常なる転換期であると云ふことだ。その二つが結びついた大きな、非常に大きな問題なんだ。それを極く簡単に形式的な理論として取上げてゐる点が、淋しい感じを抱かせるのではないかと思ふ。」

話が「文化建設」の問題に移ると、竹内がこう口火を切る――「僕の思ふことを一と口に言つてしまへば、文化に於ける、せまく言ふと文学に於ける十二月八日を、つまり絶対のものを僕等の手で実現すると云ふことが結局結論なんだ。併しそれは非常に残念なことだが、現在は実現してゐないのだ。」そしてそのため日本人のとるべき態度に絞ってつづける。「僕は言葉は一寸極端かも知れないが、結局日本文化をより高く蝉脱することによつて自らを完全なものとして生きると云ふ風な態度が必要なんぢやないかと思ふ。〔…〕西郷隆盛を引つ張り出すと、日本が日本人として生きるのに支那人になれと云ふ様な態度としてのその様な考へ方、小さな考へ方の日本から解放されることによつて日本が大きく生きると言つてゐゝぢやないか。〔…〕日本文化と云ふものをそつくりそのまゝとつて置いて支那文化だけを都合よく変へようと言つても、さういふことは出来ないよ。」

この問題をめぐって一同の議論が出尽くしたあと、それらすべてを引きとって竹内は、一種の結論のようなものをこう語るのだ――「結局今までのお話を綜合すると、大東亜共栄圏と云ふものが、我々絶対の問題でせうね。〔…〕この大東亜共栄圏文化の根幹である日本文化と支那文化が単に表面的に外皮的に接触すると云ふだけでなくつて、もつと本質的に本当の意味で融合しなければいけないと云ふことが言へるんぢやないかね。その為に支那文化の問題が、結局日本文化の問題にならなければいけないのぢやないかな。〔…〕それには支那は現在色々の文化の面をもつてゐるけれども、その支那の文化の中で本質的なもの、派生的なものでなく本質的なものをつかまへて、我々がその中に、自分自身がその中にはいつて行くと云ふ態度、ごまかしのない厳しさではいつてゆくといふことが必要なんぢやないか。単に外部から是はいゝとか悪いとか云ふのでなくて、その退引ならない根源的なものの中に自分自らを投げ入れる。その詐りのない行動によつて相手を変革し、相手を変革することによつて逆に自分自身を新しくして行くと云ふことが必要なんぢやないか。」

こうした発言からわたしたちは、十二月八日の決意が竹内好をどのような方向にむけていったか、窺うことができるであろう。

この座談会がおこなわれたのとほぼおなじころ、中国文学研究会は、ひとつの問題への対処を迫られていた。この年の五月二十六日、全国の文学者を打って一丸とする強力な組織として結成された日本文学報国会が、十一月三日から東京で、満州、中国、蒙古、朝鮮、台湾の文学者を招いて第一回大東亜文学者大会を開くことを決定し、報国会に加盟していた研究会にも協力を要請してきた問題である。中国文学研究会はこの要請を拒否したのだが、それに関して十一月の『中国文学』第八十九号に、竹内好が「大東亜文学者大会について」という一文を発表する。そこで竹内はこう書く――「はつきり云へば、大東亜文学者大会は、日本文学報国会にとつて恰好な催しであるかもしれぬが、中国文学研究会の出る幕ではないと思ふのである。支那の文学者を歓迎せぬと云ふのではない。歓迎すべくして歓迎さるべき人を歓迎するのが僕らの歓迎の仕方だと云ふのである。」そのうえで、中国文学研究会の歴史をたどり、四一年に周作人を歓迎しなかったこと、「日本の俗流文学者が支那の三流作家の横死を鳴物入りで追悼するとき便乗的追悼を肯んじなかつた」こと、[10]日本で「何一つ追悼されなかつた蔡元培の逝世のために」特集号を編んだこと[11]を列挙し、今回の措置は「やはり同じ態度に出づるのである」と釈明する。しかるのち竹内はあえてこう言明する。「絶対の立場として云へば、つまり今日の文学を信ずるか信じないかといふことになるのである。僕は、少くとも公的には、今度の会合が、他の面は知らず、日支の面だけでは、日本文学の代表と支那文学の代表との会同であることを、日本文学の栄誉のために、また支那文学の栄誉のために、承服しないのである。承服しないのは全き会同を未来に持つ確信があるからである。つまり文学における十二月八日を実現しうる自信があるからである。」そしてこの文はこう結ばれる。「昭和十七年某月某日の会合があつて、日本文学報国会が主催したが、中国文学研究会は与らなかつたといふことを、その与らぬことが、現在においては、最もよい協力の方法であることを、百年後の日本文学のために、歴史に書き残して置きたいのである。」

この声明が、「大東亜文化建設の方図」における竹内発言と表裏の関係にあることは説明するまでもあるまい。竹内好の十二月八日の決意は、権力へのいっさいの妥協を排し、あくまでも純粋につらぬかれねばならないものだったのだ。

とはいえ太平洋戦争開始以後、中国文学研究会の「決意」にもかかわらず、『中国文学』の誌面から活気の失われていったことは覆うべくもない。

ひとつには、竹内の三ヵ月近い不在、岡崎俊夫の朝日新聞社北京総局への転勤といったような事情がある。また社会科学系の寄稿者のおおくが開戦とともに執筆禁止となったこともあろう。さらに戦局の激化とともに用紙不足をきたし、四八ページ立てを維持することが困難となり、第八十四号以後月ごとに雑誌が薄くなっていったこととの影響もあるかもしれない。それにしても、『揚子江』の座談会とおなじテーマをとりあげた「新文化の建設特輯」という一九四二年七月の第八十五号において、柱となるべき林俊夫の「新しき和平文化」が、手放しで「和平反共建国」を承認し、もうひとつの梅澤康夫の「対支文化工作について」が、「斯くて支那風に言へば「文化的示威」が行はれると支那の外国を見た事のない人達の目を瞠らせ「東夷」「東洋」「小日本」のえらさが次第に頭の上からおつかぶさるのを感じ始めた」といった文章でつづられているのを見ると、『揚子江』で語られた竹内の気概はどうなったのかと思わざるをえない。それればかりではない、そのまえの第八十四号の「中国文芸の精神特輯」では、誌面の三分の一を占める座談会「支那文学の精神」の六人の出席者全員が京大のメンバーであり、竹内名の「後記」に「京都から座談会を送られたことは感謝に堪へない」とあるのを見ると、京都にすべて白紙委任したような様子なのだ。

　もっともそのような編集上の問題に関しては、開戦以来研究会の事務所だった竹内の自宅に、月一回か二回、特高と憲兵がかならず顔を出していたという事実を知ってみれば、一概に非難するわけにはいかない。しかしながら竹内ばかりでなく、武田も一九四二年には小説「王璜伝」以外書評と解説一篇ずつを発表したにすぎず、他の同人も翻訳を掲載するだけですませている。そして「後記」には、竹内の、「月刊雑誌を維持してゆくといふことは、ことに今のやうな世の中では、実際大変なことなのである」（第六十八号、四二年十月）といった悲鳴に近い言葉がならぶ。

してみれば、一九四三年三月の『中国文学』第九十二号に「中国文学廃刊と私」という竹内好の文章が載ったことも、くるものがきたという感じで、わたしはとくに意外とは思わない。

この文章で竹内は、「去年の秋ごろから、もやもやしたものが私の裡に募つてゐた。〔…〕私はただ、自分が身を退くこと、雑誌が更生すること、この二つを望んだ」が、「結果としては、会が私を否定するのでなくて、私が会を否定するといふ行為によつて私の裡にあるもやもやを消すより仕方なくなつたのである」と書きだし、廃刊を決意した理由を三つ挙げている。

第一の理由は、「われわれが党派性を喪失したことである」。「われわれは議論を闘はし、それによつて次第に環境から自己を選び出し、その選び出すことによつて逆に環境を支配する位置に立とうとした。」だが雑誌が安定するにしたがって時代の状況との闘いが失われていった。「私たちの会の窮極の立場は、〔…〕世俗を否定し、世俗化されてゆく自己自身を否定することにある。」だから「党派をもつて生れた結社が、党派性を失つた場合は解散以外に生きる道はない」。

第二の理由は、「中国文学といふ態度が大東亜文化の建設に対して存在の意味を失つたといふことである」。「漢学と支那学の否定を立地とし、一般外国文学研究を方法とした中国文学研究会は、まさにそのゆゑにこそ行き詰らなければならなかつた。」なぜなら「私たちの方法とした一般外国文学研究の方法が方法としての意義を失ふといふ自覚に私たちは到達したのである」。「大東亜戦争は〔…〕近代を否定し、近代文化を否定し、その否定の底から新しい世界と世界文化を自己形成してゆく歴史の創造の活動である。この創造の自覚に立つとき、〔…〕ヨーロッパ近代文化の私たち自身への投影である」現代文化のなかにいる、自己自身を否定しなければならなかった。

第三の理由は、とくに「積極的な解散理由」としてこう説明される。「私たちは今日、支那を研究するのに、自己の対立物としての支那を肯定してはならぬ。存在としての支那はあくまで私の外にあるが、私の外にある支那は越えられるべきものとして外にあるので、究極においてそれは私の内になければならぬ。自他が対立することは疑ひゑぬ真実であるが、その対立が私にとつて肉体的な苦痛である場合にのみそれは真実なのである。つまり支那は究極において否定されねばならぬ。それのみが理解である。そのためには、支那に相対する私自身が否定されねばならぬ。〔…〕外国文学としての支那文学が日本文学の視野に主体化される点まで私たちは焦点をずらさねばならぬ。つまり主体的に日本文学の立場に立たねばならぬ。その場合、〔…〕受け入れるべく日本文学はあまりにも衰弱してをり、そのゆゑにこそ私たちは会を止めねばならなかつたからである。すなはち私にとつて、支那文学の問題は日本文学の改革の問題に転化してはじめて意味を持つのであり、中国文学研究会の解散はその決意の発端とならねばならないのである。」

とりわけ難解な第三の理由は、「大東亜文化建設の方図」で竹内の述べた結論の部分とかさねあわせるならば、それを、十二月八日の決意以来竹内がみずからに課した、中国を主体的にとらえる方法として理解することができよう。それは、のちほど論ずることとなる、竹内が魯迅理解の鍵としてもちいる「掙《そう》札《さつ》」そのものだと言ってよい。いいかえれば、十二月八日の決意の具体的展開をつうじて竹内好は、「掙札」という自他のあいだを往還する独自の対象把握の方法をわがものとしたのにほかならぬ。念のためここで、「掙札」について、孫歌が『竹内好という問い』（岩波書店、二〇〇五年）のなかで、「それは自己に対する一種の否定性の固守と再構築である」と規定したうえで、「「掙札」のプロセスとは、他者に内在しながら他者を否定するプロセスであり、それは同時に自己のなかに他者が入ることによって自己を否定す

るプロセスでもあるのだ」と解説していることを付記しておこう。(12)

この「中国文学廃刊と私」の発表された最終号には、竹内の文とならんで千田九一の「長泉院の夜――中国文学の廃刊に寄せて」が載っている。長泉院は同人がしばしば集まった目黒にある武田泰淳の実家の寺だが、千田は竹内と武田のあいだの羨しくなるような関係について記してから、こう述懐する――「「中国文学」といふのは、わからない雑誌であった。これも、わかってたまるものか。わからないところに、意味があったのである。竹内がわからないやうに、「中国文学」もわからない。〔…〕文学ともつかぬ科学ともつかぬ、しかも内外それらすべてをはるかに見渡してゐたのである。近代と中国とをごっちゃにしたこともあった。ジャーナリズムと文学とをとり違へたこともあった。学者と作家と政治家とを同席に饗応したこともあった。研究と翻訳と創作とが入り乱れたこともあった。さうした混乱と衒気と狼狽と模索とが、この十年間の「中国文学」の姿であった。わからない筈である。そもそもの中国がそんな姿をしてゐるのかも知れない。」

古い同人のひとりのこの感慨こそ、あるいは『中国文学』の姿をもっとも的確にとらえたものかもしれない。ともあれ『中国文学月報』そして『中国文学』は、一九四三年三月、全九十二冊を刊行して九年間の幕を閉じるのである。

6　『司馬遷』

すでに一九四二年一月に発表された高坂正顕、鈴木成高、西谷啓治、高山岩男による座談会「世界史的立場と日本」については記したが、十二月八日の開戦を契機に、文壇、論壇でいっせいに語られだしたのは、「新しき歴史の心」であり、「新しい日本精神」であった。そうした声を結集するかたちで開催されたのが、当時の日本を代表する三つのグループ、すなわち『文学界』同人と京都学派と日本浪曼派の三つの要素を組みあわせた、四二年九、十月の『文学界』を飾る文化綜合会議シンポジウム「近代の超克」である。しかしそれについては章をあらためてのちに詳しく論じるので、いまここでは触れない。ともあれ日本の近代への反省にともなう歴史の問題が、開戦とともに大きくクローズ・アップされたことは、この時期、歴史にかかわるさまざまな作品があいついで世に問われだしたことによっても、如実に示されていると言えよう。

愛児の死をまえにした母親の悲しみに歴史の原型を認める小林秀雄は、一九四二年六月に、「歴史といふものは、見れば見るほど動かし難い形と映つて来るばかりであつた。新しい解釈なぞでびくともするものではない。そんなものにしてやられる様な脆弱なものではない。さういふ事を合点して、歴史はいよいよ美しく感じられた」(「無常といふ事」、『文学界』)と書く。一九三五年に「黒船の幻影」をみずからの出発点として歴史をたどりなおすことにより、近代日本とは何かと問う大作『夜明け前』を完成させた島崎藤村は、四三年一月から長崎におけるシーボルトを序章とする、その続篇『東方の門』(『中央公論』十月号まで連載)に取りかかる。もっともそれは、八月の藤村の急逝により中断されるのだが。そして三七年四月から長篇『旅愁』を連載していた横光利一は、この時期に第三篇に入り、「ヨーロッパの幻影」にとりつかれて帰国した主人公八代を、日本の過去を求めての旅に出立させる。四三年八月の『文藝春秋』に掲載された、横浜ニューグランド・ホテルでの会食の場面には、「真面目な話に流れがよつて来ると、知らず識らず、いつも科学と歴史の相剋地点に落ち合つて揉み合ひつつある、現代といふものの持つ性格は、これはどういふことだらうと思つた」とある。四三年四月に刊行された武田泰淳の『司馬遷』も、そうした時代の流れのなかに、まず位置づけねばならないだろう。

もっとも、戦場から生還した武田泰淳の『司馬遷』は、一九三五年前後にすでに文学的立場を確立していた先達たちの作品と比べてみれば、まったく異質なものだったと言わなければならない。

『司馬遷』の「自序」で武田は、「私が「史記」について考へ始めたのは、昭和十二年（一九三七）、出征してからである。はげしい戦地生活を送るうち、長い年月生きのびた古典の強さが、しみじみと身にしみて来て、漢代歴史の世界が、現代のことのやうに感じられた。歴史のきびしさ、世界のきびしさ、つまり現実のきびしさを考へる場合に、何かよりどころとなり得るものが、「史記」には有る、と思はれた。〔…〕しかし〔…〕昨年十二月八日まで、低迷徘徊がつづいてゐた。〔…〕あの日以来、心がカラッとして、少し書けさうになつた」と記している。じじつ竹内好が『中国文学』第九十一号（四三年一月）に寄せた「後記」には、「僕と武田は一週間に一、二度は必ず会つてをり、この一年間の話題の中心は主に世界史一派と司馬遷であつた」とある。

武田泰淳の『司馬遷』構想の原点として、『中国文学』第六十四号（一九四〇年八月）に載ったエッセー「支那で考へたこと」があることを忘れてはならぬ。そこで武田は、「板橋集の泥でできた防壁の上に乗り、一面に暮れかかつてゐる広漠たる麦畑に背をむけて」戦友に、「こんな村は歴史に出てこないね」と声をかけ、「この安徽省の原始的な村落の防壁の上の会話が芝居の台詞のやうに天地に鳴りわたる意義があるやうな気がしてきた」。そしてこうつづく――「「大昔でもこんな家なら建てられるもの」〔…〕自分でさう口にした瞬間に、その貧弱な泥壁ばかりの村全体が歴史を忘れてしまった、置き去りにされた存在として私に向つて来るやうに思はれた。〔…〕すべてみな前世紀、遥かな中世の幽霊のやうに思はれた。中世の幽霊などといふ言葉であらはすのはまどろこしいほど、私の身体にしみわたるある種の感動をあたへるものであつた。私たちは近代的意識を持つてゐるはずなのに、その近代ぶる私たちの本性が呼びさまされて再びもとの古巣へもどるかの如くこの古くて生れたばかりのやうな村に吸ひ込まれたのかもしれない。」このあとよく引かれる有名な言葉――「世に殺人ほど明確なものはない。殺された者は横になつて動かず、殺したものは生きて動いてゐる」が唐突にあらわれる。つまり、破壊をことと する兵士が戦場の一刻の静寂のなかでしみじみと味わった、太古からの時間にかかわる感慨と、まさにそれと対蹠的な兵士の冷酷な日常の認識――わたしはその対立のうちに、武田泰淳の歴史認識の出発点を見たいのだ。そのような戦場のぬきさしならぬ緊迫感を前提とすることなしには、『司馬遷』は理解できないとわたしは考えている。

いささか前置きが長くなったが、武田泰淳の『司馬遷』は、一九四三年四月、「東洋思想叢書」の一冊として日本評論社より上梓された。

『司馬遷』はこう書きだされる。

司馬遷は生き恥さらした男である。士人として普通なら生きながらへる筈のない場合に、この男は生き残つた。口惜しい、残念至極、情なや、進退谷まつた、と知りながら、おめ／＼と生きてゐた。腐刑と言ひ宮刑と言ふ、耳にするだにけがらはしい、性格まで変るとされた刑罰を受けた後、日中夜中身にしみるやるせなさを嚙みしめるやうにして、生き続けたのである。そして執念深く「史記」を書いてゐた。「史記」を書くのは恥づかしさを消すためではあるが、書くにつれかへつて恥づかしさは増してゐたと思はれる。

すでに「土民の顔」「支那文化に関する手紙」を読んだものには、この司馬遷像の背後に、生還した武田泰淳自身の姿がありありと浮かんでくるにちがいない。そして武田は、「生き恥さらした男」司馬遷が『史記』を書いたのは、彼が自分の生きる「漢代を、乱世なりと、定め」たからであり、彼にそれを書く決意をさせたのは、第一に、伝統ある「封禅」の現代化を批判したため「封禅」の威儀に列席することを拒まれ、「憤りを発して」死んだ父、太史公司馬談の「憤りを以て書け」という遺言と、第二に、彼に宮刑を課した李陵の禍を挙げるのだ。「国家的記録者たる史家にとつて、忘却のための記録に身を打ち込むとは、まことに凄愴である」と記したうえで武田は断言する――「歴史家はただ、記録するのみである。ただ記録すること、それのみによつて、他のことは為さぬ。しかし彼は、記録によつて、あらゆる事を為すのである。歴史家は、為さざること無しでなければならぬ。」

では記録しようとしたとき、司馬遷のまえに繰りひろげられた世界とはいかなるものであったか。「「漢」こそ世界そのものであつた。〔…〕それを書きつづることは「全体」を考へることであつた。「全体」を考へると云ふことの意味、「世界」を考へると云ふことの意味、困難ななかでも困難な意味が、かうして二千年前に明にされたのである。」しからばどのようにして「全体」を考えるのか。「「人間」の姿を描くことによつて、「世界」の姿は描き出される。「人間」の動きを見つめることにより、歴史全体が見わたされるのである。そして「人間」の姿を見つめて行き、「人間」の動きを描き出してゐるうちに、いつしか「人間」は「政治的人間」と化して、世界を動かし、歴史をつくり出してゐることがわかつて来るのである。」それは歴史の側に立てばこう言いかえられる。「世界の歴史は政治である。政治だけが世界をかたちづくる。〔…〕「史記」の意味する政治とは、「動かすもの」のことである。〔…〕歴史の動力となるもの、世界の動力となるもの、それが政治的人間である。政治的人間こそは「史記」の主体をなす存在である。」したがって司馬遷は『史記』を構成するにあたり、「政治的人間は、世界の中心となる」がゆえに「十二本紀」を、「政治的人間は分裂する集団となる」がゆえに「三十世家」を、「政治的人間は独立する個人となる」がゆえに「七十列伝」をつくったと、武田は解釈する。

ついで『史記』の構造分析に移っていくわけだが、武田泰淳は「本紀」をめぐって、司馬遷の史家としてのそもそもの立脚点を、こう開示する。

栄光にみちた平和な伝統はいつまでも続くものではない。それはいつか滅亡によつて終る。湯と云ふ聖天子が、悪王桀に代つて王位につくことによつて、読者はわづかに心なぐさめられるのであるが、それにしても今や世界の中心の滅亡と云ふことが、読者の胸を打ちはじめたのである。言葉を換へて言へば、世界の中心はやはり他の個物と同じく、何者かによつてとつてかはられるものであると云ふ定理が、いつかそこに生れて来るのである。徳をなくせば、力もともにくづれ、天の命にそむけば栄光は色あせ、勝利者はいつか敗北にみまはれる。勝利と敗北が「本紀」を貫いて黒々と流れはじめる。〔…〕「五帝本紀」に示された平和な伝統としての世界中心ではなくて、勝利と敗北のからみあつた聖悪二元的の世界中心が、具体的に読者の眼前につきつけられたのである。

太陽と見えた秦の始皇帝、ふたつの中心となった項羽と漢の高祖、「おそろしき女」呂后と、「本紀」を読みすすんで武田は、あらためて感慨深げに書く――「昇りつめた瞬間、神となつた瞬間、人間はやはり個人にもどつて来る。絶対者は天と個人の間の空間を往来するにすぎない。」

「本紀」のあとの「世家」について、他の正史にはない「世家」を設けたところに、武田は司馬遷の独創を見る。「「世家」並立状態は、殺人修羅の場ではあるが、世界の活動様式として、「本紀」の中心作用と共に、大切な様式である。重なり合ひ、歪み易く崩れ易く、捕捉し難い様式であるが、史記的世界の運動面はこの様式をはなれては考へられない。」そして「各「本紀」は時間的に継続し、かつ交替したが、各「世家」は空間的に並立し、一世界を構成してゐる。しかもその並立はやはり周囲から「本紀」を支へる並立である」と、その独特な性格を規定する。しかしここでは、安んずべき家もなく「喪家の狗」とならねばならなかった孔子を、あえて「孔子世家」として司馬遷が取りあげたことを重視し、これまでの「「世家」否定の「世家」たる、「孔子世家」を組み入れることによつて、「史記」全篇に於ける、「世家」の役割は、一種異様なものになつた」と喝破し、「今まで十六世家の形づくつてゐた世界は、ここまで来て、この異様な一世家の出現に出遭ひ、一挙にして、全体的に、批判され、否定されてしまつたのである」と指摘する。つまり「孔子世家」の存在のため、「十六「世家」が「無に沈み行」つた後に、史記的世界には、少くとも漢代「世家」が出現して来ることは確である」。そして以上の諸事実を総合すると、「「世家」と「世家」、「本紀」と「世家」は、持続によつて結びつけられてゐるくせに、また中断転換によつて関係づけられてゐると言えよう」と、その相互関係をあきらかにする。

「列伝」について武田はこう記す――「彼は「伯夷列伝」を頂点に置き、「貨殖列伝」を下底に沈め、「人間列伝」を構成する。司馬遷の「列伝」はありきたりの集録ではなく、構成された完全な作品である。「伯夷列伝」は伯夷個人の歴史ではなく、人間精神の象徴であり、幻想的な理想である。「列伝」の開幕である。「貨殖列伝」は単なる物質論ではなく、「列伝」の全構想になくてはならぬ一つの礎である。「伯夷第一」と「貨殖第六十九」をあはせ眺める時、その間にはさまれた六十七の列伝が、如何に深い問題をひそめてゐるか、おのづから覚ることが出来よう。」ここで武田は能の舞台を持ちだす。「七十列伝の一つ一つの顔は、単なる顔ではなく象徴的な顔である。能面のやうに、この世界のさまざまの、シテ、ツレ、ワキを代表する「人間面」である。〔…〕「列伝」を「歴史能」として眺め、その深い象徴的な意義を探ることは、「史記」を読む大きな楽しみである。」

このように「本紀」「世家」「列伝」とそれぞれを論じたあと、『史記』全体をこう総括する――「史記的世界では、持続は空間的に考へられてゐる。史記的世界は、「本紀」だけ、或は「世家」だけで、出来てゐるのではない。「列伝」「書」「表」、あらゆるものを包含して、持続してゐるのである。「史記」の問題にしてゐるのは、史記的世界全体の持続である。個別的な非連続は、むしろ全体的持続を支へてゐると言つてよい。史記的世界は、あくまで空間的に構成された歴史世界であるから、その持続も空間的でなければならぬ。〔…〕絶対的持続へ行きつけるからこそ、史記的世界は、真に空間的なのである。」そのうえで武田泰淳は、「本紀」を恒星、「世家」を恒星をめぐる惑星、「列伝」を惑星をめぐる小惑星に見立てて、それぞれの運動のつくりだす歴史世界を、エドガー・ポーの描く宇宙の聚合と消滅になぞらえ、ポーの『ユリイカ』（一八四八年）の次のような言葉を引用する。それはそのまま司馬遷の歴史観、ひいては評者武田泰淳の歴史観を比喩的に表現するものといえるので、あえてそのまま写しておく。

宇宙の聚合と消滅に就いて、私どものたやすく考へ得られることは、新たなそして恐らくは全然異つた状態の系列が――再度の創造と放射と自己復帰とが――再度の神意の作用と反作用とが、続いて起るだらうといふことであります。諸法則に卓越した普遍法則、かの周期性なる法則に、想像力を託して、私どもは、ここに敢て考察して来た過程は永遠に、永遠に、繰り返されるであらう、神の心臓の鼓動ごとに、新しい宇宙が湧然と現出して、やがて無に沈み行くだらう、といふ信念を抱く――といふよりは、かかる希望に耽ること、を充分許されるのではないでせうか。

ここに語られる、「空間的に持続する」歴史が、時間に沿って直線的に展開するいわゆる歴史、皇国史観からマルクシズムにいたる、「聖」が「悪」を駆逐するという「予定調和的な」歴史と、本質的に異なったものであることは言うまでもない。しかもそれは、これまで歴史についてかならず論じられてきた、武田の言葉を使えば、「「発展」とか「時代」とか「進歩」とか「転換」とか「反動的」とか「科学的」とか、その他様々な空疎な言葉」でとらえられることはけっしてない。歴史はただ天体のように、無限の空間に「湧然と現出して、やがて無に沈み行く」だけのものなのである。そして宇宙と呼ばれる無限の空間こそ、つぎつぎと生まれては消えていく、さまざまな歴史の舞台だと、いま武田泰淳は観望しているのにほかならない。

ここで『司馬遷』の本文が、「列伝」の最後に「匈奴問題」をおいて終わっているという事実に注意しておきたい。「匈奴は漢唯一の敵、一日も忘れることの出来ぬ、離れることの出来ぬ敵」であったのだが、司馬遷は、匈奴の生き方がいかに漢のそれと異なったものかをあきらかにしてから、「彼等の文化はかけはなれてゐる。しかし正しくないと云へるだらうか？」と問い、司馬遷自身を宮刑に追いやった李陵の禍の原因となった匈奴こそ、もうひとつの世界、漢の世界とはべつの異文化の小宇宙として認めざるをえないと訴えかけている——そう武田泰淳は読むのである。だからこそ「列伝」の最後は、「忍び得ぬ悲しみ。忍び得ぬ悲しみを以て司馬遷は、匈奴問題を見守つてゐたのである。／彼が悲しみを以て見守つてゐたのは、この問題ばかりではない。世界全体である」という言葉で締めくくられるのだ。

『司馬遷』の巻末におかれた「結語」は、本文とは打ってかわった奇妙な文章である。「史記的世界は要するに困つた世界である。世界を司馬遷のやうに考へるのは、困つたことである。ことに世界の中心を信じられぬ点、現代日本人と全く対立する」と語りだし、「空間的に世界を考へると言ふ態度は、行動者の態度ではなく、後から視てゐる傍観者の態度である。既に批判精神であるから「海行かば」の声は生れない」と明言する。しかるのち「「史記」は良書ではあるが、同時に危険書である。〔…〕殊に史記的世界はおそろしい。真実だからおそろしい。だから棄てては置けないのである」としたうえで、自分の書いたものは「懦夫の繰りごとであつた」と反省しておわる。一見つかみどころのないこの曖昧な「結語」は、むろん検閲の眼をくらませるためのものであったろう。しかし『司馬遷』を世に送りだした一年後、武田泰淳が、こんどは兵士でなく民間人としてふたたび中国へ赴いたことを考えあわせるとき、このアイロニカルな文章の裏にじつはさまざまな思いがこめられていたのではないかという気もしてくる。とまれ、死地から生還した武田泰淳が、まぎれもない自己の現在の到達点を、司馬遷に身をやつしてこの作品のなかではっきりと描きだしていることを見落としてはならない。

司馬遷は自己の不遇を嘆じ、天道非なりと見た。伯夷、叔齊と共に、最初から否定的な気がまへである。天道は闇であり、現実は黒々としてゐる。「天道、是か否か」。疑ひも、これを以てきはまれりと云へよう。「天道、是か否か」。天道すら信じられないならば、人は何を信じたら良いのか？　司馬遷は何を信じたら良いのか？　自分である。自分の歴史である。「史記」である。天すら棄てたもの、天のあらはさなかつたもの、それらの人物をとりあげ、あらはすのは、我司馬遷である。我を信ぜよ。我が歴史を信ぜよ。

かくして武田泰淳は、『司馬遷』の完成によって、竹内好の言葉にしたがえば、日本文学の場に立って中国を突きぬけてそれをわがものと化する仕事を、みごとになしとげたのであった。

あとといそぎ、『司馬遷』刊行の三ヵ月後、『文学界』に発表された、おなじ司馬遷と李陵を主人公とする中島敦の遺作「李陵」について書いておかなければならない。

武田の一歳年上の中島敦は前年十二月に夭折しているから、ふたりのほぼ同年齢の文学者は、戦争たけなわなこの時期、ともに『史記』によって独自の文学世界を創りだしたのであった。小説「李陵」は、要約すれば、いわゆる李陵事件を作品の出発点に据えることによって、事件の結果漢社会から排除された李陵と司馬遷のふたりをならべ、一方では、心ならずも異文化社会で生きざるをえなくなった李陵に、彼と対蹠的な旧友蘇武をからみあわせることにより、無文字社会への同化と異化の相剋のドラマを展開し、他方、漢社会における生を断念し「書写機械」と化した司馬遷に『史記』を書かせることにより、無文字社会と文字社会との差異を明確化するばかりか、李陵のその後の運命を完成された『史記』と対置することで、あらためて歴史とは何かという問題を、その起源に遡って問いかける——そのような作品だったのである。そして武田が逼迫した時代のなかで、司馬遷にならって「世界」全体の意味を考え、時代をこえてみずからの「天道」を創りだそうとしたように、司馬遷を「書写機械」と呼んだ中島敦も、書くことによって時代をこえ、そこにおのれの思考する世界全体の意味を定着しようとこころみたのであった。[13] しかしながらこのふたりを大きく異ならせたのは、華中の戦線に二年、日夜眼にする戦争による破壊に深い衝撃をうけながらも、いやそれだからこそ、文化をささえる文字だけは信じようとした武田が、司馬遷そのままに書かれるものに全幅の信頼を寄せたのにたいして、ミクロネシアの無文字社会で生活した中島が、司馬遷の歴史のかなたに、現に自分の生存している社会とはまったく異質な、無文字社会が存在していることをけっして忘れなかったところにあった。それにしても、まさに太平洋戦争が熾烈をきわめた一九四三年という年に、おなじ『史記』をめぐってふたつの名作が誕生したことは、歴史の最大のアイロニーであるかもしれない。

7　『魯迅』

一九四四年十二月、竹内好の『魯迅』が、『司馬遷』とおなじ「東洋思想叢書」の一冊として日本評論社から上梓された。もっとも著者の竹内は、原稿を完成した直後の四三年十二月四日、召集をうけて千葉県佐倉町の東部第六十四部隊に入隊、同月十日、中支派遣独立混成第十二旅団の補充兵として中国湖南省に出発した。したがって校正など出版までの作業のほとんどは武田泰淳が引きうけ、『魯迅』は武田の「跋」をつけて刊行される。武田の戦後の回想によると、竹内は「大東亜文学者大会にぎやかなりしころ、この騒ぎをよそに評論『魯迅』の文章に没頭してゐた」（「美しさとはげしさ」、『桃源』一九四七年一月号）とあるから、四二年秋には執筆が開始されていたと見ていいだろう。創元文庫版「あとがき」に竹内自身、「追い立てられるような気持で、明日の生命が保しがたい環境で、これだけは書き残しておきたいと思うことを、精いっぱいに書いた本である」と記している。

しかし『魯迅』そのものを論ずるまえに、書いておかなければならない一連の出来事がある。

一九三六年十一月、魯迅の死の直後『中国文学月報』第二十号は「魯迅特輯」を編み、竹内好が「魯迅論」を載せている。そこで竹内は「狂人日記」について、「新文学の最初の作品」であったが、「イデオロギイ的には当時の進歩した智識階級にいくらも先んじてゐなかつた」と批判し、その後魯迅が創作を絶ったのは、「「手で書くより足で逃げる方が忙しい」（増田渉「魯迅伝」）からではなくて（この言葉には魯迅の

「嘘」がある）、彼の手が頭を追へない結果である。否定的情熱としてよりほかに自己の矛盾を観念的に処理し得なかつたからである」と断定する。しかるのち、「この人間的成長――歴史に伴つて曝露されてゆく自己矛盾――の反面には、作家としての燃焼が終焉に近づくといふ悲劇が隠されてゐるのかもしれない」として、「自らの個人的哲学を築き得なかつた魯迅の矛盾は、肉体的に解決されることなしに、新しい客観世界での苟合的統一に安んじてゐるに過ぎない」と結んでいる。さらに竹内は、翌年一月の『月報』第二十一号の「郁達夫覚書」では、魯迅を引きあいに出して、「広さに於て魯迅に劣り、深さに於て優る。この人を除いて新文学はない」と、郁達夫を褒めちぎっているのだ。

こういう竹内の魯迅観にあきらかに反発して書かれたのが、一九三七年三月に刊行された、改造社の『大魯迅全集』月報に発表される、武田泰淳の「影を売つた男」である。そこでは、「一九三〇年以後、つまり魯迅の政治的傾向が一定したと考へられるやうになつて以来の態度を見た人は魯迅が如何に強い人であつたかと驚嘆する」という一節が文頭にくる。そして「彼は文学者の生存のための問題「政治と文学」の問題を身をもつて示したのである」として、「彼の出発点は自己をもふくむ社会に対する怒りである。自己をみつめることがきびしかつた彼は限りない懐疑心にかりたてられた」と述べてから、魯迅の小説作品を取りあげて言う――「そこにあらはれた死とか愚昧とか貧困とか圧迫とかを読みをへた人は大きな恐慌に襲はれ、真黒な海に向つて傾いてゐる砂原に立つてゐるやうな感情に落ちいる。その砂原には何も生え出ずる様子は見えない。掘つても掘つても砂の下に砂があるからである。しかし魯迅は砂原を掘りつづけた。作品が書けなくなるほど夢中になつて掘りつづけた。」そしてそのあとに、あきらかに竹内である「或る批評家」の「ジャーナリストぶつた早呑込みに反対する」と公言したうえで、「彼にあつては「頭」

をすませることも砂を掘ることであり、「手」を走らせることも砂を掘ることであつた。彼は小説を書かなくなつてからは雑文を書いてゐた。しかし文学者としての彼の努力には一歩の退却もなかつたのである」と書く。しかるのち武田は、砂原を掘るという「生活の進行する間に彼は政治といふ悪魔に影を売つてゐたのである。何度も何度も彼は政治の悪魔を呼びよせては影を売つた」と語り、さらにこうつづける――「しかしながら数回にわたつて「文学」といふ影を魯迅から買ひとつた「政治」といふ悪魔はそのたびに魯迅の心の中の影が前にもまして大きくなつてゐるのを見出した。かくして魯迅にとつて悪魔はつひに親友と化しつつあつた。政治に近づく事は「文学」・影を無限に豊かなものにすることであつた。影を売つた男の記録は次のやうな結論をもつて終つてゐる。／悪魔に近づくことをおそるるなかれ！」短いながら魯迅の本質を的確にとらえた批評文だと言っていい。

この武田の「影を売つた男」が、竹内好の『魯迅』執筆の直接の契機となったとまでは言わない。だがすくなくともここで武田の示した魯迅理解の視座が、八年後の竹内の『魯迅』のなかに受けいれられていることは、まぎれもない事実なのだ。

竹内好は『魯迅』の原稿が完成するまえ、のちにその「序章――死と生について」となる部分を、ほとんどそのまま「魯迅の矛盾」と題して『文学界』一九四三年十月号に発表している。この「魯迅の矛盾」は、「魯迅論」当時の竹内の魯迅観をはっきりと否定し、武田の示唆した方向に大きく一歩を踏みだしたものとして、読むものを納得させる。

それは、一九三六年の魯迅の死から筆をおこし、「論争は、魯迅の文学が自己を支へる糧であつた」という新見解を示したあと、魯迅の言葉を引いて彼の晩年の運命をこう素描する――「「私は牛のやうなものだ。食ふのは草で、搾り出すのは乳と血だ」。乳と血を搾り取つたのは青年たちである。彼らはただ、身近すぎて牛を忘れてゐた。牛が身を構へて動かなくなつたとき、愕然として牛を意識した。今まで魯迅の名を呼んでゐたものが、実は彼ら自身であることに気がついた。魯迅にとつて、死は彼の文学の完成である。しかし青年たちは、はじめて自己の孤独を知つた。」そして中国の近代文学が経てきた三つの大きな時期、「文学革命」と革命文学と民族主義運動を実際に生きてきた唯一の人魯迅について、「彼は、退きもしないし、追従もしない。まづ自己を新時代に対決せしめ、「掙札」によつて自己を洗ひ、洗はれた自己を再びその中から引出すのである。この態度は、一個の強靱な生活者の印象を与へる」と語る。そのような認識に立って、竹内はみずからの現在の魯迅理解を、「私は、魯迅の文学をある本源的な自覚、適当な言葉を欠くが強ひて云へば、宗教的な罪の意識に近いものの上に置こうとする立場に立つてゐる」と定義し、さらにそれをこう詳説する――「魯迅の根柢にあるものは、ある何者かに対する贖罪の気持ではなかつたか?」――「彼の根本思想は、人は生きねばならぬ、といふことである。〔…〕魯迅はそれを概念として考へたのではない。文学者として、殉教者的に生きたのである。」――「窮局の行為の型として魯迅が死を考へたかどうか、〔…〕彼が好んだ「掙札」といふ言葉が示す激しい凄愴な生き方は、一方の極に自由意志的な死を置かなければ私には理解できない。」こうして竹内好は、いまや三七年の武田泰淳を越えたところに、みずからの出発点を定めるのだ。

以上の「序章」と、武田泰淳の提起したそのままの「政治と文学」と題する終章とのあいだにおかれる、「伝記に関する疑問」「思想の形成」「作品について」の三章は、ひとつの問題探究に捧げられていると見るべきだろう。それを竹内好自身の言葉で示しておこう。

魯迅が如何に変つたかでなく、如何に変らなかつたかが私の関心事である。彼は変つたが、しかし彼は変らなかつたのである。いはば私は不動において魯迅を見る。従つて伝記に関する興味も、彼が如何なる発展の段階を経たかではなく、彼の生涯のただ一つの時機、彼が文学の自覚を得た時機、云ひ換へれば死の自覚を得た時機が何時であつたかが問題である。

つまり竹内は、「思想や、作品行動や、日常生活や、美的価値でなく、それら雑多なものを可能にしてゐる本源は何者か」――それこそ竹内の見る「宗教的な罪の意識に近いもの」、「贖罪の気持」のひそむところなのだが、そのすべての根柢にあるものがいつ自覚されたかを、探ろうというのだ。その探索は、具体的には魯迅の日本留学前後からはじめられ、梁啓超の影響、仙台での幻灯事件などがつぎつぎと検討されていく。そして的はしだいに「狂人日記」発表直前の北京時代に絞られていき、「外面に現れた動きは何一つない。「叫び」がまだ「叫び」となつて爆発しない。それを醞釀する重苦しい沈黙が感じられるだけである。その沈黙の中で、魯迅は彼の生涯にとつて決定的なもの、いはば回心と呼びうるやうなものを摑んだのではないか」と、竹内は推測する。しかるのち「狂人日記」を取りあげ、この稚拙な作品が近代文学の道を開いたというのは、これによって「ある根柢的な態度が据ゑられたことに価値がある」からであって、そのために「「狂人日記」の作者は小説家として発展せず、むしろ小説を疎外することによつて自作の贖ひをしなければならなかつたのだ」と、竹内は解釈する。ここで評者は、魯迅が「作品の中で自己を分裂させる代りに、作品を自己に対立させることによつて、いはば作品の外で自己を語つてゐるのである。〔…〕雑感といふ独特の文体を創つたのもこれと関係があるだらう」と述べて、かつて自分が小説を書けなくなったのは文学に思想が追いつけないからだとしたのは、自分の考え方の順序が逆だったと、みずから反省し訂正している。

かくて竹内好は、その「根源」における魯迅の姿をこう描きだすのだ。

魯迅の見たものは暗黒である。だが、彼は、満腔の熱情をもつて暗黒を見た。そして絶望した。絶望だけが、彼にとつて真実であつた。しかし、やがて絶望も真実でなくなつた。絶望も虚妄である。「絶望の虚妄なることは正に希望と相同じい」。絶望も虚妄ならば、人は何をすればよいか。絶望に絶望した人は、文学者になるより仕方ない。何者にも頼らず、何者も自己の支へとしないことによつて、すべてを我がものにしなければならぬ。かくて文学者魯迅は現在的に成立する。啓蒙者魯迅の多彩な現れを可能にするものが、可能となる。私が彼の回心と呼び、文学的正覚と呼ぶものが、影が光を生み出すやうにして生み出されるのである。

しかし魯迅は「絶望に安住しなかつた」。彼は絶望を見棄てる。「道は無限である。彼は無限の道を行く一人の過客に過ぎない。しかしその過客は、いつか無限を極小的に彼一身の上に点と化し、そのことによつて彼自身が無限となる。彼は不断に自己生成の底から湧き出るが、湧き出た彼は常に彼である。いはばそれは根元の彼である。私はそれを文学者と呼ぶのである」と、竹内は断言する。そして魯迅の世界の展開を、彼はこう表現するのだ。「小説や批評に対象世界を構成しえぬほどに、彼の苦しみは、深かつた。〔…〕彼は苦しみの表白のために、論争の相手を求めたのである。〔…〕だが彼が抗つたのは、実は相手ではなくて、彼自身の中にある如何ともしがたい苦痛に対してであつた。彼はその苦痛を、自分から取り出して、相手の中へ置いた。そしてこの対象化された苦痛に、彼は打撃を加えた。彼の論争はこのやうにして行はれた。」この論争も小説と同様に、「窮局的に、二つの中心的なものを廻る奇妙な絡み合ひに帰着」した。すなわち、「回心」の軸にもかかわった、「政治と文学の対決」であると竹内は語り、最終章に入っていく。

最終章で論じられるのは、「文学的正覚」ののちに魯迅が政治と文学の問題にどのように対処したかという一点である。まず竹内は、死に臨んで「革命なほ未だ成功せず」と叫んだ孫文のうちに「永遠の革命者」を認めた魯迅が、「「永遠の革命者」を自己に見た」ことを、魯迅の生涯に一貫した姿勢として強調する。しかるのち、一九二七年に魯迅がおこなったふたつの講演、革命の昂揚期である四月の「革命時代の文学」と、その五ヵ月後の革命衰退期の「魏晋の風度および文章と薬および酒の関係」とを取りあげて、魯迅にとっての「政治と文学」のふたつの側面に光をあてる。まず前者をめぐって、竹内はこう魯迅の主張を要約する――「政治に対して文学が無力なのは、文学がみづから政治を疎外することによつて、政治との対決を通じてさうなるのである。政治に遊離したものは、文学でない。政治において自己の影を見、その影を破却することによつて、云ひかへれば無力を自覚することによつて、文学は文学となるのである。政治は行動である。従つて、それに対決するものもまた行動であらねばならぬ。文学は行動である。〔…〕しかしその行動は、行動を疎外することによつて成り立つ行動である。〔…〕行動がなければ文学は生れぬが、行動そのものは文学ではない。文学は「余裕の産物」だからである。」そして反動期における文学者のとるべき態度はこう記される――「政治に対して自己を否定する代りに、政治そのものを否定するより外にない。前に自己を否定したのは、相手を絶対としたからである。相手が相対に堕した今、自己否定は自己肯定に代らねばならぬ。無力な文学は、無力であることによつて政治を批判せねばならぬ。「無用の用」が「有用」に変ぜねばならぬ。つまり、政治と文学に対して無力であることを云はねばならぬ。この立言の態度が、文学者の態度である。」

『魯迅』の最後におかれた「結語――啓蒙者魯迅」では、「彼のただ一つの時機、それにおいて魯迅そのものが可能になる原理的なもの、啓蒙者魯迅を現在的に成立せしめるある根元のもの、それを、私は言葉によつて造型しようと勉めた。〔…〕ともかく私の信ずる窮極の場所まで来たわけである」と述べてから、「私は私の仕事を終る。魯迅ともしばらくお別れだ」と、待ちうけているものを覚悟しているかのごとく、さまざまな思いをこめて、竹内は擱筆する。

たしかに武田泰淳が司馬遷に身をかさねて『司馬遷』を書いたように、竹内好は魯迅と格闘することによって、みずからの魯迅像を創りあげたと言えるだろう。そしてここには、何よりも、中国文学研究会発足以来竹内が終始見せてきた文学にかかわるきびしい姿勢が、魯迅を対象として論ずることをつうじて具体化され、論理化されていることに注目しなければならない。いいかえれば、それまで直観的だった竹内が、この『魯迅』によって一挙に理論武装されたということだろう。竹内の探りあてた魯迅の「本源の何者か」が、その探索の過程をつうじて、「文学者」としての竹内好を創りだしたのにほかならない。しかもその「本源の何者か」が文学者の生として現実化されていくとき、竹内が対峙せざるをえなかった「政治と文学」という問題こそ、竹内の青春に暗い影を落としつづけてきたプロレタリア文学が振りきることのできなかった難問であり、いま十二月八日の決意によって竹内が否応なく直面させられている課題であり、やがて戦後にあらためて問いかえされることとなるものであった。このように考えてみれば、竹内好にとっての『魯迅』は、魯迅が竹内の同時代人であっただけに、武田泰淳における『司馬遷』よりも、より身近な鏡として竹内のまえに厳存しつづけていたと言えるかもしれない。それだけに竹内好はこの作品を、死地に赴くまえに何としても書き残しておきたかったにちがいない。『魯迅』もまたまぎれもない十二月八日の決意の産物だったのである。

8　戦争末期の上海

山本健吉は、『司馬遷』を刊行直後に読んだときの感想をのちにこう書いている。「この書物のなかの何が私を驚かしたのか。そのとき自分でもその正体をはっきり摑んでいたと思えない。だがともかく、ここに書かれてあることは、これまで誰からも聞かされたことのない、おそろしく独創的な一つの思想であった。あるいは、思想たりうる一つの渾沌とした固まり、実体、可能性であった。しかも、読み終った私の頭には、ある爽やかな風が流れるような快さが残った。」（「司馬遷について」、『武田泰淳全集』第十一巻解説）その山本健吉の推薦で武田泰淳は、河上徹太郎、中村光夫、吉田健一、西村孝次、山本らの『批評』の同人となる。

武田はすでに一九四一年九月から出版文化協会渉外課につとめていたが、四四年六月上海に赴く。その出発の直前、武田は自宅の長泉院に吉田、西村、山本を招いて送別の宴を張った。そのときのことを山本健吉はべつのところで回顧している。「氏は、自分が中国へ渡る気持を、一つの譬へ話で説明した。船が岸壁へ着くとき、船体と岸壁との直接の接触を避けるため、何と言ふのか大きな鞠のやうな、薬玉のやうなものを、船員があひだに垂らす。自分はあれになりたいのだと言つた。」（「武田泰淳論」、『群像』一九六二年六月号）

武田泰淳自身このときの中国行については何も書いていない。しかしこの山本の文を読むとき思い出されるのは、『司馬遷』の「結語」、「空間的に世界を考へると言ふ態度は、行動者の態度ではなく、後から視てゐる傍観者の態度である。既に批判精神であるから「海行かば」の声は生れない」という一節である。と同時に、一九四二年十二月の武田も出席した、「大東亜文化建設の方図」座談会の竹内好の結びの言葉も甦ってくる。わたしには、『司馬遷』を完成した武田泰淳が、敗戦一年まえのこの時点で、ポール・リクールの言葉を借りれば（『記憶・歴史・忘却』）、「歴史を書く」ことから「歴史をつくる」側へと転進をはかったのではないかと思われてならない。

さきほどの山本健吉の「武田泰淳論」は、おなじ『批評』の同人だった堀田善衞の上海行もとりあげていて、「戦局が絶望的な様相を呈しはじめてゐたころ」、「因縁が深く、錯綜した日中両国の関係を憂へて、中国へ渡つた武田氏や堀田氏の気持を、本当に笑ふことができるのは誰だらう。九十九パーセント絶望的な状態に陥つた国際関係の中へ、一パーセントでもの望みを嘱して飛びこんだ行動を、私はやはり立派と見るのである」と感慨深げに記している。ちなみに一九四四年五月、胸部疾患のため召集解除となった堀田善衞が上海に発つのは、すでに連日の空襲で東京が焼け野原と化しつつあった四五年三月のことである。

もっとも日本がまだ戦勝気分にひたっていたころ、一種の使命感から中国へ渡った若者たちはけっしてすくなくはなかった。たとえば一九四一年に芥川賞を受賞した多田裕計の「長江デルタ」(『大陸往来』三月号)は、そのような青年の上海における日々を追ったものだ。そこには、三ヵ月まえ上海にきて中日文化会社に入った日本人青年三郎にたいして、日本へ留学しておなじ会社で働く袁始天、その妹でヨーロッパ式教育をうけ、かつて抗日運動に参加し、いまなお蔣介石を崇拝する袁孝明が配されている。そしてなお租界の残る上海の風俗や汪政権の南京遷都式が作中に組みこまれ、時代の雰囲気を伝えてはくれるものの、孝明を説得しようとする三郎は、「今迄の世界の歴史は間違つてゐた」、「人類の政治や文化の心理学も、二十世紀は新しい世界へはいつてきたと存じます」と繰りかえすばかりで、結局孝明が煩悶のすえ自殺し、その墓前で手をとりあったふたりの青年が、「新しい歴史の始めがあり、また終りがあるといふことを」知るところでおわる。主人公の三郎がみずからの使命をけっして疑うことがないという点で、「長江デルタ」は、三八、九年に流行した戦争小説と何ひとつかわるところがない。

そうしたなかで、わたしはひとつの作品のうちに、武田泰淳や堀田善衞の赴いた上海の姿を読みとりたいのだ。一九四四年十一月の『文芸』に発表された、豊島與志雄の「秦の憂愁」である。

一九四四年といえば、六月にはヨーロッパで連合軍がノルマンディ上陸作戦を敢行し、太平洋では米軍がサイパン島に上陸、十一月にはレイテ沖海戦があり、東京空襲が開始されるという、第二次大戦の終盤にむけて戦局が急速に激化していく時期であった。国内でも前年に『細雪』の連載が中止され、七月に『改造』『中央公論』が廃刊となり、一律六四ページの残された雑誌の誌面には、「文学決戦」とか「決戦下わが文学に望む」といった欄がわがもの顔に幅をきかせていた。

しかし「秦の憂愁」に立ちいるまえに、豊島與志雄についていささか書いておかなければならない。芥川龍之介や菊池寛の友人だった豊島は、小説家というよりロマン・ロランの『ジャン・クリストフ』の訳者としてむしろ知られていた。だが二・二六事件のあと辛辣な諷刺作品「オランウ・タン」(『帝国大学新聞』一九三六年十一月二十六日)をあらわし、三八年から四〇年にかけて発表した、東京在住の朝鮮人学生李永泰を主人公とする四部作(14)で、被抑圧者の底ぬけの明るさの裏に秘められた不気味なマグマを描きだすといった、特異な作家だった。その豊島は、李永泰もののあと中国を題材とした六篇の短篇を書き、四一年、「近代伝説」という副題の『白塔の歌』にまとめて刊行している。その六篇はいずれも辛亥革命から日中戦争までの中国、とりわけ一篇をのぞいて五篇は江南地方の田園を舞台とし、日本人も戦争もまったく出てこない、一種牧歌的な伝説世界を淡々と描く。豊島與志雄が中国へはじめて渡ったのが一九四〇年三月だから、あきらかに『白塔の歌』執筆後であって、その後四四年末までに、前後四回彼は訪中している。

「秦の憂愁」は、上海を公務で訪れた星野武夫が一ヵ月の滞在のあいだ何とか会おうと八方手をつくしたにもかかわらず空しかった、旧知の秦啓源との再会が帰国の数日まえになって不意に実現した、その再会の一夜の物語である。秦は以前東京の中国大使館付通訳官をつとめていて、詩人でもあったため星野と親しくなったのだが、太平洋戦争がはじまって半年、彼は突然帰国を命ぜられて姿を消したのだった。「重慶側の知識層に知人が多い」ためともいわれていたけれど、星野の記憶に残っているのは、秦の入れあげていた芸者に星野の面前でつれなくされ、その夜銀座のバーで酔いつぶれ、「日本人は全体として中国人を蔑視してる」とからまれたことである。この小説は、星野があきらかに作者とかさなりあっているのに星野以外に「私」が登場し、ところどころで星野と秦を冷たく観察するという奇妙な構造をもっていて、秦は早くから星野の滞在を知りながら無関心にすごし、「私」に忠告されてやっとその夜ひとりで会うのを決断したという設定になっている。こうして上海の無錫料理の店に秦からの使いにつれられてやってきた星野は、そこでむかしと何ひとつ変わらない秦を見いだす。その料理店は上海の料理屋には珍しく、客が中国人ばかりだというのに静かで、「こゝは、いゝですね。なんだかなごやかで……」と星野がお愛想をいうと、秦は、「これが本当の中国……本当の支那ですよ」と素気なくこたえる。驚いて、「騒々しい険しい表情の中国は、それでは本物でないといふのですか。現実は本物でせう」と、思わず星野が反論するところから、ふたりのあいだのじつに含蓄あるやりとりが開始されるのだ。すこし長くなるが、そのまま写しておこう。

「いいえ、それは別な問題ですよ。私はあなた方の実感のことを言つてゐるのです。中国といふものはあなた方の実感の中にはなく、あるのは支那といふものだけでせう。」

「違ふ」と星野は叫んだ。

星野に言はすれば、支那といふものだけを実感してゐるのは、日本の旧時代層であつて、新時代層は中華民国といふものを実感してゐる。その実感から、中国を近代的統一国家、と護り育てようとする誠意も生れてくる。この誠意は信頼して貰はなければならないのだ。

然も秦に言はすれば、その近代的統一国家の概念と支那といふ概念との間には、日本人の頭脳の中で喰ひ違ひがある。だから例へば日支文化の交流提携といふことについても、旧支那文化と新日本文化との交流といふ、喰ひ違つた面に於て考へられる弊がありはすまいか。

然し星野に言はすれば、日本には本質的な新旧間の断層はなかつた。

然し秦に言はすれば、支那にもさういふ本質的な断層はない筈だが、断層があるやうに見える現象を心から泣いたのは、あの偉大なる作家魯迅だつた。

然も星野に言はすれば、万国公墓の魯迅の墓に肖像の焼き付けを嵌め込んだ、あの俗悪さに、魯迅は一層泣くだらう。

「話はこのやうな筋途を辿つていつたが、秦は次第に憂鬱になつてゆき、随つて言葉も少くなつていつた。」すると星野は繰りかえし、「も一度、詩に立ち戻りませんか」といったが、秦はすぐ話をそらしてしまった。やがて秦は腹ごしらえをしようと立ちあがり、ふたりが外へ出ると、待っていたふたりの屈強な若者がついてきた。四人で回教料理店で鍋をかこんだあと、また通りに出ると、突然秦が夜空を見あげて佇んでしまった。どうしたのかときくと、東京を思い出したといって、むかし銀座裏で秦が昼間空を仰いでいて気がつくと、八人の通行人がおなじように見あげていたという話をする。そして秦は星野に問う――「一人が立ち止つて空を仰げば、数人の者が立ち止つて空を仰ぐ。そのやうなことが、この上海で見られますか。東京には共通の一般心理があるが、上海には個々の心理きりありません。共通の心理には共通の言葉がありますが、個々の心理には個々の言葉きりありません。中国ではまづ、共通の言葉を作り出すことです。」そこで星野は漠然と、中国の統一国家とか、東亜の解放とか、思いつくままに呟く。すると秦は一言、「駄目です」と遮ったあと、「土地です。土地に対する愛着です。大切なものは……」といい、「多くの人がそれによつて生きてる日本では、あなたには却つて理解しにくいでせう」とつけ加えた。

それから四人は静安寺路の閑散としたダンス・ホールにいき、酔って急に何もわからなくなった星野がつれられて路地に出ると、叫び声があがり、眼のまえにつれの青年のひとりが横腹を刺されて倒れていた。星野は秦に走ってきた三輪車に押しこまれ、そのままホテルへ帰った。そのあと秦と連絡のつかぬまま星野が帰国したことを、「私」が秦に告げるところで「秦の憂愁」はおわる。

秦啓源がいったい何者なのか何ひとつあきらかでなく、まして最後の傷害事件の意味など、まったく不明なまま、この小説の幕はおりるのだ。ただ秦啓源と星野とのたがいに了解しあうことのない、堂々めぐりを繰りかえすだけの対話が、じつは敗戦まじかい時点での、日本の知識人と中国の知識人とのあいだに拡がる、底知れぬ深淵を写しだしていることだけは、理解するのに困難はあるまい。たぶんそのためだろう。豊島は「秦の憂愁」の五ヵ月後、「秦の出発」(『文芸』一九四五年四月号)を書き、そこで秦に疑われる政治色はいっさい払拭され、彼は上海の金融界の闇組織幇《バン》関係のボスで、傷害事件もそれにかかわるやくざの出入りの結果だったと説明される。たぶん「私」という第三者を登場させての目くらましだけでは、検閲にたいして申しひらきが立たなくなったのにちがいない。いずれにせよ「秦の憂愁」は、国府系、中共系ばかりか国際的諜報機関も暗躍し、日本軍占領下とはいえすでに無政府状態に近かった当時の上海の状況を、ふたりの対話をとおして象徴的に描きだした作品なのである。

武田泰淳と堀田善衞の出かけた上海とはこのような世界だった。[15] そしてそこから揚子江をはるかに遡ったところの湖南省の前線では、八年まえとは逆に、竹内好が一兵卒として戦っていたのだ。

注

(1) 拙著『林達夫とその時代』(岩波書店、一九八八年)第二章。

(2) 『中国文学月報』第十三号(一九三六年四月)掲載の同人名簿には以下の氏名がある。竹内好、岡崎俊夫、武田泰淳、松枝茂夫、増田渉、曹欽源、齊藤護一、實藤恵秀、豊田穣、陣内宣男、土居治、千田九一、吉村永吉、岡本武彦、飯塚朗。『月報』第三十六号(一九三八年三月)掲載の名簿では、三六年のものから齊藤護一、岡本武彦が抜け、新たに次の氏名が加わる。飯村聯東、梅村良之、小田獄夫、小野忍。

(3) 竹内好は、一九三八年五月、佐藤春夫とともに北京を訪れた保田與重郎と旧交をあたため、帰国後四〇年二月四日に保田に会いにいっている。その日の日記に「真実かなはぬ気がした。保田といふ男、並々ならぬえらさがあると感じた。ものを全体的に感じ、鋭く判断し、その判断が人間的基調に立つてゐる感じであつた」(『北京日記』)と記している。その前後の日記から見ても、この時期、竹内が保田と一緒に仕事をしたいと考えていたのではないかと疑われる節々が見いだされる。武田泰淳がそれに反対したのではないか。

なお大阪高校の同窓で詩人の田中克己は、のちに『コギト』と竹内との関係についてこう回想している――「……その勤め先の回教圏研究所というのへ、わたしはたびたび訪れ、『中国文学』の終刊後、回教圏についてのかれの研究をきいて、「この人にしてこの研究をするのか」と不遇に同情したが、かれはわたしがゆくとその頃もう少なくなっていた喫茶店に案内し、「書く場所なくなるぜ」とのわたしの勧告に従って、戦後悪名高い『コギト』という雑誌の同人になり、同人費を納めたが、文はかかず、「小学教師倪煥之」を訳するとわたしに呉れた。」(田中克己「思い出の中から」、『思想の科学』一九七八年五月臨時増刊号)竹内が回教圏研究所の研究員となったのは一九四〇年四月で、葉紹鈞『小学教師倪煥之』の翻訳刊行されたのは四三年九月であった。

(4) 竹内好は、一九四一年十月二十八日、福岡の松枝茂夫あて書簡にこう記している――「拝啓　男児御出生の由、大慶に存じます。原稿料は去年の八月頃から一枚五十銭で、出して居ります。甚だ軽少でありまして、原稿料と称するのはをこがましく薄謝の程度です。」(「竹内好の手紙(上)」、『辺境』第五号、一九八七年十月)

（5）一九四一年一月華北政務委員会教育総署督弁の要職についた周作人は、四月、汪政権の文化使節として来日し、二週間にわたり日本政府の公式の歓迎をうけた（木山英雄『周作人「対日協力」の顚末』岩波書店、二〇〇三年による）。

（6）竹内好は、一九四一年十二月八日の日記にこう記している――「何べんか涙のこぼれさうな澄んだ気持に襲はれた。あまりの意外さから来る興奮でもあるだらう。二・二六事件以来のショックである。しかし、それだけではないやうだ。日露戦争のときのことが想像される。いろ〳〵の不平不満が一瞬にして消えさる心理と云ふものも、やはりあるのかもしれない。千載一遇とは全くこのことだ。緊張は長くつゞかないかもしれない。しかし、今までなかつた国民的自覚が少しづゝでも湧き上つてくるのも事実なのだ。事態は全く一変した。心理も変るのが本当かもしれぬ。」つづけて十二月十三日にはこう書く――「支那事変に何か気まづい、うしろめたい気持があつたのも、今度は払拭された。支那事変は今度こそは立派に生きた。野原〔四郎〕君、とにかくこの戦争は進歩的な戦争だ、と云つた。たしかにさうであると思ふ。これを民族解放の戦争に導くのが我々の責務である。支那事変もそのやうになつて、はじめて生きるであらう。」（「竹内好の手紙（上）」）

（7）竹内好の一九四一年十二月十三日の日記にはこうある――「午后、戦争に処する方策協議のため同人会を開く。斎藤〔秋男〕、武田、増田、千田〔九一〕、それに生活社の前田〔広紀〕氏来る。増田、千田はあまり発言せず。武田は考をもつてゐるが、やはり自分と少しちがふ。生き延びるために戦争をやるので理窟を云つても駄目だと云ふ。自分の考を述ぶ。一月号に宣言を書くこと、とにかく反対ではないと云ふ。」（「竹内好の手紙（上）」）

（8）この旅について竹内は、一九四二年一月二十一日、松枝茂夫にあてた手紙にこう書いている。「次に小生近く渡支するかもしれません。実現すれば（目下交渉中）月末発つて北京へ行き、上海を廻つて三月中旬戻ります。戦争によつて小生心境に変化を生じ、再出発のため一度支那を見て来たいのと、友人から頼まれた仕事と回教関係の調査を兼ねてゐます。」（「竹内好の手紙（上）」）

（9）林柏生について、一九四三年三月、汪政権三周年記念式典に国際文化振興会派遣の文化代表のひとりとして列席するため南京に赴いた河上徹太郎は、次のように書いている――「上海には林〔房雄〕君の友人で汪政権成立に日本側で活躍したインテリ志士が数人いて、曾ての防弾ガラスで装われた車で方々案内してくれた。〔…〕また汪精衛の人柄にベタ惚れの草野心平君もこの地にあり、嶺南大学時代の親友林柏生氏が新政府の宣伝大臣格だったので、その仕事を手伝っていた。」（河上徹太郎『文学的回想録』朝日新聞社、一九六五年）また木山英雄（前掲書）によれば、林柏生は第一次国共合作時代コミンテルン派遣の軍事顧問ボロディンの秘書をつとめ、汪政権では中央宣伝部長の要職にあり、一九四八年十月南京政府により銃殺刑に処せられた。

(10) 穆時英のことで、その死にかかわる「便乗的追悼」への批判は、『中国文学』第六十四号（一九四〇年八月）の「後記」で竹内好が書いている。

(11) 北京大学校長として五・四運動の基盤づくりをおこない、日本の侵略に抗議しつづけながら国民政府の要職を歴任した蔡元培は、一九四〇年一月香港で死去した。『中国文学』は四〇年五月の第六十一号を「蔡元培特輯」とし、その死を悼んだ。

(12) 竹内好は一九四三年一月三十一日、松枝茂夫あて書簡にこう記している――「『中国文学』三月号で止めることにしました。この間、小野先生が来たとき同人が集つて相談しました。同人不承々々僕の処置を認めました。委細は小野大人からおきき下されたと思ひます。おそらくあなたは憤激されるだらうと思ひます。それもこれも一切こめて僕は引受けるつもりでをります。〔…〕大東亜戦争は僕を急激に変へつつあります。僕は文学を棄てるかもしれません。今日において僕は自分の個の小ささを認めます。」（「竹内好の手紙（上）」）

(13) 拙著『中島敦論』（みすず書房、二〇〇五年）参照。

(14) 四部作というのは次の四作品を指す。「李永泰」（『文藝春秋』一九三八年十二月号）、「在学理由」（『日本評論』一九三八年十二月号）、「鳶と柿と鶏」（『知性』一九三九年十一月号）、「椿の花の赤」（『公論』一九四〇年五月号）。

(15) 当時上海にいた石上玄一郎は、堀田善衞が上海へきた一九四五年春のことを回想してこう書いている――「「こんど内地からやって来た青年は、どんなことを言ってるかい」と私が彼等に訊いてみると、その一人が、「われわれが考えてる以上に、情勢は悪いとのことだ、この時局をよそに上海の奴等はだいたいのんき過ぎる、みんなたるんでおると、彼ひどく憤慨していたよ」というので、私は思わず苦笑し、「まあ少したてば彼もそんなことを言わなくなるだろうよ」と言ったのを覚えている。／当時、上海と日本内地とでは、まさに天国と地獄とでもいうか、内地ではヒジキ入りの一杯飯にありつくため長蛇の列をつくっているとき、上海の居留民達は、連日、スキヤキパーティだ、やれロシヤ料理だ、ナイト・クラブだなどと勝手放だいなことを言っていたのだから。内地からの新入りが腹立しくなるのも無理はなかった。」（石上玄一郎「帰還船の追憶」、『堀田善衞全集』第二巻「月報」、筑摩書房、一九七四年）

Ⅱ　「戦後」

1　上海における敗戦

武田泰淳は一九四六年二月、上海から引揚船高砂丸で帰還した。そして七月には旧稿をあらためた「才子佳人」を『人間』に、九月には上海にかかわる短篇「秋の銅像」を『文化人の科学』に発表したが、戦後の小説家としての武田泰淳の出発は、四七年四月の『批評』掲載の「審判」からだと見てよかろう。

「私は終戦後の上海であった不幸な一青年の物語をしようと思う。この青年の不幸について考えることは、ひいては私たちすべてが共有しているある不幸について考えることであるような気がする。少くとも私個人として、彼の暗い運命はひとごとではないようである」と、「審判」は書きだされる。そしてその全体は、語り手「私」の上海の生活を記す前半と、その青年二郎の「私」にあてた手紙である後半とにわかれている。

「私」は、自分の住む洋館の三階の老教師から借りた聖書を読みながら、「終戦後一月ばかりは、掃除もしない、夏草の荒れるにまかせた洋館の庭に面し」、「私なりに考えつづけていた」。「日本人、ことに上海あたりに居留していた日本人は、もはやあきらかに中国の罪人にひとしい。中国ばかりではない、世界中から罪人として定められたと言ってよかった。〔…〕この上海はつまり世界であり、この世界の審判の風に吹きさらされ、敗滅せる東方の一国の人民が、醜い姿を消しやらずジッとしている。そのみじめさ。私には懺悔とか贖罪とかいう、積極的な意志はうごかなかった。ただ滅亡せるユダヤの民、罪悪の重荷を負う白系ロシア人、それら亡国の民の運命が今や自分の運命となったのだという激しい感情に日夜つつまれていた。」

ある日ドイツ系ユダヤ人の女と同棲している友人が、こんなことを言いだした――「……日本やドイツが亡びようと、人類全体のエネルギーは微動だにしない、不変なものさ。〔…〕国なんて奴が沢山並立してる以上、絶対的に全部の国が存続するなんてことはあり得ないさ。つまり絶対的に存続するものなんて、あるはずはないんだからな。個々の国々の滅亡はむしろ世界にとっては栄養作用でね、それを吸収して人類全体の存続が保証されてるようなもんだからな。」ところがそこにいあわせた、現地復員でもどってきたばかりの老教師の息子の二郎が口をはさんだ。「ただ日本人一人一人の場合ですね。自分々々としてどうなんでしょうか。〔…〕つまり日本が亡びる場合、いや亡びる亡びないにかかわらず、自分だけが持っている特別のなやみのようなもの、それはその説明でうまく納得できないと思うんですけど。」友人が「そりゃいったい何です」ときくと、二郎は、「たとえば、まあ個人にあたえられる裁きのようなもんですけど」と口ごもった。「私」には、大人しい二郎が何か考えあぐねとまどっていることがよくわかった。

十月になると、中国側の命令で日本人は全員虹口《ホンキュウ》へ集中させられた。こうして二郎一家とは別れたが、二郎は週に二、三度は婚約者の鈴子をつれて訊ねてきた。「私」は金に窮して代書屋などをはじめ、そのため知りあった商人たちの「亡国の憂愁とはかかわりなげ」な「血なまこな気のくばり方」を見ていると、「いつしか私も、その雰囲気にむされ、かつての厳粛な気分がうすれて行くのをとどめようがなくなっていた」。

二月になって、二郎の口から婚約を解消したことを聞いた。二郎の父は「私」に、「若い者のやることはわかりません」と腹立たしげに言い、次の船で二郎と帰国するつもりだと告げた。二日ばかり留守して帰ると、下宿の主人が部厚い手紙を「私」にわたした。二郎からの手紙だった。

それは、あす帰国ということになっているが、自分は帰国者の集合場所にはいくものの、そこから姿を消すつもりだ、そのわけを知っていただくため、この手紙を書くという言葉ではじまっていた。「私は戦地で殺人をしました。〔…〕しかし私の殺人は、私個人の殺人でした。兵士であった私というより、やはり私そのものが敢てした殺人なのです。〔…〕私は自分がどうもただの市民くさくて、兵士らしくないのを恥じたこともあります。ことさらに荒々しく敵を殺せる男であるように努めました。」戦場とは、「法律の力も神の裁きも全く通用しない場所、ただただ暴力だけが支配する場所です」。

そのあと、殺人の経緯が述べられる。

一昨年四月、A省の田舎町で分隊長は「私」たち二十名の兵をつれて町はずれに出た。そこへ日の丸の小旗を手に部隊長の通行証明書をもつふたりの農夫がやってきた。ふたりをとおしたあと、分隊長はニヤリと笑って「やっちまおう」とささやき、「おりしけ」と命じた。自分はどうしようか迷ったが、「突然、「人を殺すことがなぜいけないのか」という恐しい思想がサッと私の頭脳をかすめ」、「それが消え去ったあとに、もう人情も道徳も何もない、真空状態のような、鉛のような無神経なものが残りました」。「そしてただ百姓男の肉の厚み、やわらかさ、黒々と光る銃口の色、それから膝の下の泥の冷たさなどが感じられるだけでした。命令の声、数発つづく銃声、それから私も発射しました。」あとできくと、四、五名発射しないか、的をはずしたものがいたらしい。寝るまえに戦友に訊ねられて、「人を殺すことがなぜいけないのかね」と反問すると、その男は不快そうな面持で毛布にもぐりこんだ。「だが私は自分を残忍な男とみとめませんでした。部隊の移動、連日連夜の仕事の疲れなどで、私は自分の殺した男の顔はおろか、殺したことそのものまで忘れてしまいました。」ただ「私」が十四、五のころ、空気銃でガマの腹に弾を射ちこんだときの、「自分の感情を支配してしまう決意、ともかく無理をおし切ってやる気持」を、「百姓の背中を射った時にも」味わったという「感覚だけがポツンと残っていました」。

それからしばらくして、「私」たち五十名ばかりで無人の部落に残留し、燃えきった近くの部落に食糧の調達に出かけた。すると焼け残った小屋があって、そのまえに白髪の老夫婦が寄りそって地面にしゃがみこんでいる。老夫は盲目で老婆はつんぼのようだった。伍長は驚いて、このままじゃ死んじゃうぞと言って立ち去り、「私」はひとりで老夫婦のまえに立った。「私は老夫婦を救い出す気は起りませんでした。ただ二人はこのままもう死を待つばかりだろうと漠然と感じました。いつか私を見舞った真空状態、鉛のように無神経な状態がまた私に起りました。「殺そうか」フト何かが私にささやきました。「殺してごらん。ただ銃を取り上げて射てばいいのだ。殺すということがどんなことかお前はまだ知らないだろう。やってごらん。何でもないことなんだ……」。」「私」は立ち射ちの姿勢をとった。「ひきがねを引けば私はもとの私でなくなるのです。その間に、無理をするという決意が働くだけ、それできまるのです。もとの私ではなくなってみること、それが私を誘いました。発射すると老夫はピクリと首を動かし、すぐ頭をガクリと垂れました。老婦はやはりピクリと、肩と顔を動かしたきりでした。」丘を降りながら、「とうとうやってしまったという重量のある感覚が私の四肢を包みました。その時も私は自分を残忍な人間だとは思いませんでした。ただ何か自分がそれを敢えてした特別な人間だという気持がしました」。

敗戦後、戦争裁判の記事を読んでも、「私は平然としている自分に驚かねばなりませんでした。私は自分の罪が絶対に発覚するはずのないことを知っていたからです」。「問題は私の中にだけあるのです。あなたも気づかれたように、私は裁きのことを時々口にしました。しかしその時でさえ私は自分が絶対に裁かれまいと憎むべき安心を持っていたのです。」

「私」は二年近く離れていた鈴子に夢中だった。ところが鈴子とふたりの未来を考えているとき、突然、射殺した老人夫婦のこと、しかも老夫だけ殺してあとに老婦を残しておいたことを思い出した。あの老婦も数日後には死んだにちがいない。「すると私は、あの老夫婦のように自分たちもなるのではないかという気持にギュッとつかまれました。」とりわけひとり残された老婦となった鈴子が、救いにくるものとてなく、夜に包まれていく姿が浮かんだとき、「サッと冷水をあびせられる感じがしました」。正月にふたりで『硫黄島』というアメリカ映画を見て、その無惨な戦闘場面に衝撃をうけて外へ出た「私」は、ついにすべてを鈴子に告白した。その三日後「私」は鈴子にふたりの仲はおわったと告げ、婚約を解消した。「私には鈴子を失った悲しみとともに、また自分はそれを敢えてしたのだという痛烈な自覚がありました。そして今までにない明確な罪の自覚が生まれているのに気づきました。罪の自覚、たえずこびりつく罪の自覚だけが私の救いなのだとさえ思いはじめました。それすら失ってしまったら自分はどうなるか、とその方の不安が強まりました。自殺もせず、処刑もされず生きて行くとすれば、よりどころはこれ以外にないのではないでしょうか。」

一月ばかりして、仔細を娘から聞いたといって鈴子の父上があらわれ、君の苦しみがわかるから婚約解消は了承するが、今後君はどうするつもりなのかと訊ねられた。

私は、中国にとどまるつもりだと答えました。日本へ帰り、また昔ながらの毎日を送りむかえしていれば、再び私は自分の自覚を失ってしまうでしょう。海一つの距離ばかりではありません。自覚をなくさせる日常生活がそこに待ち受けているからです。私は自分の犯罪の場所にとどまり、私の殺した老人の同胞の顔を見ながら暮したい。それはともすれば鈍りがちな自覚を時々刻々めざますに役立つでしょうから。裁きは一回だけではありますまい。何回でも、たえずあるでしょう。しかもひとはそれに気づきません。裁きの場所にひき出される時だけ、それにおどろくのです。私はこれから自分の裁きの場所をうろつくことにします。こんなことをしたからとて、罪のつぐないになると私は考えていません。贖罪の心は薄くても、私は自分なりにわが裁きを見とどけたい心は強いのです。

そして自分のような考えで中国にとどまる日本人がひとりぐらいいてもいいのではないかときくと、鈴子の父上は、「君のような告白を私にした日本人はこれで三人目だ」と言って帰っていった。二郎の手紙、すなわち「審判」は、こういう言葉で結ばれるのだ。

いつかあなたは最後の審判の話をされましたね。日本の現状を私は知りません。しかし私の現状は、まさに第一のラッパが吹きならされ、第一の天使の禍は降下したようです。いずれ第二、第三も降下するでしょう。そして私はこれを報告できる相手としてあなたを友人として持っていたことを無限に感謝致します。多くの仲間は報告すべき相手を持たず、今なお闇黒の裡に沈黙しているでしょうから。

二郎が殺人を犯したのは、手紙を書く一年半まえのことである。その後終戦までそれがほとんど記憶にのぼらなかったのは、戦場での兵士の日常を考えれば納得もいく。そして敗戦となり、二郎はだれひとり知らないゆえ自分が罰せられることなどないと安心していた。その安心を覆したのが鈴子との恋愛関係だと二郎は告白する。とはいえ戦後の重苦しい空気のなかで、「私」の友人の万物滅亡論にたいする反証として「個人にあたえられる裁きのようなもの」をあげた二郎には、本人が意識しないでも、すでに罪をめぐる煩悶が彼の内面で醸成されていたと見るべきではなかろうか。だからこそ、意識により抑止され凝縮していったその煩悶が、たまたま二郎が鈴子との未来生活を夢想したとき、つんぼの老婦の恐怖のあまり見ひらかれた「殺されるものの視線」となって、一挙に表面に噴きだし現出したのだ。そしてそこまで二郎の内面の煩悶をはぐくんでいったものこそ、敗戦後の上海の現実だったとわたしは思う。

武田泰淳は、「審判」のすこしあとで発表した「滅亡について」（『花』一九四八年四月号）のなかで、敗戦直後の上海に触れ、「歓喜の祝典からのけものにされたどうしが、冷たいしずけさ、すべての日常的な正しさを見失った自分たちだけのしずけさの裡に、何とかすがりつく観念を考えている。するとポカリと浮び上って来たのは「滅亡」という言葉である」と書いている。もっとも「支那病患者」でありながら国家の命により「中国の破壊に直接的かつ具体的にかかわらざるをえ」なかった、かつての兵士武田泰淳は、七年まえ、その内面の「根本的な解体」に直面し、その地点から歴史を遠望する『司馬遷』を完成させたのであった。してみれば、無限の空間に「湧然と現出して、やがて無に沈み行く」歴史のなかで、「滅亡」が繰りかえされること自体、彼にとって驚くことではなかったはずだ。だが一九四五年の武田泰淳は、もはや記録する傍観者ではなく、みずからが骨がらみ「滅亡」にとらえられていることを発見したのにほかならない。そしてその「滅亡」のうちに完全に身を沈めたとき、七年まえにはついに意識にまでのぼることのなかった、「殺されるものの視線」がはっきりと甦ってきたと見ることは、牽強付会にすぎるであろうか。それこそ、『司馬遷』にならっていえば、個別的な非連続が全体的持続をささえるあの絶対持続へと限りなく開いていく歴史のなかで、歴史を拒否しつづける内面的存在そのものなのだ。川西政明は、二郎の手紙のなかで老夫婦への犯罪のおこなわれた日付けと時間が「五月二十日の午後」と銘記されていることに注目して、武田の晩年、竹内好が「五月二十日の出来事」が事実か否か問いただしたところ、武田が否定も肯定もしなかったという伝聞を記している（『武田泰淳伝』講談社、二〇〇五年）。いま事実の穿鑿はおくとして、二郎に中国への残留を決意させた、殺人行為と殺される側の老婆の視線を、これほどまでに詳細に作者に書かせたものは、一九三七、八年の戦場における自己の解体経験をうわまわる、上海において作者が全身をもって受けとめた、ぬきさしならぬ「滅亡」感だったと、わたしには思われてならない。粟津則雄は武田泰淳の上海経験について、「敗戦という「爆発と逆転」は、すさまじい光芒で彼を照らしだし、「全身にライトを浴びる舞台の裸身」のように示したようである」（「歴史と内面性」、『審美』一九七三年十一月号）と書いている。たしかに歴史の傍観者であった『司馬遷』の武田泰淳は、いまはその「裸身」

を「滅亡」の混乱にさらさねばならなかった。そしてこの上海の敗戦から小説家としての武田泰淳が生まれるのである。

武田泰淳と上海時代親交のあった堀田善衞が、「引揚船が来る毎に、埠頭近くまで来て物蔭からその引揚船が港を出て行くのを、いつまでもじっと見送っていた」男を自分も知っていたが、「その表情の、極端に暗く、かつどこかしら妙な具合に明るいことは、彼の内心の葛藤の凄惨さを物語っていたと思う」と記してから、「戦後の武田泰淳の根源には、こういう「審判」が厳として盤踞していた」(「彼岸西風」、『世界』一九七七年六月号)と断言していることも、ここに付記しておこう。

「蝮のすえ」は、一九四七年八月から十月にかけて『進路』に連載された中篇である。「審判」とは異なり、ここでは語り手の杉である「私」が物語の主人公にもなっている。よく引かれるのだが、わたしもその先例にならって、「蝮のすえ」冒頭の部分を掲げることからはじめたい。

「生きて行くことは案外むずかしくないのかも知れない」

私は物干場のコンクリートの上に枕を置き、それに腰をすえて陽にあたっていた。陽の光の射さぬ裏部屋を出て、毎朝そこで日光浴をした。鶏が二羽、いつも枯れた菜や飯の残りを、その隅でつついていた。下の路地では、日本人の品物を買いあさる中国人の声が、ののしるようにきこえていた。売る方の日本人の声は低く、かつ弱々しくとまどっていた。そのため買い手の声が、余計たけだけしくおびやかすようにきこえた。遊んでいる日本人の子供の声だけは、楽しげに元気よかった。それが親たちを、かえってイライラと不安にさせるのだった。

「ともかく、みんなこうして生きている以上は」私は会元里の家々の屋根の向うに、白々と迫った映画館の壁を視力の弱った眼で見つづけていた。壁はギラギラ光り、冬の青空の中に浮び出ていた。

「戦争で敗けようが、国がなくなろうが、生きていけることはたしかだな」


「私」は「生きていくには守護神が必要なのだ」と思って、蔣主席夫婦の小型写真を買ってノートにはさんだ。映画館に入って、「はげしい抗日映画で口々に叫び出す観客のいきおいも、まるでよそごとのように聴いた」。「最初は恥を忍んで生きている気がした。だがフト気づくと、恥も何もないのであった。私の無表情や私の苦笑は、恥も何もなく、ただ生きているだけの一枚看板であった。」「私」は代書業をはじめた。「人の不幸で金をかせぐ、そんな反省も開業二、三日間であった。私は酒が飲みたかった。油っこいものが食べたかった。そのためには事件が起きて、客が来ることが絶対必要であった。」「終戦後、私は勉強もせず、働かず、考えもしなかった。しかし私は今までにかつてないほど、価値ある人物と化しつつあった。私はもはや理想もなく、信念もなく、ただ生存していた。」

「審判」の語り手の「激しい感情」につつまれていた表情とは正反対な、しかしそれと表裏の関係にあるにちがいない、「私」のもうひとつの表情がここにはことこまかく描きだされている。そんな「私」のところへ、病人をかかえ家から立ち退きを迫られているといって若い女が訪ねてくる。「私」がしかるべく措置したあと、お礼にと外国煙草をもってきた女は、夫の上司である軍の宣伝部の辛島が夫を漢口へ追いやって自分を思うままにし、敗戦でもどってきた夫は長江下痢でやせおとろえて寝こみ、おまけに自分はいまもって辛島に付きまとわれていると、みずからの不幸を綿々と訴えた。女に請われるまま病人を見舞いにいくと、病人は女を指して「辛島が生きてる間、こいつの言うことは、何一つとして信じられないんです」と弱々しく語る。そのあと「私」を訊ねてきた女は、「あなた、わたしを守ってくれる？　愛してくれる？　わたしは、あなたを愛してるのよ」と迫り、「私」がすすり泣く女に接吻すると、「あなた辛島を殺せる？」ときくのだった。その辛島から会いたいといってきて、「私」が指定の料理屋へいくと、辛島は、「あの女は、俺には精神的なものがないが、杉にはあるなどと言う」と話しだし、「インテリーは社会の良心だ」というけれど、「君らは社会の腕にも脚にも、胃にも腸にもなれやせん。せいぜいのところ神経だ。小うるさい、役にも立たぬ神経だ」と罵ったあと、自分は二、三日うちに女をつれて消えると宣言し、出ていこうとする「私」に、「俺が君を殺す。それは実につまらんことだ。だが仕方がない」と挑発的な言葉を浴びせた。翌日女に会うと、「辛島は平気であなたを殺すわよ。だから、どんな誘いが来ても会っちゃだめよ」と言った。「しかし、私は事件から身をひくことは自分がゼロになることであることに気づいていた。」辛島ときのう会い、「今日は自分が立っている位置がハッキリ、生れてからこの方経験しないほどハッキリ認知された。自分がその位置に生きて立っている以上、私はゼロになることはできなかった。私はただ生きているだけだと考えていた。しかしただ生きているだけにも、その形式と内容はかならずあるものであった。それが彼女の涙でしめった指先を握っているうちに、私には肉感となって、そこから認知された。私は自分がゼロになるのを拒否する人間だという発見に驚いた」。次の日、彼女は夫を病院船でつれて帰ることに決めたから、病人の付きそいとして一緒に帰ってくれと「私」に懇願し、辛島が金をわたすといってきたから今夜会うというので、その約束の場所と時間を聞きだしたうえ、「私」

は女に乗船するまでの外出を禁じた。

その晩、「私」は小さな斧と小刀をもって辛島のあらわれる場所に赴いた。そこに近づくとドスンという地面に倒れる音がして、走っていくと、辛島が立ちあがってつかみかかってきたので、「私」は斧をふるった。辛島の重い体が「私」にのしかかってきてずり落ちたから、「私」は落とした斧を拾ってかまえ、立ちあがりかけた辛島の首すじに一撃を加えた。ふたたび倒れた辛島の背には、刃物が一本突き刺さっていた。「私」がいどみかかったとき、彼はすでに致命傷を受けていたのだ。「彼は顔をねじ向け、私を見た。おびえた犬のような、情なそうな、訴えるばかりの目であった。」「私」は背の刃物を力いっぱい引きぬいた。「辛島の眼が閉じられ、また開いた。」彼は彼女の名を呼んだ。「彼が死につつあること、それを私一人が見守っていること、彼が最後に彼女の名を呼んでいること、それを聴いているのが私一人であること、それらのことは私を打ちのめした。」その夜「私」は、何度も「彼が死にきらずにいる夢を見た」。

翌日女のところへいくと、すでにことの顚末を知っていた彼女は、「無事だったのね」と「私」の手をとり、病人は「妙な空虚の気分にひたっていた」とつぶやく。「私」は数日まえ友人のところで帰国の話が出たとき、「まだ何か、為すべきことが残ってるような気がしてね」と語り、「帰国前に、この上海で、そのグニャグニャした豚の内臓のような気味の悪い塊りを握らなかったら、永久にそれは私の前から姿を消すであろう」と思った。しかしいま、「私は一刻も早く、上海を去りたかった。辛島の血で私の手を汚した、この上海の街を離れたかった。上海の複雑さも、日本のつまらなさも、その他、帰国に関するすべての希望も条件も私の念頭になかった。病人の気持、彼女の感情も忘れていられた。ただ私の関係した辛島の死の事件だけが、私の脳の真中に場所を占めていた。私が斧を手にして彼におそいかかったこと、首すじ深く切下げたこと、死につつある彼の瞳の色を眺め、最期のうめきを聴いたこと、その記憶だけが、私を支配していた」。

次の日乗船したが、「私は病人とも、彼女ともあまり言葉を交さなかった」。デッキで「私」の腕をつかんで「あなた、イヤでしょう」と女にきかれても、「私」は「重苦しくて、ほかのことが考えられないんだ」とこたえ、「何がそんなに苦しいの」という問いに、「全体だよ。自分が生きていることの全体だよ」と言うばかりだった。船医から病人は上陸までもたないといわれたあと、病人のところへいくと、「あいつが死ぬとき、あなたは見ていたんですね」と病人はきき、自分には「すっかり、わかりますよ。死にかかって、あいつが考えていた、ことが」とつぶやき、「自分が死んで、あなたが平気で生きていることは、何という妙なことだろう、とそう思っていたでしょうよ」と、かすかに両眼を光らせ、「僕も、今、そう思っている、ところですよ」と言いおえると口をつぐんだ。

「蝮のすえ」は、船が鹿児島湾に入り船内でお別れの会の開かれているとき、医師があわただしく病人の容態の急変をデッキに告げにくるところで擱筆される。

この作品は、滅亡のなかでただ生きているだけの「ゼロ」となった人間が「ゼロ」でなくなる物語だと言えるかもしれない。その「ゼロ」となった人間が「ゼロ」でなくなる契機が殺人にほかならぬ。それは、いちおう「私」と「彼女」との関係によって引き起こされたものという外観を呈する。じじつ「私」と「彼女」夫婦を乗せた船が鹿児島湾まできたとき、「彼女」は「私」を事件に巻きこんだことを詫び、「御免なさいね。ただ、ほんとに好きだったの。これだけは本当なの」としみじみと述懐する。けれども「私」にとって「彼女」は、けっして「私」の運命を左右する愛の対象ではなく、自分は「ゼロ」になるのを拒否する人間だと「私」に自覚させてくれた存在にすぎない。そういう意味では、「審判」の二郎におのれの罪を自覚させた鈴子の存在に似ている。そして「私」の殺人は、殺された辛島にたいする「私」の感情とはかかわりなく、むしろ「ゼロ」のままでいることはできぬというだけの「私」の欲求からなされたものであって、本能の赴くままに犯された二郎の老夫殺害と同類と見なしてさしつかえあるまい。あるいはそれを無償の殺人と名づけることもできるだろう。だがこの無償の殺人は、二郎の場合も杉の場合も、予想もしなかったものを彼らふたりにもたらしたのである。二郎の場合は老婦の、杉の場合は辛島の、断末魔の眼、「殺されるものの視線」だ。「自分が死んで、あなたが平気で生きていることは、何という妙なことだろう」と問いつづけるその眼は、もはやふたりにとりついて離れることはない。だからこそ二郎はおのれの罪を自覚して贖罪のため中国にとどまる決意をしたのだし、杉はあれほど執着していた上海を捨てて日本への帰国を選んだのだった。

繰りかえせば、『司馬遷』で記録者に徹し歴史の傍観者ののりをこえようとしなかった武田泰淳は、いま上海での「滅亡」経験により「ゼロ」という極限状況に追いこまれ、そこでみずからの内面に甦った「死者のまなざし」を作品に定着することから、小説家としての第一歩を踏みだしたのである。そしてすでに「審判」を書くことで問題の所在をあきらかにした武田は、「蝮のすえ」において、「滅亡」の象徴的場たる上海における殺人事件というフィクションを創出することによって、「審判」における「語り手」と殺人者をかさねあわせ、「滅亡」と「死者のまなざし」というふたつの経験をひとつにしっかりと綯いあわせ、みずからにとっての敗戦の意味を明確に呈示したのであった。本多秋五は一九七六年十月十日の武田泰淳の葬儀のときの弔辞を、こういう言葉ではじめている——「あなたは、日本の敗戦による衝撃を、もっとも深く、もっとも複雑に受けとめた日本人ではなかったか、と思います。」まさに武田泰淳は敗戦の重みを、日中戦争に従軍した兵士の責任まで一身に担って正面から受けとめた文学者であった。

堀田善衞は、武田泰淳とは異なって、一九四五年十一月に上海で国民政府に留用され、中央宣伝部対日工作委員会に配属となり、四七年一月に帰国した。そしてのちに長篇『祖国喪失』にまとめられることとなる、四五年三月から帰国までのみずからの上海生活を素材とした断章を、『個性』『人間』『群像』などの各誌に、四八年十二月の「波の下」（『個性』）以後発表していくわけだが、ここでは一九五〇年五月の『群像』掲載の「祖国喪失」一篇を取りあげたい。というのも、それは、それまで発表された各断章の二倍近い長さをもち、単行本を編むにあたり「暗峡」と「祖国喪失」の二章に分けられたこの部分の題そのものが、長篇の題となっていることからもあきらかなように、長篇の中核を形成しているばかりか、敗戦前後を舞台としているからである。ただ、上海到着直後の時期をあつかう「波の下」のなかに、「上海に着陸した瞬間に、閃光に撃たれるような風に感じたもの、即ちこの戦争は内地で云々されているような性質のものではない、という一事であった」と記されていることに、あらかじめ留意しておこう。

「祖国喪失」は、敗戦直前、主人公の杉が憲兵司令部に留置されているところからはじまる。杉は軍の命令で中国人大学生の週刊雑誌『大学周刊』の相談役となっていたが、そこの大学生たちが延安の指令で動いていることが判明した結果収監されたのだった。けれども友人の立花少佐の口ききで釈放された杉は、ガーデン・ブリッジのそばのソ連領事館の赤旗を見あげ、「延安と云い重慶と云い、今迄は遠いところのような気でいたのが、すぐ傍に、すぐ身近に迫ってい」るのを感じ、「国」があるという当然のことがあらためて不思議な気がしてくる。「何であれ、「国」という非情な枠にはまった事柄に接すると、いつも胃のあたりがむかむかするのである。人妻の公子と同棲するアパートに帰ってくると、ナチに追われる無国籍のユダヤ人ゲルハルトがいあわせて、「君との恋愛を完成するためには、日本の手から逃げ出さなければならぬ」と公子がいうのだと話し、自分のマスネー街のアパートを提供するから、ふたりで自分の仕事を手伝ってほしいと切りだした。仕事というのは、降伏となれば日本人が手放すにちがいない家財道具や美術品の売買と鑑定らしかった。

ソヴェトが参戦し降伏が確実という情報が入りはじめると、杉は「告中国文化人書――かつて東方に国ありき」という原稿を書きだした。そして降伏当日に頒布するのだといって印刷所と交渉をはじめたが、原稿はできたものの引きうけ手はどこにもなかった。「何も僕がでしゃばることもないかもしれないが、十八年もの長い間日本人が満州から全中国を荒しまくった末に来る敗戦、これがもたらす意味について、謝罪をもっと積極的なものにして、単に目先だけではない、徹底的なことを何か云いたかったのだが」と、杉は公子に洩らす。それは、「迫り来る降伏を前にして、急に思い立って翅をばたばた動かして一直線に飛ぼうとし、自身の重み或は歴史の歩みの重さに引きずり下されてバタリと地に堕ちた蛾のようなもの」だった。かくて八月十五日がきたが、杉は、ひっそりとしたアパートの下の階の西洋人の老婦人が子供にオランダ国歌らしいものを細い声で教えているのを聞きながら、「ふと胸をつき上げるようにして二三滴ばらばらと涙を流し」たあと、酒を飲んですごした。「そして杉は一日中寝室にこもって窓から外を眺めつつ黙々としていた。恰も「国」が亡び独立が失われても、人間の生活だけは生きている限りはっきり続いていくものだということを事新しく発見でもしたように。」

「戦争が降伏に終ってみると、重い杉の身に一層重くのしかかって来たものは、この戦争で死んでいった人への念々であった。彼が生き残ったことは偶然以外の何であろう。〔…〕夜になれば夜で、彼は傷だらけ血だらけの死者の夢を明け方まで続けざまに見たりした。生き残ったこと自体が既に悪と思いなされさえするのだ。」公子は八月十五日以来ゲルハルトを手伝って日本軍の物資をゲルハルトのアパートに運びこんでいた。ある日公子が用があると出かけたあと、ゲルハルトにつれられて「無国籍難民自治委員会」という看板の出ているキャバレーのようなものに入った。そこで杉は、「世界中もう隠れる場所がなくなった」と語る、ジェネラル・カトロフに紹介される。そのカトロフの話を聞きながら考えた――「こんな世界の奈落にも似たキャバレなどをうろうろしていること、それこそが滅亡、先ず日本人としての滅亡以外の何であろう。さればここから己れを解放するものは何か。蘇州河を一つ越えて虹口の日僑集中区へ入って日本人仲間のところへ戻り、引揚船で日本へ帰る、それは日本人としてまともなことであろう、しかしそれだけのことで己れの救出は完成されるのであろうか。」――「国と国とのあいだに落ちるということは、スパイという危険な取引人《ビジネスマン》になるか、いずれにせよ淫売的存在になって全く不毛の頭も尻尾もない物思いにふけるか、どうやらこの二つしかないらしいのだ。」そのような夢想にふける杉に、ゲルハルトが話しかけた。

「日本人は、君たちは、何と云うか植物的だよ。金属的な、謂わば零《ゼロ》になってみるんだな、そうしたら零《ゼロ》の強さが人間にはついて来る。君はまだ薄い《スィン》だけだよ。そんな時は、人間、自分が考えているのか、自分の母国が考えさせているのか、まるで訳がわからない。ニーチェは君、国家の終ったところから人間がはじまる、と云っている。人間、各々一人で眠る時は神、眼覚めて集団的に動く時は、悪魔《サタン》だよ。簡単さ、神と悪魔の実際的統一は、国って奴がある限り、人間はだめさ」

公子が帰ってきて虹口《ホンキュウ》へいったとしゃべりだす。そこで高級軍属だった夫の部下に会い、戦犯とも疑われていた夫が病気にかかって一両日中に漢口から戻ってくるので、そばにいてやってほしい、それはあなたの責任だと言われた。上海租界育ちの自分は日本も日本人も大嫌いだと、彼女はまくしたて、帰りたい人はみんな帰ればいいさと杉が突き放すと、突然髪をふって顔をあげ、「あなただって、帰らない訳にはゆかないわ、責任があるじゃない」と、杉の故国に残した妻子のことを言いたてた。自分は「零《ゼロ》に近い存在でしかない。自ら与えるものをもたぬものは、他人から何を期待する資格もないであろう。矢張り彼女の最後の抵抗の相手、その相手たる日本を奪ってはならない」と、杉は思った。

公子が虹口へ去って一月、いま杉は何にたいしても関心がなかった。「彼は自分の肉体、いや体温全体も平熱以下に下っているように感じていた。」「事実杉には生活は肌触りの全く異ったものに変って来ていた。逃げれば逃げるほど確実に一歩一歩深間へはまってゆくのだ。」ゲルハルトが「おれの先輩だ」といって、無国籍のユダヤ人だったスピノザの本を持ってきてくれた。ある日ゲルハルトに誘われて、おなじ無国籍のモロゾフの店へいき、三人でカードをはじめた。

……勝てば勝つほど、十仙米貨《ダイム》が冷く光れば光るほど何かの喪失感が高まって来るばかりであった。この喪失の果てにどんな意味が生れて来るか、賭はもう始っているのだ。喪失?――まともな暮しと称するものはたしかになくなった。しかしスピノザがみがいて生計をたてたというレンズのような、みがくべき眼玉だけは少くとも残っているのではないか？——彼はまた、四六時中つきまとっていた嘔吐感もいつの間にかなくなっていることに気附いた。

長篇『祖国喪失』はこのあと「被革命者」（『改造文芸』一九五〇年一月号）がきて、日本人の密告で杉が虹口の集中区へ入れられ、その後国民政府に留用された日々が描かれるが、いまここでは触れない。おなじ時期をとりあげた武田泰淳の「審判」と「蝮のすえ」の二作品とならべて、上海における日本の知識人にとっての敗戦経験をあらためて考えたいからだ。ただ、「蝮のすえ」の主人公も『祖国喪失』の主人公もともに「杉」という名をもち、それぞれの経験にかさなりあうところなしとしない事実について、それは上海時代の武田泰淳と堀田善衞がひじょうに親しかったことの結果であって、ここでの考察はあくまでも作品に沿っておこなわれる。

『祖国喪失』の最初の章「波の下」に、六月のある夕暮、杉が公子とパブリック・ガーデンのベンチに腰かけ、「太く頑丈な鉄棒に四本の足」をのせ、「この鉄棒から上海とアジア大陸が始まり、この鉄棒でそれは終り限られているのである」と思うところがある。ヨーロッパまで地つづきの大陸が上海にはじまるという上海にかかわる地政学的認識、たぶんそれは上海にきた日本の知識人が否応なく抱かせられたものだったにちがいない。そしてそのような認識をもたらす都会上海における経験というものは、当然国内や、あるいはおなじ中国であっても北京におけるそれとは異なった、一国の枠をこえる国際的な拡がりを持たざるをえなかったことを、まず念頭におかなければならない。

そのうえで三つの作品にもどると、「祖国喪失」の杉は、中国に贖罪のためにとどまる二郎とは異なって、はっきり無国籍者、すなわち亡命者となることを選択している。いいかえれば、「祖国喪失」の杉は、「蝮のすえ」の杉とは違って、祖国滅亡によって生じた「ゼロ」の状態をすすんでどこまでもつらぬこうとするのだ。そこに「国」にこだわりつづけてきた彼の独自性がある。しかしその杉も、八月十五日直前には「告中国文化人書」を書き、「滅亡」の現実をまえにして「傷だらけ血だらけの死者の夢」から逃れることはできない。もっともおなじように「死者」の記憶にとりつかれるといっても、二郎と「蝮のすえ」の杉の場合、それぞれ個別的な殺人を犯すことにより、特定される「殺されるものの視線」から身をふりほどくことができない。しかもそれがひとたび自覚されるや、「ゼロ」であることとさえ許さぬぬきさしならない切迫性をおびてくる。けれども「祖国喪失」の杉にとって第一義的なものは、あくまでも「国」ということから切り離しえぬ「滅亡」の観念であって、それにたいして「死者のまなざし」は、どちらかといえば二義的なものとなっている。つまり武田泰淳には堀田善衞になかった、敗戦七年まえの中国戦線での経験があったということにほかなるまい。その結果としての「死者のまなざし」の重さのふたりにとっての相違ということを別にすれば、国際都市上海における敗戦は、武田泰淳と堀田善衞の場合、ともに祖国の「滅亡」の経験と「死者のまなざし」の記憶によって刻印されていると見てまずさしつかえないだろう。

このようにわたしが敗戦経験を重視するのは、武田、堀田のふたりによって描きだされたものが、おなじ国外における敗戦経験といっても、たとえば植民地朝鮮におけるそれとは本質的に異なるからである。思想犯として執行猶予の判決をうけて朝鮮にわたり京城で敗戦を迎えた村山知義は、一九四六年に執筆した短篇「日本人たち」（『明姫』郷土書房、一九四八年）のなかで、独立万歳の民衆の歓声を背にあわただしく日本人が引き揚げていくのを見ながら、作者とおぼしき主人公の矢口は、「南へ下るそれらの人々とは逆に、招請に応じて、三十八度線以北の、ソ連の勢力範囲内の平壌に行かうとして」いて、この作品はこう結ばれている——「——何といふ巨大な犠牲——何といふ巨大な実物教訓——／矢口はリュックに荷物を詰めながら、眼を閉じて、何ヶ月も見続けたこれらの人々の絶望と恐怖の眼がやがて希望と歓喜の眼に変る幻を浮べやうと努力した。」そしてもう一篇、四六年四月に発表された湯淺克衛の「旗」（『太平』）では、八月十六日、「私」のいる京城郊外の町で、旗をもった朝鮮人の行列だと息子に知らされて出てみると、もうとおりすぎたあとで、妻が今日は朝から祝い酒なんですってというのを聞いて「私」がつぶやく——「負けたことを一度は悲しんで、それからお祝ひとは行かないかな。さう行けば理想的なんだがな。〔…〕僕等もさうなつたらお祝ひの行列にでも一緒に出て、引揚げるなら引揚げると云ふことになると……」

もはや指摘するまでもあるまい。京城の日本の知識人は、敗戦にもかかわらずみずからの過去をまったく否定しようとはしていないのだ。そしてわたしには、この敗戦意識の欠落した京城の敗戦経験が、かたちこそ異なれ日本内地ではごく一般的ではなかったかという気がしてならない。それだけに武田泰淳と堀田善衞の描きだしたものは、おおくの日本人がみずからの存在の否定まで思いおよばなかったのとは異なり、まぎれもない完璧な敗戦経験であって、かくして上海において他に例を見ない日本の敗戦文学が誕生したのである。

2　「中国の近代と日本の近代」

竹内好は敗戦を、洞庭湖畔の岳州の町で報道班の兵士として迎えた。「その日の午後、私は複雑な気持にひたっていた。よろこびと、悲しみと、怒りと、失望のまざりあった気持であった」と、戦後八年目に彼は回想している。「私は敗戦を予想していたが、あのような国内統一のままでの敗戦は予想しなかった。アメリカ軍の上陸作戦があり、主戦派と和平派に支配権力が割れ、革命運動が猛烈に全国をひたす形で事態が進行するという夢想をえがいていた。〔…〕天皇の放送は、こうした私をガッカリさせた」と、その文はつづき、「八・一五は私にとって、屈辱の事件である。民族の屈辱であり、私自身の屈辱でもある」（「屈辱の事件」、『世界』一九五三年八月号）と結ぶ。それが武田泰淳や堀田善衞の上海における敗戦経験と大きく異なるのは、おなじ中国といっても、軍の庇護のもとにあったものと民間の個人との相違と見ることもできるだろう。しかしおなじとき、内地にあった同世代の荒正人が、次のように述べていることも忘れてはなるまい――「八・一五の数日まえに降伏の早耳的ニュースを聞いたわたくしは、その翌日買出袋を背負い利根川の一分流に沿った道をひとりで歩きつつ、ある憤激をこめた奇怪な哄笑を虚空にむかって二、三度繰り返したものであった。そして、始めあるものは終りあり、奢れる者久しからず……と、口ずさんでいた。」（「第二の青春」、『近代文学』一九四六年二月号）

竹内の復員は、武田泰淳の帰国より二ヵ月おくれた一九四六年六月の末だった。帰国した彼を何よりも驚かせたのは、『中国文学』がすでに復刊していたことである。

『中国文学』は、その年の三月、在京の岡崎俊夫と千田九一が中心となって、武者小路実篤の静物画を表紙に、号数は一九四三年三月廃刊のあとをうけて第九十三号からはじめ、廃刊までの発行元生活社から刊行されていた。第九十三号の復刊号には、千田九一の手になる「復刊の辞」が掲げられている。そこには、「曾てわれらは、支那事変を否定した。〔…〕この否定はあくまでも正しかつた」、だが「太平洋戦争を肯定し、米英に対する進軍を謳歌した。〔…〕けれども、これは愚かな錯覚であつた」、「昭和十八年三月、中国文学研究会は竟に解散し、雑誌「中国文学」は休刊の已むなきに至つた」と雑誌の歴史をたどったあと、「遂に戦争は予期しない形で熄んだ。いまわれらは、再び会を結び、「中国文学」の復刊を敢て行ふ機会に恵まれた。戦争によつて否定された文化が、敗戦の自覚の上に立直るのである。〔…〕敗戦のもたらした唯一の恩恵――真実と自由の基盤に立つて、われらは更めて隣邦支那を敬愛し、ひたすらに支那の文学に親しむ道から日本文化の復興を念じ、ひろく世界文化への貢献を熱願するものである」とあった。そして目次には、同人の千田、岡崎のほか石田幹之助、吉川幸次郎、佐野學、武者小路実篤、魚返善雄といった名がならぶ。武者小路の静物画を表紙とした『中国文学』は、その後も四〇ページの分量を守って毎月刊行されていたのだった。

浦和に落ち着いた竹内は、九州の松枝茂夫にあてた九月二十三日の手紙にこう書いている――「汚辱といへば『中国文学』があのやうな形で再刊したことも残念でなりません。そのことを帰つてすぐ『中国文学』に投書したが、編輯者がまだ載せてくれない。やつと載せることだけ承諾させたが、何時になることやら。実際三年間の屈辱を思ふとたまらないのです。」(「竹内好の手紙（下）」、『辺境』第六号、一九八八年一月)この投書が、のちに『魯迅雑記』(世界評論社、一九四九年)に収録される「覚書」である。その「覚書」

で竹内好は、「廃刊が私たちの止みがたい行為であったと同じような意味としての復刊であるならば、私は復刊に反対しない」と書きだし、「復刊『中国文学』は廃刊『中国文学』の否定から出発しなければ、存立が危い。三年の空白を置いて廃刊『中国文学』につながるだけでは、三年の空白は無駄に過ぎた物的時間に固まり、廃刊はあたら廃刊となり、復刊もまた甦りとはなるまい」と、みずからの見解をまずあきらかにする。そのうえで、「中国文学廃刊と私」にかつて収めた「党派をもって生れた結社が、党派性を失った場合は解散以外に生きる道はない」という文を引用して、「今日のように、あらゆるものが党派的に在る時代に、党派的でないこと、党派性を拒むこと、アイマイにすることは、それ自体が別の党派性である。私は、復刊『中国文学』に、そのような危かしい傾向のあることを指摘して諸君の注意を促したい」と勧告し、具体的例として「無聊な執筆者群」の担ぎだしを挙げ、さらにむかしの「民国三十年記念特輯」号の「後記」や「大東亜文学者大会について」を引き、「復刊の辞」の曖昧性を痛撃する。しかるのち、「文学の戦争責任」の問題をとりあげ、「復刊『中国文学』の諸君が、私の考を基とし、あるいは私の考を反駁し、そのことによって、およびその他のことによって、次第に正しい党派性を確立し、その党派性によって自己を組織化し、「日本文化の復興」のための力となることを希望する」と記す。そのあと竹内の考える「戦争責任」が八項目にわたって列挙される。最後の中国文学研究会にかかわる項目をのぞき、そこにあげられている責任を問われるべきものを、そのまま転記すれば、「一、大東亜文学者大会を組織したもの、それに協力したもの」、「二、封建日本の遺生児である漢学」、「三、中国文学研究会を現代支那文学の研究機関であると規定し、それによって古典研究の分野における自己の立場の合理化を企てた支那学」、「四、支那社会研究と称し、実態調査と称し、科学的研究と自称し〔…〕た非科学的研究者」、

「五、悪徳翻訳業者、悪徳出版社、職業的支那語教育者」、「六、総じて学問の官僚主義の発生地盤としての帝国大学、官設諸研究所、〔…〕私学精神を没却した私学」、「七、〔…〕支那という言葉をアイマイにしたと同じように中国という言葉もアイマイに将来するであろう〔…〕ジャーナリズム」となる。そして最後に、みずからを含めた中国文学研究会の責任が、こう披瀝される――「八、自己を主張するに怯であり、力弱く、組織力に乏しく、戦闘方法の拙劣であった中国文学研究会は、歴史の一番大切な時機に革命勢力となりえなかったことの責任を強く感じ、今後の努力によってそれを償わなければならない。[1]」

戦後の生活社版『中国文学』は、一九四六年九月の第九十八号まで出て休刊となる。この間の六冊についていえば、第九十六号に掲載された佐々木基一の「魯迅覚書――肉体の思想化」と武田泰淳の「老舎の近作について」、第九十七号の中国の新しい情勢を語る、阿部知二、武田泰淳、奥野信太郎、岡崎俊夫、實藤恵秀、千田九一による座談会「最近の中国文学をめぐって」以外、とくに見るべきものはない。そして一年の空白期間をおき、『中国文学』は華光社を新たな発行所として一九四七年九月、第九十九号が刊行された。その号の編集後記に千田九一は、竹内の抗議にこたえるかのように書く――「この雑誌が尻切れとんぼのやうに閉息したのは、動機として対出版社の問題であつたが、しかし根本的には僕らの会の内部的なあいまいさに起因してゐた、と僕はさう思つてゐる。／内部的なあいまいさといふのは、中国文学研究会といふものは、すでに昭和十八年三月に一度解散してゐて、雑誌「中国文学」も消滅してしまつた筈であるのを、終戦後の昨年三月、在東京の同志数人によつて、以前のものに継続したかたちで、会がもたれ、雑誌の復刊がなされた点にあるやうである。／さうして雑誌は六冊ばかり出たが、ほんたうにたしかに煮え切らないものがあつた。〔…〕出版社の商策に圧倒されるかたちで、しかもこつちにそれをはね返すだけの力も余裕もなかつた。そこへ帰還した竹内好からの批判などもあり、それではともかく止めようといふことになつたのである。／こんどまた始めるに当つて、さういふあいまいさが完全に解消されたわけではない。〔…〕しかし旧研究会の中核体のやうなものがいまなほ残存してゐて、さういふ連中が毎週木曜日の銀座あたりで何となく顔を合はせ、〔…〕そこでまた誰からともなく始めようといふことになつた。〔…〕／さういふわけで、こんどは同人色をうんと強くして行くつもりである。」

たしかに百号以後、竹内の登場は座談会に一度、寄稿も一回にとどまったとはいえ、全同人が執筆し、武田泰淳の有名な中島敦論「作家の狼疾」（第百三号）、武田の「才子佳人」を論じた荒正人の「閃鑠する青春像」（同上）などが誌面を飾りはした。しかしながら華光社の破産と同人の多忙――とりわけ作家武田泰淳と評論家竹内好の忙しさのため、一九四八年五月に第百九号を出したところで結局廃刊せざるをえなくなった。かくて一九三五年三月に誕生した中国文学研究会の機関誌『中国文学月報』、それを継承する『中国文学』は、紆余曲折を経たのち戦後に十三冊を刊行して、ここに完全に姿を消すのである。

帰国後の竹内好は中国文学者として翻訳にたずさわるかたわら、魯迅をめぐるエッセーなどを執筆していたが、一九四八年にはいると、あくまでも魯迅を参照としつつ日本文学ないし日本文化について積極的な発言をはじめる。すなわち、六月に『世界評論』に発表した「魯迅と日本文学」（のち「文化移入の方法（日本文学と中国文学 二）――魯迅を中心として」と改題）では、日本と中国におけるヨーロッパ文学の受け入れ方の相違に焦点をあて、「魯迅の目に、日本文学は、ドレイの主人にあこがれるドレイの文学とみえていたのではないか」と指摘する。九月の『思索』に掲載される「中国文学の政治的性格」（のち「中国文学の政治性」と改題）では、当時文壇をにぎわせていた「政治と文学」の問題の立て方に疑問を呈し、フランスと中国の例を引き、「近代文学にとっては、政治は、文学がそこから自分を引き出してくる場だ。文学が社会的に開放された形であれば、場の問題が価値の問題と混同されて文学の内部にもちこまれるはずがない」と批判する。さらに十月の『綜合文化』の「指導者意識について——「魯迅と日本文学」のうち」では、松本正雄が『文化タイムズ』に書いた「エログロ追放」を俎上にあげ、日本の進歩主義者をめぐって、「日本には、人民の指導者はいるが、あらゆる抵抗の契機を利用した魯迅のような「人民の文学者」はいないのである」と断定する。竹内は帰国直後の四六年十月十二日づけ松枝茂夫あて手紙に、こう書いていた——「僕は来年はどこか山の中にはいつて、しばらく一人でゐたいと思ひます。〔…〕そして本当に自分の考へてゐること、感じてゐることを書き残しておきたいのです。さうでなければ生き恥をさらすだけです。このまんま翻訳家になつたり支那文学家になつたのではたまりません。それならいつそみじめな日本へなど帰つてくるものか。死にきれない気持があればこそこの恥をしのんで帰つてきたのです。」（「竹内好の手紙（下）」、『辺境』第六号、一九八八年一月）まさにその書き残すべきことが——それはすでに「覚書」に示唆されていたものだが——戦後という状況に触発されて、ここに一気に噴出したという様相を呈するのだ。そして四八年になって書きだされるこれらの文全体をまとめるかたちで完成されたのが、竹内自身「自分流に近代化の一般理論を目ざした」（「著者解題」、『竹内好評論集』第二巻）と注釈する、「中国の近代と日本の近代——魯迅を手がかりとして」（のち「近代とは何か（日本と中国の場合）」と改題）にほかならない。そしてこの論文をおさめる東大東洋文化研究所編『東洋文化講座』第三巻（白日書院）は、一九四八年十一月に刊行された。

「中国の近代と日本の近代」は、竹内好独特の抵抗史観を叙述することではじまる。竹内は言う――「近代とは、ヨオロッパが封建的なものから自己を解放する過程に（生産面についていえば自由な資本の発生、人間についていえば独立した平等な個としての人格の成立）、その封建的なものから区別された自己を自己として、歴史において眺めた自己認識であるから、そもそもヨオロッパが可能になるのがそのようなヨオロッパにおいてであるともいえるのではないかと思う。歴史は、空虚な時間の形式ではない。自己を自己たらしめる、そのためその困難と戦う、無限の瞬間がなければ、自己は失われ、歴史も失われるだろう。」かくて、「ヨオロッパがヨオロッパであるために、かれは東洋へ侵入しなければならなかった。それはヨオロッパの自己解放に伴う必然の運命であった」。他方、「抵抗を通じて、東洋は自己を近代化した。抵抗の歴史は近代化の歴史であり、抵抗をへない近代化の道はなかった。〔…〕敗北は抵抗の結果である。抵抗によらない敗北はない。〔…〕敗北は敗北感において自覚された」。それゆえに、「東洋における抵抗は、ヨオロッパがヨオロッパになる歴史の契機である。東洋の抵抗においてでなければヨオロッパは自己を実現しない。」そして竹内はこうつけ加える――「運動は抵抗に媒介される。あるいは抵抗において運動が知覚される。抵抗は運動を成り立たせ、したがって歴史を充実させる契機である。」

このような歴史観を明示したあと、「抵抗とは何かという問題は、私にはわかっていない」と、竹内好は述懐する。それを論理的に組み立てることが究極的には可能と思うが、「その可能はあまりにも遠いので」、「私はあるおそれを感じ、そのおそれを感じる自分にうしろめたさを感じる」。ここで竹内はあらためて自己を振りかえり、こう告白する――「私にとって、すべてのものを取り出しうるという合理主義の情念がおそろしいのである。合理主義の信念というより、その信念を成り立たせている合理主義の背後にある非合理な意志の圧力がおそろしいのである。そしてそれは、私にはヨオロッパ的なものに見える。」日本の思想家や文学者のおおくがそういう合理主義をそのまま合理主義として受けいれているのが、自分には不安であった。「そして私はそのとき魯迅に出あった。そして魯迅が、私が感じているような恐怖に捨身で堪えているのを見た。というよりも、魯迅の抵抗から、私は自分の気持を理解する手がかりをえた。抵抗ということを私が考えるようになったのは、それからである。抵抗とは何かと問われたら、魯迅においてあるようなもの、と答えるしかない。そしてそれは日本には、ないか、少いものである。そのことから私は、日本の近代と中国の近代を比較して考えるようになった。」そして竹内は、その「抵抗」が他の東洋諸国にも見いだせるから、いまでは「「東洋の抵抗」という概括的な表現で考えるようになった」としたうえで、その「抵抗」という視点から、彼の名づける「日本イデオロギイ」批判へと赴くのだ。

「ヨオロッパでは、観念が現実と不調和（矛盾）になると（それはかならず矛盾する）、それを超えていこうとする方向で、つまり場の発展によって、調和を求める動きがおこる。そこで観念そのものが発展する。日本では、観念が現実と不調和になると（それは運動ではないから矛盾ではない）、以前の原理を捨てて別の原理をさがすことからやりなおす。観念は置き去りにされ、原理は捨てられる。」すなわち、「自由主義がダメなら全体主義、全体主義がダメなら共産主義」、「スターリンがダメなら毛沢東」となる。だから「日本イデオロギイに失敗がない。それは永久に失敗することで、永久に成功している。無限のくりかえしである。そしてそれが、進歩のように観念されている」。ここで竹内は、「魯迅は、日本のすべてを排斥しても日本人の「勤勉」だけは学ばなければならぬ、といった」という一句を挿入して、さらに論をすすめる。「日本文化は進歩的であり、日本人は勤勉である。まったくそれはそうだ。歴史がそれを示している。「新しい」ということが価値の規準になるような、「新しい」ということと、「正しい」ということが重なりあって表象されるような日本人の無意識の心理的傾向は、日本文化の進歩性と離して考えられぬだろう。」日本人は、「現実と観念のあいだの不調和を、現実を引き戻すことで調和させようとはしない」。「かれら観念論者（唯物論を含めての観念論者）には、現実は絶対であり、神聖である。〔…〕現実という実体的なものがあって、無限にそれに近づくことが科学的であり、合理主義だと思っている。たしかにそれは科学的であり、合理主義だろう。ただ、ドレイの科学であり、ドレイの合理主義なだけだ。」

現実の絶対化をささえるのは日本の「優等生文化」である。「自分たちが優秀なのはヨオロッパ文化を受け入れた結果であるから、その自分たちの文化的ほどこしを、おくれた人民は当然受けるであろうし、また受けるべきだという独断的な優等生心理」は、「指導者意識」となって、軍人や政治家ばかりでなく解放運動そのものにも蔓延している。こうして日本では、「劣等生は優等生にすがるしか生きる道がない」。そうしなければ、「優等生にやっつけられるだけでなく、劣等生からも閉め出されてしまうだろう」。

ここで竹内は、魯迅の有名な寓話「聖人とバカとドレイ」を持ちだす。その構造をまず要約する。「バカがドレイを救おうとすれば、かれはドレイから排斥されてしまう。排斥されないためには、したがってドレイを救うためには、かれはバカであることをやめて賢人になるより仕方がない。賢人はドレイを救うことができるが、それはドレイの主観における救いで、つまり呼び醒まさないこと、夢をみさせること、いいかえれば救わないことがドレイに救いである。ドレイの立場からいえば、ドレイが救いを求めること、そのことが、かれをドレイにしているのだ。」そして竹内好は、魯迅のいう「抵抗」をこう解読する。

ドレイが、ドレイであることを拒否し、同時に解放の幻想を拒否すること、自分がドレイであるという自覚を抱いてドレイであること、それが「人生でいちばん苦痛な」夢からさめたときの状態である。行く道がないが行かねばならぬ。むしろ、行く道がないからこそ行かなければならぬ状態である。かれは自己であることを拒否し、同時に自己以外のものであることを拒否する。それが魯迅においてある、そして魯迅そのものを成立せしめる、絶望の意味である。絶望は、道のない道を行く抵抗においてあらわれ、抵抗は絶望の行動化としてあらわれる。それは状態としてみれば絶望であり、運動としてみれば抵抗である。そこにはヒュウマニズムのはいりこむ余地はない。

このあと竹内は、あらためて「ドレイは、自分がドレイであるという意識を拒むものだ。かれは自分がドレイでないと思うときに真のドレイである」と確認したうえで、日本文化の特質をこう開陳する。

日本は、近代への転回点において、ヨオロッパにたいして決定的な劣勢意識をもった。（それは日本文化の優秀さがそうさせたのだ。）それから猛然としてヨオロッパを追いかけはじめた。自分がヨオロッパになること、よりよくヨオロッパになることが脱却の道であると観念された。つまり自分がドレイの主人になることでドレイから脱却しようとした。あらゆる解放の幻想がその運動の方向からうまれている。そして今日では、解放運動そのものがドレイ的性格を脱しきれぬほどドレイ根性がしみついてしまった。解放運動の主体は、自分がドレイであるという自覚をもたずに、自分はドレイでないという幻想のなかにいて、ドレイである劣等な人民をドレイから解放しようとしている。呼び醒まされた苦痛にいないで相手を呼び醒まそうとしている。だから、いくらやっても主体性は出てこない。つまり、呼び醒ますことができない。そこで与えられるべき「主体性」を外に探しに出かけていくことになる。

すぐつづけて竹内は言う――「こうした主体性の欠如は、自己が自己自身でないことからきている。自己が自己自身でないのは、自己自身であることを放棄したからだ。つまり抵抗を放棄したからだ。出発点で放棄している。放棄したことは、日本文化の優秀さのあらわれである。」おなじことは、日本でしばしば見られた「転向」にも窺える。「転向は、抵抗のないところにおこる現象である。つまり、自己自身であろうとする欲求の欠如からおこる。」「回心は、見かけは転向に似ているが、方向は逆である。転向が外へ向う動きなら、回心は内へ向う動きである。回心は自己を保持することによってあらわれ、転向は自己を放棄することからおこる。」そして竹内はこう断定する――「私は、日本文化は型として転向文化であり、中国文化は回心文化であるように思う。日本文化は、革命という歴史の断絶を経験しなかった。過去を断ち切ることによって新しくうまれ出る、古いものが甦る、という動きがなかった。つまり歴史が書きかえられなかった。だから新しい人間がいない。」

最後に竹内は、「明治維新は、たしかに革命であった。しかし同時に反革命であった。〔…〕明治維新は成功したが、辛亥革命は「失敗」した。失敗したのは、それが「革命」であったからだ」と述べてから、明治維新を成功させた「日本文化の優秀さ」こそ問題なのだと断言する。そのうえで、その特質を「抵抗」のないこと、すなわち「個性のない」ことに見、歴史を振りかえって、「日本文化は、外へ向っていつも新しいものを待っている。文化はいつも西からくる」と記し、「日本の封建性の上に日本の資本主義がのっかったように、儒教的構造（あるいは無限の文化受容の構造）の上に日本の近代は心地よくのっかっている」と指摘する。戦時中の反動で近代主義がはやっている今日、「近代」をのせている「ドレイ的構造」は古来何ひとつかわってはいない。こうして竹内は絶望的な口調で問いかける——「日本文化は、伝統のなかに独立の体験をもたないのではないか、そのために独立という状態が実感として感じられないのではないか、〔…〕外からくるものを苦痛として、抵抗において受け取ったことは一度もないのではないか。」そして「中国の近代と日本の近代」は、こういう苦渋にみちた言葉で結ばれるのだ。

もし真の独立を欲するなら、自己の生存を賭けねばならぬので、そのためには、あらゆる抵抗の契機をつかまねばならぬ。たといどんなに小さなものであろうとも、東条において擬態としてある弱々しいものでさえ、それを否定するのでなく、利用しなければならぬ。しかし、それをするには「呼び醒まされた」苦痛に堪えることが必要なので、そのギセイを人に強制することはできない。

かつて「中国文学廃刊と私」のなかで、「外国文学としての支那文学が日本文学の視野に主体化される点まで」焦点をずらし、「支那文学の問題は日本文学の改革の問題に転化してはじめて意味をもつ」と語った竹内好は、そのときあきらかにしたみずからの使命を、たしかに戦後という新しい時代のなかでいま遂行しつつあると言うことができるであろう。それにしても、桶谷秀昭の言葉を借りれば、「絶望の影をひきずる啓蒙者魯迅の像を抱きながら、魯迅が日本では生まれない、絶望すら日本では可能でないという認識」(「竹内好論」、『土着と情況』国文社、一九六六年)を書きつづらねばならなかった竹内好の胸中は、思いなかばにすぎるものがある。

3 国民文学論争

いわゆる「戦後」について、かねてからわたしが抱懐するひとつの仮説をまず書きつらねることから、この節をはじめたい。「戦後」をささえたのは、あるいはそのメイン・カレントは、一九五〇年一月六日にコミンフォルムの機関紙『恒久平和と人民民主主義のために』において「オブザーヴァー」が批判した、「野坂理論」そのものだったとわたしは思う。「オブザーヴァー」の言葉をそのまま使えば、「日本におけるアメリカ占領軍が、あたかも進歩的役割を演じ、日本を社会主義への発展をみちびく「平和革命」に寄与しているかのごとき野坂の見解は、日本人民をこん乱におちいらしめ、外国帝国主義者が日本を外国帝国主義の植民地的附加物に、東洋における新戦争の根拠地にかえんとするのを助けるものである」(『アカハタ』一九五〇年一月十三日)と、そこで弾劾されたのだが、その問題の〈平和革命〉路線は、一九四六年一月十二日亡命地延安から十五年ぶりに帰国した野坂参三の提唱したものにほかならぬ。それは、提唱者野坂の表現を借りると、第二次大戦中ヨーロッパでファシズムと闘うため誕生した民族戦線から大資本家・大地主の脱落したかたちの、「労働者、農民による人民戦線より広範囲に亘る」「民主主義的勢力を合した戦線」、すなわち「民主戦線」を結成し、「その広汎な組織によって国家を再建し民主革命を完成する」ことを目標とし、そのため何よりも共産党が「大衆の党、人民の党、国民の党」となって「日本の大衆・人民から愛される党」に脱皮しなければならぬと説くものであった（『朝日新聞』一九四六年一月十五日）。こうした〈平和革命〉路線が戦前の党の暗いイメージを払拭して、日本共産党への親近感を、とりわけ知識人のあいだに植えつけたことは否定できない。

もっともこれは日本だけに特殊な現象だったわけではない。たとえばフランスでは、一九四四年九月に連合国軍により解放されたパリにド・ゴールを首班とする臨時政府が誕生したが、その政権の基盤となったのは、一九四〇年以来亡命の地ロンドンにあって国民に抵抗を訴えつづけた「救国の英雄」ド・ゴール将軍の声望と、「七千五百人の銃殺されたものの党」と自称し、何よりもレジスタンスの党であり愛国者の党であることを誇るフランス共産党にほかならなかった。その政権の骨格となっていたのは、四四年三月、レジスタンス諸運動の統一機関CNR（全国抵抗評議会）の定めた綱領だった。一言でいえば、それは、反動体制を一掃し、広範囲にわたる民主主義の確立をはじめ、寡占企業の国有化、労働者の企業参加、社会保障の完全実施などを謳うものである。こうして一九四五年十月の憲法議会選挙を経て四七年までつづくこの政権で、第一党の座を守りとおしたフランス共産党は、戦後の「新しい共和国」を支持し、四つの内閣に閣僚を送りつづけた。シモーヌ・ド・ボーヴワールはその回想録のなかで、ヨーロッパでファシズムは根絶され、「CNR綱領によって、フランスは社会主義への道をたどるはずになっていた。〔…〕『コンバ』紙がスローガンとして掲げた「レジスタンスから革命へ」という言葉は、私たちの希望をそのまま表現していた」（『或る戦後』朝吹登水子・二宮フサ訳による）と記している。それはアルベール・カミュからフランソワ・モーリアックまで、左右をこえた広範囲の知識人に支持されるものだった。このようにレジスタンスから生まれた、未曾有の国民的規模のひとつの精神共同体ともいえるものが、フランスでは一九四七年まで、ほぼ三年間存在していたのである。

日本でもこの時期おおくの知識人が共産党を支持していた。たとえば共産党が一挙に三十五議席を獲得した一九四九年一月の総選挙のあと、『文藝春秋』三月号の特集「共産党と知識人」のなかで、渡邊一夫といった人まで共産党に投票したと告白し、「清新な主張を正直にするやうに思はれる共産党にしか投票する党はないと思ひました」（「似而非党員の告解」）と述べている。とはいえ日本の状況がフランスとは異なっていたことは、「オブザーヴァー」による批判のあとの五〇年八月、《日本共産党新日本文学会中央グループ》の発表した『声明書』を読むとよくわかる。それは、「野坂理論」を遵守した党主流派の文化政策の誤りを告発したものだが、そこには、戦後党内で理論学習が軽視され、「卑俗な「実践主義」」がそれにかわり、「マルクス主義思想の俗流化」がはかられ、「統一戦線の名において党内外の芸術家・インテリゲンチャにたいするその場限りの利用主義と事大主義とが独断的に発揮され」たと記されてある。そしてその論旨は、一九四六年から四七年いっぱいおこなわれた「政治と文学」論争で、中野重治、宮本顕治をはじめとする新日本文学会の中堅幹部によって『近代文学』同人、とりわけ平野謙、荒正人にむけられた批判とほぼ規を一にするものなのだ。わたしはこの節の冒頭で、「戦後」とは「野坂理論」だと言ったが、むろんそれは、「野坂理論」を軸としてそれへの肯定と否定により「戦後」思想が織りなされていったという意味である。そのような観点に立ってみれば、広い意味で「政治と文学」論争というかたちで概括される、主体性論争から知識人論まで、四六年から四七年、さらにその後参加するものが飛躍的に増大し、議論の環が拡大されていった、『近代文学』と『新日本文学』に象徴される「新旧論争」の展開も、いちおう納得のいくものとなるにちがいない。

たしかに一九四九年の総選挙で日本共産党は飛躍的な議席の増加を見た。そして前年からこのころにかけて、出隆、森田草平、赤岩榮といったさまざまな知識人の入党が注目を集めた。だがしかし、一九四九年は同時に、五月に閣議で行政機関職員定員法案が決定され、七月にはマッカーサーが「日本は共産主義進出阻止の防壁である」と声明し、行政職員整理の開始とともに下山事件、三鷹事件、松川事件があいついで起こり、八月おわりにシャウプ勧告が出るというように、日本の「戦後」を否定する動きが一気に加速した年でもあった。しかもヨーロッパでは日本より一足早く、四七年九月、東欧圏の事実上の攻守同盟機関コミンフォルム結成を可決したヨーロッパ共産党代表者会議の席上、ジダーノフは、「アメリカ帝国主義の世界支配」の陰謀をはげしく弾劾し、民族の自由と独立をひろくヨーロッパ各国に訴えたのである。アメリカの〈マーシャル・プラン〉を純粋な経済援助として容認しようとしていたフランス共産党は、すでに四ヵ月まえ他の理由で閣僚を引きあげていたとはいえ、これには大きな衝撃をうけ、ただちに政策を百八十度転換してアメリカ帝国主義攻撃を開始するとともに、国民の独立のため闘う決意を表明し、十一月には全国的規模のゼネストを敢行することで、フランスの戦後の神話的時代に終止符を打つのだった。「戦後」の終焉という意味でのフランスの一九四七年が日本では一九五〇年に訪れたという時間のずれは、日本が〈冷たい戦争〉の主戦場であるヨーロッパから遠く離れていたという地政学的事情と、日本の占領政策がまがりなりにもソヴェトも加わる対日理事会や極東委員会の規制をうけていたという国際政治的事情によるものと見て、まず間違いあるまい。あきらかにフランスでも日本でも、「戦後」は、ひとしく、それぞれの国の民族主義的路線をとる共産党にたいする、コミンフォルムのきびしい批判によって幕を引かれたのだ。そして日本の場合、さらに、一九四九年十月一日、中華人民共和国が誕生したという事実も忘れてはならない。

一九五〇年三月の『展望』は、「コミンフォルムと共産党」という特集を編み、十七名の知識人に寄稿を仰いでいる。十七名のうち、もっとも理路整然たる意見表明をおこなったのは平林たい子である。平林はすでに前年十二月の『新潮』掲載の「日本共産党批判」で、「いはゆる野坂派と言はれる人達の理論と顔ぶれを見ると、共産党と共産党らしい処に水を割り、日本共産党でもないし、といつて他の何ものでもないものにしようとしてゐるやうに見える」と論じていたが、この『展望』の「インタナショナリズムについて」では、独ソ不可侵条約から〈鉄のカーテン〉の現状、ソヴェトに葬られたチトーのバルカン連邦案まで挙げて、「コミンフォルムは全くソ聯の衛星的集団である」と断定したうえで、日共批判に関するかぎり「コミンフォルムの指摘の方が正しい」が、「日本の解放は、日本人がなしとげ、それをまもるのも日本人だという信念をもつて、コミンフォルムにも、ソ聯にも反対して行きたい」と書く。このようなコミンフォルム介入への非難は、中野好夫とも鈴木文史朗とも共通する。他方、河盛好蔵は、「私には、占領治下でも議会を通じて平和革命が達成できるという野坂理論がどうしても誤っているとは思われない。それよりも、今後採用されるであろう他の闘争手段の方が、折角その緒につきかけた民主革命の健全な進行を阻害するのではないかと、大いに危惧されるのである」(「不安を語る」)と語り、青野季吉は、「断っておくが、わたくしとしては、占領下でも、平和的に民主革命を実現することができるし、その実現の可能性を事々に高めて行かなければならないと思つてゐる」(「断想」)と述べる。そうしたなかで、コミンフォルムを全面的に支持する唯一の発言をおこなったのが、竹内好の「ゴマカシとタワゴト」なのだ。「コミンフォルムの日本共産党批判は、さわやかな風のように私の心を吹いた。／私はコミンフォルムの批判を全的に認める」とはじまる竹内文は、「私は、野坂理論はゴマカシのような気がしてならなかった。表面だけツジツマをあわせた、革命性を日常性にすりかえた、詭弁のように思われた」とつづき、「マルクスや、レーニンや、毛沢東の文章から受ける感動に近いものを、私は一度も日本の自称共産党主義者から受けなかった。その私のもどかしい気持を、すっぱりと、小気味よく、コミンフォルムは解剖してみせてくれた。化膿した傷にメスを当てるような痛快さだ」と結ぶ。

その竹内がみずからの直感を詳説したのが、翌月の『展望』を飾る「日本共産党に与う」（のち「日本共産党論（その一）」と改題）である。その冒頭には、「日本共産党にたいする私の不満をつきつめていくと、それは結局、日本共産党が日本の革命を主題にしていない、ということに行きつくのではないかと思う」とある。そして「オブザーヴァー」事件で、日共が最初それはデマだといい、ついでコミンフォルムは日本の事情を知らないのだと弁解し、最後に野坂が自己批判した経緯をとりあげて、「日共は、コミンフォルムの前に、手をついてあやまった。私が悪うございました。もういたしませんから、どうかお許しください。一度は反抗しかけたものの、すぐ思いかえして、そういってあやまった。これこそドレイの姿である」と決めつける。そのうえで、「思想一般がそうであるように、日本では共産主義もまだ思想化されていない」と指摘し、「思想は、生活から出て、生活を越えたところに独立性を保って成り立つもの」だが、「日本では、生活の次元に止まる未萌芽の思想と、まだ生活に媒介されない、したがって生産性をもたない、外来の、カッコつきの思想があるばかりだ」と言う。しかも「批判精神の欠如」であるこうした事態が、「一種の民族性と化しており、ほとんど自覚されない。自覚されないことにおいてドレイ的である。コミンフォルムの批判が正しく受け取られないのは、日共がそのドレイ構造の内部にいながら、そのことを自覚していないせいである」と解釈する。その結果、「日本では、人間解放の原理としての近代思想に忠実であればあるほど、その主観的意図が人間的に誠実であればあるほど、そのことが同時に逆の面では構造的なものを強めている」。だから「革命の主体であるはずの共産党が自己目的化し、共産党員がふえること、あるいは選挙で投票がふえることがただちに日本の革命であると観念されるようになった。構造的なものを破壊する目的のため導き入れられた手段が、その構造なりに歪められ、逆に構造を強める働きに転化しているのだ。野坂理論がドレイ的共産主義の基礎づけである意味がここにある」。このように論じたうえで竹内好は、「コミンフォルムの批判が呼びかけている日本の人民は、まだ眠っている。〔…〕眠らせているものが日本共産党であり、眠りから醒ませないことが日本的共産主義者の主観においては共産主義の権威に忠実な所以だと考えられており、かれらは極力人民を眠らせることによって、共産主義に忠勤をはげむと同時に、権力に奉仕している」と、日本共産党の現状をきびしく糾弾するのだ。

ついで六月の『朝日評論』には、「人民への分派行動——最近の日共の動きについて」（のち「日本共産党論（その二）」と改題）が発表される。そこではコミンフォルム批判以後の日共党内の主流派と国際派の理論的対立をとりあげ、「どちらも、日本の現状から出発せずに、コミンフォルムの権威への忠誠を争っている点では、同じ穴のムジナなのだ」と喝破し、「架空の絶対的権威へ近づきたい」という「あこがれ」をそこに認めたうえで、「中国共産党は、日共のように架空の権威をもたない。それは中共が、相対的権威の上に立っているからでなく、一切の価値を人民の意志という絶対者につないでいるからである」と述べる。そしてこの文は、「偶像崇拝をやめて現実の分析から出発しろ」と命じ、「そうしなければ、いつまでたっても、歴史的に形成された日本人のドレイ的精神構造を主体的に内部からつかむことはできない。それがつかめなければ、日本の革命という共通の課題は発見できないだろう」と語って擱筆される。

そして八月の『改造』に寄せた「玉砕主義を清算せよ」（のち「日本共産党論（その三）」と改題）では、〈民主民族戦線結成準備会〉の大会会場で「占領軍関係者」に暴行を加えた容疑で逮捕され、軍事裁判で重労働の体刑を課せられた八名の青年を『アカハタ』が「愛国者」にまつりあげ、連日「愛国者を救え」という見出しを掲げていることに関して、そのやり方が、「軍部が国民を戦争に駆り立てるときに使った手とおなじよう」に感じられると苦言を呈する。そして「今年の春、コミンフォルムの批判をうけた日本共産党が、その批判の真意を了解せずに、それを日本的に曲げて、架空の権威のために日本人民をギセイに駆り立てる玉砕主義に出たのは、革命理論の空白を証拠だてるものであった」と結論する。

これら竹内好の日本共産党批判の一連の文章より八ヵ月おくれて、一九五一年四月の『文藝春秋』に林達夫の「共産主義的人間」が発表されることを、ここで言い添えておこう。「共産主義的人間」は、日本の現実から一歩さがって国際的視野に立ち、ソヴェトにかかわるソヴェトから流出した資料をもとに、ソヴェトにおける共産主義のロシア第一主義、東欧にたいするその侵略的ナショナリズム、共産党の無謬性、秘密警察と粛清といった諸問題を剔抉し論じたものであって、発表されたのがスターリンの生前、フルシチョフのスターリン弾劾演説に先立つこと五年ということを考慮に入れれば、まさに画期的な労作だったのである。

むろん竹内好の共産党論は、あくまでも日本共産党に問題を局限したものであって、それはむしろ、魯迅を軸として一九四八年に集中的に展開された日本の近代、とりわけ「日本イデオロギイ」批判の、いわば延長線上に位置づけられるべきものであろう。しかしながらそこには、一九四九年の中華人民共和国成立という情勢の変化も当然のことながら影を落としている。それに加えてこのころから、竹内好の思考の指標がこれまでの魯迅からしだいに毛沢東に移っていくという変化も見られるのだ。そこでこの時点でいったん立ち止まって、そうした指標の変化をそれなりに跡づけておきたい。

一九四七年九月の『新日本文学』に発表された「魯迅と毛沢東」は、まず毛沢東と魯迅との関係をこう表現している――「毛沢東の魯迅への傾倒の深さは、なみなみならぬもので、しかも彼は、実に文学的に魯迅を見ている。〔…〕彼の魯迅にたいする尊敬は、魯迅の文学生涯の開始と同時にはじまり、継続し、高まり、事ごとに彼はそこから励ましと教訓を汲み取っていたようである。それは魯迅が孫文から教訓を汲み取った汲み取り方よりも大きかったかもしれない。」しかもその毛沢東が魯迅を追憶した講演のなかで高く評価した三つの点、「第一は政治的遠見、第二は闘争精神、第三は犠牲的精神」を挙げてから、魯迅と毛沢東は竹内によってこんなふうに対比される――「魯迅は、個を否定することによって、個を越え、階級を越え、歴史を越えた。それを毛は、彼自身の切実なる体験によって知っている。一九三〇年前後、魯迅が、彼をプチ・ブルと罵る革命文学派と妥協せずに悪戦苦闘した結果が、それを突き抜けて左連の団結を生んだことを、自身が李立三コオスと悪戦苦闘した経験をもつ毛沢東は、誰よりもよく知っているはずだ。彼が魯迅を評した三つの言葉は、そのまま毛を評する言葉にもなるだろう。」

他方、一九四九年九月の『展望』掲載の「伝統と革命――日本人の中国観」のなかで、「中共がどんなに高いモラルに支えられているか、そしてそのモラルが、一貫して流れる民族の固有の伝統にどんなに深く根ざしているか、この根本の観点に立たないかぎり、今日の中国問題の理解は出てこないと思う」と書いてから、竹内はこう説明している――「中共のこのモラルは、どこから出てきたか。それは、割り切っていえば、伝統の完全な否定者であることから出てきた。中国における近代意識の形成過程を、伝統との対決の面で眺めるならば、過去の権威――儒教的なもの――の否定を深める方向に一貫して流れてきている。最初に宗学が否定され次に漢代の註釈が否定され、最後に、孔子そのものの神格が否定された。この否定を完成することによって近代への転向点となったのが、五・四の文化革命であり、それは『新民主主義論』が認めるように、直接に今日の中共の運動につながる革命的エネルギイの源泉である。」

そして一九五一年四月の『中央公論』に掲載される長文の「評伝毛沢東」のなかで、その出生から毛沢東の半生を追った竹内好は、「理論と実践の合一」を実現した毛沢東をとらえる方法として、「純粋毛沢東、あるいは原始毛沢東とでもいうべきものを仮定」し、そこから出発して毛沢東を再構成するという意図をあきらかにしてから、その「純粋毛沢東、あるいは原始毛沢東」のモデルこそ、一九二七年から三〇年にかけての毛沢東だと明示する。しかるのち、この時期に井岡山に立てこもった毛沢東について、「井岡山の毛沢東は、ほとんどロビンソンだった。〔…〕一切の所有者たりうべき無所有者だった。これまでのかれの生涯で得たものを、かれはすべてこのとき失った。〔…〕コミンテルンも、党中央も、省委員会も、一切の党機関がかれを排斥した。かれは党内で孤立した。〔…〕この無の状態から、物心両面の建設が着手されねばならなかった」と述べる。ここから竹内は毛沢東像をこう描きだすのだ――「毛沢東思想はこの期に形成された。かれの内外生活の一切が無に帰したとき、かれが失うべきものを持たなくなったとき、可能的に一切がかれの所有となったとき、その原型が作られたのである。これまで他在的であった知識、経験の一切が、遠心的から求心的に向きを変えて、かれの一身に凝結したのだ。それによって、党の一部であったかれが、党そのものとなり、党は、中国革命の一部でなくて全部になった。世界は形を変えた。つまり、毛沢東は形を変えたのである。主体と客体とが合一し、そこから新しい分化がはじまったわけだ。毛沢東は再生した。これまで、かれはマルクス主義者だった。いまやマルクス主義はかれと合体し、マルクス主義と毛沢東主義とは同義語になった。かれ自身が創造の根元になったわけだ。かれは純粋毛沢東、あるいは原始毛沢東である。」

ここで先に引いた「魯迅と毛沢東」のなかで、一九三〇年前後の魯迅の「悪戦苦闘」を、おなじころ李立三コースと「悪戦苦闘」していた毛沢東がだれよりもよく知っていたと記されていたことを思い出さなければならない。竹内好にとってふたりは、一九三〇年前後にともに「無」ないし「絶望」のうちにあったという、まさにその点においてかさなりあうのである。こうして中華人民共和国成立の一九四九年以後、中国共産党そのものである毛沢東が、すでに十三年まえに没した魯迅にかわって竹内好の同時代の指標となっていくのだ。

一九五二年、竹内好は国民文学論の提唱者として一躍脚光をあびる。ことはその年の五月二十四日の『日本読書新聞』に載った、「民族の活路にかかわる問題」（のち「国民文学の提唱」と改題）と題される竹内好の「伊藤整氏への手紙」と、「同一の批判基準の確立を」と題される伊藤整の返事とからなる往復書簡で開幕する。竹内好は、一九五一年ころからかけ声の出ている「国民文学」をめぐって、「日本文学の現状において、この問題をどう受けとめ、どう発展させるべきか、あるいはさせるべきでないか、という点に関する問題整理の方法論的な御見解を承りたいのであります」と、伊藤整にあてて書きだす。そして、「それが学問上の問題であるばかりでなく、あるいは文学創造の問題であるばかりでなく、日本人の生き方——民族の活路、という問題にかかわる」「重大さ」を強調してから、「国民文学の要求」はすでにタカクラ・テルと桑原武夫によって提起されている現状をあきらかにし、「タカクラ氏と桑原氏とでは、思想的立場はまったくちがいます。したがって期待する国民文学の内容もちがうはずですが、提唱そのものは同一であり、それがいわゆる文壇文学への不信から発している事情も同様であります」と記す。そのような状況を踏まえて竹内は、「国民文学の提唱には歴史的に三つの時期があった」と過去を振りかえり、「第一は、近代文学の初期、二葉亭から透谷をへて啄木へ至る」もの、「第二は、戦争中の「日本ロマン派」の主張を中心とするもの」、「第三は、当面の課題である戦後のもの」と規定する。しかるのち、「この第三の時期の特徴を、私の判断で申しますと、敗戦の体験と、アジアのナショナリズムの影響を受けて左のイデオロギイの要素が加わっていることです」と、とくに第三の現代に注意を喚起する。そのうえで国民文学の提唱者に、桑原氏のような近代主義的な立場からするものとそれに反対のものがあるわけだから、国民文学の定義づけについても二派の対立を明確にすることは、「問題を実践的解決に向って進める上に有益だといえます」と、みずからの所見を開陳する。そして自分の整理の目安だとことわって、近代主義者の側に中村光夫、蔵原惟人、中村眞一郎、高橋義孝、平野謙、伊藤整の名をあげ、反近代主義者の側に杉浦明平、西郷信綱、丸山静を算え、中野重治、小田切秀雄、臼井吉見を中間派におく。竹内の手紙は、「これらの人の間で、一つの目標が争われるのは望ましいことであって、おそらくそれによって、政治と文学の論争をはじめとする、いくつかの不毛の論争〔…〕も、生きてくるのではないでしょうか」と締めくくられる。

これにたいする伊藤整の返事は、ごく大ざっぱに要約すると、第一に、戦時中の記憶からいって国民文学を考えるのを拒否する傾向が文壇にはあり、自分もそのひとりであること、第二に、高見順も発言した「日本浪曼派」再検討の必要は、自分も承認すること、第三に、近代主義的意識のみによって現代文学を分析理解することへの懐疑には自分も同意するが、国民文学を現代の文芸理論と創作実践の面で考えることについては、まだ自分の考えが熟していないこと——だいたいそんなところで、最後に「露伴から子規から啄木までを実質上解明できる「同一の批判基準」が成立しなければならない」と強調しているのが印象的である。つまり伊藤整は、竹内の提案が自分に向けられていることにいささか当惑を覚えているような、消極的姿勢に終始していると言ってよかろう。

ここで国民文学提唱にいたる背景といったものを見ておかなければならない。

コミンフォルム批判をうけ分裂した日本共産党の主流派は、一九五一年八月第五回全国協議会（五全協）を開催して新綱領を採択した。新綱領では、それまで「人民」あるいは「人民大衆」とされていたほとんどすべてが「国民」と書きあらためられ、菅孝行が語るように、それは、「この一年間余の間の、明らかにきわめて自覚的な政治的方針の変換にもとづいて行われたもの、とみなさなければならない」（『竹内好論』三一書房、一九七六年）。しかもそこには、「戦争後、日本は、アメリカ帝国主義の隷属のもとにおかれ、自由と独立を失い、基本的人権をさえ失ってしまった」として、「日本の解放と民主的変革を、平和な手段によって達成しうると考えるのはまちがいである」（神山茂夫編『日本共産党戦後重要資料集』第一巻、三一書房、一九七一年）と銘記されているのだ。こうして早くも一九五〇年十一月には、主流派文学者により『人民文学』が創刊され、タカクラ・テルはそのメンバーのひとりだった。そして日本文学協会の永積安明、猪野謙二、西郷信綱らは、日本文学の遺産の問題をとりあげ、国民文学について語りだしていたのである。

他方、竹内好は、一九五一年六月の『世界』に発表した「亡国の歌」で、臼井吉見が『展望』誌上で無着成恭の『やまびこ学校』をとりあげ、それが文壇小説とはちがって国民生活に触れていることを強調したのに共感し、「文学の危機が、文学者を含めて多くの人によって自覚されていることを私は信ずる」と書き、読者は、「「魂の教師」の出現を待っているのだ。自身のモラルをふまえて両足で大地に立ちたいというやみがたい願望にかられて、じっと待っている」と指摘した。また九月には、『文学』掲載の「近代主義と民族の問題」で、「民族の問題が、ふたたび人々の意識にのぼるようになった」という一句を文頭に掲げて、「近代主義は、戦後の空白状態において、ある種の文化的役割を果した」とはいえ、「マルクス主義者を含めての近代主義者たちは、血ぬられた民族主義をよけて通った。〔…〕それによって、悪夢は忘れられたかもしれないが、血は洗い清められなかったのではないか」という疑問を呈し、近代日本の精神史を振りかえる。「近代主義は、日本文学において、支配的傾向だというのが私の判断である。」それは「民族」を思考の通路に含まぬとはいえ、明治以来白樺派までは、そのふたつの要素の相剋がつづいていた。だが白樺派の延長から出てきたプロレタリア文学がそれを否定し、「日本では社会革命がナショナリズムを疎外したために、見捨てられたナショナリズムは帝国主義と結びつくしか道がなかったわけである。ナショナリズムは必然にウルトラ化せざるを得なかった」。したがって「見捨てられた全人間性の回復を目ざす芽がふたたび暗黒の底からふかないとはかぎらない。そしてそれが芽をふけば、構造的基盤が変化していないのだから、かならずウルトラ・ナショナリズムの自己破滅にまで成長することはあきらかである」。このように論じたあと、竹内はこう述べる——「たとい「国民文学」というコトバがひとたび汚されたとしても、今日、私たちは国民文学への念願を捨てるわけにはいかない。〔…〕それの実現を目ざさなくて、何のなすべきものがあるだろう。しかし、国民文学は、階級とともに民族をふくんだ全人間性の完全な実現なしには達成されない。民族の伝統に根ざさない革命というものはありえない。」

こうした流れを受けとめたうえでの竹内好の提唱だっただけに、国民文学はただちに大きな反響を呼んだ。一九五二年七月の『群像』掲載の臼井吉見の「国民文学」はじめ、八月から十月にかけて、『新潮』をのぞくすべての文芸雑誌、『理論』『新日本文学』『人民文学』などは、山本健吉、小田切秀雄、亀井勝一郎、野間宏らの発言で埋めつくされる。とはいえ文壇の反応は、ほぼ臼井吉見の「国民文学」に代表させることができるだろう。臼井は、「民族の独立ということは、凡そ文化創造に携わるものが忘れてならない今日の重要な問題であることはいささかの疑もない」としたうえで、「だからといって、左翼政党のある段階で必要とする政治上のプログラムを直ちに文学に適用して、そのたびに文学評価の基準が一変するような文学的立場というものをぼくは信用できない」と、一本釘を刺す。そして竹内提案のように各派により「国民文学という一つの目標が争われることは、これにつながる多くの重要な関心が明かにされることであって、各方面からさまざまな論議が重ねられることが望ましい」と、賛意を表する。ただしそれには、「民族的であろう、国民的であろうとした文学なり芸術なりでろくなものは一つだってありはしない」という保留が最後につくのだ。もっとも福田恆存だけは、「国民文学論は既成の文壇文学にたいする反撥だといふのであるが、さういふ国旗掲揚塔のやうなものをいくつ造つたところで、そんなやりかたで文学が変るものではない」（「国民文学について」、『文学界』一九五二年九月号）と、きわめて冷淡な感想を記していることも付言しておこう。

この間竹内好は、みずから公言したごとくさまざまな発言の整理役に徹していたが、十一月の『群像』に発表した「文学の自律性など――国民文学の本質論の中」で、「国民文学論は三つの方向に展開すべきであると思う」として、「国民の形成と国民文学の成立の関係から考えていく方向」、「文学運動の組織の問題、とくに統一戦線の問題」、「文学教育の問題」を挙げている。そしてそのあと、野間宏が「「日本民族全体の魂を解放する」ものが国民文学の実質内容である」とし、さらに「国民文学運動を日本の思想改革運動の一つと考え」ていること（「国民文学について」、『人民文学』一九五二年九月号）に全面的に賛同しながらも、民族の独立と国民的解放が結合してとらえられていないところに、政治のプログラムをそのまま文学に適用する押しつけを嗅ぎとって非難している。

いずれにせよ国民文学論争は、荒正人が「二十七年度文学回顧」と副題した「二つの論争」（『群像』一九五二年十二月号）のなかで、「今年の文学界での大きな収穫のひとつは、国民文学についての論議が緒につき、共通の場（余り広くはない）ができかけてゐることである」と語るような反響を呼んだのであった。もっとも荒が評価しているのは、「論争といへば、相手にレッテルを無理にはりつけ沈黙させるのが、決め手として行はれてきた、この国の文学者に、新しい論争方法を実行してみせてくれた」ことなのである。

国民文学をめぐる発言は、このあとも一九五四年までつづく。けれども五二年をすぎると舞台は文壇をはなれ、『人民文学』や『新日本文学』、『アカハタ』や『社会タイムス』などに移っていく。竹内好自身このころになると国民文学にかかわる意見表明を控えるようになった。それにしても、国民文学論議を総括するものとして興味ぶかいのは、一九五四年十二月の『近代文学』に掲載された座談会「国民文学について」である。そこに出席した竹内好は、こう発言する——「外の人は知らないが、私が国民文学を考えた時にはね、ヨーロッパ、特にフランスを金科玉条にする風潮に対する抵抗の意識が強いわけです。〔…〕私の「国民文学論」というのはぶちこわしなんですよ。その後の建設を、具体的にプログラムを考えているわけじゃないんですよ。つまり、国民的な規模での動きが実際にあることは感じるけれども、それは私がしゃべった国民文学と恐らく直接にはぴったりとくっ着いていないと思う。」ここで、一九四九年十月に竹内が『人間』に発表した一文「教養主義と文化輸入」を思い出しておきたい。そこで竹内はアイロニカルに、「日本でフランス文学が、一般の外国文学研究のなかで、ある頂点に立っていること、好むと好まぬとにかかわらず、善悪二様の意味でもっとも進歩していること、外国文学の代表であることは、認められなければならない」と述べてから、「ともかくフランス文学は、日本では極点に立っており、そこには、おのずから、秀才が集り、その秀才たちは、そのなかで秀才的に形成され、日本文化の代表選手としての自覚をもって、そこから出てくるように、構造されている」と書いていた。

繰りかえすが、わたしは「戦後」は野坂理論を軸として展開したと述べた。その「戦後」の担い手のおおくが仏文出の作家や評論家であり、彼らがそのとき指標としたのが、サルトルでありカミュでありレジスタンス詩人であった。それはまさしく竹内のいう近代主義者以外の何ものでもなかった。一方、「十二月八日の決意」以来、竹内好最大の敵は西洋であり、その西洋を模倣する日本の近代そのものであった。

戦後「屈辱」感を抱いて復員した竹内好は、まさに戦前と本質的にかわらぬ「戦後」、そして偽装した近代にたいして、果断なる闘いを敢行した。そのひとつの帰結が国民文学論だと見て間違いあるまい。とすれば、国民文学論争そのものもまた、近代主義者にたいする攻勢という一面も当然秘めていただろう。だからこそ国民文学論議がしだいに政治色を濃くしていくなかで、その所期の目的からずれだした戦線を彼は離脱せざるをえなくなったのだ。しかも竹内好の関心は、すでに新しい方向に向きだしていたのである。

一九五四年五月、竹内好は、翌年四月まで都合十二冊を刊行する、講談社版第三次『思想の科学』編集長として新しい姿を見せるのだ。

『思想の科学』第三十三号巻頭に掲げられた「読者への手紙」で竹内は、「この雑誌は思想雑誌である」とことわったうえで、「思想とは、何か外界にある実体のようなものではなくて、私たちが生きるために、よく生きるために、それを使うもの、という風に私たちは考える。いわゆる思想家の専有物ではなくて、人がだれでも本来にもっているものである。それをそだて、その法則をつかむことによって、さらにそれをよくそだててゆきたい」と、みずからの抱負をあきらかにする。そして同じ号の座談会「新しい思想の出発」では、「私がなぜ「思想の科学」の運動に入ってきたかというと、思想の科学の運動には二つの惹きつけられるものがあったんです。一つは学問のいろいろな領域の間の綜合を企てる、つまりインテリの各種の横の分野のバラバラになっているものを関係づけるという役割があったと思うんです。これには敗戦の経験が底にあると思うんですね。もう一つは思想の成り立ち、基本の要件というか、インテリと大衆の間の溝を埋めるといってもいいんですが、その方向があった」と語っている。前田愛が適切に指摘したように、竹内好は新たに「日本人全体の思想をそだてる運動のための共通の広場」(「大型の発想」、『竹内好全集』第八巻「月報」)づくりに乗りだしたのだった。「国民」あるいは「大衆」との接点を見いだしていくことこそ、これまで竹内が批判しつづけてきた日本の近代の歪みを是正するための、具体的な第一歩だと、竹内は考えたのだ。

4　『風媒花』

一九五二年は国民文学論の年だったが、同時に五月にメーデー事件が起こり、それを契機に火焔ビン闘争が激化した年でもあった。その一九五二年一月から『群像』に連載されたのが武田泰淳の最初の長篇小説『風媒花』であって、連載完結の翌月一九五二年十月に単行本として講談社から刊行された。

『風媒花』は、講和条約締結直後の一九五一年秋の三日間を舞台に、著者自身を含める中国文学研究会そのものを取りあげた作品にほかならない。しかもここでは、十一年まえおなじ素材を扱った「会へ行く路」とおなじように、全体がいちじるしく戯画化されているところに特徴がある。そして「会へ行く路」同様、会へいく路をたどるところからはじまるのだ。もっとも十一年まえには、芝白金の会へ「電車通りから広い坂をおりて行」ったが、いまは有楽町駅から銀座へむかって「青黒い汚水の上に堅固に延びた、コンクリートの橋を、峯はことさらゆっくりと歩いた」と書きだされる。「会へ行く路」の「私」がここでは「峯」となる。「橋の向うの電車線路を横断すれば、研究会の仲間の集合しているビル」なのだが、峯は仲間のだれかが自分を注視しているにちがいないと感じ、「親しい仲間どうしが、互いに監視しあい、警戒しあうところまで、まだ事態は進展していない。だが、やがてそうなるのだ」と思う。ポケットに手を入れると、出かけに受けとった「フミオキトクスグコイオウジキユウキユウビヨウインヤスエ」という電報に触れた。「何か他にさし迫った用件が出来て、出席できなくなる時に限って、峯は無理しても仲間の会合に出てやろうと、多少情熱的になるのであった。」そしてエロ作家峯三郎は考える――「中国文化研究会（中国文学研究会のことだ）に、峯はかつて彼の青春を賭けた。十五年間、そのグループを熱愛しつづけた。〔…〕会は、青春の彼が正義と信じた物を、今なお代表しつづけていた。会が正しい存在であること、それが彼の唯一の希望だ。会を構成する全胎内が腐り果てることがあったら、その一瞬に、彼は人間に絶望するだろう。」

ビルの喫茶室にたむろする仲間の方へ近づいていくと、あきらかに竹内好がモデルとわかる軍地が顔をあげて「珍しいね」と言い、べつのものが「だいぶ金儲けに、忙しいらしいね」と声をかける。峯が腰をかけ、みんなの話が今日くる予定の国府系のジャーナリスト桂《クエイ》のことから峯のことに移ると、軍地が峯を見もしないで、「俺は峯を認めんよ。峯は最近堕落したね。彼は以前は、こんなじゃなかった。〔…〕俺は中国文化研究会が、彼のような男を出した事を恥じるね」と毒舌をふるう。それに若い原が軍地の峯批判は友情のあらわれだと注釈を加え、梅村がかつての軍地と峯をめぐる回顧談をはじめた。「軍地が欠陥だらけの峯を、どうやら一人前に育て上げた。それは事実だ」と、峯も思う。大学一年のときのR・S以来知りあい、数回の拘留で弱りきっていた峯を訪ねて中国文化研究会をやろうと提案し、「中国という字を、我々が最初に使用したいんだ。これはのちに重要なことだからね」と語ったのが軍地だった。「日本の文化人の大部分は、「支那」大陸とのあいだに架かった、腐蝕した古い木橋に、ペンキを塗り、杭を添えて、「日支親善」を実現できると錯覚していた」ころ、「峯たちには、架けねばならぬ新しい橋の姿が、おぼろげながら想像できた」。「両岸の地盤を改造するための努力、それのみが、この作業の第一歩のはずであった。」だがそのためには、「彼等の力はあまりにも弱」く、「その弱さ、その屈辱を一番身にしみていたのは、軍地だった」。軍地は峯の文章を何回も書きなおしさせ、原稿は何度も突っかえした。終戦後、「帰還した軍地が最初に吐き出した一句は、峯を打った。俺は今となっては、中国という言葉を使うのが厭になった。〔…〕この言葉はかつて我々にとって、無限の苦悩とあこがれを象徴する、美しい精神の結晶だった。今では便乗者の掌垢にまみれた、だらしない通用語と化した」。「峯はもしかしたら、かつて自分がそう成るのを最も恐れた或る者になりつつあるかも知れなかった。彼が火曜会に出席することさえ、美しい言葉に泥を塗り、その意義をあいまいに濁らせる行為かも知れないのだ。」

そのうち桂《クエイ》がきて、中国の戦場を扱った作品がすくないと批判すると、軍地が駒田信二の『脱出』を挙げたが、それにたいして原が、「下士官の眼から見た作品だな。兵卒の眼から見た物が出ていいな」と沈んだ声でこたえた。「かつて日本軍部隊の優秀な、最も勇敢、最も良心的な下士官であった経歴までが、忠実な中国研究者たらんとする彼の苦悩を深くするのだ。中日戦争を忘れて、中国を論ずることは、彼等の何人にも許されていない。何万何千万の中国民衆の家庭を焼き払い、その親兄弟を殺戮したあの戦争を語る事は苦痛だ。〔…〕原も中井も峯も軍地も参加した〔…〕隣国人の血潮と悲鳴と呪いにどろどろと渦巻く、その巨大な事実が、彼等の出発点であった。」

中国文化をもっとひろく日本に紹介したいという桂《クエイ》の希望に峯が同調すると、「峯、お前、ほんとにやる気があるのか」と軍地が口をはさみ、「そりゃあるさ。俺だって研究会のメンバーだからね」と抗弁するのに、「お前もそうだったかね。俺忘れてたよ」と軍地がとぼける。そこで峯は深刻ぶらずに話しだした——「軍地は悲劇的な男だな。〔…〕軍地は本来なら、独裁者になれる男さ。才能と勇気の点ではね。彼はただ遺憾ながら文学病患者なんだ。潔癖すぎるんだ。彼はいつでも自分が文学的に正しくなければ、居ても立ってもいられないんだ。〔…〕だけど文学的な革命家という奴は、常に悲劇に終るもんだよ。軍地は我々のあいだでは、多少政治的な男かも知れんさ。だが本当の物凄い政治家が、俺たちを支配しようと、どこかで待ちかまえているんだ。そいつはおそらく、軍地的な文学的な男じゃないな。我々とは別種の、異質の男だ。そいつの出現到来を軍地は希望しつつ、また一方ではそれに抵抗し反抗しなきゃならないだろ。彼は真二つに引裂かれるために、敢て努力してるようなもんだよ。」それにたいして軍地は、「峯のは、被害妄想だよ。アプレゲール的な誇張だよ」とこたえ、「目前の日常的な、小さな問題を、一つ一つ具体的に解決して行くのが政治だよ。できる事から着実に実行するのさ。それができないで、政治と文学もないよ」とつけ加えた。

桂《クエイ》が席を立ったのをしおに座をはずした峯は、電報にあった王子の救急病院にむかった。鎌原文雄は、峯の戦時中に亡くなった妹のつれあいで中学校長をしている。病院へつくと支那哲学者故鎌原智雄の未亡人安江は、その日の未明、文雄が下十条の崖から転落して意識のない状態がずっとつづいていると訴えた。見舞客のなかには、かつて満州国を「王道楽土」と主張し、停年直前にパージにかかったM老教授もいた。そこへかつての中国文化研究会のメンバーのひとりで、偽満州国皇帝の来朝の際峯が検挙されたことから脱会し、軍の大学に勤務していた大柄な日野原があらわれた。「峯君も最近、シナとは縁が薄くなったようだね。賢明な転身だと、我々感心してるよ」と言ってから、日野原は軍地のことをしゃべりだす。「軍地君はシナは偉い、シナは正しい、と言うね。日本は駄目だ、日本は正しくないと言うだろ。それが彼の潔癖、彼の誠実さだと世間は見てる。だが僕に言わせると、彼はそうやって日本人をおどかしつけてるだけじゃないか。」するとかたわらのM老博士が、「軍地君の「中国文化論」[2]は、わしも読んどるがね」と乗りだしてこうつづける。「あれは一昔前の京都派の支那心酔と、ちょっと似たところがあるよ。京都派の支那学の連中も、全くの支那かぶれでね。若い頃はよく支那々々と言うとったもんじゃ。京大の支那学者は代々、支那一点ばりだからな。彼等は、東京の漢学者を古くさいと、口をきわめて罵ったもんじゃよ。ところが、軍地君は今度、わしらは勿論のこと、京都派までやっつけてるようだな。因果は廻ると言うが、次々とやられて行く。そこが面白かったな。」日野原は、「軍地君だって、今にやられますよ」と腰をゆすって応じ、「支那をネタにして、日本を罵倒したってはじまらんですからな」と言ってから峯の方をむき、「我々だって、妥協はせんよ。軍地君に、そう言って置いてくれよ」と、「自信と憎悪で、西瓜の切口のように赤く濡れ」た声を出した。

峯が中座したあと解散した研究会メンバーのうち、軍地と中井と原は有楽町のガードしたの焼酎ホールに入った。そこで、出征中に新婚の妻を失い復員後たどりついた横浜の家が全焼していた、「生き残りの敗残者」を自称する中井が、横浜の飲み屋で知りあったという美貌の三田村青年を見つけ、生母が中国婦人だといって軍地に紹介した。三田村は、峯も峯の同棲者の蜜枝もよく知っていて、ふたりをつうじてあなた方には親愛の念を抱いていると自己紹介した。三田村は、「私の見るところでは、中国文化研究会の人たちは、非常な無理をしている」と言いだす。「峯さんは、中国と日本の間に橋を架けようとした。これぐらい、日本帝国上昇期のインテリにとって、悲劇的な愚行はありませんよ。〔…〕日本人は加害者だった。中国人は被害者でした。あなたがたは被害者に同情し、被害者の立場に立とうとする加害者という、滑稽な役割をうけもってるじゃないですか。矛盾だらけ、矛盾そのもの、その矛盾でやっとあなたがたは文化人としての誇りを保っていられる。その悲劇性に私などは親近感をおぼえるのだと申上げている次第でね。」軍地は青年の冷静さに腹を立て、「三田村君は一体、加害者なのか、被害者なのか」と詰問すると、三田村はこたえる。「今のところ私は〔…〕中国人に対して加害者になろうとは思いませんね。その点で私はあなたがたの同志ですよ。しかし私は、日本人に対して加害者になってやろうかと考えてるんですよ。最悪の加害者にね。香港ルートに関係したのも、そのためですからね。中共は混血児などにおかまいなく、着々発展しつつあります。」この不可解な出現者の本質をつかみあぐねて軍地が応じた。「加害者ね。加害者になれればたいしたもんだがね。〔…〕つまり血なまぐささの中で仕事をしようとしてるんだろう。恐怖と戦慄を手段にして、融合とか化合を考えてるんじゃないのか。流し合った血潮が両方から流れ寄って、一つ血に合流するという……」中井が酔顔をさしだして口をはさむ。「要するに身体をはらなきゃダメだってわけさ。〔…〕死ねばいいんだよ。死ねば。」

そのときガラス戸があき、「ものすごい喧嘩だ」という叫びがきこえ、酔客がどやどやとあわただしく出ていった。「なにしろ、支那人と日本人の喧嘩だからな」と、もどってきたコックが報告する。軍地が中井に、「どうかね、中井」とからかうと、中井は憤然として「俺は行くぜ」と靴をつっかけ、あわてて原がその跡を追った。峯のとおった王子の電柱にも「援蔣反共」のビラがべたべたと貼ってあったが、ガードしたの壁にも自称「日本主義者」たちのビラが白々と風に揺れている。そこをかけ抜けて中井が現場につくと、すでに喧嘩はおさまったあとで、検束用のトラックが二台とまり警官が立っているだけだった。その真中に立ち広東語をまくし立てている中国人の肩に中井が手をかけて、「誰にやられたんだい」と北京語で訊ねた。すると相手はぐっと肩をひき、警官隊がかけつけ中井を誰何した。怒った中井が警官の拳銃に手を触れた途端それが暴発した。ただちに中井は検束され、トラックに乗せられて運びさられる。店を出てフランス料理屋のショーウィンドーのまえで一部始終を見ていた三田村は、「とうとう第一の犠牲者が出ましたね」と軍地を振りかえった。「もう二度とこんなつまらぬ犠牲者は出させやしない。もっとも僕らとあんたは無関係だがね」と、軍地が歩きだすと、「軍地さんと僕は無関係じゃありませんよ。だってあなたと僕は同類なんですからね。〔…〕あんたは加害者ですよ。〔…〕あんたは努力すればするほど、仲間を破滅させるタイプの人間なんですよ。仲間をどんどん破滅させながら、当人は自分の正しさを疑わない。そんな種類の人間なんですよ」と、おいかぶせるように言い放った。そして三田村はタクシーをつかまえると、「乗りませんか」と愛想よく扉をあけ、大磯へいきましょうと誘い、「あなたの敵の根拠地ですよ」という言葉に、「若者の正体を、もう少しつきとめねば虫がおさまらな」い軍地が同意して、ふたりは東京駅へむかった。

翌日、霧雨の降る海岸を軍地と歩きながら、「誰がこの男を殺すことになるだろうか」と、三田村は考えていた。もっとも口にしたのは、「細谷源之助はどうですか」という言葉だった。「そうだな、歴史を動かすタチの人物だな。今はもう動かす力がないかな」とこたえた軍地は、昨夜「その怪物が生きて喋るのを目撃した」ことを思い出した。

「軍地は戦時中、細谷源之助の著書を愛読した。「日本革新意見」や「支那革命談」(3)は、独創的な理論と、鋭い文章で軍地を魅惑した。」それらは「自分一箇の力で何事かをしでかさんとする男の、確信と決意で貫かれていた」。「細谷の著書には、自分のことばに責任を持つ男の潔癖さがあった。人一倍文章にやかましい軍地には、そこが何より気に入った。」細谷は、上海、南京、武昌での中国青年の武装蜂起に参加した。おおくの支那浪人が袁世凱の帝政復活の陰謀に加担したとき、一人敢然と反対の論陣をはった。昨夜床についてから軍地は、細谷を動かしたものが何だったか考えつづけた。「細谷は日本を世界に於ける強大国に飛躍させようとして、ただそのためにのみ、中国の革命的エネルギーを重要視したのだ。その細谷が、日本改革のために、青年将校による流血クーデターを唯一の途とせねばならなかったのは、何故であろうか。」

細谷源之助は孫文について、「彼には、殺《さつ》の大慈悲が理解できなかったんじゃ。数千数万の人間を生かすために、数十数百の人間を殺さねばならぬ場合がある。この道理に徹底できぬと、歴史を動かす男子にはなれんのじゃ」と語ってから、「貴公は翻訳蚊士の一人じゃろ。殺《さつ》ぬきで、いいかげんのところで手を打とうとキョロキョロしてる男じゃな。おぬしらが日本を亡ぼすのじゃ」と、軍地を睨みつけた。けれども、その談話に呪文のような「殺《さつ》、殺《さつ》、殺《さつ》……」をさしはさむ老人も、三田村のこととなると、「可愛い奴でな」と声をやわらげ、彼の母が「戦時中も、青天白日旗と孫文の写真を部屋に飾って」、日本人商人にいじめ殺されたと話した。そして、「この男は、日本人にも中国人にも成り切らんのじゃ。おまけに、おぬしらの影響を受けてな。翻訳文士かぶれしとるけに、しまつが悪いんじゃ」と歎く。「台湾政権をどう思うか」ときくと、「国民党の連中も、今と昔じゃ大ちがいじゃ」とむかしを偲び、自分はここ清風荘の主人（A級戦犯だった右翼の大立物）にも、台湾貿易でも香港貿易でもさっさとやって軍資金を集めるのに大賛成だと言っている、もっとも彼と自分とでは目的が違うのだが、とことわってから、自分の最後の志をこう語るのだった――「わしは中共の連中を馬鹿にしとりゃせん。連中は殺《さつ》の精神を多分に持ってるけにな。当分、堕落する気づかいはない。吉田が何と言おうが中日貿易は、日本の必然じゃ。ただその貿易を、どうやって対等の条件に持ってくるかが問題じゃぞえ。だからわしは、ここで日本の実力を一度だけ、中共の連中に見せておきたいんじゃ。たった一度でいい。わしの生きてるあいだに、日本にも気骨侠骨のある男は腐るほどいるんじゃと、示しておきたいんじゃ。」

三田村がレインコートの襟もとをあわせて「殺《さつ》、殺《さつ》、殺《さつ》」と老人の口真似をしたので、「俺は人殺しは嫌いだよ。人殺しって奴は、かならずどこか無責任なものだからな」と軍地が言うと、「人間は、万事にまんべんなく責任を持つなんて、出来っこありませんぜ。何か一つ、これはと思う物に対して、責任を持つより仕方ないじゃないですか」と三田村。「君は何に対して、責任を持つつもりかね」という問いに、「母の死に対してですよ。哀れな一中国婦人の死に対してですよ。誰も責任を持ってくれない死に対してですよ」と、三田村はこたえた。そして軍地に忠告したいことがあると前置きをして、「真に新中国を信じ愛しているとしたら、〔…〕新中国の文化を研究してるだけじゃ、不充分なはずですがね」と言って、ふたつのことをしゃべりだす。ひとつは、敗戦後日本陸軍の将校が中国軍閥の親分と手をにぎって、いま反共義勇軍編成のため台湾に兵員と武器を集め、そのため一両日中に九州から密航船が台湾にむけて出航すること。そしていまひとつ、現在朝鮮戦争で使われる大量の武器を生産している都内のＰＤ工場の作業をストップさせるため、ひとりのヒステリック・エゴイストとでも称すべき美少年が、工場の食堂のやかんに毒薬を投げこませ、それを連日つづけ、恐怖を東京付近の全ＰＤ工場に拡がらせようとしていること。そうしたことを聞いても、軍地は放っておくのかと問いただしたうえで、三田村はその美少年についてこう説明する。「彼は新中国の民衆を、てんで信じても愛してもいやしません。だが、彼はその「犯行」によって、中国文化研究会の全同人が逆立ちしたって出来るはずのない大きな贈物を、新中国の民衆に捧げたことになるんですよ」――「そのかわり、彼は罪のない日本人労働者を殺さなきゃならない」と軍地はこたえてからゆっくりと、「……君は淋しいんじゃないかな」と訊ねた。三田村は素直にそれを認め、「しかし僕の胸の底には、憎しみも詰っていましてね。僕はうまくやる人間を憎みますよ。中国と日本のあいだをうまく立廻って、自分の掌を血に染めないで、うまい汁を吸う奴らを憎みますよ」とつづけた。軍地は、自分の青春時代のことを思い浮かべながら、「君は結局、それをやってしまったんだね」と訊ね、こたえのないままこう述懐する――「君はやっぱり少し、自分という者を、特別の者に見たてたがってるんじゃないかな。秀才は誰でも、特別な身ぶりをしたがるんだよ。僕自身だって、そういうところがあることはあるさ。大げさな身ぶりもしてみたいし、また実際そうやったもんだ。僕だってインテリだからね。だが今じゃ、百姓と職工の身になって考えてやることも、多少はできるようになったんだよ。インテリとしては、これは退歩かも知れないがね。赤ん坊を持った男の退歩、とでも言うのかな。だが僕はね。この退歩を大切にしようと思ってるんだ。百姓や職工が仕事に念を入れて、キズ物を造りたがらないようにね。」

軍地と三田村に惹かれて話が先へすすみすぎたかもしれない。ここでもう一度時間を遡って、前日の夜の主人公峯に焦点をあてておく必要があるだろう。

峯が下宿にたどりつくまえ、蜜枝の弟のマルクス少年守は蜜枝に、峯は研究会では脱落者で、研究会は軍地の線で動いており、「その軍地派に対しても、党のアジア班は看視を怠らないんだ」とわけ知り顔に吹聴していた。そして峯が帰ってくると守は、どうして中国の抗戦文学の翻訳をしないのかと詰問する。そこで峯は、なぜ翻訳をしないのかという理由をこう話しだした。「俺が上海で知った一番重要なことは、この世には権力という物があることなんだ。〔…〕ともかく俺は昭和十九年、終戦の一年前だな、上海に着いて、日本居留民の権威の絶大なるに驚いたんだ。〔…〕俺なども、その強力な権力のおかげで、生れてはじめて、庶民以外の或る者であり得たんだ。特権を行使できるね。〔…〕ともかく当時の上海居留民は、今の東京に進駐してる白人たちより、十倍悪いことをやってる。ところでだ。大なり小なりそのような国際的悪事に加担した居留民が、引揚げてくる。支那通が多いから、中から翻訳者も出るし、中国事情紹介者も出る。彼等が過去に何をやっていようが、現在、新中国の出版物を翻訳するのは自由だからね。〔…〕中国語を日本語に移し替えるだけで、彼は別人になったかの如き外観を呈する。〔…〕奇妙な現象だろ。後進国に於てはだ。翻訳者、語学者、海外旅行家、外国通、通訳のたぐいの価値は増大するばかりだ。今のところ、日本を動かしている力の半分ぐらいは、ワシントン帰り、モスクワ帰りだよ。或はロンドン帰り、パリ帰り、延安帰りだよ。〔…〕文化人が権力の片隅にまぎれ込むのに、こんな便利な手段はありゃしねえ。」仲間はずれにされた守の愛人の細谷桃代が、つれづれなるままにシャンソンのレコードをかけだすと、かくてはならじと、守が革命歌を蜜枝と一緒にロシア語で合唱しはじめた。新中国の歌謡にはまったく無知な峯は、やむなく軍歌を歌いだした。すると軍歌は、「彼の瞼の下に彼がかつて輜重一等兵として馳駆した、華中の風物を鮮明に浮び上らせる」。「彼は日本軍の流した異国の民の血潮の量も忘れはて、ひたすら軍歌にすがって、悠々としてまた変化に富む、中国の自然を呼び求める。」そのとき大きな音を立てて二階のガラス戸が割れた。騒ぎに何ものかが通りから投石したのである。

翌日の昼、峯は桃代との約束で、彼女のつとめるPD工場を見学してから彼女のサークルで話をするため、郊外のその工場に出かけていった。ところが工場内で土瓶のなかに青酸カリが入れられるという事件が発生して、結局見学は中止となり、峯はそのまま職員集会所で、三十人ほどのサークル員をまえに話をする破目になる。青酸カリ事件に触発されたせいもあろう、峯はまったく予定していなかった帝銀事件の話をはじめた。事件の話がひと区切りついたところで、峯は、「今度の戦争をふりかえってごらんなさい」と調子をかえてこんなふうに話しだした。

> 実に無数の人間が人間によって殺されている。愛国的殺人であろうと売国的殺人であろうと、殺人行為にかかわりはない。自ら手を下さなかった人々といえども、何らかの形で殺人にかかわりのない者はいない。我々日本人のほとんど全部、否世界の人間のほとんど全部が殺人に参加したと言ってもいい。殺されながら殺し、殺しながら殺す。無数の媒介物によって、知らず知らずのうちに、どこかで誰もが人殺しに関係している。しかも現代の一番おそろしい点は、殺人者が時がたてば自分の犯した行為を忘れられるばかりでなく、時によっては、自分が人殺しであることを知らないですむ点にあります。お互いに知らないですむ以上、罪も罰も問題にならない。自分の犯行を知らない人々は、死ぬまぎわまで自分はたんなる善良平凡な市民であると信じて生きて行かれる。ところがあにはからんや、彼等の善意にもかかわらず、彼等の明朗温良な微笑にもかかわらず、彼等の日常生活は、間接的に複

雑な殺人行為の網の目に編みこまれているかもしれない。何も僕は、兵器弾薬を製造する人々を念頭に置いて喋っているわけではありません。〔…〕僕はもっと広い意味で喋っているんです。ペンを原稿用紙の上にすべらせている瞬間にさえ、僕が何らかの殺人行為に参加していやせぬかと言う、ごく漠然たる僕自身の予感から喋っているんです。平和運動の宣言に署名したぐらいで、この予感は消えるもんじゃない。僕はきっとある種の殺人事件の片割れにちがいないような気がする。これが困るんだな。

峯のこの講話の言葉は、いわば『風媒花』の通奏低音として、筋の新しい展開のたびごとに読者のうちに甦ってきて、つねにかたちの定かならぬ不安をかりたてずにはおかない。

峯がＰＤ工場に出かけるのを駅まで見送った蜜枝は、たまたま出会ってコーヒーをご馳走になった研究会の梅村の口から、桃代が峯を訪ねて会に二、三度きたこと、その桃代の出自について聞き、呆然とした。「細谷桃代は名門の知名人の娘だ。彼女には守にあたえる背広があった。だが自分は峯にあたえる何物もないのだ。比較すればするほど、舌打ちしたいひけ目を感じた。」そうして向っ腹を立てた蜜枝は、普段着長靴ばきのまま新宿へ出た。かくて本多秋五に、この小説のなかで、「峯の愛妻蜜枝が、愛するチョロちゃん（峯の愛称）のために、私も「身を棄ててつくさなくちゃ」と一念発起して、三越らしい新宿のデパートで万引きをはたらき、新宿二丁目のあたりで一夜の臨時パンパンを志願するくだりが、もっとも生彩奕々たるものがあり、もっとも愉快な場面である」（『物語戦後文学史』新潮社、一九五四年）と絶讃させた、一連の出来事がはじまるわけだ。ただここでは、蜜枝が「細谷桃代」という源氏名で長靴ばきのまま立ったところへ押しかけてきた、台湾行きの募兵に応じた四人の青年「国士」と引率者の日野原が、蜜枝とどのような交渉をもったか、ごく簡単に紹介するにとどめたい。

　店のマダムに「細谷桃代」と蜜枝を紹介され顔に険悪さを加えた日野原は、前日峯と再会して以来胸を灼く記憶から逃れられないでいた。「彼等は俺のような田舎生れの苦学生ではなく、都会育ちの恵まれた家庭の子弟だ。だから奴らは、頼まれもせぬのに他人の国に対する、甘ったるいヒューマニズムをもてあそんでおればよかったのだ。そのおかげで俺の一家がどんなにみじめな暮しをせねばならなかったのか。〔…〕満州は俺の祖父と父、日本の農村何十万の祖父と父が血を流して強豪ロシアの掌から奪取した土地ではないか。何故漢民族だけがあの広大な土地と資源の権利を主張できるのか。〔…〕このアジアにおける不公平を甘受できるのは、研究会一派の腰ぬけどもだけだ。」そして日野原は、竹内好の「覚書」最後に記された「戦争責任」を問う八項目を原文のまま引用しながら、彼らも「赤門文学士の称号をもらっていること」を挙げ、研究会は戦後いち早くエロ作家を出しているのに、いったいどんな「革命勢力」になりあがるつもりなのかと歯ぎしりした。ところが漢文を解する娼婦を珍しがった青年「国士」たちは、日の丸の旗をひろげて寄せ書きをはじめ、蜜枝にも漢文か漢詩を書けと強要した。すると蜜枝はトイレにかけこみ、「チョロちゃん」の名をよびながら記憶を呼びさまし、出てきて筆をとるや、「――長夜、春を過すに慣るる時／婦《つま》を挈《たずさ》へ雛《こ》を将《と》り鬢《びん》に絲《しらが》有り／……」と、だれのものか忘れている七言詩を書きだした。書きおわった詩句に感激して「国士」のひとりが、「いいな日野原先生、これは誰の作ですか」と訊ねると、日野原は苦りきって「ロジンさ」とこたえた。

その夜郊外の旧家鎌原家の屋敷では、安江が王子の病院へ出かけたままで、小学校三年生でカリエスのため寝たきりの孫娘の露子が、ねえやに寝床を父・文雄の書斎でもある新座敷に移してもらった。そこへ電話があって、父の福島県F村の捕虜収容所時代おなじ監視兵で親しかった、現在PD工場職工の横河と、露子の薬や闇物資をはこんできて安江の信任あつい三田村が、トラックに乗って見舞いにきた。そのとき安江からの電話で、ねえやは留守をふたりに託して喪服を届けに出かけた。文雄が最近集めだした中国の新刊書のうえに載っている、中国残留邦人の手紙をおさめた『祖国の皆さまへ』を横河が手にとり、露子にたのまれるまま朗読していると、三田村は蔵へひとりで入っていった。そこにはMPのジープが捜査にきても見つからなかった、旧陸軍の兵器が隠されていたのである。それを三田村がトラックにつみおえ、露子が寝たといって出てきた横河が、蔵の戸を閉めようとしたとき、突然、新座敷から銃声がとどろきわたった。

翌朝おそく、峯も蜜枝も外泊して留守の下宿へ守がくると、したの老婆がさきほど三田村がきて何か荷物を持ちこみ置き手紙して帰っていったと告げた。そこで探してみると、大判の旧約聖書にはさんである「至急」と書かれた封筒が眼に入った。ひろげてみると原の手紙で、中井のその後についての報告だった。K署では、今回の事件をたんなる酔漢のいたずらと見るか、背後関係のある重大犯行と見るかで意見がわかれているようだが、研究会全体が嫌疑の対象となっていることに間違いはない。すでに戦中から戦後の会の動向にはじまり、北京政府との連絡の有無といった点まで調べがすすんでおり、どうしてもあす緊急会議を開く必要がある。いま要請されているのは、峯さんはじめ先輩の一部がコンミュニズムにたいする姿勢を明確にすることであって、「中井氏の事件は、そのような旧式な、無目的な、きわめてあいまいな愛情を根拠とする、あなた方の中国熱から発生したものではありませんか。〔…〕我々はもっと堅固で、戦闘的で、もっと組織的であらねばなりません。〔…〕さもなくば、研究会は革命的意義を失い、やがては革命の障害物と化するでありましょう。中井事件を契機として、研究会全員が鉄の規律をひきしめ、前進的動力となることを、私は切望致します」と、それは結ばれていた。

そこへ峯がもどってきて、守にわたされた原の手紙を読み、机の引き出しに入っていた三田村の手紙を発見するまえに、鎌原文雄の日記帳と釘づけの木箱を見つけだした。三田村の手紙は、「鎌原露子嬢はしたたかな少女です。ほとほと感服致しました」と書きだされ、「アプレ少年少女は実に、救済せんとする大人たちを逆に救済し直すほど強靭無類であります」とつづけたあと、擬古文にかわる。要するに、三田村が鎌原の日記三巻を略奪せんとしたところ、彼女は、自分は父から死後これをかならず峯伯父にわたせと言いつかっていると語り、自分のふとんのしたに隠してわたそうとしなかった。やむをえず力づくでもぎとると、天を仰いで慟哭し、身をひるがえして短銃をかまえ、「わが母、わが父、あひついで死せり。妾《わらわ》また病弱にして、志をのぶる能はず。生の喜びすでになし。なんぞ死の苦を怖れんや。少年すみやかに父の遺書を返せ。返さずんば、妾みづから我が命を絶たんのみ」と、銃口を自分に向けようとするのをおさえこもうとしたが、そのとき「轟然一声、弾丸は誤ちて余の左脚に命中せり」とある。このあと漢文調は息切れするからと平常文にもどって、「昨夜、僕は弾丸に肉をえぐりとられた時、恍惚たる歓喜の情を味わった」と記し、「少女は恐怖にふるえながら、熱心に介抱してくれた」とことわってから、「だが僕の心を領していたのは、僕にさずけられた（と僕は文字通りそう感じた）貴重な激痛、激痛の意義と価値、盛りあがり花ひらく激痛の花園の香気の如きものであった」と書く。そして手紙は、「他人が僕にあたえる激痛、僕が他人にあたえる激痛、その両方に僕は責任を持たなければいけないのだ。その責任のとり方が、僕の行為を決定するのだ」と、みずからの到達点をあきらかにしたあと、「峯兄よ。願わくば、激痛の岩壁のあいだに細々とつらなる生の路を、自己の視線の先に浮びあがらせたまえ。そのとき貴兄は、他人のあたえる激痛と他人にあたえうる激痛を忘れはてた自分が、いかに人間の尊厳を失っているか発見されるであろうから」とおわる。もっとも追伸としてそれにつづけて、軍地氏と峯兄のふたりに一挺ずつ拳銃を進呈することと、「この書面読後火中のこと。なるべく生きていた痕跡を残さずに死ぬのが、小生の願いですから」と、書かれてあった。

「峯の耳には、一昨夜と昨夜、各々別の場所で、一研究会同人と一少女によって発射された、二つの轟音が重なりあって鳴りひびいた。机の下の釘づけの木箱、そこからも、まだ発射されない鋼鉄球と火薬のエネルギーが、峯のあぐらの膝を撥ね返さんばかりに、音なき轟音を噴き出そうとしていた。」しかし峯はひとりつぶやいた。「鎌原は死んだのだ。それだけは確かなのだ。」そこへ蜜枝が買物籠をいっぱいにしてひっそりと帰ってきた。「峯を喜ばせる買物のための金を、一夜にして儲けられる。その自分の働きが、昨夜どんなに彼女を浮き浮きとはしゃがせてくれたことか。」けれどもいま、「勘の鋭い峯の、彼女の方に向けようとしない視線のメスの冷たさで、彼女の夢は破れ去った」。蜜枝は涙をあふれさせながらサーディンやコンビーフの鑵詰をひとつひとつ取りだした。峯が鼠とりにかかった鼠を始末してくるからと立ちあがり、守もついていった。それから、「蜜枝、ゴミを燃やすよ」といって峯は裏に出、塵芥穴に紙屑をいれて火をつけた。そこに鼠の屍体も二通の手紙も放りこまれた。焼けた紙片は「灰色の造花」となって庭一面に飛んでいった。「灰色の羽毛で掻きだされた秋の庭に、葉鶏頭が四、五本、赤々と燃え立っていた。たくましい茎の深紅色は、凝固した血液を思わせた。」そして『風媒花』は、こんなシーンで幕がおろされる。

……三人はほとんど同時に、その純物理的な明るさで燃え上る鶏頭の葉に、きわめて生理的な感動を以て、ほとばしる鮮血の色を認めた。蜜枝は桃代の血を、守は三田村の血を、峯は自分自身の血を、その紅の天然染料の上に妄想したのだ。「チョロちゃん！」と、蜜枝は男の愛情を求めて、身もだえして叫びたかった。「革命！」と、守はひたすらに念じた。「中国！」と、峯は気恥ずかしい片想いで立ちすくんでいた。だがその三つのせつない願いから、三人は共に、いまだに遠い距離にあった。

いささか詳細にすぎるほど作品のあとを追ったかもしれない。三島由紀夫は『風媒花』の刊行直後、この長篇の女主人公は「中国」であると喝破したが（「『風媒花』について」、『群像』一九五二年十二月号）、まさしくここに展開しているのは、戦前からの中国文学研究会を主軸とする、中国をめぐる日本の知識人の「憧憬と渇望と怨嗟とあらゆる夢想」そのものであり、そこには細谷源之助から昭和一桁生まれの三田村や守まで、すべての世代のものが登場しているのである。しかも『風媒花』が描きだす一九五一年秋の三日間に継起する出来事には、峯が述懐するように、鎌原文雄の死以外何ひとつ確実なものはなく、すべてその可能性を未来へ投げかけるものばかりなのだ。いってみれば『風媒花』は、中国にかかわる、一九五一年以後の日本におけるさまざまなドラマの「序曲」として書かれたと言えるかもしれない。そしてそのためこの作中には、武田泰淳の経験のすべて、あえていえば中国文学研究会同人のすべてが傾注されているのにほかならない。だからこそ逆に読者は、『風媒花』のうちに、中国文学研究会の、とりわけ戦後の歩みのすべてを読みとることができるのである。このような意味で『風媒花』は、「戦後」の一面をみごとに総括した作品だと言わなければならない。

5 『歴史』と『時間』

敗戦を中国で迎えた人々の「戦後」を締めくくるものとして、最後に堀田善衞が一九五二年から五五年までのあいだ書きついだ、中国をめぐるふたつの長篇小説に触れなければならない。『歴史』と『時間』である。いずれも『祖国喪失』のように複数の文芸誌、総合誌に分載され、前者は一九五三年三月に、後者は一九五五年四月に、いずれも新潮社から単行本として刊行された。

『歴史』は、全体として四部構成で、第二部のなかばからアンドレ・マルローが『人間の条件』で用いたような、一日をこまかく時間ごとに細分し、一定の時間内に起こった異なる出来事を並列する、特異な手法で描かれている。舞台は一九四六年秋から冬にかけての上海、国民政府の機関に留用された三十一歳の日本人龍田が、その機関からアジア経済の支配を目指す国際機関に出向させられる一方、中国の新生を希う大学生、労働者などのグループと親交を深め、みずからの歩むべき道を模索する小説と要約してさしつかえあるまい。

内容の検討にはいるまえに、一九四六年の中国をざっと理解しておかなければならない。日本の降伏直後、米国の仲介で毛沢東は重慶を訪れ、新中国建設のための国共合作が合意され、四六年一月には政治協商会議を開催、内戦停止、国民党独裁の廃止、連合政府樹立などの決定を見た。ところが三月には早くも、国民政府軍による和平運動への弾圧が開始され、五月五日に国民政府は南京に遷都する。十二月に南京で国民大会が予定されていたものの、国共対立は全局面で明確なかたちをとりだした。この時期の中国国内情勢を、堀田善衞は作中で「惨勝」という言葉を使って、こんなふうに描いている――「戦災、洪水、飢饉、内戦、日本軍からの産業接収に際して起った破損及び消耗、救済物資と称する外国物資の氾濫《ダンピング》、倒産、投機、猛烈なインフレ、失業者、難民、特に戦後の国共内戦を避けて大都市、殊に上海市へ雪崩れ込んで来た百万の流氓――惨勝というこの二字には、それら一切の惨苦が息づき喘いでいた。」

降服まえ中華鉄道の調査部にいた龍田は、国府の高級官僚、李主任によるK大学での日本視察報告講演に随行させられ、そこで日本のことをさらに知りたいという大学生グループに誘われ、康沢という学生の家につれていかれた。大邸宅のなかの康沢の部屋には、学生や労働者や国連戦災地救済委員会（アンラ）の中共側派遣員など、じつにさまざまな若者が集まっていた。そこで龍田は、米国の余剰物資流入で国内産業が大打撃をうけていること、戦後工人たちの守ってきた工場が国府側に接収され役人が私腹を肥やしていること、戦時中軍の手を借り阿片を売りこんでいた日本の旧特務機関が中国の会社と組み密輸をおこなっていることなど、それまで無知だったおおくの事実を知らされた。一方その青年たちに促されて、日本で「何故一体中国の人たちが頑強に抗戦を続けるのか、それが不思議にさえ思われ」てならなかったと告白する龍田は、いま自分のまえで政治を語りあっている「彼等」が、「龍田がこの世で最も信じがたいとしていたものを信じている」ことに驚かされたのだった。そのとき康沢の父の大富豪康正のもとに出入りしていると小耳にはさんだ、旧特務機関の元マルクシスト左林がやっている、救国在華日本人同盟、最近亜美経済会議と改名したその団体に、龍田は李主任の命で通訳として出向させられる。そして龍田は、左林が中国の隠匿武器のみならず日本の武器まで密輸していること、沈没船引き揚げのため潜水夫を日本から呼びよせていること、日本で部下に外人専用の遊興施設を経営させていることを知った。こうして亜美経済会議の事務所で働くうち、龍田はしだいに「戦争が終ったのだ、とは思わなくなっていった」。ある午後市外の野原に息ぬきに出かけて龍田は考えた。「「奴らはあれをくりかえす」〔…〕しかし、少くともこのおれがあれをくりかえさぬためには、おれ自身がどん底からかわる必要がある。革命やカクメイ、革命運動などはまったくこのおれなどに堪えられるところではないかもしれぬ。しかし最少限度、おれはおれを変える必要がある。」そして情報交換をするだけでなくときには荷物運搬も手伝っている康沢たちのことを思い浮かべる。「考えれば考えるほど、職業も階級もばらばらな中国人たちのあのグループが彼の身近に、ある重い、しかし親しみ深い現実感をもって存在しているという一事だけがはっきりして来る。彼等といっしょにいると、なんとなく呼吸が身についたものに感じられ、空気が新鮮になるようにさえ思う。」

その翌日の夜、龍田は通訳として、李主任、康沢の父の康正、重慶からきた高官羅紹白中将、アメリカの経済調査専門会社の調査員ラムステッド、それに左林の、亜美経済会議に陪席した。そこでは国府治下の中国民生の崩壊を既定事実として、新しい投資先を日本に求めることが議せられた。「彼等はたしかに勝利も敗戦もゆるがすことのなかった金と権力をもっている。」だが、と龍田は思いをめぐらせる。「どんな経済的操作も政策も、それを担わされて現実化する者は、その肉体で自然と物質にぶつかってゆく人々である。その人々が既成の、つまり上から欲しもしないのに与えられた道徳や価値とは別のことを考え、それを実行しはじめたとしたら上とはいったいなんのことであるか。」

会議のあと左林は龍田をつれてキャバレーにいき、こう語った。「日本がいまの惨めなざまから恢復して強くなったとき、もう一度強い発言権を支那に対してもたねばならんのだ。」龍田が、日本や中国のこれからの世代がそんなことを許すはずはないと反論すると、「支那と日本の関係には宿命的なものがあるんだよ」と、左林は確信にみちて断言する。それにたいして龍田は、いまの自分の意見をこう述べた。「日本にとって革命とは、明治以来の中国との関係のあり方が変ること、これが日本革命の窮極の証明ですよ。〔…〕日本が社会主義になっても共産主義になっても、日本人のなかからこれまでのような中国観が消えなかったら、生れかわらなかったら、日本には革命が起ったことにはなりませんよ。こいつを欠いた革命は、いつなんどきあなたの云われる宿命にくるりとかわるかもしれませんよ。」とはいえ龍田は、一九二〇年代に上海で革命家たちと親交のあった左林という人間にたいして、けっして無関心ではいられなかった。自分のような三十代前半の日本人は、「あなたみたいな転向者」を「徹底的には憎めない」といって、こう告白する。「二十になったかならぬときに、あなた方左翼ががらがらと、僕らの眼の前で崩壊した、させられた。そのために一番痛烈な打撃をうけたのは、あなた方自身は別とすると、実は、あなた方の後に来た世代だったかもしれないんです。」そしてこうつづける。「僕自身、かえりみて二十くらいのときに左翼が崩壊した頃にうけた打撃と比べると、戦争はどうも大したものを与えていない気が本当はするんですよ。〔…〕ともかくあなた方がもたれたらしい一種の罪悪感、あるいは同罪感、そんなものに対する共感は矢張りあるわけです。」

キャバレーを出て朝鮮人の淫売婦につかまり部屋につれこまれた龍田は、龍田が日本人であることに親しみをあらわし日本語を話しだした女を眺めながら、「そこに同時に両方であることによって生活を立ててゆかねばならぬものの生真面目な喜劇、或は悲劇がすけて見えるように思い、他人事ならぬ気持がした」。そして康沢のところでグループのひとりが「自己改造には時間がかかる」といったことを思い出し、「彼等のグループが、すなわち彼にとって中国が思いのほか深く彼自身の中に、彼の生き方についての反省にまで深く食い込んで来ていることを自覚した」。「そして彼を彼等に結びつけるものが、実はまだ乾き切ったとはいえぬ彼と同年代の日本人と中国人の戦死者の血にまみれた或るものであることを、彼はまざまざと眼に見る思いがした。」その思いは、戒厳令下の深夜の街を事務所まで歩いていくあいだもつづく。「彼等は、実際のところ革命家などではないかもしれぬ。誰も革命なんかに参加していないかもしれぬ。恐らく自らそんなことを考えていないかもしれぬ。彼等が革命者であるかないかはどうでもいい。彼等は人間になろうとしているのだ。」

事務所について部屋で寝ようとしていると、飲みなおそうと左林がはいってきて、自分が転向したのは、日本の農民や労働者の貧窮を救うためだった、「五族協和の満州建設は、日本の左翼転向者の、全部とは云わんが一部の悲願だった」と言い放った。龍田の「頭のなかには、既にこの在上海亜美経済会議を中心として、南京、ワシントン、ニューヨーク、東京と次第に結びつきを拡充し強固にしてゆくある勢力の、大体の見取図が出来上っていた」。そこで龍田は、いまは左林にたいしてみずからの結論を、こんなふうに自分の将来に託して宣言した。「僕は、面倒くさいからはっきり云いましょうかね、働けば働くほどいつかはこういう機関をぶっ倒す方法を学ぶということになるか、或はその奴隷、になるか、どっちかの筈じゃないでしょうかね。」

会議のあったのは十一月三十日だったが、その翌日から軍隊、警察、特務機関による、市中の共匪一斉検挙が大々的に開始され、グループの一員で康沢の恋人だった周雪章親子が逮捕された。娘は共匪地下指導部の隷下にあった容疑、父親の上海屈指の大薬局店主は中共地区に販路拡大の容疑である。国連戦災地救済委員会の職員洪希生はうまく逃れたものの、車掌の劉福昌は追われてビルから墜落死、紡績職工陶一亭の工場は軍に接収された。弾薬庫の爆発音が市中にとどろき、群衆が街に出て略奪をはじめた。そうした血なまぐさい状況のなかで、十二月二日、左林は羅紹白中将の秘書として同行してきた羅白鯉に射殺され、『歴史』は擱筆される。羅白鯉は、もと日本の歌劇団の一員で、前線慰問にかり出されて上海と南京で左林に暴行され、その後中国軍につかまり重慶の羅中将のもとで中国人としての教育をうけた日本人女性だった。彼女は重慶で、偽名のまま死んでいった日本人俘虜の丘をおおうおびただしい墓標の列を見てから、「日本人としての実在」を回復するには、「わたしをあの墓に送り込んだものとひとを墓へ送りこ」まねばならぬと、思いつづけていたのだった。

『祖国喪失』のあと『広場の孤独』をあいだにはさんで『歴史』を書いた堀田善衞は、みずからの中国体験を自分自身に納得させるため、あと一作、中国人の視点に立った『時間』をどうしても完成させねばならなかった。こうして『時間』の最初の部分が『世界』に発表されるのは、単行本『歴史』が刊行されたのとおなじ一九五三年十一月だった。

『時間』は、中国政府海軍部の文官であり、ひそかに占領下の南京での諜報活動を命ぜられた西洋経験もある知識人陳英諦の日記というかたちをとって、南京大虐殺、その後の南京における抗日運動を描いた作品である。日記は、一九三七年十一月三十日から十二月十一日までと、三八年五月十日から十月三日までのふたつの部分から構成されている。

一九三七年十一月三十日は、南京政府が漢口への遷都を決定し、司法部の高官の兄が、南京に留まって家財を守るよう陳に言い残して、一家と漢口へ発った日である。こうしておもてむき職を辞した「わたし」は、五歳の英武と妊娠九ヵ月の妻莫愁と召使の老婆洪妃と四人で、この大きな邸に残った。十二月四日、日本軍に攻略された蘇州から徒歩で十日かけて従妹の楊妙音が逃げてきた。近くの馬羣《ばぐん》小学校の国旗掲揚塔に仕掛けてあるアンテナは、「わたし」の家の物置小屋の奥に隠された地下室の無電機とつながっている。十二月十日には砲声が街にひびき、十二月十一日の「日記」には、「午前十一時、落城の近きと漢口に報告」とある。

「一九三八年五月十日夜半」と記されている、それにつづく新しい「日記」には、「半年経った。／わたしはわたしの家へ還った。／が、いまわたしはわたしの家の主人ではない。／わたしは、わたしの家を占拠した日軍将校の、下僕兼門番兼料理人である。／そしていま、たった一人で無電機の前に坐っている」と書かれる。つづいて、その日と翌日の二日間にわたり、「日記」には十二月十三日からその日までの出来事がこまごまとつづられていくのだ。

一九三七年十二月十三日午後、戦闘は止んだ。「それから約三週間にわたる、殺、掠、姦……。」翌朝、近くで手榴弾が爆発したといって日本兵三人がわが家に乱入し、「わたしたち」を殴打、足蹴にし、四人とも針金で後手に縛られて馬羣小学校へ引きたてられた。そこでは屈強な男は全員、指にたこがないか、額に軍帽による筋が刻みこまれていないかを調べられ、疑わしいものは全員捕虜として刺殺された。その数はその日一日で三百といわれる。翌日屍体をクリークにはこぶ労役にかりだされた。そして夜、酒宴をひらいていた日本兵が女を求めて講堂の避難民のなかになだれこみ、「わたし」は逃げようとして兵士に右腕上膊部を剣で刺された。それでも莫愁と英武と楊嬢をつれて雪のなかを脱出することには成功した。「わたし」の眼にしたのは、「十数人に姦淫されて起ち走ることの出来なくなった少婦」、「膝まづき、手を合わせ、〔…〕完璧の祈りの姿勢をとった人々」、「砲弾に吹きとばされ裂かれた樹木の、太く鋭利な枝に、裸体にされて突き刺された人」、「断首、断手、断肢」だった。「その頃から、人が人を殺す景に立会う毎に、わたしには茫然と突立っていた白い馬の幻想、幻視が訪れるようになった。」途中で何度か気を失い、幻視に悩まされながらも、「わたしたち」は、国際難民救済委員会の手になる安全地帯の金陵大学に何とかたどりつくことができた。ところが「わたし」は、右腕の刺傷のため、そこに侵入してきた日本軍によって捕虜と見なされ、トラックではこびだされ、かたまって西大門をくぐったところで機関銃の一斉射撃をうけた。撃たれた屍体とともに門前のクリークに落ちた「わたし」は、深夜這いあがり近くの空家に十日間高熱に苦しみながらとどまった。熱が引いて金陵大学の方へ歩きだしたところで、行進してきた日本軍につかまって軍夫にされ、四ヵ月間働かされた。

こう回想したのち陳英諦は、「何故こんなに悲惨なことを書きしるしておくのか。明らかに云えば、それはわたし自身のためなのだ。わたし自身の、よみがえりのため、なのだ」と記し、すべてが失われたいま、「死も生も性も、同じものに思われて来る。流れてゆく純粋な時間が見えるような気がする。白い馬がたてがみを長くひき、暗黒の宇宙をはしってゆく」と、その心境を吐露する。

七月十日、「わたし」は家をうかがっている洪妃を見つけ、彼女の口から、兵士に虐殺された群衆のなかに空鑵をもった英武の屍体を見つけ、それを近くの麦畑に埋めたと聞く。洪妃に案内されてその場所へいった「わたし」は、畑の老農夫に金を払ってそこの麦を買いとり、英武の遺骨をそこへ埋めなおした。最近占領された安慶に出かけていた桐野中尉が帰ってきて「わたし」を呼び、安慶の弁護士からあなたは諸外国にも出かけた貿易関係の知識人だと聞いたと告げ、「御家族が不幸な目に遭われたそうですが……。お悔み申上げたいと思います」と頭をさげた。そして下僕をやめて自分の部屋へもどってほしいと懇請するのだ。「わたし」は大学教授だというこの情報将校に好意を抱いたが、「わたしは妻子を愛していました。じっとしていたいのです。……財産も大切です」とこたえ、いまのままにしておいてほしいと希望し容れられた。

一日に一度英武の埋められた畑にいくのが「わたし」の日課となった。「そこへ行くと、心が鎮まるのだ。」ある日老農夫が草刈りをしながら、死んだ子はいくつだったかと話しかけ、自分の息子はバスの車掌だったが殺されたと語った。働きつづけるその姿は、日本軍の軍夫のとき畑で少婦が日本兵に輪姦されているあいだ、クリークを隔てた畑でふたりの老農夫が傍目も振らず鍬をふるっていたことを、「わたし」に思い出させた。「たとえ心に煮えくりかえる痛苦があろうとも、いや痛苦があるからこそ、彼等は規則正しく、一瞬も手を休めずに、地をうち、草をとっていたのだ。」そう思うと「わたし」は、何かはげまされるような気がした。

以前一度きた若い刃物屋が、軍夫のとき逃がしてやった青年であることに「わたし」は気づいていたが、その刃物屋と街で会うと寄ってきて小声で、「あなたは陳英諦さんですね？」ときく。そのあと家じゅうの刃物を研ぎながら、楊妙音が蘇北で梅毒のため寝ていて、おまけに麻薬中毒にかかり流産もしたらしく、ひどい栄養失調でサルバルサンの注射を打っている、自分は金陵大学の医学生だと話してから、さらにこうつづけた。あなたの奥さんは陣痛をおこしたところに踏みこまれたらしく最期は見届けられなかった、自分は楊妙音たちと自衛組織のことを相談していたところを兵士に襲われ、彼女が気絶しているあいだに英武は行方不明となり、自分はその場から逃げた、と。「わたし」は刃物屋に金をわたし従妹のためにサルバルサンを買ってくれとたのんだ。その日の「日記」に「わたし」はこう書いている――「わたしが、眼を蔽いたくなるほどの悲惨事や、どぎつい事柄ばかりをこの日記にしるしているのは、人間が極悪な経験にどのくらい堪えうるか、人間はどんなものか、ということを、痛苦の去らぬうちに確認してみたいがためにほかならない。」そして八月二十二日、昇進した桐野大尉の留守に彼の部屋へあがり、書類を写真にとったあと、「日記」にこう書きつける。

……われわれは敗北者であるかもしれない、けれども勝敗は、敗者と呼ばれる人間の、ほんの、一つの属性であるにすぎない。あの農夫たちは敗者であるか、断じて敗者ではない、彼等は先ず第一に、農夫なのだ。彼等が抵抗に参加するときには、決して敗者としてではなく、農夫として参加するのだ。だから、彼等が戦うとしたら、その戦いは恐らく人間として、農夫としての解放をうるまで戦うということになるだろう。そしてその戦いは、戦っているうちに、いつか当面の敵たる日本軍をも超えてしまうだろう。克服してしまうだろう。そのとき敵は、いられなくなる。そうなったあかつきには、農夫としての存在は同様だとしても、人間としての在り方は、ちがったものになっているのではないか……。／〔…〕このたびの戦争は、もしこれが正当に遂行されるとしたら、その結果は、つまり日本に対する抗戦は、いつのまにか克服され、結局、革命である……。

九月十二日、桐原大尉に、従妹の消息がわかったので引きとって養生させたいと言うと、大尉は、日本軍の病院で治療させること、療養中の写真を二、三枚とることを条件としたが、最終的には楊さんの自由意志にまかせるということとなった。刃物屋がつれてくる約束になっていた茶館にいき、刃物屋に肩をかかえられて階段をあがってくる従妹を見て驚いた。その表情は、「どうにも馴じみ難い、なかへ入ることを拒むような、不透明なもの」で、「わたし」は売笑婦ではないかと思ったほどだ。「楊の身体は、癩者も同然だった。」楊の病名を聞いて大尉はふたつの条件を撤回した。刃物屋が注射にきて、楊が睡眠薬の箱を空にし昏睡状態に陥っているのを見つけた。刃物屋の応急処置でいちおうことなきをえたが、刃物屋によれば、自殺のこころみはこれで三度目だという。楊は、「恐かったの、生きているのが、恐いの……／死ぬのは、恐くない、ちっとも、だから飲んだの」とつぶやいた。「何度か自殺しようとした」ということは、「幾度か彼女自身と産褥の苦しみにも似た苦しい戦いを闘った」ことだと、「わたし」は思う。そして「日記」に書く――「自分自身と闘うことのなかからしか、敵との闘いのきびしい必然性は、見出されえない、これが抵抗の原則原理だ。この原理原則にはずれた闘いは、すべて罪、罪悪である。莫愁を殺し、その腹のなかの子を殺し、英武を殺し、楊妙音を犯し、南京だけで数万の人間を凌辱した人間達は、彼等自身との闘いを、その意志を悉く放棄した人間達であった。」

日本軍と組んで麻薬取引をしていた伯父を田舎に監禁したといって伯母があらわれ、ここにアメリカ・ドルで三〇〇ドルあるから、これで上海のドイツ人の病院に楊妙音を半年でも一年でもいれるようにと言ってくれた。従妹にそのことを告げると、彼女はしばらく考えてから、「もし入院するとしたら、金陵大学の病院へ入りたい」と言って、「わたし」と刃物屋を茫然とさせた。「よくなるものとしたら、外のところへ行くんじゃなくて、こんな身体にされた、その現場でよみがえりたいの。外のところで、心や身体の傷を忘れたようなふりをして、それで快癒したりしたくないの。」それが彼女の言い分だった。「わたし」は「日記」に記す。

楊は一つの、ある動かぬものに、たしかに達している。ということは、身心の傷と闘うための意志を、変な云い方だが、自殺を通じてもなお失っていない、という意味だ。自殺もまた彼女にとっては、傷と闘い、〝本当になおる〟ための努力だったのだということが、わたしにはわかった。苦しみのその只中で癒えよ。彼女にとって、その現場でということは、傷に膏薬をはるというようなことではなくて、自分自身の、完全な内発性によって、動物が自ら傷を嘗めてなおすようにして、秋冬が春を生むようにしてなおろうということなのだ。それを仕事にしようというのだ。

十月三日、病院へ見舞いにいった「わたし」が病室のまえまでくると、刃物屋の青年と楊妙音とが、重慶へいくべきか、延安へいくべきか大激論をかわしていたという記述で、「日記」、そして『時間』の筆はおかれる。

南京事件をこのように、あくまでも中国人の眼をとおして描きだすことによって、堀田善衞は、なぜ日本が中国に敗れなければならなかったかを、みずからに了解させ、承認する必要があったにちがいない。あえて一九四七年まで上海に留まった堀田善衞は、そこまで中国人を理解することができるようになっていたのだった。南京事件のもっとも悲惨な犠牲者のうちに新しい中国の芽生えを見ようとする『時間』は、上海の日本人の敗戦以来の苦しみのひとつの結実だったのである。

注

（1）竹内好はその間の事情を一九六七年に回想して、こう書いている──「私が帰国した四六年七月には新装の『中国文学』がもう何冊か出ていた。再刊事務を担当したのは主として千田九一で、岡崎俊夫がそれを助けたらしい。千田としては、私が喜ぶものと期待していたろうが、私は真向から反対し、いま考えれば絶縁状に近い「覚書」を二人に送った。岡崎が青くなって武田泰淳のところに駆け込み、武田の調停で四者会議が開かれるという一幕もあった。私が気に入らなかった一つの理由は、表紙に武者小路実篤の絵を使ったことだったが、これは出版元が勝手にやったことだと千田は弁明した。そのほか、寄稿者の顔ぶれにしても、千田の一存で決ったのではないこともわかった。しかし、千田の筆になる「復刊の辞」や「後記」に見られる思想に私は我慢がならなかったので、「覚書」は撤回しなかった。」（「善意の人なりや──千田九一のこと」、『京華春秋』第二十三号）

（2）あきらかに一九五一年九月、飯塚浩二の解説をつけて河出市民文庫の一冊として刊行された、「中国の近代と日本の近代」を含む竹内好の『現代中国論』を指す。

（3）細谷源之助は、二・二六事件の首魁として一九三七年八月、特設軍法会議で死刑の判決をうけた北一輝（一八八三─一九三七）を指している。「日本革新意見」は『国家改造法案大綱』（一九二〇年）、「支那革命談」は『支那革命外史』（一九一六年）である。竹内好は『支那革命外史』について一九四三年に次のように書いている──「……私は『国民政府参戦と北支派遣軍将兵』なる小冊子は、単なる将兵の心得に止らず、私たち支那研究者の学問的反省の糧でもあると考える。これに関して私は、一人の例外的に秀れた日本人の著述を想い出す。それは北一輝の『支那革命外史』である。この書物こそ、私たち支那研究者の座右を離してならぬ書物であると私は信ずる。それは日本人の血で書かれた、支那研究の鑑である。それは予言の書である。予言の書とは、個々の事件が云ひ当てられてゐるといふ意味ではない。時世の推移とともに、隠れてゐた言葉の意味が現われ、読むたびに感銘が新しいといふことである。」（「支那研究者の道」、『揚子江』一九四三年七月号）

Ⅲ　一九六〇年前後

1　バンドン会議

第二次大戦後アメリカは、一九四六年に自国の植民地フィリピンの独立を承認したものの、日本の総督府の行政機構をそのまま継承した朝鮮統治に見られるように、植民地問題を戦後世界における優先すべき課題とは認識せず、その解決に消極的な宗主国の判断にすべてを委ねた。他方ソヴェトは、みずから軍事占領をおこなっている地域以外の国々における民族主義運動にたいしては、終始警戒心を抱きつづけた。だから毛沢東には蔣介石と和解するよう働きかけたし、チトーを共産圏から離脱せしめたのである。ところがアジアの植民地の大部分が第二次大戦中日本軍に占領されたため、極東における戦前の勢力均衡とヨーロッパ帝国支配という構造は完全に崩壊してしまった。にもかかわらず過去の宗主国としての地位にあくまでも固執するフランスやオランダは、植民地で大きな抵抗にあわずにはすまなかった。日本の敗戦とともに独立宣言をおこなったスカルノにしたがうインドネシア軍は、もどってきたオランダ軍にたいして抗戦をつづけ、四九年十二月にはオランダとハーグ協定を締結し、インドネシア独立を内外に承認せしめた。また四六年十二月にフランスにたいして一斉蜂起したヴェトナム民衆は、中国の強力な支援のもと七年余の激戦を戦いぬき、五四年七月のジュネーヴ会議により独立を国際的に承認され、フランスはラオス、カンボジアにたいしても一定の権限委譲を強いられた。イギリスだけは植民地の反乱に先立って、いち早く四七年にビルマ、インド、パキスタンの独立を承認した。

一九五四年、このようにして新たに独立した旧植民地ないしそれに近い国々を代表するインドのネルー、エジプトのナセル、ユーゴのチトー、インドネシアのスカルノ、スリランカのコテラワラの五元首が一堂に会し、二大強国を軸とする〈冷たい戦争〉に反対して、「領土・主権の尊重、対外不侵略、内政不干渉、平等互恵、平和的共存」の〈平和五原則〉を基調とする、アジア、アフリカ諸国による国際会議の開催を提唱した。こうして一九五五年四月十八日から二十四日まで、インドネシアのバンドンで開かれたのが、いわゆる〈バンドン会議〉にほかならぬ。そこにはアジア二十三ヵ国、アフリカ六ヵ国が参加したが、南北両ヴェトナムは招待されたものの、韓国も北朝鮮も台湾も招かれなかった。それは、スカルノ大統領が開会の辞で、「われわれの国家も国土もすでに植民地ではなくなりました。われわれは自由であり、主権をもち、独立しております。われわれは自分の家の主人に復帰したのです。われわれは会議をするために他の大陸へ出掛けてゆく必要がなくなったのです」と語ったように、まず解放と独立のよろこびと矜持を全世界に表明するとともに、「アジア・アフリカの広大な地域になお自由が与えられていない時に、どうして植民地主義が死滅したといえるでしょうか」（スカルノ「新しいアジア・アフリカを誕生させよ」、『世界』一九五五年六月号）と問いかけたように、残存する植民地主義との徹底的な戦いを宣言する会議であった。

日本はこの会議に高碕達之助経済企画庁長官を代表として送ったが、そのときの政府の姿勢を飯塚浩二はのちにこう論評している――「会議への招請を受けながら、まず〝大国〟のひそみにならって、そんな会議がものになるものかという態度をとった。次いで会議の成立確実とみた、しかもほかに手掛りのない、ダレスのアメリカの意をくんで参加を決定、同会議では〝足音をひそめた賓客〟と評せられるという具合だった。」（「アジアのナショナリズム」、『現代日本思想大系』第九巻所収、筑摩書房、一九六三年）それだけに日本の新聞も会議に関してはあまり紙面を割かず、雑誌では『世界』が一九五五年六月号にスカルノの開会演説のほか、周恩来、パニッカルらの演説と共同コミュニケを掲載しただけで、一般にはほとんど問題ともならなかった。

その一年半後の一九五六年十二月二十三日から二十九日まで、〈バンドン会議〉を継承するかたちで、アジア十五ヵ国の著作家百五十六名と、西欧諸国からのオブザーヴァー十七名を加え、合計百七十三名の文学者を迎えて、ニューデリーで第一回〈アジア作家会議〉が開催された。これには、中国から茅盾、老舎、周揚、ソヴェトからコンスタンチン・シーモノフ、北朝鮮からのちに粛清される韓雪野が出席したが、韓国、フィリピン、インドネシア、タイは出欠の返事をせずに欠席、欧米諸国からは招待者ないしオブザーヴァーとして、ペン・クラブ会長のアンドレ・シャンソン、ジョン・ドス・パソス、ウィリアム・フォークナー、クロード・ロワらが参加した。日本からは堀田善衞が同年十一月末、会議の準備のため日本代表をかねて書記局へ派遣され、インド、中国、ソヴェト、ビルマの書記局員とともに裏方を担当し、大会途中からもうひとりの代表畑中政春が出席した。

堀田は帰国後、「胎動するアジア――第一回アジア作家会議に出席して」（『文学』一九五七年五月号）を発表してこう書いている。各国文学の現状報告はいずれも日本の破壊行為や弾圧に触れざるをえず、自分の番がきたとき、「それをやったのは日本の文学者ではないけれども、われわれは日本国民として責任を痛感しているということをいいました。そのとき非常に大きな拍手がありまして、ぼくはちょっとそのときにたいへんいやな気がしました」。会がおわってからそのときのことを各国の人々にきくと、「一致して、オネスト・ジャパニーズがいるということを初めて知ったというのです。これには閉口しました。日本の人民がみなオネストであるだろうということはよくわかるが、ともかくそういうふうにはっきり言葉に出していわれた例を知らないというのです」。堀田善衞が書いているように、日本がアジアの人々にむかって公式の場で過去について謝罪したのは、これがはじめてではなかったかと思う。戦後戦争の悲惨さについては日本でじつにおびただしく語られてきたものの、日本人の戦争責任に関して論じられることはほとんどなかったのである。

その堀田善衞は〈第一回アジア作家会議〉のあとインドを旅し、翌年『インドで考えたこと』(岩波新書)を上梓している。そのなかで、真白くつらなるヒマラヤ連山を正面に、背後にインド全平原を俯瞰する高原の町シムラの展望台に腰をおろしたときのことが、こう記されている。その果てしない大地の拡りに呑みこまれながら、「極東の日本と西欧地中海世界とのあいだに、むしろ地理的にはこのユーラシア大陸の主体として、主人として存在している広大な地帯のことを、私は真剣に自分の考えの対象にしたことがかつていちどもなかった」ことに気づき、「アジアは、われわれからおっこちてしまった」と思い、「ベンチに坐っていて、私は、たとえば足のない人が、手術なんぞで切りおとしてなくなってしまったその足が疼くという、あの気持を味った」のだった。そして一九五八年二月の『世界』に寄せた「上海——

楊柳の蔭から」では、「一九四五年三月二十四日から、一九四六年十二月二十八日まで、一年九ヵ月ほどの上海での生活は、私の、特に戦後の生き方そのものに決定的なものをもたらしてしまった」と強調したうえで、「自分の運命」ともいうべきものについてこう書いている。

日本と中国とか、中国と日本とかいうことがらが、作家として立つことのなかでの、私なりの重い内在的な問題になるなどということを、一九四七年一月四日に、引揚船で帰国し、佐世保に上陸したときに、私はそれほどのこととしては考えていなかった。それが、日がたち、年がたつごとに重さをまし、一九五六年冬にインドへ行き、更に一九五七年秋に、中野重治、井上靖、本多秋五、山本健吉、十返肇、多田裕計などの人々とともに、招かれて中国へ旅をしたときに、いやおうなくその重さを私は自分のうちがわのこととして確認させられた。

堀田善衞は一九五八年から六六年まで、〈アジア・アフリカ作家会議日本協議会〉の事務長をつとめ、まさしく東奔西走して日本とアジア、アフリカ、ラテン・アメリカの文化界との貴重な架け橋の役割をはたすこととなるのだ。

2　『森と湖のまつり』

武田泰淳の『森と湖のまつり』は、一九五五年八月から五八年五月まで『世界』に連載され、五八年六月単行本として新潮社より上梓された。

この長篇は、北海道のアイヌを取りあげたもので、「近代日本にとっての中国」という本書の主題から逸脱したものとも見られようが、連載開始直後の臼井吉見との対談で、「あれも非常に書きたくない問題なんですよ。〔…〕民族独立の問題はどうしても考えなきゃならない、作家でも評論家でもね。ところが、日本民族なり日本人というものに対する考え方が今まで甘かったんじゃないかと思うんですね」（「政治と文学」、『新日本文学』一九五五年十一月号）と発言しているのを見るならば、『森と湖のまつり』は、あきらかに堀田善衞をニューデリーに赴かせたとおなじ中国体験の副産物だと見てまずさしつかえなかろう。北海道帝国大学助教授として一九四七年秋から数ヵ月間滞在しただけの北海道を素材とするこの作品のために、あえて一節を立てた所以である。

これは、ゴーギャンとルソーの画風を慕い、北海道にきて森と湖とアイヌを描いている二十七歳の画家佐伯雪子が、弱冠二十五歳で農学博士の学位をとったアイヌ学者、アイヌの再興を希いアイヌ統一委員会を主宰する四十がらみの池博士に連れられて、アイヌのおおい北海道東部を一九五四年九月二十三日から三十日までの七日間、旅することをつうじて、アイヌにかかわる認識を深めていくという物語である。そしてそこには、さまざまなアイヌが描きだされる。阿寒湖畔の檻に入れられた熊とならぶ、上半身裸で斧をふるう毛ぶかい男、玩具のような首飾りをさげ暑苦しそうなアッシを着こんだ老婆、アイヌの盛装で客から酒をつがれて写真のモデルになる老人といった、商品化されたアイヌのイメージを呈示するものから、嵐の夜いくたびか濁流に流されそうになりながら雪子が風森一太郎に導かれてたどりついた、標津《しべつ》の山奥のあばら家で出会う、「頭髪や襟もとに、うす白く現れてくる無数の小さな点」「数知れぬシラミの群」におおわれ「両眼のつぶれかかった」中年の女をはじめ、そこに出入りする「気ちがいや目くらや、背むしや、チンバ」、和人にだまされて食うや食わずやの窮乏生活をおくるアイヌの男女まで、じつに多岐にわたる。それればかりではない。戦後に北海道アイヌ協会をつくり牧場主や網元や旅館主になりあがって、いまはアイヌの運動に背をむけ、温泉の掘削や観光による経済的自立の必要を力説する開明派も、アイヌ出自の隠蔽を説く渡り商人も、かつての勢威を失いはしたものの奪われたアイヌの森と湖の回復を唱える統一委員会のまじめな青年たちもいる。

そうした一九五四年前後のアイヌの運命を、作中人物のひとり、いまは結核に病む風森ミツはこう語る――「ウタリの運命のことを考えて、苦しまないアイヌは一人もないよ。なぜこういう有様になったか、何の罪があってこんな情ない運命になったか、いくら考えても私にはわかりません。〔…〕ただ私がたった一つだけ、考えに考えぬいて、どんなことがあっても疑えないこと、忘れられないことがあります。それは、一番苦しんだ者が、一番神様に近い所にいられるってことですよ。〔…〕ウタリの言葉も、ウタリの祭りも遠からず亡びますよ。池さん等がどんなに研究しても、一太郎がどんなに暴れても、亡びるものは亡びますわさ。しかしウタリの苦しんだ、その苦しみだけは亡びませんぞ。その苦しみの重みだけは、神様が自分の秤で、ちゃんと目方を量っていて下さる。」このミツの言葉が通奏低音となって、この作品全篇にひびきつづけるのだ。

そこには池博士のほか、佐伯雪子を案内しながら小説を展開させていく、三人のアイヌがいる。ひとりは風森ミツ、もうひとりはその弟風森一太郎、そして三人目が千本鶴子である。

ミツは雪子に、「アイヌ女がシャモ男を寄せつけて、色眼を使うようになった日から、アイヌの滅亡は始まったわけですわ」と話す。むかしミツは妻子ある小学校教師に捨てられ、復讐を決意して、ベカンベ祭の前夜に弟に殺せと命じるが、祭で踊りながら殺してはいけないという神の声を聞き、弟もそれを果たせなかった。「一太郎が統一委員会の急先鋒になる運命も、その晩にきまったし、私がイエス様の方へ導かれる運命も、その晩のうちにきまってしまったんですね」と、彼女は述懐する。そのおなじ夜、祭に参加した池が一太郎の面倒を見てくれることとなったのだ。

池博士に同行していた雪子は、アイヌ系の分限者から一太郎に寄付金をせびりとられたという苦情がしばしば寄せられていることを知っていた。その一太郎とはじめて出会ったのは、アイヌの老婆のところで話を聞いていたときで、突然襖をあけて入ってきた男の野性の匂いですぐ風森一太郎だとわかった。博士が暴力に反対だと知っている一太郎は、博士のもとにはなかなか寄りつかなかった。一太郎の依頼で雪子が赴いた網元の家に馬で乗りつけた一太郎が、金を出さぬ網元のタテ網にダイナマイトを投げ炎上させた。その夜、雪子をつれ嵐をついてたどりついた山中の僻村で、「おれは一生、統一委員会をやることに決めたんだ。だから、委員会に反対する奴は、みんなやっつけなくちゃならないんだ」とうそぶきながら一太郎は、毎月一回面倒を見ているアイヌの老婆や老人に運んできた黒砂糖や薬やメリケン粉をわけてやるのだった。

千本鶴子のことを最初聞いたのは、釧路の若い映画館主からだ。彼は中学三年のとき池と鶴子の結婚の記事を新聞で見て、「アッと思ったな。〔…〕当時は池さんを、アイヌの救世主のように思ってたんだ。また一方では、鶴子さんをアイヌの女神のように思っていたんだ」と解説し、「もちろん、別れたと聴いたとき、またアッと思ったよ」とつけ加えた。いまはバーのマダムをしているその鶴子は雪子にむかって

「アイヌが厭で厭でたまらない気持、これだけは、わかってもらわないと困るよ。〔…〕アイヌなんか棄てちまって、裏切っちまって、踏みにじりたくなってるとき、そんなときは案外、あたしが本物のアイヌ人になってるものだよ」と語り、べつのときには、「あたし、アイヌは嫌い、それだけはハッキリしてます。アイヌの卑屈なところや、仲間げんかばかりしてるところ、アイヌの悪いところは棚にあげて、アイヌはみじめだ、アイヌは不幸だとグチばかりこぼしてる連中、みんな信用しません」と洩らす。そして池博士の家が二代にわたって蒐集したアイヌの風俗品で足の踏み場もないほどだったと回顧してから、「いくら純粋で学問のためとかいっても、私は厭な気持がしたんだ。アイヌの花嫁さんで、可愛がられて、大切にされてるだろ。あつめられた品物は品物で、可愛がられて大切にされてるのよ」と話し、だから宝物と自分のどちらが大事かと詰めより、「今すぐ宝物に火をつけるか。それともみんな棄てて私ひとりで満足しますか」と怒鳴ったと言う。

その池博士は雪子にあてた手紙のなかで、感化院に入れられていた少女の鶴子を引きとって育て、「メノコと結婚したい」という自分のかねてからの夢を実現したと記してから、「ある時期、彼女はまるで、自分のアイヌ性から脱け出すことだけで、申し分のない美女になりうる唯一の途だと、思いつめているみたいであった」と書き、さらに結婚後にまで筆をすすめる。ある夜寝室で、「顔を真赤にして、セイセイ息を切らせ、興奮のあまり僕にまたがり、僕にのしかかり」、「やい、アイヌの娘っコめ。ジタバタしやがったって、だめだぞ。おらは、シャモのおさむらいさまだぞ」と叫びながら、「僕を『犯そう』とする、僕を『強姦』しようとする、彼女の、その奇妙なコンプレックスと歓喜の混合みたいなせりふは、僕にこたえたのだ」と告白する。もっともその手紙の末尾で、昨年東京の学者をつれてアイヌの老翁に会いにいったとき、アイヌは耳で仲間が見わけられると老翁が言って、博士の耳をつまみ、自分のとおなじだと断定したことを述べ、「現在の僕は、むしろ自分の血統がアイヌだったと立証でもされれば、よろこびこそすれ、おどろいたりはしない。僕の主義主張からして、そうあらねばならぬはずだ。だが養老院の一室で、ほんの十分の一秒にすぎなかったにせよ、アイヌの耳だと言われて、ビックリしたのは、あくまでも事実である。いつわりのない、感覚的なショックだった」と博士は打ちあけている。

標津《しべつ》の山中から釧路にもどった雪子が委員会の危機を訴えたのにたいして、池博士は、「敗戦の直後には、ぼくらの方がびっくりするほど、経済的にも政治的にも、アイヌ自身が動き出して、要求を一本にまとめようとした時期があったんだ。その盛り上った時期の幻影を、そのまま大切にして、時々刻々の大きな変化からとりのこされてしまったという見方もあるんだ」と弁明し、雪子は博士の考え方が理想主義に走りすぎているのではないかと批判した。

そのように佐伯雪子をアイヌ問題に深入りさせていく旅の最後に、一太郎やミツの故郷の塘路《とうろ》湖畔でおこなわれたベカンベ祭がくる。その前夜祭でアイヌの長老たちが、地域の経済の発展のため役立たぬ統一委員会は廃止すべきだと口々に断じ、その席から泥酔してもどりそのまま寝こんでしまった雪子は、深夜やっと塘路についた池博士から関係を迫られる。その翌朝、雪子は、「サツポロノイエマルヤケ。アイヌノタカラモノミナヤケタ。カゾクブジ。スグカエラレタシ。ハハ」という博士あての電報と、博士の置き手紙を手にした。この電報により「今までお前のやってきたことは、一から十まで無意味だったゾ、ムダだったゾと宣告されても、今のぼくなら喜んで、その宣告の冷水を浴びたいと思う」とはじまる雪子あてのその手紙は、「だが焼けてしまった今になって思いかえしてみると、ぼくはやはりあのタカラモノを自分の私有物として、愛玩していたのだ」とみずからの心境を振りかえり、かつて一太郎がその「タカラモノ」を売り払って委員会の基金にする決意があるかときいたとき、「あるよ」とこたえたが、「やはり、売り払うのを惜しむ心が、ぼくの片隅にひそんでいたにちがいない」と告白し、自分にはもはや「指導者」の資格はないのだと結んであった。祭りの日、湖畔の祭場を見おろす山中では、一太郎と、網を焼かれ復讐の念に燃える鉄砲の名手の網元の長男とのあいだで、決闘がおこなわれた。相手の散弾を顔面にうけ視力を失った一太郎が、それでもマカリ（山刀）で相手の右膝を打ちくだき、相手を縛りあげ猿ぐつわをはめて決闘はおわった。一太郎は相手に悪かったとあやまり、「お前のおやじが、頑固を張り通すからいけないんだ。アイヌであると認めて、アイヌの漁師を傭ってくれればいいんだ」と言ってから横になった。その一太郎に、立会人となったハルトリ部落の少年が、アイヌ統一委員会はどうなるのかときくと、「もうそんなものは、とっくの昔になくなってるんだ。〔…〕アイヌがなくなってるんだ。だからお前は、もうそんなことを心配する必要はないんだ」と一太郎がさとすと、「うそだ。統一委員会がなくなるなんて、うそだ」と少年が抗議し、一太郎が「統一委員会がなくなってしまうのが、お前は厭なのか」と訊ね、「いやだ。いやだそんなこと、いやだ」と叫ぶ少年に、「そうか、わかった、わかった。お前がそう言うなら、統一委員会は、まだなくなってはいないんだ、なくなってはいけないんだ」とこたえ、立ちあがり去っていったことをつけ加えておこう。

ベカンベ祭から二ヵ月、池博士は鶴子と再婚して新居でアイヌ語辞典の編纂に専念する一方、風森一太郎のその後の消息は杳として知れなかった。そして札幌にもどった佐伯雪子が、「たとえ池博士が統一委員会を解散しても、自分の旅をつづけようと決心」し、いまは一太郎の子を腹に宿し、「雪に埋れた森と湖のコタンを旅す」る準備をしているところで、『森と湖のまつり』の幕がおりる。

わたしのこの作品への関心は、ひとえに、それがアイヌの現状をあきらかにした、北海道にかかわる日本語最初の植民地小説だったことにある。これまで北海道を素材とした文学作品といえば、有島武郎の「カインの末裔」にせよ、久保栄の『火山灰地』あるいは『のぼり窯』にせよ、本庄陸男の『石狩川』にせよ、内地を追われた貧しい移住民が新天地で遭遇する苦難の物語以外の何ものでもなかった。そこには、北海道の先住民族であるアイヌが、内地から渡ってきた和人にどのように裏切られ抑圧され、伝統ある文化を破壊され、異文化への同化を強制されたかといった視点は、まったく存在しなかった。なるほど、そうした問題にはじめて光があてられたのは、一九四五年の日本の敗戦によってである。国家の抑圧機構が機能しなくなった敗戦を契機に、〈土人〉として独立した人権を認められていなかったアイヌが民族の意識に目覚め、民族としての自立のための運動が急速に拡がっていったからだ。他方、戦後の混乱がしだいに鎮静化するにともなって、日本政府は、一九五〇年五月には北海道開発法を制定して中央に北海道開発庁を設置し、北海道の積極的開発により先住少数民族の不満を抑え、経済的支援と引きかえに同化を推進せしめ、〈単一民族国家〉という美名のもとに国内の統一をはかる政策を打ちだしたのである。こうした両者の力関係の推移のうちに戦後十年のアイヌの歴史があった。

戦後十年のそのアイヌの歴史のすみずみまでしっかり目くばりしたうえで、十年のあいだに露呈したアイヌにかかわるさまざまな問題を、多様なアイヌの人々をとおして取りあげ、ここではいちいち触れなかったが、アイヌの神話から伝統的風俗習慣にいたるまで存分に鏤めながら、一九五四年九月のわずか七日間の旅のうちに凝縮したのが、武田泰淳の『森と湖のまつり』だったのにほかならない。

とはいえ、すでに見たように、そうしたアイヌの問題がここでは羅列されているわけではない。佐伯雪子のアイヌ理解のための旅は、同時に、アイヌの民族としての自立と伝統文化の擁護をめざす運動そのものの崩壊過程をたどっていく旅でもあった。北海道で育ち早くからアイヌ差別を目にしてアイヌ学者となり、見るものと見られるもののあいだの壁をぶちこわし、普遍的な場で少数民族の問題を考え解決しようとしてアイヌ統一委員会を組織した池博士も、博士がみずからの後継者として育てた風森一太郎も、その姉のミツも、一太郎とおなじように池の薫陶をうけ一度は池と結婚までした千本鶴子も、戦後十年の歴史のなかで変化を余儀なくされていた。こうして池博士が札幌の自宅の炎上でおのれの限界を自覚せざるをえなくなって運動を放棄し、一太郎が委員会の原点をあくまでも守りぬくため過激化しテロリストにまでなるところで、佐伯雪子の旅はおわる。そしてこの作品の中心に配された、話者佐伯雪子まで含めて民族を異にする五人の相互の人間関係をつうじて、抑圧者と被抑圧者の関係もからむ、異文化との交渉のぬきさしならぬ困難さが、個々人の内面からあぶり出されるとともに、彼らのそのときどき直面する出来事がつねに表裏両面から照らしだされ、わたしたちに植民地文化との接触にかかわる本質的な問題を提起せずにはおかない。こうした重層的な植民地小説を武田泰淳に可能ならしめたものこそ、まさしく戦時中から戦後にかけて中国で心ならずも文化破壊者とならざるをえなかった、武田の個人的体験だったと見て、わたしは間違いないと思う。

最後に、この特異な長篇小説が発表されたのが、戦後最初の留学生だった加藤周一の「日本文化の雑種性」（『思想』一九五五年六月号）、遠藤周作の「黄色い人」（『群像』一九五五年十一月号）と『海と毒薬』（『文学界』一九五七年六、八、十月号)、さらに西欧派の福田恆存の『日本および日本人』(『文芸』一九五四年一月―五五年八月号)、竹山道雄の『昭和の精神史』(『心』一九五五年八月―十二月号)といった、戦後はじめて「日本文化とは何か」「日本人とは何か」と問いかける一連の作品の出現とかさなりあう時期だったことに注意しておきたい。つぎに取りあげる竹内好の「近代の超克」は、そうした動きにつらなるものと見ることもできるからだ。そのような意味で武田の『森と湖のまつり』は、戦後精神史の交点に立つ作品だったのである。

3 「近代の超克」

一九五八年一月十四日から十六日にかけて、竹内好は『東京新聞』に「思想と文学の間」を発表した。そこで竹内は、「ちかごろ、思想という言葉が、またある種の重みをもって使われるようになってきた」と述べ、五六年の久野収と鶴見俊輔の『現代日本の思想』以来、岩波講座『現代思想』十二巻が刊行され、丸山眞男の『現代政治の思想と行動』が上梓されたことを挙げる。そしてその担い手がもっぱら思想の科学研究会と思想史研究グループであることに注目する竹内は、彼らが共通して「日本に思想を打ち立てるという目標」をもっていると指摘し、「理論を旗にした左翼勢力の退潮」がそれを生みだしたと見たうえで、その特色をこう説明する――「思想を情況としてとらえる主体的態度と、そこから当然出てくる方法上の文学への接近によっていま思想論議は、思想を実体あつかいした過去のどの例とも異なった様相を帯びてくる。その一つのあらわれは、思想がいつも、それをになう人間と切り離しては論じられない、ということである。」

そのような新しい精神史の流れのなかに、一九五九年十一月『近代思想史講座』第七巻（筑摩書房）に発表された、当の竹内好の「近代の超克」も位置づけられるのだが、いまは「近代の超克」に触れるまえに、その二年まえの五七年十月の上述の『現代思想』第十一巻に掲載された、堀田善衞の「日本の知識人――民衆と知識人」についてまず記しておかなければならない。

「日本の知識人」は、中江兆民の著名な『三酔人経綸問答』（一八八五年）をとりあげて、「敗戦前に成人した日本の知識人は、みななにほどかずつこの三人の酔人的なもの」をもっていると述べる。そこには、「日本民族の民族的使命感〔…〕をどこに見出すか、という暗黙の間の設問があるように思う」からだ。すなわち、「漢学紳士の平和、民主、道徳、文化国家建設、現実主義者を自称する侵伐家の帝国主義的膨脹政策、この二つは、つとに一八八〇年代以来、日本民族、その知識人にとって課題であったわけである」。現実に日本は後者を選択し、「豪傑侵伐家は、洋学紳士民主家を尻目にかけて、明白に西欧帝国主義の追随者であって同時にアジア・ナショナリズムと近代化の先駆者であるという、矛盾した、二重の性格を身につけた」のではあったが。「明治第一の変革期の後二十年にして、当時としての自己の内面的分裂を、三つのものとして自覚した兆民」は、その三つを内にもつみずからを南海先生に擬し、洋学紳士から「竟に茫洋として影を捉ふるが如きを免れず」と批判されなければならなかった。南海先生は、そのときどきの体制を支持するでも支持しないでもなく、「連続する危機のなかに、実質として、〔…〕「僕特に之を傍観せんとす」として存在していた」。そして「知識人と民衆との結びつきは、積極的、反体制的、革命的な面ではなくて、消極的、非革命的、体制に対して忠実なのでも不忠実なのでもない面、「傍観者」

的な面に於て、実に濃厚緊密な結びつきがあったのである」。南海先生はなぜ「特異な、辛い「傍観者」として存在して来たか」。洋学紳士にも豪傑君にも「ついて行ききれなかったからである」。そして堀田善衞は、『三酔人経綸問答』以来の疑問、この七十年来の根本的全体的設問、侵伐家のアジア論をいくら聞かされてもうまく耳におさまり切らぬという、自信を自信としてもち切れぬもどかしさは、極端な優越感、劣等感、その倉卒な交替というあらわれをとって十二分に、むしろ公然と生きつづけてきたのである」と見る。「近代日本は、アジアにあって、まったく、なんとも言えぬくらい異例であった」とつづけたあと、堀田は言う――「アジアのナショナリズムは、たしかに前提として西欧の植民地支配に抵抗し、それに対抗するものとして発したであろう。けれども、実は、その主体、実質は、自己の統一、一体性、インテグリティとインデペンデンスと不可分のものとしてもつ、もとうという意志に発したものである。言い換えれば、自己が自己と結びつこうという〔…〕南海先生を主として洋学紳士と豪傑君が、新たなかたち、二十世紀から二十一世紀にかけての現実のなかで一体性をもち、落着いて世界の中で自発性を回復しようということとなのだ。それが西洋に対する、そして同時に西欧の文化文明の吸収を含めた抵抗のかたちをとるのは当然である。」日本の敗戦につづく一九四九年の中国革命は画期的な大事件であった。「それは中国の側からしてわれわれのなかの侵伐家の可能性を恐らく最終的に断ったものなのだ。」しかるに日本は、その中国と朝鮮で戦った米軍の基地になっているのである。こうして堀田善衞は、「従ってわれわれには、まだまだ先の設問に答え切る習慣はないのである」と「日本の知識人」を結んでいる。

〈アジア作家会議〉への出席以来アジアにたいする関心を深めていた堀田善衞が、『三酔人経綸問答』を援用し、国際的視野に立ってあらためて論じた明治以来のナショナリズムと近代化の矛盾という問題は、そのまま竹内好の「近代の超克」につながっていく。もっとも竹内好の立場に立っていえば、すでに一九五一年に、「マルクス主義者たちを含めて近代主義者たちは、血ぬられた民族主義をよけて通った」として、「悪夢は忘れられたかもしれないが、血は洗い浄められなかったのではないか」(「近代主義と民族の問題」)と問いかけ、国民文学論争のなかで「日本ロマン派」問題を提起し、さらに遡っていえば「大東亜戦争と吾等の決意」で「東亜を新しい秩序の世界へ解放する」ことこそみずからの使命と宣言していたわけで、当然無関心たりえなかった一九四二年の座談会「近代の超克」は、戦後十五年を経てみずからの手で決着をつけねばならぬ最大の問題として存在しつづけていたはずだったのである。竹内の「近代の超克」が、「問題のあつかい方について」「「超克」伝説の実体」「「十二月八日」の意味」「総力戦の思想」「「日本ロマン派」の役割」の五章から構成され、「近代の超克」座談会そのものというより、それを成立せしめた十二月八日以後の日本の精神状況におおくのページを割いていることからも、この時代を正確にとらえなおすことによって、彼なりの一時代の精神史的総括をおこなおうとする、竹内のきびしい姿勢を反映したものだと見ることができるであろう。以下順を追って竹内の展開する議論を考えていくこととしよう。

「「近代の超克」というのは、戦争中の日本の知識人をとらえた流行語の一つであった。あるいはマジナイ語の一つであった。「近代の超克」は「大東亜戦争」と結びついてシンボルの役目を果した。だから今でも〔…〕「近代の超克」には不吉な記憶がまつわりついている」と、竹内の「近代の超克」は書きおこされる。そして、「いま読み返してみると、これがどうしてそれほどの暴威をふるったか、不思議に思われるほど思想的には無内容である。なぜ「近代の超克」が悪名をとどろかしたか、その理由はシンポジウムそのものから説明されない」と断じたうえで、「「近代の超克」は、事件としては過ぎ去っている。しかし思想としては過ぎ去っていない」と記す。しかるのち、「それにまつわる記憶が生き残っていて、事あるごとに怨念あるいは懐旧の情をよびおこす」例として、仁奈真一の「十年目――「現代日本の知的運命」をめぐって」(『新日本文学』一九五二年六月号)、小田切秀雄「「近代の超克」について」(『文学』一九五八年四月号)、佐古純一郎「戦争下の文学」(『解釈と鑑賞』一九五八年一月号)が引かれ、「近代の超克」をめぐる思想闘争がおこなわれるのは有意義だが、「ただ、そこに共通の事実了解が成立していないために、議論が空廻りするのが残念である。いま必要なのは事実判断である。まず事実について、復権論者と撲滅論者がカードを出しあうのが先決要件である」と、竹内好は述べる。

このあと第二章の「「超克」伝説の実体」に入るわけだが、そこでは座談会の体裁、参加者の構成などが紹介され、それが『文学界』グループ、日本浪曼派、京都学派の三派から形成されていることをあきらかにする。ついでこの座談会の意図が、河上徹太郎の「結語」にしたがって、第一に、太平洋戦争開始によって生まれた、「西欧知性」と「日本人の血」のあいだの相剋にほかならぬ「知的戦慄」の解明、第二に、「新しき日本精神の秩序」が「国民の大部分」のあいだでスローガンの「斉唱」にとどまっている「無気力の打破」、第三に、そのため「文化各部門の孤立」という壁の撤去、と説明される。そもそもこの「近代の超克」という目標設定に関して、河上はこれを「一つの符牒みたいなもの」で「言葉では言えない」ものだが、これを投げだせば「共通する感じ」が「ピンと来る」にちがいないと期待してはいるものの、その期待は完全に裏切られていると竹内は見る。すなわち、中村光夫が「西洋を否定するに西洋の概念を借りてくるのなどはそれ自身すでに不思議であろう」と異議を唱え、鈴木成高ら京都学派がそれを「歴史主義の克服」ととり、林房雄と亀井勝一郎が「文明開化の否定」と考え、「結局、討論のおわりに各人はめいめい自分の出発点にもどった」と指摘するのだ。そして竹内は語る――「「近代の超克」の最大の遺産は、私の見るところでは、それが戦争とファシズムのイデオロギイにすらなりえなかったこと、思想形成を志して思想喪失を結果したことにある。ファシズムのイデオロギイであったことにはなくて、戦争とファシズムのイデオロギイにすらなりえなかったこと、思想形成を志して思想喪失を結果したことにあるように思われる。」「それにもかかわらず、このシンポジウムが、仁奈や佐古や、そのほか多くの知識青年を動かしたのはなぜか」と竹内は自問し、「「近代の超克」は無内容であるが、それだけに勝手な読みがゆるされ、思想の痕跡を拡大して空虚感を埋める手がかりにすることができた。それだけにまた、一方では怨恨と憎悪の的とされ、「超克」伝説のうまれる種もみずから蒔いたのである」とこたえる。

第一章、第二章はいわば序論で、竹内自身の体験に裏づけられた議論が展開されるのは、第三章の「「十二月八日」の意味」以下である。ここではまず、「開戦一年の間の知的戦慄」の意味を解くため、一九四二年一月の『文学界』に載った河上徹太郎の「光栄ある日」が引かれ、それと同月の『文芸』掲載の青野季吉の「祈りの強さ――経堂雑記」と三好達治の「捷報臻《いた》る」とをならべ、「河上ばかりでなく青野までも、手放しで開戦を礼賛している」ところは「知性の完全な放棄ではないか」と疑問を呈しつつ、「河上のような形での十二月八日の体験は、例外ではなく、即日予防拘禁された少数を除けば、むしろこれが一般的であった」と、竹内は書く。ついで当時『文芸』編集部にいた高杉一郎の十二月八日にかかわる回想文を引用し、反ファシズム戦争をそのころ戦っていたソヴェトへの共感と太平洋戦争開戦の感激とが矛盾なく両立している事実を示し、「むしろ主観的には神話の拒否ないし嫌悪は一貫しながら、二重にも三重にも屈折した形で、結果として神話に巻きこまれた、と見る方が大多数の知識人の場合に当てはまるのではないかと思う」と述べる。

ここで竹内は、「おそらく問題の焦点は、戦争の性質をどう解するかにかかっている」と視点をかえ、「「支那事変」とよばれる戦争状態が、中国に対する侵略戦争であることは、「文学界」同人をふくめて、当時の知識人の間のほぼ通念であった」と回顧する。しかし一九三一年から四一年までの十年間に「戦争とファシズムは一進一退しながらの連続した進行に伴って、状況の変化がどう思想の条件として作用するかを、〔…〕当時もっとも活発な中間的知識人は思い知らされることになった」。「この段階での反戦、反ファシズム闘争を、「文学界」グループ、もしくは「文学界」グループによって代表される知識人はなぜ組めなかったか」、こう問いかける竹内好は、まず阿部知二の告白を引用する――「戦争とはどんな形の社会にもどんな時代にも行われるもの、またその勃発はほとんど天災地変のようなもので、どうすることもできないもの、〔…〕そのように感じているばかりであり、ファシズムや戦争に抵抗する力のありかを、はっきり見ることのできぬ一個の自由主義者でしかなかった。」ついで亀井勝一郎の回答が挙げられる――「しかしいまかえりみて、そこに重大な空白のあったことを思い出す。満州事変以来すでに数年たっているに拘らず、「中国」に対しては殆ど無知無関心ですごしてきたことである。〔…〕日清日露戦争から、大正の第一次大戦を通じて養われてきた日本民族の「優越感」は、私の内部にも深く根をおろしていたらしい。」さらに亀井勝一郎が座談会「近代の超克」との関連において語っている、「戦争とは当時の私にとっては、「近代化」された日本の精神の病的状態への、抵抗と快癒を意味するものでなければならなかった」という言葉を引いて、竹内好はこう解釈する――「「近代の超克」の問題提出は正しかったたし、その問題性は今でも残っている、というのが亀井の今日の立場である。しかもその上に、「近代の超克」当時の戦争肯定の態度はその時点では是認されるという主張である。〔…〕／亀井は、戦争一般という考え方を排除し、戦争から対中国（および対アジア）侵略戦争の側面をとり出して、その側面、あるいは部分についてだけ責任を負おうというのである。私はこの点だけについていえば、亀井の考え方を支持したい。大東亜戦争は、植民地侵略戦争であると同時に、対帝国主義の戦争でもあった。この二つの側面は、事実上一体化されていたが、論理上区別されなければならない。日本はアメリカやイギリスを侵略しようと意図したのではなかった。オランダから植民地を奪ったが、オランダ本国を奪おうとしたのではなかった。」

このあと竹内好の大東亜戦争二重構造論が開陳される。

阿部と亀井の指摘は、抵抗の弱さの説明であると同時に、逆に戦争理念の破綻の説明にもなっている。大東亜戦争はたしかに二重構造をもっており、その二重構造は征韓論にはじまる近代日本の戦争伝説に由来していた。それは何かといえば、一方では東亜における指導権の要求、他方では欧米駆逐による世界征覇の目標であって、この両者は補完関係と相互矛盾の関係にあった。なぜならば、東亜における指導権の理論的根拠は、先進国対後進国のヨーロッパ的原理によるほかないが、アジアの植民地解放運動はこれと原理的に対抗していて、日本の帝国主義だけを特殊例外あつかいしないからである。一方、「アジアの盟主」を欧米に承認させるためにはアジア的原理を放棄しているために、連帯の基礎は現実にはなかった。一方でアジアを主張し、他方で西欧を主張する使いわけの無理は、緊張を絶えずつくり出すために、戦争は無限に拡大して解決を先に延ばすことによってしか糊塗されない。太平洋戦争は当然「永久戦争」になる運命が伝統によって与えられていた。それが「国体の精華」であった。

「一方の極に戦争の思想をおいて、それとの対応関係で「近代の超克」の構成要素のおのおのについても少し分析を進めてみなければならぬだろう」と記して、竹内は第四章にすすむ。

「四　総力戦の思想」の冒頭には、「わたしは、徹底的に戦争を継続すべきだという激しい考えを抱いていた」、「反戦とか厭戦とかが、思想としてありうることを想像さえしなかった」、さらに「死」の肯定、「傍観とか逃避」への反感と侮蔑、「天皇制ファシズムのスローガン」への信服を語る、吉本隆明の『高村光太郎』から引用したいくつかの文章が羅列され、「これは十五年戦争が形成した一つの精神の型、しかも優秀な型だろうと思う」と竹内は明記する。「そういう思想観に立った吉本の眼から見ると、戦争に抵抗したという世代があらわれたときは、驚愕した〔…〕」ということになる。」そのうえで竹内は、太平洋戦争中の「抵抗」についてこう書くのだ――「「傍観とか逃避とか」から区別される意味での抵抗は、私も吉本と同様、世代やグループの形ではなかったと思う。個人でも非常に稀だったと思う。この場合の抵抗とは、戦争体系のなかから戦争体系そのものを変革する意図と実現のプログラムを提出する思想のことであるが、そのような思想は、実際になかったばかりでなく、論理上もありえなかった。なぜなら、戦争は現実には総力戦であり、理念としては永久戦争であったから。〔…〕総力戦における抵抗の哲学は、戦時中に見出されなかったばかりでなく、戦後にもまだ見出されていない。抵抗を自己主張するものの理論的根拠は、傍観や逃避の量的な比較の上に立つか、そうでなければ特高警察や憲兵隊の心証を逆用したものであって、吉本のいう意味の思想ではなかった。」

当然のことながら、ここで太平洋戦争の思想的性格をあきらかにするため、竹内は、日清戦争、日露戦争、太平洋戦争の開戦の詔勅を比較し、他の戦争に見られない大東亜戦争の特徴として、第一に、「総力戦の性格規定がなされたこと」、第二に、「開戦の意志主体」が「皇祖皇宗の神霊」であり、「祖宗の偉業を恢弘」する目的で戦争が説明されたこと、第三に、「国際法規の遵守」が条件として示されていないこと、第四に、「永久戦争の理念」が全体を支配していることを挙げる。そして、「総力戦と永久戦争と「肇国」の理想、この三者は互に矛盾しあいながらも一体となって戦争の思想体系を形づくっていた。戦争中のあらゆる思想の試みは、この公の思想をどう解釈するか、三つの支柱の間のバランスをどう調整するか、または調整しないで逆に矛盾を拡大するか、どれを強調してどれを抑えるか、要するに、与えられた命題の複雑さをどういう論理でどの方向に解くかを課題として思想相互のたたかいもそれをめぐって行われた」と概括する。

このように、「国民は民族共同体の運命のために「総力を挙げ」た」なかで、「思想が創造的な思想である」ことはほとんど不可能であったと竹内は力説し、「戦争をくぐらなければ、具体的にたたかっている民衆の生活をくぐらなければ、いかなる方向であれ民衆を組織することはできない。つまり思想形成を行うことはできない。それが最低限の思想の必要条件である」と述べる。そのうえで、そうした思想の営為をともかくもなしとげた稀有の例として、一九四三年の中野重治の『斎藤茂吉ノート』を挙げ、その一節を引用する。「総力戦の現実把握の深さにおいて」中野にはるかに劣るものではあったが、「総力戦と、永久戦争と、「肇国」の理想という三つの柱の関係を、論理的整合性をもって説明しえた最大の功労者は、京都学派であった。ことにその四人の代表選手によって巧みに構成された「世界史的立場と日本」連続三回の座談会だった」。このように記したとはいえすぐそのあとで竹内は、「京都学派の教義学」が「戦争とファシズムのイデオロギイをつくり出したのではない。公の思想を祖述しただけである」と断言し、「京都学派にとっては、教義が大切なのであって、現実はどうでもよかった。「既成事実」の弁護でさえもなかったと私は思う。事実は眼中になかった」と、みずからの判断を示す。

この第四章の最後に、大川周明の一九四二年の著書『大東亜秩序建設』から、「日本は、味方たるべき支那と戦い乍ら、同時に亜細亜の強敵たる米英と戦わねばならぬ破目になつて居る」など、四つの断片を引いて竹内好は、「佐藤信淵の『混同秘策』を祖とする日本の伝統的国策が、世界制覇の最終目標を眼前において、今まさに瓦解しようとする予兆への「痛恨無限」の嘆声がここにきき取れる。破産の明確な自覚がある点で、京都学派とちがって、これはこれなりに実行に責任をもつ思想のことばである」と書く。「ここで、最後に残された「日本ロマン派」の検討にはいる順序であるが、私はこれを、保田の思想から演繹してくるのでなくて、「近代の超克」論議においてそれが果した役割に集中して考えてみたい。つまり保田のもたらしたもので保田を考えてみたい。それはおのずと「近代の超克」の思想的源泉をさぐることにも関係してくるのである」という前置きで、最後の「五　「日本ロマン派」の役割」がはじまる。

まず最初に引いた小田切の文章をなぞるかたちで、五一年の竹内の「近代主義と民族の問題」以後「日本ロマン派」をとりあげた橋川文三、山本健吉、江藤淳の見解を紹介し、橋川が「日本ロマン派」の構成要素として、「マルクス主義と国学とドイツ・ロマン派」を挙げていること、「日本ロマン派」の直系尊属として生田長江を考えるべきだという私見を記す。しかるのち、「「日本ロマン派」が何であったか、何をしたかを検討するためには、それを敵としてとらえた立場からの見方が参考になる」として、戦後すぐに書かれた杉浦明平の、「壮大な喜劇の主役」「剽窃の名人」「思想探偵」といった戦時中の保田與重郎を攻撃するいくつかの文章が引用される。ついでかつて雑誌『人民文庫』によって「日本ロマン派」とはげしくわたりあった高見順の、「私は彼の『精神の珠玉』を信ずるのである」という文が、杉浦文とならべられる。そして竹内好は書く——「「剽窃の名人」、「空白なる思想の下にある生れながらのデマゴーグ」、「図々しさの典型」と「精神の珠玉」とは、正反対の評価であるが、じつは一つのものの二つの側面である。一九四五年八月十五日を、日本帝国の滅亡の側面でとらえるか日本の国の再生の側面でとらえるかの差である。保田は「生れながらのデマゴーグ」であって同時に「精神の珠玉」であった。デマゴーグでなければ精神の珠玉たりえない。それが日本精神そのものなのである。保田は限定不可能なものであり、そこから逃れることのできぬ日本的普遍者の究極の一つの型である。「空白なる思想」が彼の思想であり、空白でなければ不死身であることはできなかった。保田を限定可能な、実体的なものとしてとらえようとしたために、杉浦ばかりでなく「文学界」的知性もまた失敗したのである。」竹内はさらに保田をこう位置づける——「保田の果した思想的役割は、あらゆるカテゴリイを破壊することによって思想を絶滅することにあった。〔…〕彼は文明開化の全否定を唱えたが、彼のいう文明開化は、〔…〕つまり近代日本の全部であった。したがって当然、そこには自己をふくむのである。彼にあって自己は定立しがたいものである。なぜなら、定立することによって自己は相対化され、他者との関係も生ずるからである。自己を無限拡大することによって自己をゼロに引き下げるのが彼の方法である。〔…〕彼は絶対攘夷を主張するが、絶対攘夷は相対攘夷、つまり彼のいう「情勢論」のアンチテーゼとしての絶対攘夷であって、したがって対立物も予想せぬ主張であるから、その内容は無限拡大されて無内容化する。〔…〕彼の判断は定言形式をとらない。一見、きわめて強い自己主張に見えるものが、じつは自己不在である。彼の文章には主語がない。主語に見えるものは、彼の思惟内部の別の自己である。」この詳細をきわめる保田與重郎批判はこう結ばれる。「彼はあらゆる思想のカテゴリイを破壊し、価値を破壊することによって、一切の思想主体の責任を解除したのである。思想の大政翼賛会化のための地ならしをしたのである。」そして「近代の超克」との関連について、竹内はこう解説する――「「文学界」が「国体」の自己流出である保田の侵入をふせぎ得なかったのは当然であった。なぜなら、「文学界」的知性では、「国体の精華」に対抗できる普遍者をつくり出すことはできないから。小林秀雄は、事実から一切の意味を剝奪するところまで歩むことはできたが、その先へ出ることはできなかった。保田という「巫」が、思想の武装解除を告げに来るのを待つよりほかなかった。そしてそれは来た。「知的戦慄」の一撃とともに来たのである。」

このように保田與重郎について、大阪高校以来の交友関係があったからだろう、それまでのきわめて実証的な「近代の超克」の流れとは異質な、いささか性急で独断的な展開を見せたあと、竹内好は「近代の超克」にかかわるみずからのひとつの結論をこう提示する。

要約すれば、「近代の超克」は思想形成の最後の試みであり、しかも失敗した試みであった。思想形成とは、総力戦の論理をつくりかえる意図を少くとも出発点において含んでいたことを指し、失敗とは、結果としてそれが思想破壊におわったことを指す。〔…〕マルクス主義敗退後の中間的知識人のいちばん活発な活動舞台であった「文学界」が、一つは延命策として「日本ロマン派」の国体思想から自己を防衛する目的と、一つは逆に国体思想を利用する目的で、窮余の策として知性の最後のあがきを見せたのが「近代の超克」であった。京都学派の教義学を「文学界」グループは信用していたわけではない。しかし教義学は、公の思想の祖述として無視することのできぬものであった。それを主体的に内側から思想化する賭けがここで試みられた。そのために「日本ロマン派」の終末思想が利用すべきものに思われた。「近代の超克」思想において「日本ロマン派」は、復古の側面によってでなく終末論の側面で作用したと考えられる。「永久戦争」の理念を、教義としてでなく、思想全体の責任において行為の自由として解釈しなおすためには、どうしても終末論が不可欠だが、「文学界」的知性からは終末論の契機は導き出せない。そのために彼らは、「日本ロマン派」に力を借りようとし、いわば毒をもって毒を制しようとした。そして「近代の超克」という戯画をえがいたのである。

そのうえであらためて竹内好は、「近代の超克」のプラスとマイナスを峻別するのだ。まず、「「近代の超克」は、いわば日本近代史のアポリアの凝縮であった。復古と維新、尊王と攘夷、鎖国と開国、国粋と文明開化、東洋と西洋という伝統の基本軸における対抗関係が、総力戦の段階で、永久戦争の理念の解釈をせまられる思想課題を前にして、一挙に問題として爆発したのが「近代の超克」論議であった。だから問題の提出はこの時点では正しかったし、それだけ知識人の関心を集めたのである」と評価する。にもかかわらずそれが失敗した理由を、竹内は、「戦争の二重性格が腑分けされなかったこと、つまりアポリアがアポリアとして認識の対象にされなかったからであり、そのために保田のもつ破壊力を意味転換に利用するだけの強い思想体系を生み出せなかったからである」と見る。そしてそこからあらためて「戦後」を遠望して、竹内好は、「アポリア」が雲散霧消し、「近代の超克」が「公の戦争思想の解説版たるに止っ」たことこそ、「戦後の虚脱と、日本の植民地化への思想的地盤を準備したのである」と、「中国の近代と日本の近代」以来の持論をいまは的確な見取図のなかに位置づけるのだ。

竹内の「近代の超克」は、このあと江藤淳の見方を批判し、あらためて「敗戦によるアポリアの解消によって、思想の荒廃状態がそのまま凍結されている現状」を指摘し、「もし思想に創造性を回復する試みを打ち出そうとするならば、この凍結を解き、もう一度アポリアを課題にすえ直す」必要を説いて擱筆される。

竹内好の「近代の超克」は、悪名高い「近代の超克」を正面から取りあげたばかりでなく、その影響を強くうけた戦中派の体験まで視野にいれてその本質に迫ったものとして、大きな反響を呼んだ。たとえば『新日本文学』の一九六〇年五月号は、竹内をかこむ佐々木基一、伊藤整、鶴見俊輔の座談会「「近代の超克」をめぐって」を中心に橋川文三などの論考を配し、「近代の超克」特集号を編んでいる。しかしここでは、竹内文の発表直後に書かれた荒正人の「十二月八日」（『近代文学』一九六〇年二月号）を検討したい。荒正人が竹内好と対蹠的な八月十五日体験をもっていることについてはすでに触れたが、この同世代のふたりはその後も対立する立場に終始してきたからである。

荒正人は、「私にこの文章を書く動機を与えてくれたものは、竹内好の「近代の超克」である」と明言することで、「十二月八日」を書きだす。荒がまず問題にするのは、竹内が亀井勝一郎の考え方を支持したいとする、「大東亜戦争は、植民地侵略戦争であると同時に、対帝国主義の戦争でもあった」という見解である。荒はそこで、「同じ帝国主義ではあっても、一九五〇年代の「反ソ」帝国主義と、一九四〇年代の「反ファシズム」帝国主義は強く区別してほしい。〔…〕一九四〇年代のアメリカ、イギリスは、共産主義のロシヤとも力を合せて、ドイツ、イタリア、日本などのファシズムの侵略に抵抗し、一方では、中国を助けていたのである。〔…〕第二次世界大戦の本質は、「反ファシズム戦争」なのである。そして、「大東亜戦争」は「反・反ファシズム戦争」だったのである。これが基本の軸なのである」と、反論したうえで、「植民地は奪ったが、本国は奪おうとしなかった、などという低い論理を、竹内好ともあろう人の口から聞くのは悲しい。腹も立つ。「大東亜戦争」はもっときびしい論理で裁かれねばならぬ」と揚言する。ついで、「竹内好は、中日戦争を侵略戦争と見なして、それについてだけ責任を負おうとする。これもまた通りのいい良識論にすぎぬ」と断定してから、「中日戦争は侵略戦争だったから悪なのではない。もっと根本的な理由で大きな悪だったのである。日本ファシズムは、国民党と中国共産党を相手にして侵略を行った。国民党も中国共産党も手を握って、この侵略に抵抗した。日本ファシズムの演じた役割は、歴史という時計の針を逆に廻すことであった」と記す。

このようにみずからの立場をあきらかにしたのち、荒正人は十二月八日の問題に入っていく。ここでも河上徹太郎の『文学界』四二年一月号の、「私は今本当に心からカラッとした気持でいられるのが嬉しくて仕様がないのだ」ではじまる「光栄ある日」が、論議の的となる。荒は、冒頭につづく部分の一節、「混沌暗澹たる平和は、戦争の純一さに比べて、何と濁った、不快なものであるか！」を引き、「中日戦争は、戦争でなくて平和だったのか、などと聞き返すだけやぼである。だが、竹内好がこの感想を多数の感想であったとして、同調することにやはり怒りを覚える」と書く。そして竹内がとりあげた高杉一郎の編集した『文芸』一月号の「戦いの意志」という特集とならんで、「正宗白鳥が戦争と何の関係もないことを書いた「所感」がひっそりと載せられている」事実に注意を促す。

「「来るべきものが来たという感じ」で、十二月八日を受け止めたが、それは、ショーヴィニズムの熱狂ではなく、もっと沈鬱な感じであった――と竹内は言う。それは竹内の実感であろう。〔…〕もっと別の感じがあった」と荒正人は異論をさしはさみ、長與善郎の『わが心の遍歴』から開戦にかかわる「大変快活」な言葉を引用する。そうした「快活」なものは武者小路実篤にも辰野隆にもうかがえると荒は指摘し、「世代という角度を持ち出せば、マルクス主義の影響を受ける以前の世代は快活であり、その影響を受けた世代の或る部分だけが、沈鬱の悲哀で迎えたのであろう」と、みずからの感想を吐露する。そして「十二月八日は、或る人たちには、来るべきものが来た――ではなく、来るべからざるものが来た、として受け止められた。それは、即日予防拘禁された人々ばかりではなかった」と主張し、例として五味川純平の「精神の癌」の一節を挙げる。

「ここで私は、十二月八日の体験を語るべき責任をかんじる。私もまた、来るべからざるものが来たという衝撃を受けた一人である。」こう記してから荒正人は、十二月八日の前夜、唯物論研究会事件に関係して保釈中の友人たちとたのしく夕食をともにし、みんな「理性の立場で物を考えるかぎり、そんな無謀な戦争はないと確信していた」と打ちあける。ところが翌朝のラジオは「戦争を伝えているではないか。奈落の底につき落された感じがした。召集、検挙と二つの恐怖が頭のなかで絡み合った。快活でも、沈鬱でもない。恐怖であった」。友人もみな信じられないという面持であった。「われわれは、理性的立場から見通しを立てていたので、それで間違ってしまった。かれらは理性を無視して戦争を始めたのだ――これが共通の結論であった。」そしてそのあとにこう書く。

気持が落ちつくにつれ、これで日本帝国主義も粉砕され、戦争は負け戦と決まった、と思った。いい気味だと考えた。それは、軍国主義のファシズムへの憎悪の屈折した表現であった。他方、アメリカやイギリスの民主主義に強い共感を覚えた。それは、共産主義のロシヤと手を組んで、ファシズムに抵抗している民主主義であった。むろん、独ソ戦は、ロシヤが勝つ、勝たねばならぬ。同じ理由で、日本のファシズムは粉砕されねばならぬ。同じ理由で、中国の共産党は勝利を占めなければならぬ。以上の見通しが、私の理性の立場であった。

荒正人はここで、一九五九年十二月の『世界』掲載の座談会「混沌の中の未来像」における竹内の発言を取りあげる。ひとつはすでに見た大東亜戦争の二重性格についてであり、もうひとつは、「戦争には総力戦としての性格から日本民族の全エネルギーが投入されたわけです。それがいかんということになると、エネルギーのやり場がなくなってしまうのです。〔…〕日本民族の使命観を連続的にとらえなおすのでないと、エネルギーの行き場がなくなって、日本民族の主体性がなくなってしまうわけです」という民族のエネルギー問題である。この後者について、「何という低い言葉なのだ。理性を土足でふみつけている。竹内好はこんなことを考えていたのか」と非難の言葉を書きつらねたうえで、竹内の立場を荒正人は、「敗戦で過去におさらばした」という前提に立って、「歴史の断絶よりも連続の面を考え直せと論じている」と要約し、「実際にそう言えるのだろうか」と反問する。「実際には、八月十五日で、歴史が断続しないで、連続したままであったために、今日多くの問題が残っているのではないだろうか」と、荒正人は自問してから、「歴史は、別の意味でやはり連続していた。未来につながる軸で連続していた」と言い切る。そしてそれを立証するため、荒正人はみずからの過去の体験を引きあいに出すのだ。

昭和十八年（一九四三）はじめ荒は森宏一に誘われ、「唯研事件」で保釈中の戸坂潤、本間唯一らと岩原にスキーに出かけた。「若い男女の群っている純白のスロープを眺めていると、戦争は遠い遠い別天地の出来事のように思えた。だが片隅で静かに語り合いながら食卓に向いあっている青年と美しい娘の姿を認めると、私は現実の壁の前に立たされた。二人の話は判りすぎるほど判っていた。青年はやがて出征しなければならない。」夕食の席で、本間が戦争の見通しを語り、広い抵抗戦線の必要を説き、戸坂が微笑して聞いていた。「戸坂も死んだ。本間も死んだ。私はあの旅行をいつまでも忘れないであろう。この頃、スターリングラードで、ヒトラーの軍隊が包囲され、降伏した。昭和十六年六月独ソ戦が始まって以来、私はこの日を、水中にもぐって息をつめているような気持ちで待ちに待っていた。」そのあと一九四四年春から暮れにかけて思想犯として獄中ですごしたあいだも、新聞が読めないので、学生の新入りにソ連軍の進撃の情勢を聞き、朝鮮人の学生からローマの王宮のまえに赤旗がひるがえったとこっそり教えてもらったと回想をつづけたあと、荒正人はこう記す。

以上は私の胸のうちに秘められてきた小さい思い出である。昔が懐しくて書き留めたのではない。私たちの歴史は、竹内好の見方と全く逆の方向で、連続していることを実証したかったのである。この種の連続を竹内は初めから認めていない。むろん、小さい連続である。だが、この連続なくして、戦後の民主主義は成立しなかったのである。民主主義は配給されたものではない。やはり、私たちのエネルギーで、手に入れたものである。敗戦を代償にして、と言ってもいいが、実はもっと曲りくねった道を通じて出会ったものである。私たちの歴史は、竹内が断絶したと思っているところでなお連続している。その連続を断ち切っていかねばならぬ。また、かれの盲点になっているところで、強く連続している。この連続は、竹内が改めて取出そうとする連続とは全く別の軸に属している。

そして荒の「十二月八日」は、「むろん、日本人の全部があの開戦を肯定したのではない。小数ではあるが、否定者がいた。この否定者の意味をもっと大きく考えねばならぬ。私たちの歴史は、この否定者の意味をもっと大きく考えねばならぬ。私たちの歴史は、この否定者の意志を受けて、現在まで連続している。未来へも連続するであろう。断絶を超えて連続するであろう。この連続こそ明日の母胎である」と記して筆がおかれる。

荒正人は「十二月八日」に引きつづいて、『近代文学』の三月号から八月号まで、六回にわたり「近代の超克」と題する文を連載しているが、ここでは触れない。「私はこの座談会を小田切秀雄ほどではなかったかもしれぬが、読まぬ前から侮蔑していた。出席者の顔ぶれから、題名から、大体どんなことが語られるか見当をつけていたのである」（『近代文学』三月号）と語る荒正人は、「十二月八日」において竹内好を対象とした場合とは異なって、「近代の超克」そのものにどこまでも喰いさがっていこうとする情熱に欠けるところがあったのだろう、この連載は中断されたままになってしまったからである。とはいえ「十二月八日」は、竹内好の大東亜戦争観を否定したものとして注目しなければならない。

わたしがここで竹内好の「近代の超克」と荒正人の「十二月八日」をならべたのは、そうすることによって相互にそれぞれ欠けているところが、じつにはっきりと浮かびあがってくると考えたからだ。繰りかえすが、竹内好と荒正人は同世代である。けれども荒正人は竹内好とは違って、一九三五年以後もマルクス主義と訣別することなく戦時中を生きぬき、周知のごとく戦後『近代文学』を代表する論客として活躍した評論家であった。おそらく竹内の「近代の超克」を批判する荒正人の立場は、『近代文学』生粋の同人たちにも共通するものと見てさしつかえあるまい。このふたつの論文は、荒正人が終始みずからの個人的経験に立って議論を展開していくのにたいして、竹内好はもっぱら当時の雑誌に発表された、ないしは単行本として刊行されたものにもとづいて論を構築していくところが、きわめて対照的である。それはいいかえれば、竹内が「近代の超克」をみずから納得のいくようなかたちで精神史的に位置づけなおすため、あくまでも戦時下の文壇・論壇の表舞台にあがった論議をとりあげたのにたいして、荒正人は、中島健蔵のいう「奴隷の言葉」さえ使えなくなった戦時下のきびしい言論統制のもと、ほとんど沈黙を強いられた「十二月八日の否定者」のかたちづくる舞台裏に焦点をあてつづけているということだろう。「近代の超克」にたいして可能なかぎり公平な理論家として対峙しようとした竹内は、思想とは活字になって表現され公認されなければ意味をなさぬと考えるわけで、したがって戦時下において「思想は創造的な思想であ」りえなかったとまで断定するのだ。かくて竹内は思想の表舞台のみを思考の対象としたのだが、その表舞台では、海外の情報がいっさいはいらないという按配で、結果としてそれは奥行のないごく限られた狭い空間でしかなかったことは認めなければならない。そういう表舞台を扱うかぎり、竹内好の「近代の超克」の論理はじつに明快で説得力にとむ。他方、荒のとりあげる舞台裏では、荒の文章が示すように、表舞台のドラマもどのような個々の動きもまったく「十二月八日の否定者」の関心を惹くことはなかったのである。竹内と荒のふたつの論文をならべるとき、そこから浮きあがってくるのは、まさに太平洋戦争下の日本の精神状況の完全に分断された姿にほかならない。

それにしても、竹内好が十二月八日の直後に書かれたものとして、河上徹太郎や青野季吉や三好達治を引用しながら、同人の名で発表されたとはいえ、みずからの手になる「大東亜戦争と吾等の決意」に一言も触れていない事実は気にかかる。すでに「大東亜戦争と吾等の決意」から『中国文学』の休刊まで、その間の竹内の思想の歩みをたどったわたしにとって、それがいささか腑におちぬことであるのは否定できない。おそらくそれは、「近代の超克」において、保田與重郎についてだけは前後の論理の整序をあえて乱し、具体的な作品を挙げることなく竹内の個人的所感の表明でお茶をにごしていることへの疑問ともつながっていくかもしれない。むろん竹内好が過去を隠蔽しようとしたと言うのではない。そもそも太平洋戦争の二重構造をだれよりも早く示唆したのは「大東亜戦争と吾等の決意」であったし、近代の否定の必要は、大東亜戦争に藉口したにせよ「中国文学廃刊と私」（『中国文学』第九十三号）のなかで明言されている。そういう意味で竹内好は、一九四一年十二月八日以来、その思想の根底において何ひとつ変わったわけではない。たぶんそのようなみずからの一貫した見解を、戦後十三年の一九五八年という時点であきらかにするためには、どこまでも理論家の立場に立ち、精神史という普遍的な場で論じなければならなかったのにちがいない。その四年後に林房雄がそのタブーを破るのだが、日本浪曼派復権を唱導した竹内好といえども、当時戦争にかかわるその一線をこえることができなかったといった事情を考えるべきだろう。(1)

そうした竹内の個人的弱点まで見ぬいて個人的経験の叙述に徹した荒正人からの批判にさらされた竹内好は、いささか時期がずれるが、加藤周一からも、「竹内の原経験がそれ自身のなかに普遍的な契機を含まぬのである」（「竹内好の批評装置」、『展望』一九六五年十一月号）と糾弾されるのだ。

とはいえ「近代の超克」は、逆にいえばそのような危険をおかしてまでも執筆されなければならなかったもので、それこそ「戦後」の主流であった「十二月八日の否定者」たる「近代主義者たち」への、これまでにない大規模な正面からの挑戦だったと見ることができるであろう。だからこそ「戦後文学の旗手」荒正人は間髪いれず反撃に出ざるをえなかったのである。しかしわたしは、この荒正人の「十二月八日」が発表されることにより、皮肉なことに、竹内好の意図した、「近代の超克」に象徴される、十二月八日をめぐる日本の精神状況の解明は、みごとに達成されたと見たいのだ。すなわち、「戦後文学」の日蔭に押しやられていた戦中派から中間知識人まで含めての、竹内好の壮大な戦時中の思想地図は、荒正人の「十二月八日」によって、いわば竹内の鏡には映らぬ影の部分に鮮明な光をあてられ、みごとに完成した型をとることができたのにほかならない。

わたしは「日本の近代と中国の近代」にはじまる、これまでの近代日本精神史にたいする竹内好の異議申し立ては、「近代の超克」をもって一段落したと考えたい。

4　安保闘争

竹内好は安保問題にもっとも早くからかかわった知識人のひとりである。一九五九年三月には「安保条約改定問題に対する文化人の声明」に名をつらね、作家、評論家、演劇人、美術家、音楽家を結集した中島健蔵、松岡洋子、瀧澤修らの〈安保批判の会〉では、五九年十一月九日の結成以来の有力メンバーのひとりだった。この会こそ、これまでのように代表に請願書を一括してわたすのではなく、ひとりひとりの個人が請願権を行使する新しい方式を六〇年四月四日に編みだし、一気に安保反対運動を市民や婦人層に拡大させるなど、運動を内側からささえた中核組織である。この〈安保批判の会〉が四月四日藤山愛一郎外相と会見したとき竹内は代表のひとりをつとめ、五月十五日に井の頭公園野外音楽堂で、腰のおもい丸山眞男を講師にかつぎだして〈安保批判むさしの市民のつどい〉を実現せしめたのも、五月十八日に松岡洋子らと岸信介首相に面会したのも、竹内好その人にほかならぬ。

竹内がこのように安保改定反対運動に早くからかかわったのは、一九六〇年三月の「日中関係のゆくえ」(『中央公論』)、五月の「日本の独立と日中関係」(『世界』)などがあきらかにしているように、中国を仮想敵国とする軍事同盟たる新安保条約が、いまだ戦争状態のおわっていない中国との国交回復を不可能にするばかりか、それが「占領下に不本意に強制されたのではなく、自発的に結ばれたものであることを世界に宣告する」(「破局に直面する日中関係」、『婦人民主新聞』一九六〇年五月二十三日)ものであるがゆえに、当然国民に信を問わねばならぬと考えていたからだった。

ところが五月十九日、衆議院の議院運営委員会が与党委員だけで開会して会期延長を強行採決し、夜に入って十時二十五分、安保特別委員会が委員長権限で開会され、大混乱のうちにわずか二分で新条約の承認を可決した。そして衆議院議長は十時五十分、警官隊五百名を院内に導入し、抗議して議場を占拠する社会党議員を排除せしめ、十一時四十九分衆議院本会議を開会した。ここで会期の五十日間延長が単独採決され、ついで二十日午前零時六分から開かれた本会議で、安保条約が自民党主流派議員のみによって採決されたのである。この暴挙をまえに、最大動員数二百五十万という未曾有の規模の市民による反対闘争が、三十日間という期限のなかで展開されることとなったのだ。

五月二十一日、竹内好は勤務する都立大学に辞表を提出した。そして理由をつぎのような文章として公開した。「私は東京都立大学の職につくとき、公務員として憲法を尊重し擁護する旨の誓約をいたしました。／五月二十日以後、憲法の眼目の一つである議会主義が失われたと私は考えます。しかも、国権の最高機関である国会の機能を失わせた責任者が、ほかならぬ衆議院議長であり、また公務員の筆頭者である内閣総理大臣であります。このような憲法無視の状態の下で私が東京都立大学教授の職に止まることは、就職の際の誓約にそむきます。かつ、教育者としての良心にそむきます。よって私は東京都立大学教授の職を去る決心をいたしました。」この辞職は当然のことながら大きな反響を呼ばずにはおかなかった。武田泰淳によれば、「安保騒動のさい「あんまり、はれがましすぎるな」と私が心配するほど、彼は象徴的人物となった」（「大ものぐいの入道」、『文芸』一九六五年七月号）。「五・一九前後」という副題の、この時期の竹内の日録をおさめる「大事件と小事件」（『世界』一九六〇年八月号）には、とりわけ五月二十日以後、〈安保批判の会〉、都立大学の教師の集まり、学生との話しあい、文化人の集会などにおける打ちあわせや講演のほか、テレビ、ラジオに引っぱりだことなり、七面六臂の活躍をする竹内好の姿が記録されている。しかし竹内は都立大学教授を辞職したから「時の人」となったわけではない。運動の一方のオピニオン・リーダーとして、安保改定反対運動の流れそのものを変えるという役割もはたしているのだ。それを具体的に示すのが、六月二日、文京公会堂における〈民主主義をまもる国民の集い〉での講演「四つの提案」

であり、五月三十一日に書かれ、『図書新聞』(六月四日)に発表された「民主か独裁か——当面の状況判断」である。

「四つの提案」は、「いま戦いを進めてゆく上に大事だと思うことを四つばかり述べさせていただきます」とはじまる。まずこの戦いの性質について語る。「第一に、この戦いは民主主義か独裁かという非常に簡単明瞭な対決の戦いであるということであります。〔…〕なるほど安保の問題からこの問題は出て参りました。しかし論理の秩序から申しますと、まず何を措いても民主主義を再建しなければなりません。〔…〕クーデターまがいの乱暴なやり方に対して、いま全国民の間から抗議が起っているのです。もし私たちが、いま民主主義を自分の手で建て直すという運動を進めていく上で、その運動との抱き合わせで安保阻止までやろうということでは、本当の戦いは出来ないのです。」第二に、戦いのすすめ方に関しては、ファシストのやることはやらないと決意し、「われわれはあくまでも暴力に対するに平和をもってしなければ、ファシズムを根こそぎにすることは出来ない。われわれの目標と手段はあくまでも平和であります」と、自分たちの立場を確認する。「第三の点は、この問題に国際関係を絡ませてはならない」と、既成政党に警告を発し、「敵が外国の力を借りようともわれわれは借りない、国民の力だけでこれをやろうではありませんか」と提案する。「われわれの日本の歴史の中で、抵抗の伝統というものは残念ながらまだ確立されておりません。私はこの際、この抵抗の伝統・抵抗権というものを確保することだけを目標としてこの戦いを進めていきたい。またそうしなければ勝てない」と、国民の自立の必要を説く。「第四点は、私はこの戦いに勝つことは易しいと思います。必ず勝ちます。〔…〕必ず歴史が人間と理性に味方します」と勝利を保証する。そのうえで、「私は、極端に言いますと、下手に勝つくらいなら、この際はうまく負けるべきだと思うのです。うまく負ければ実りが残ります。下手に勝つということは、いまのファシストは倒せるかも知れないが、別のファシストに実りを奪われるということです」と述べる。それというのも、「岸さんのような人が出てくる根——これが結局、私たち国民の心にある」と指摘する。しかるのち、「たしかに本当の敵はわが心にあります。自分で自分の弱い心に鞭うって、自分で自分の奴隷根性を見つめ、それを叩き直すという辛い戦いがこの戦いです」と、国民ひとりひとりの自覚をうながすとともに、日本人の内面にかかわる以上根気づよくことにあたらねばならぬと戒める。そして、「しかし、みだりに興奮はしない、静かに戦いを進めてゆく、飽くまでも屈しまいという決心をもって戦いを進めてゆく——こういう戦列の組み方を皆さんと一緒に考えてやりましょう」と訴えて、「四つの提案」はおわる。

このように当面の戦い方を明確にしたうえで、戦いにかかわる状況判断のうえに立ち、未来へむけての戦いのプログラムを詳細に展開したのが、「当面の状況判断」という副題の「民主か独裁か」である。ここには十七項目にわたり竹内の考えが記されているが、いまはおもな点だけ見ていくことにしよう。

すでに「四つの提案」で提起した大原則が、こんなふうに表現されている——「民主か独裁か、これが唯一最大の争点である。民主でないものは独裁であり、独裁でないものは民主である。中間はありえない。この唯一の争点に向っての態度決定が必要である。」ついで「五月十九日の意味転換をとらえることに、既成の政治勢力はおおむね失敗した」と述べ、新事態を予想し対策を立てなかったがゆえに決定的に立ちおくれた社会党、「自己の革命幻想のために国民的願望を利用する態度に終始し〔…〕国民からの不信と内部分裂を結果した」共産党、「組織の弱体化をおそれて決戦を先へのばす利己的な態度があらわ」な総評および主要単産、「これらが集ってファシズムの進行を容易にした」と断ずる。そして「政党も、組合も、大衆団体も、立ちおくれの克服の過程で脱皮し、体質を改め、指導権を交替することを余儀なくされるだろう。その困難な試錬にたえる組織だけが生きのびるだろう」と見る。そのあと、今後の事態がこう予測されている。ファシズムの進行にともなう状況変化は、第一段階が「警察全体が治安警察化」、第二段階が「自衛隊の出動」、最終段階が「駐留軍の出動ないし新しい派兵」と考えられ、「私としては、第二段階で状況に追いつき、できたら追い越さねばならぬ」と判断し、第三段階では「全世界の平和愛好家（アメリカをふくむ）によびかける以外にない」として、その準備の必要を説く。しかし「実行に着手することは絶対に禁物である」と記し、「第二段階までは絶対に抑制しなければならぬ。国内問題を早まって国際化してはならぬ。〔…〕第二段階までは、いかなる外国の力も借りてはならない」と念をおす。

「独裁に対抗する民主戦線の組み方」については、最初に、「国民の主権奪回の意志表示のための集会や行進が必要である」とし、それも「全国民的規模に拡大しなければならぬ」と説く。第二段階として、「主権者である意志を表明した国民のさまざまな集団〔…〕が、討議をおこなって、それぞれの政治要求を明示」することが要請され、「共通の綱領は、独裁制の打破、民主主義の再建」であるにせよ、個々の政治要求の具体化、および具体化の手続きは、「集団の数だけ多様な要求があって然るべき」であろうと、希望を表明する。「第三段階では、目的および方法の近いものが漸次連合すべきである。連合の場合、かならず政策協定をおこなうべきであって、それぞれの集団の独立性をそこなう無原則の連合をおこなってはならない」と述べられる。議会は現在ほとんどその機能を失っているが、「いますぐ議会を否認するのは正しくないし、得策でもない」、「人民議会と人民政府をつくる運動をすすめていて、その運動の中から、議会の再建を監視していなければならない」と、むしろ慎重な姿勢を示す。

「ファシズムの暴力に対抗する手段として、国民は労働組合に実力行使を要求する権利があるし、労働組合はそれに従う義務がある。実力行使は、ファシズム化の段階に応じて段階を設けねばならぬ。」「このためには、権利としてのストライキを義務としてのストライキに内面転換する異常な決意と、すぐれた統率力が要求される。」さらに竹内はすすんで具体的な戦術にまで言及する。「日本のような独占の進んだ国では、普通のゼネストよりも、基幹産業――とくに運輸交通の中核の一点（たとえば東海道線）だけに集中してストライキをやり、全労働者はストライキをやらぬことによって精神的および経済的にこれを支援する（たとえばギセイ者に終身年金を与える）ような形が有効なのではないか。」ただし「経済要求をからませなければストライキができぬような、一般市民から白い眼で見られるふぬけの労働者には、この英雄的行動は望めない」。そして「デモや座り込みだけでは独裁化に対抗でき」ぬとして、「持ち場で全力を発揮するのが大切だ」と訴えかける。

「四つの提案」と「民主か独裁か」について、竹内自身、『竹内好評論集』第二巻（筑摩書房、一九六六年）の「著者解題」でこう語っている――「のちにブント派から、安保と民主主義を切り放して戦線を分裂させたとして、非難されるキッカケとなったものである。たしかに、目標を縮小することによって動員の幅をひろげるという戦術的配慮もなかったわけではないが、戦術を除外しても、「市民主義」の名で呼ばれるようなものが要素としては私に内在していることは否定できない。私はやはり本心を語っていると自分は思う。」そして竹内は、久野収が竹内の一連の提唱を、「民主主義の腐飾化を内側から改革しようとする民主主義再建・国民抵抗派の思想コース」と名づけ、それと対立した清水幾太郎らの主張を、「外側から衝撃しようとする安保闘争派、革命志向派の思想コース」と分類したと記している（「一年目の中間報告」、

『週刊読書人』一九六一年一月二十三日）。この時点における竹内好にたいして不満を抱いた竹内信奉者のひとりの言葉も、ここに併置しておこう。「竹内が、「五・一九のクーデター」に怒って、「民主か独裁か」と叫んだとき、その「民主」は、たちまち既成組織ならびにその勢力下のジャーナリズムの思想統制の指標に、祭り上げられてしまった。竹内の「民主か独裁か」の前半だけが切りとられて、「民主」のわく憲法のわくを出るいっさいの運動は、反人民的であるとみなされてしまった。「民主か独裁か」の後半に提唱された「人民政府、人民議会」のアイディアは、同じ思想官僚によって、むぞうさにほうむられてしまった。そして竹内は、彼の愛した全労連の若ものたちから、またすべての野党的なものから遮断された。[2]」（村上一郎「竹内好私抄」、『新日本文学』一九六一年九月号）

「四つの提案」と「民主か独裁か」を世に問うた竹内好は、これまでの竹内好にはけっして見られなかった、いささか楽天的すぎるのではないかと思われるようなあかるさを、わたしたちに示すのである。

たとえば六月十二日の『朝日ジャーナル』に発表された「6・4闘争の街頭に立ちて」（のち「六・四闘争」と改題）を見てみよう。これは、総評・中立労組七十六単産四百六十万人、学生・民主団体・中小企業者百万人、計五百六十万人（総評発表）の参加した、六・四ストを見て歩いた竹内好の記録である。

早朝六時三十分の池袋駅改札口はこう描写される。「ピケ隊の前列には、きれいなエプロン姿の主婦たちもまじりこみ、青年たちと肩でリズムをとりながら歌声をあげている。なごやかな共感、民主主義への渇望——それが、うわずったセンチメンタリズムからのものではなしに、どうしても盛りあげねばならぬものとして、さわやかに発散している。」新宿駅前の宣伝カーのうえの野坂参三を見て、「全学連主流派の

「思いつめ型」、かたくなな指導は、じつは左翼の指導者の示したあまりにも旧態依然たる指導者ぶりへの反感に根をもっている」と考え、「現在の民衆の危機感と決定的にズレている内容の大演説を、広野にさけぶ予言者のようなスタイルで得々としてぶつ往年の指導者の姿」を、カリカチュアとして呈示する。そして「岸内閣の即時退陣と国会解散、民主主義の建て直し」というハリ紙をした商店主たちの同調ストの現場を見て、「新たな動き、動きつつある現象がここにある。動きそうになかったものまで統一的意思表示に動きだしたのだ」と書く。そのあと、「日本に、下からの民主主義が、ほんとうに根づく息吹きが感じとられる。このたしかな、広範な実践的体験が、しぼみ、消えさるということはあるまい。この確信を根拠として、たるみのない、正確なテンポをもった抗議プランがたてられねばならぬ。そしてそれはなされるだろう」という感想が述べられているのだ。

とはいえ安保反対運動は、六月に入ってハガチー事件、樺美智子の死、アイゼンハウアー大統領訪日中止などの経緯を経て、結局、六月十九日に参議院の審議がおこなわれぬまま、憲法の規定により新安保条約が自然成立することによって終焉を迎えた。だが竹内好は、こうした事態をも勝利だと総括するのである。「力関係からいって、新安保条約を絶対阻止できるとは私は考えなかった。できるだけ傷を負わせ、実効をチェックすることが私の目標だった。その目標はほぼ果されたと思っている。〔…〕／そしてわれわれは、じつに多くのものをこの闘争を通じて獲得した。何よりも大事なことは、人民の抵抗の精神が植えつけられたこと、そして予想よりその幅がひろく、根が深いらしいことである。私はこの一点だけで大勝利と判定する。」そして新しい戦いにそなえることの急務を訴える――「われわれは劣勢から立直って、対等にたたかえる力をたくわえた。いまは追撃の前の小休止である。この期間を利用して陣容を整備しなければならぬ。それには何をするべきか。〔…〕たたかうことによって組織をつくり、あるいは組織を変えていくことである。ここでは何よりも個人の創意が大切だ。そして第二期の決戦にそなえるべきである。第二期で人民議会が準備されていないとファシズムの進行に追いつけぬだろう。」(「なぜ勝利というか——第二期に向けての方法論的総括」、『週刊読書人』一九六〇年七月十一日）しかるのち一九六〇年五月十九日を、竹内はこう歴史のうえで位置づける。「日本の国民が、主権者としての自覚をもって行動し、そして自信をたくわえた、という点で、五・一九は日本史上の画期的な出来事である。」(「現代日本人の自信と懐疑」のち「日本人の自信について」と改題、『マドモアゼル』一九六〇年九月号）さらに竹内は言う——「主体的な意識変革の運動として見るならば、直接の政治的効果を越えて、もっと根本的な運動であった。そこにあらわれた、自由な人間でありたいという意思表示は、天皇制的意識構造を内部からこわす第一歩であり、明治維新革命をやり直すほどの規模のものである。われわれは日本人であることの誇りを、この運動を通じて回復した。それによって敗戦の傷手をいやす端緒をつかんだ。」(「日本人について」、『人類慈愛新聞』十月上旬)

竹内好は安保にかかわる論説を集めた評論集『不服従の遺産』(筑摩書房、一九六一年七月）の「まえがき」で、「私個人にとって一九六〇年は記録さるべき年である」と書いてから、「私の精神的および肉体的エネルギィが、たといそれがどんなに貧しいものであろうとも、ともかくある極限に近づくまで集中的に発揮され、その結果として、自他にある種の変化がおこった」と記している。また一九六一年年頭の「一九六一年に望む」(『図書新聞』一九六一年一月一日）には、「臆病者の私にも少しではあるが力がみなぎってくる感じがする」とあって、「この原因は、われわれが日本人民の力に自信をもつことができるようになったからだと思う」と説明する。一九六〇年の安保闘争をつうじて竹内好に生じた変化とはいったい何だったのか。

告白しますと私は実は民主主義をそれほど信頼しておりません。戦後、民主主義というもの、民主主義という言葉がはやったころ、そもそも言葉にするのが恥かしくてほとんど口にしたことがないんです。偉い人が民主主義と言ってると、どうも疑わしくなる。〔…〕私は、ですから、過去に民主主義ということをあまり筆にしたことはないと思います。〔…〕ところが、あの五月十九日を経験しまして、あの時点で考えたことは何かといえば、今こそチャンスである。敵があれほど民主主義を口に唱えながら、今それを捨ててしまった。今こそ我々がそれを拾おう。そのことによって我々の側に民主主義が移ったんだと、こういう感じを持ったんです。これを憲法と言い換えてもいいでしょう。戦後の新しい憲法は残念ながら我々が自分の力で勝ちとったものではない。これは歴史の事実でありますけれども、この憲法を蹂躙する勢力があった時に、その蹂躙する勢力が憲法を捨てた時に、つまり相手が憲法は最早要らない、自分には邪魔だというので捨てた場合に、これを我々が拾えば、これは我々のものになるのです。憲法というものは人民が自分で作るべきものです。また、我々はそれを戦後当然すべきであったが、残念ながら歴史の事実としてはできなかった。けれども、今我々が自分の憲法を作る時期です。それが五月十九日、敵が政治上の大エラーをやった時が決戦のチャンスとなった。

（「水に落ちた犬は打つべし——わが国の民主主義」、一九六〇年九月十三日、名古屋公会堂での講演）

一九四四年の『魯迅』のなかで、竹内好が魯迅理解の鍵と見た「掙札《そうさつ》」という言葉について、第I章第5節で孫歌の解説を借用して説明したが、いまあらためて孫歌の解説を思い出していただきたい。孫歌は、「それは自己に対する一種の否定性の固守と再構築である」と規定し、「「掙札」のプロセスとは、他者に内在しながら他者を否定するプロセスであり、それは同時に自己のなかに他者が入ることによって自己を否定するプロセスでもあるのだ」と述べている。わたしは、戦後竹内がむしろ敵意をもっていた「民主主義」を「他者」としての「掙札」こそ、「民主か独裁か」と叫ぶ一九六〇年の竹内好を生みだしたと考えたいのだ。思えば竹内好は、八月十五日に岳州で抱いた「屈辱」感を胸に、「死にたくないという気持があればこそ恥をしのんで帰ってき」て以来、「本当の自分の考へてゐること、感じてゐることを書き残しておきたい」がゆえに評論家となったのであった。竹内にとって「近代主義者たち」が跳梁する「戦後」が、首肯しがたいものとして存在しつづけ、竹内がそれをきびしく批判してきたことは、すでに見たところである。しかしいま、竹内好は変わったのだ。そのころ竹内と親しかった尾崎秀樹は、「八月十五日体験が不発におわった不満を、彼は戦後の十五年間、ずっと持ちつづけた。その意味からいえば、五・一九は、彼にとっての戦後がはじめて開幕のきざしをみせた日だというべきだろう」(「普遍的思考・竹内好」、『日本』一九六五年二月号)と書いている。まさしく五月十九日を契機に日本全土に見られた国民の抵抗精神の発現に、竹内好は、中国における五・三とおなじ意義を認めたのにほかならない。

竹内好の都立大学辞職が公表された直後の五月二十三日、竹内が帰宅して最初に手にした電報は、「キミノココロザシハヒトツブノムギニニタリ　カナラズミヲムスブベシ」という荒正人のものだった。竹内は「大事件と小事件」のなかにこう書きつける——「荒と私は、性格や嗜好がおよそ反対だ。荒にはナショナルな発想が欠けていると私は思っている。彼から見ると私は、どしがたい偏狭な国粋論者かもしれない。ファシストよばわりされたこともある。しかし、両者はいま一点において交った。状況の単純化がそうさせたのである。われわれは原初の地点に立っている。」「近代の超克」をめぐる論争ばかりでなく、戦後のふたりの歩みを振りかえってみるとき、この竹内の言葉にはじつに重い意味が隠されている。

5　アジア主義

一九五九年の「近代の超克」によって、太平洋戦争下の日本の精神状況の総括をおこなった竹内好は、六〇年の安保闘争を経て、あらたに時代を大きく遡り、明治以来の日本とアジアとのかかわりを跡づけることによって、現代をとらえなおそうとする仕事に赴くこととなる。その最初のものが、一九六一年刊行の『近代日本思想史講座』第八巻「世界の中の日本」（筑摩書房）に収められた「日本とアジア」である。「日本とアジア」は、維新から日本が近代国家の体裁をととのえた日清戦争までの時期に、日本のエリートたちをとらえていた「文明一元観」をめぐって展開される。竹内はそれを、「歴史は未開から文明への一方交通だという歴史観を軸にして世界を解釈する思想」ととらえ、「こうした思想が、日本の近代化の起動力になっていた」と考え、「文明一元観を根底にして近代化がおこなわれ、国策決定がされるという傾向は、一九四五年まで一度も変更されなかった。そればかりでなく、戦後にも、この傾向は依然としてつづいている」と見るのだ。

この「文明史観最大のイデオローグ」として挙げられるのが福沢諭吉で、「福沢の文明論で特徴的なことは、文明の本質について智を徳の上位においたこと、および、智徳の総和である文明（それは単一な、等質のものであろう）の地域による発現の差を認め、それを程度の差としてとらえ、努力によって追跡可能であると考えることである」と述べ、その哲学的基礎のうえに立って福沢は、「戦闘的改革者」としてふるまった「偉大なる啓蒙家」であったとする。こうした福沢の思想には、同時代の西村茂樹や内村鑑三、時代がくだって「日本ロマン派」など反対するものもあったが、「むしろ反対者を許容することによってかえって根強く、福沢の思想は終始一貫、日本国家の思想の中核となった」と、竹内はみずからの見解を語る。しかるのち竹内は、「一九四五年の無条件降伏における戦争を、福沢が設定し、明治国家に体現された思想コースの延長上にとらえるか、あるいは福沢コースの逸脱としてとらえるかは、議論の分かれるところだと思う。この議論が整理されないために、思想上の混迷が今日までつづいていると見ることもできる」と、福沢諭吉をとおして戦後思想の問題を提起する。

ここで竹内は東京裁判を引きあいにだす。「戦争は侵略戦争であり、したがって平和への侵害であり、当然に文明への挑戦である、というのが論告および判決の要旨であった」と東京裁判について記してから、竹内は、東京裁判の検事および裁判官は「文明一元観」の立場に立っており、してみれば、「被告である日本国家の代表たちは、原告である連合国を通して福沢そのものに告発されていると見るべきであろうか」と問いかける。戦後の思想ではそう見る解釈が支配的であり、「この風潮のなかで民主主義の旋風がまきおこった。おそらく日本の近代思想史上の大事件の一つであるにちがいないこの激動は、明治維新に比すべき革命、あるいは第二の開国とさえ考えられた」と回想する。「しかし、時をへだててふり返ってみると」と、竹内は言葉をつぎ、こう疑念を表明する――「この激動は当時考えられたほど大きなものではなく、〔…〕かえって、ファシズムを告発した原告である文明の側に不安と動揺が見られ、〔…〕思想史上の大事件と考えられたものは、じつは国粋と欧化の交替という流行現象のくり返しに過ぎなかったのではないかと疑われる。」「日本の独立という緊迫した課題に全身で立ち向う中で福沢が身につけたような、生き生きした文明のヴィジョンは、残念ながらわれわれにはない」と、慙愧の念をこめて現状をあきらかにしたあと、竹内は、「かりに日本国家に文明からの逸脱があったとすれば、その時期と原因とを画定することによって文明を再発見しなければならぬし、もし逸脱がなかったとすれば、さかのぼって福沢の文明論そのものを問責すべきである」と、今日必要とされる作業について開陳する。

東京裁判を批評したものとして竹内好は、竹山道雄の『昭和の精神史』を挙げ、竹山の見解を、「日本国家が一貫して、侵略を国策に押し立てた事実はない。国家には罪はなく、むしろ国策に違反して戦争体制へ強引にもっていった一連のファシストだけを罰すべきだという理由で彼は、東京裁判の被告全部を有罪とすることに反対するのである」と要約する。つづけて「竹山道雄は、東京裁判の判決に部分的修正を要求したわけだが、もっと抜本的に、東京裁判そのものを全的に否定する批判もあった」として、インドのパール判事の少数意見を挙げる。「文明の名によって行われる軍事裁判を肯定する立場は、文明の唯一の存在と、その正統性を前提にして、裁判がその文明の顕現であることを承認しているのである」が、パール判事は、その文明が法の普遍性をおかし真理を傷つける虚偽の文明と見、「勝者が敗者を裁くのは、降伏を認めず、降伏を征服にまで退化させるものだ」と主張した。しかもその膨大な意見書のなかでパールは、ローマ法の源流がインドにあることから説きだし、「西欧文明にインド文明を対置させるのでなくて、むしろインド文明こそ唯一の文明であり、西欧文明はその支流に過ぎず、しかも唯一の文明から逸脱した非文明である」という「西欧文明否定論」の立場を堅持するのだ。そして竹内は、そこに認められる問題点を、「東京裁判の被告をも矮小化された形でとらえていた文明一元観を、竹山が望むように今日ふたたび強固なものに鍛えうるか、それとも、もしそれが不可能なら、他のいかなる文明観あるいは文明否定論をもってすれば国民的ヴィジョンを創出できるかということである」とまとめる。

「日本とアジア」の興味ぶかい展開は、このあとにくる。すなわち、文明一元論者で福沢の嫡系であり、東京裁判の原則の支持者である竹山道雄が、「日本文化の位置」という論文で梅棹忠夫の「文明の生態史観序説」を援用したことをめぐって、「文明のおろかしい迷信を見返すことを動機として、科学論上の作業仮説として提出された梅棹の二地域説が、逆に、日本は本来にアジアでなくてヨーロッパに属するという竹山の信仰あるいは使命感のために、変形を加えて利用されることになった」と、まず竹山をきびしく非難する。「敗戦までは、日本がアジアに属するという命題は、ほとんど自明であって、一度も疑われたことはなかった。」福沢諭吉は「脱亜論」をあらわしたが、それは、「日本がアジアでないと考えたのでもなく、日本がアジアから脱却できると考えたのでもない。むしろ脱却できぬからこそ、文明の基礎である人民の自覚をはげますために、あえて脱亜の目標をかかげたのだともいえる」と竹内は推論し、「彼において、国の独立という目的と、その目的実現の手段としての、文明の自己貫徹という法則への服従とは、見事な緊張関係を保って並存している」と指摘する。しかし「国の独立の基礎が固まるにつれて、福沢において内面的緊張の下にあった目的と手段の関係がゆるみ、分裂が生ずるようになった」と竹内は考える。

この場所で竹内は、『文明論之概略』から、アジア諸地域の独立にかかわる文章を引き、そこに見られる「緊迫した危機感と、同時に冷静な認識」が、明治二十年代まではあったと断言し、「危機感が弱まるにつれて、日本人の対アジア認識は、政府も民間も急速に能力が低下した。「脱亜」の進行の過程は、認識能力が低下し、福沢に見られるレアリズムが失われていく過程であった」と注釈する。そして福沢は「文明」を提唱したが、「ヨーロッパの眼で世界を眺めたのではなかった。彼のアジア観は、アジアとは非ヨーロッパである、あるいは、アジアとはヨーロッパによって蚕食される地である、と考えたということである」と主張するのだ。したがって、彼の「生き生きとしたアジアのイメージから切りはなして「脱亜」だけを取り出すのは、福沢の本旨を没却するものであり、ひいては「自国の独立と文明とを害して尚文明に似たる」(『文明論之概略』)鹿鳴館的なエセ文明を文明と勘ちがいすることに通ずるものである」と竹内は、通説を論難する。ここから竹山道雄批判が展開されていくわけだ——「竹山道雄のいう文明は、このエセ文明である。彼は福沢の直系ではあるが、三代目にふさわしく福沢のレアリズムを欠いている。〔…〕彼は、日本がアジアではなく、本来は西欧的であることを力説するが、それは〔…〕アジアを知らぬために、知ることを好まぬために、アジアを拒否したいという主観的意図によって日本を西欧と一本化するに都合のいい材料を集めたに過ぎぬのである。」

竹山に代表される反レアリズムは、戦後にはじめてあらわれたものではなく、もっと古く歴史的に形成されたものだったと見る竹内は、一九一六年に来日したタゴールへのおおくの日本人の反応、二四年の孫文の講演「大アジア主義」の日本での受けとめ方をその例として挙げる。しかるのち竹内好は、植民地の独立運動と文明との関係についてこう記すのだ。

植民地の独立運動が、文明の恵沢の結果であると考えるのは正しくない。むろん、ある程度の文明の滲透は、条件として必要である。それなしには土着資本の発生も、インテリゲンツィアの発生もありえない。しかしこれは、単なる条件に過ぎない。文明が福沢のいうエセ文明化してしまえば、独立心がおこらぬから、当然に独立運動はおこらない。エセ文明を否定する反文明運動がおこり、それがエセ文明を内部から別の文明につくり変えていくとき、はじめて独立運動が着実なものとなる。今日、アジア（アフリカをふくめてもよい）のナショナリズムとよばれているものの実体と、運動法則とは、この文明を虚偽化するより高い、より広い文明観の発見への全過程を意味していると考えられる。文明の否定を通しての文明の再建である。これがアジアの原理であり、この原理を把握したものがアジアである。

「福沢は、この原理を直感していたと思われる節がある。ただ彼は、日本の植民地化の危機が未然にふせがれた後では、それを理論化せず、かえって力による文明の強制を是認する方向に後退していった」と、竹内は解釈する。そのうえで、「西欧的な文明一元観は、第一次大戦のころから、西欧では内部解体が進行しはじめた。そしてそれはアメリカによって肩がわりされていった」と述べ、「古典的文明観の最大の、また純粋の後継者」アメリカの世界政策は、対立するソ連を「含む文明観においては全アジアと対立しているのであって、この対立が基本的である」と規定する。そして「今日もし福沢が生きていれば、彼のレアリズムは、文明を超えた原理の発見へ彼をさそったにちがいない。彼は文明の採用を提唱せず、逆に文明の虚偽化をもって選択をゆるさぬ独立の手段と考えたにちがいない」と、竹内は独自の福沢像を提起するのである。

「日本とアジア」は、「日本が西欧であるか、それともアジアであるかは、〔…〕より包括的な価値体系を自力で発見し、文明の虚偽化を逆行する能力があるか否かにかかっている」と結ばれるのだ。

これは、福沢諭吉の「脱亜論」の見なおしにからめて、今日の文明のあり方をアジア・アフリカ地域を視野にいれて論じた、竹内好の仕事の新しい方向性を示唆するものと言えるだろう。そしてその方向性を具体的に明示したのが、つぎにくる一九六三年の「日本のアジア主義」なのだ。

「日本のアジア主義」は、一九六三年八月に上梓された『現代日本思想大系』第九巻「アジア主義」（筑摩書房）に、「アジア主義の展望」と題して掲載された解説である。

それは、当然のことながら、「アジア主義」がいかに定義しがたいかということから書きおこされる。「……たとい定義は困難であっても、アジア主義とよぶ以外によびようのない心的ムード、およびそれに基いて構築された思想が、日本の近代史を貫いて随所に露出していることは認めないわけにはいかない。ただそれは、〔…〕要するに公認の思想とはちがって、それ自体に価値を内在させているものではないから、それだけで完全自足して自立することはできない。」こう弁明したあと『アジア歴史辞典』の「大アジア主義」の項目をそのまま転載するが、ここではその冒頭の、「欧米列強のアジア侵略に抵抗するために、アジア諸民族は日本を盟主として団結せよ、という主張」という定義の部分だけ紹介しておく。

ついで「自称アジア主義の非思想性」と題して、「第二次大戦中の「大東亜共栄圏」思想は、ある意味ではアジア主義の帰結点であったが、別の意味ではアジア主義からの逸脱、または偏向である。もしアジア主義が実体的な思想であって、史的に展開されるものだとすると、帰結点は当然「大東亜共栄圏」であり、敗戦によって「思想」として滅んだということにならざるをえない」と書く。しかるのち、「思想は生産的でなくては思想とはいえぬが、この共栄圏思想は何ものも生み出さなかった。この天くだりの思想の担い手もしくは宣伝がかりの官僚は、一切の思想を圧殺するために「大東亜共栄圏」といういちばん大きな網をかぶせただけである」と、その本質をあきらかにし、中野正剛の東方会、石原莞爾の東亜聯盟など、「これら比較的にはアジア主義的な思想を弾圧することによって共栄圏思想は成立したのであるから、それは見方によってはアジア主義の無思想化の極限状況ともいえる」と断定する。そして戦時中おびただしくあらわれた大アジア主義を名乗る書物のうちから、平野義太郎の『大アジア主義の歴史的基礎』をとりあげ、それがいかに資料の改竄のうえに成立しているかを具体的に検証する。

ここから一八八〇年代に輩出する多様なアジア主義の検討にはいる。

まず黒龍会出版の『東亜先覚志士紀伝』にしたがって、幕末から維新にかけて存在した対外発展、海外雄飛の思想の影響をあげ、青年宮崎滔天のうちに「天賦人権と海外雄飛のロマンチックな結合」を見る。そして玄洋社が民権論から国権論へ転向していったあとを追い、滔天が「支那占領主義者」と批判した荒尾精をも含めて、「ともかく日本の初期ナショナリズムが老大国に立ち向う際の気魄は明瞭に出ている。そして荒尾的なものと滔天的なものが複雑な分離と結合の過程にはいる状況が説明されている」と記す。玄洋社の民権論から国権論への転向がおこなわれたのは一八八〇年代で、日本と清国が朝鮮の支配権をめぐって緊張関係にあったこの時期に、おおくのアジア主義者が登場する。

玄洋社は日清間の情勢が風雲急を告げると天佑俠という秘密組織をつくって朝鮮へ送りこみ、東学党と連絡をとって戦争を挑発した。そこに内田良平などがいたが、彼らは出先機関とは切れていて、「単独に、自己の責任において軍事冒険をやるという行動形式」は、この時点では農民との結合も考えられており、「一種のアジア主義の発現形態と見なければならない」と竹内は説く。

他方、自由党左派の大井憲太郎が惹起した「大阪事件」について、「国内改革と対外進出を関連させる思考方法」は、「目的のために手段を選ばぬ「切取り強盗武士のならい」式のエリート意識」とともに、昭和期のファシズムに大量にあらわれたと竹内は見る。

ここでクローズ・アップされるのが、『大東合邦論』（一八九三年）を書いた樽井藤吉である。「日韓の紛争を解決するために、また韓国の近代化を推進するために、また列強の侵略を共同防衛するために、日韓両国が平等合併せよという主張は、樽井が誇っているように、たぶん彼の創見であって、しかも絶後の思想ではないかと思う。その前提として彼には、国家は人為の産物だという国家観（国政本元）があった」と竹内は見、樽井の創見を継承したのが天佑俠をつうじて活躍した内田良平だと位置づける。

福沢諭吉について、竹内はこう書く――「猛烈なナショナリストの一面を持つ福沢は、国際的な緊迫感において樽井にも大井にも負けるものではない。〔…〕しかし彼はまた、〔…〕醒めたナショナリストであるから、〔…〕心情としてのアジア主義はある。〔…〕だが、彼のいだく緊迫感に照らしてアジア連帯は間に合わない。〔…〕『大東合邦論』は彼から見てなまぬるい。」しかるのち福沢にたいするアンチテーゼへと、竹内は論をすすめる。「福沢が思想家としての役割りをおわったとき、また日本国家が近代国家としてゆるぎなくなったとき、福沢の批判をテコとしてそれが生まれた。その一つは、西欧文明をより高い価値によって否定した岡倉天心であり、もう一つは、滅亡の共感によってマイナス価値としてのアジア主義を価値としての文明に身をもって対決させた宮崎滔天や山田良政の場合である。」ここで竹内が、状況のパロディである中江兆民の『三酔人経綸問答』と、それに触発された堀田善衞の「日本の知識人」に触れていることも、書き落としてはならないだろう。

竹内好は岡倉天心についてこう述べる。「「アジアは一つ」という命題は、のちに日本ファシズムによって『大東合邦論』におとらず悪用された。天心が「アジアは一つ」と言ったのは、汚辱にみちたアジアが本性に立ちもどる姿をロマンチックに「理想」として述べたわけだから、これを帝国主義の賛美と解するのは、まったく原意を逆立ちさせている。帝国主義は、天心によれば、西欧的なものであって、美の破壊者として、排斥すべきものなのだ。」——「核心においてアジアはヨーロッパと異質であり、その異質性において一体であり、そのアジア的なものを発掘することなしには文明の虚偽を救うことはできぬ、というのが彼の直観である」。ここで竹内が、天心の文明観が「福沢とは対蹠的であって、その構造は大川周明のそれによく似ている」としながら、気質的には両者はまったく逆で、「天心のロマンチックなところは、〔…〕北一輝に似ている」と語っていることに注意しておこう。

このあと竹内は、一九〇三年に出版された宮崎滔天の『三十三年の夢』の、一九二六年版に付した吉野作造の解題から、吉野が一九一六年の第三革命のあと頭山満と寺尾亨から中国の革命運動を研究するようにと依頼され、そのとき中国革命の歴史を知るうえの最良の参考書として中国人に紹介されたのが、『三十三年の夢』だったというくだりを引き、この書物こそ吉野をその後中国革命研究に深入りさせたものであると記している。

ここから北一輝と大川周明が新しいタイプのアジア主義者として活躍する帝国主義的段階に入るわけだ

が、はじめに竹内はその問題点をあきらかにする。「この時期のアジア主義は、心情と論理が分裂している。あるいは、論理が一方的に侵略の論理に身をまかせてしまった。黒龍会イデオロギイの最悪の部分だけが生き残った。それはなぜか、また、いつそうなったか。」そしてそれへの竹内の回答がつぎのごとく述べられる。

大正の半ばから昭和のはじめへかけて、右翼と左翼の対抗関係の中で、アジア主義は右翼が独占し、左翼はプロレタリア・インターナショナリズムをこれに対置させる布陣になる。そして左翼からは、民族問題をネックにして、脱落者が続出する。その帰還する先が、多くはアジア主義であり、西郷である（たとえば林房雄『転向記』）。

対抗関係にあったプロレタリア・インターナショナリズムとアジア主義の間に橋をかけようとした特異な例外として、わずかに尾崎秀實があある。しかし彼は出現がおそく、その思想は孤独のままおわった。

アジア主義が右翼に独占されるようになるキッカケは、右翼と左翼が分離する時期に求めるべきだろう。その時期はたぶん明治末期であり、北一輝が平民社と黒龍会の間で動揺していた時期である。

そして葦津珍彦の労作「明治思想史における右翼と左翼の源流」にもとづいて、中江兆民と玄洋社の頭山満が、民権運動でも条約改正でも同意見で生涯親しかった例を挙げる。とはいえ、兆民の弟子幸徳秋水と頭山の弟子内田良平にいたって、思想は大きくわかれたとして、「幸徳の非戦論は、〔…〕相手のロシア側のメンシェヴィキ理論に対応するものであるが、内田の主戦論は、はるかにレーニンの『ロシアにおける資本主義の発達』に相呼応していた。この時点における内田は、民族的現実の中での革命を考えていたのに対して、幸徳の帝国主義論はすでに抽象的なものになっていた」と、大きな問題を投げかけずにはおかぬ指摘を、竹内はあえておこなっているのだ。

日本の学界がほとんど取りあげなかった右翼、なかんずく玄洋社を分析したE・H・ノーマンの「日本帝国主義の一源流——玄洋社の研究」を竹内は一方で高く評価しながらも、日本の対外膨脹をすべて玄洋社の責に帰するのは「行きすぎ」であると批判する。そのうえであらためて、アジア主義にかかわる今日の状況をこう概括する——「おくれて出発した日本の資本主義が、内部欠陥を対外進出によってカヴァする型をくり返すことによって、一九四五年まで来たことは事実である。これは根本は人民の弱さに基づくが、この型を成立させない契機を、歴史上に発見できるか、というところに今日におけるアジア主義の最大の問題がかかっているだろう。戦後になって突如としてアジアのナショナリズムという新しい問題が投入されるが、これが過去のアジア主義と切れて、天心なり滔天なり内田なり大川なりと無関係に論じられることに、そもそも問題があるわけだ。」

そこであらためてすべての原点に立ちかえる必要を、竹内好は説くのである——「こうなるとアジア主義の問題は、一八八〇年代や一九〇〇年代の状況においてだけ考えるのでは不十分で、もっと古く征韓論争までさかのぼる必要が出てくるかもしれない。言いかえると、西郷の史的評価ということである。」「日本のアジア主義」の文末には、大川周明の北一輝を追悼しつつ西郷に触れた文と、内村鑑三の『代表的日本人』のなかの西郷賛美の一節が引かれ、「西郷が反革命なのではなくて、逆に西郷を追放した明治政府が反革命に転化していた。この考え方は、昭和の右翼が考え出したのではなく、明治のナショナリズムの中から芽生えたものである。それを左翼が継承しなかったために、右翼に継承されただけである」と、竹内好は解釈する。そして「日本のアジア主義」は、つぎのような言葉で結ばれるのだ。

西郷を反革命と見るか、永久革命のシンボルと見るかは、容易に片づかぬ議論のある問題だろう。しかし、この問題と相関的でなくてはアジア主義は定義しがたい。ということは、逆にアジア主義を媒介にしてこの問題に接近することもまた可能だということである。われわれの思想的位置を、私はこのように考える。

「日本のアジア主義」が、ほとんど断定されることのない仮説的な議論から成りたっていることは、あらためて言うまでもあるまい。そもそもこの前人未踏の領野を踏みわけて筋道を立てていこうとする以上、それもまたやむをえなかったことにちがいない。とはいえこの「日本のアジア主義」によって、アジアにかかわる近代日本の精神史が、これまでほとんどかえりみられることのなかった右翼の側に大きく視野を拡げ、じつにさまざまな新しい問題を提起したことは、だれしも認めざるをえまい。新しい世紀に入って完成した松本健一の『北一輝』にいたる、その後の学問の流れは、まさにここに淵源を持つと言わなければならない。

と同時に、「近代の超克」から「日本のアジア主義」にいたる竹内好の仕事が、新たに太平洋戦争への関心をひろく呼びさまし、著者自身その影響を明言している、林房雄の『大東亜戦争肯定論』をも生みだしたことは否定できない。一九六三年九月から六四年十二月まで『中央公論』に断続的に連載された、正続二巻のこの書物は、「明治維新から大東亜戦争にいたる開国日本のコース」を、弘化年間に開始された「百年戦争としての東亜戦争」ととらえたものである。その表題から見ても当然のことながら大評判となったこの書物をめぐっては、雑誌連載中から、「大東亜戦争」や「大東亜共栄圏」や「アジア主義」についての座談会や特集が各誌でこぞっておこなわれたが、それについてわたしは、一九六九年九月の『中央公論』掲載の座談会「アジア主義――近代日本の黒い潮流」における、武田泰淳の言葉を掲げることですませたいと思う。「……実際に行動したというのは、銃をもって相手を殺すか、あるいは自分が殺されるかしたということですね。だから「大東亜戦争肯定論」は、理論の壮大さにもかかわらず、行動は非常に貧弱だった、そういう人の言った議論であることが悲しいのです。もっと苦しくても黙って死んだ人は、もっと行動した。行動というのは、要するに悪いことをやるということです。林さんは何も悪いことをやっていない。しかし、そういう人が、ああいうことをほんとうに言えるのか。それを言う人はほかにいるんじゃないか。その人たちは、もし生き返っても、絶対にああいう議論は言わないでしょう。ぼくらは林さんと同じに、非常に安全地帯にいて酒を飲んでいたから、林さんを批判できない。しかし林さんを批判できる人は、数十万、数百万いる。そして、死んだ人は、絶対にあの議論は許せないと思う――ぼくの言えることはそれだけです。」

注

（1）竹内好は、一九七二年十月の『中国』連載中の「中国を知るために」の「（101）謎」のなかで、一九四二年一月の『中国文学』に発表した「大東亜戦争と吾等の決意」をめぐって、「いまなら簡単にいえることだが、あの宣言は、政治的判断としてはまちがっている。徹頭徹尾まちがっている。しかし、文章表現を通しての思想という点ではまちがっていると思わない」と記したあと、こう書いている――「戦後の私の言論は、自分が編集者としてあの宣言を書いたことと切り離せないと自分では思っている。たとえば、太平洋戦争の二重性格という仮説や、「近代の超克」論の復元作業などは、人はどう思うか知らないが、自分では賭けの失敗が根本の動機になっている気がする。」

（2）丸山眞男が一九六〇年五月二十四日教育会館でおこなった講演「選択のとき」で、「私は安保の問題は、あの夜を境いとして、あの真夜中の出来事を境いとして、これまでとまったく質的に違った段階に入った、すべての局面は、あの時点の前と後とで一変したということから、私達の考え方と行動を出発させるべきではないかと思います」と、竹内の「民主か独裁か」に近い発言をおこなっている。丸山眞男との関係について竹内は、「大事件と小事件」のなかで、五月二十一日夜開かれたみすず書房の北一輝研究会のときのことを、こんなふうに記している――「……丸山眞男と久野収が先に来て待っていた。ここでも北一輝どころではない。もっぱら情勢分析である。しかしこの機会に三人である程度の意志統一ができたのは幸いであった。活動方針についての自信を強めた。」五月二十一日以後のふたりの連携について示唆するところが大きい。

Ⅳ 「文革」の時代

1 文化大革命

中国文学者の竹内実は、一九七四年一月、『中央公論』に発表した「中国文化大革命と日本人」のなかで、日本の戦後史における中国という問題を論じている。竹内は、「旧中国から断たれるものとしての新中国」が「はじめて戦後の日本社会のなかにあらわれたのは、〔…〕一九五三年三月、舞鶴港においてであった」[1]と明言し、その日「新中国に在留し、なまの生活を体験した三千九百六十八人が、〔…〕レーニン帽をかぶり、人民服を着」て、興安丸と高砂丸に分乗し、「彼らが経験した新中国をもちかえったのであった」と述べる。「当時、われわれは、これらの人びとを通じて、新中国の現実にふれたのであった。」その新中国をめぐり竹内は、『週刊朝日』緊急増刊号の記事によって、「討論できめる給料」「進出したソ連式療法」「タダで治療する工人病院」など列挙したうえで、その福祉国家としての側面は、「当時のわれわれには、まったく、おとぎの国の話のように、聞きほれさせるひびきをもっていたのである」と書く。

そこには、徳川夢声との対談で内山完造が語った、中国は清潔になったという言葉も引用されている。「巻頭の記事やこうした対談によって、われわれは、新中国、つまり中国の革命から、おだやかなものという印象をうけとったのである」と記す竹内実は、「ふっくらとしたリアリティ」という言葉で、当時人々が胸にした「新中国」の印象を表現しているのだ。

つづいて竹内は、「わたしの考えでは、この際限なく圧力をたかめつつあった、中国肯定の熱気にたいして、突然、冷水をあびせたのが、文革であった」と語り、「一九六七年一月下旬、日本の新聞にスクープされた、闘争現場写真——北京市長の彭真をはじめ、陸定一や、羅瑞卿や、中国共産党の大物が紅衛兵によって両腕をうしろにねじあげられ、首には大きな名札をぶらさげている——が、言葉や論理としてではなく、なまなましい現実としての文革を告げた」と書く。こうして日本人は、「ふっくらとしたリアリティ」からは想像もつかぬ「ざらざらしたリアリティ」において、いまや中国を見なくてはならぬということを教えられたと竹内は断言する。

その文中で竹内が参照している辻村明の「戦後日本人の自己認識」(『歴史と人物』一九七三年十二月号)は、戦後日本人の否定の論理の変遷を、「アメリカ民主主義→ソビエト共産主義→中国毛沢東思想→第三世界イデオロギー」と図式化している。そして変化それぞれの転機として、敗戦、〈冷たい戦争〉の激化、フルシチョフの秘密報告、「百花斉放」から「大躍進」に見られた中国国内の混乱が挙げられる。とはいえ中国に関してだけは、国内情勢にかかわる情報がきわめてすくなく、日本の新聞・雑誌にとりあげられるのは、もっぱら文化面にかぎられていたと言わなければならない。だからわたしたちが中国に関して知りえたことといえば、一九五一年の『武訓伝』批判、五二年の胡風批判、五四年の『紅楼夢』論争、五六年の「百花斉放」の提唱、五七年の反右派闘争における丁玲、艾青《がいせい》らの批判、そして文化大革命のきっかけとなった六五年十一月の呉晗の『海瑞罷官』批判にすぎまい。そして六六年五月に文化大革命小組が発足し、文化大革命が一躍世界の視聴を集めたのである。

　このような中国の動向について、いちはやく注目したのが吉本隆明だった。一九六六年八月の『文芸』に寄せた「実践的矛盾について」のなかで、「現在、中共支配下の整風運動が毛沢東思想に学べという形でおこなわれているとすれば、その方向と限界とは毛の三部作のなかに予見されるものである」としたうえで、それは「戦争期の日本の農本主義思想の運動と実践がたどったとおなじ命運を大陸でたどるだろう」と喝破した。翌六七年二月には、川端康成、石川淳、安部公房、三島由紀夫が連名で、文化大革命を政治エリートによる文化弾圧だとして抗議声明を発表する。さらに、これを毛沢東、林彪らと劉少奇、鄧小平派との権力闘争と見たてて、劉派を支持するソヴェト共産党に同調するもの、それにたいして毛沢東を絶対視する中共派知識人と、日本の論壇はこの問題をめぐって百花争鳴といった観を呈した。そうしたなかで一九六七年四月、招かれて中国を訪問した高橋和己は、「知識人と民衆――文化大革命小論」（『新しき長城』河出書房、一九六七年十月刊）のなかで、五〇年以後の中国思想の歩みを、「一つの思想に準拠する政治エリートの他の価値基準をもっている文化エリートに対する批判から、大衆による知識人そのものへの（批判の）拡大であったといえる」と概括し、「その大衆的拡大の頂点に、政治エリート間の、準拠する理念の解釈と運営方針の相違が意識的に重ねあわされたのである。文化大革命はそうしたものだが、しかし、その中でもっとも大きな要素は、大衆と知的指導層のあり方に関するものであり、それが重大な点であることを見落すと、部分でもって全体をおおうことになるだろう」と解説した。

むろん文化大革命は、その映像がテレビをつうじて全世界に放映されただけにひろく関心を呼んだが、それにたいする反応という点では、日本にたいして西欧諸国は一籌を輸した。いうまでもなくそれは、地政学的な中国との遠近の差によるものである。

新中国にはやくから注目した西欧知識人のなかに、ジャン＝ポール・サルトルとシモーヌ・ド・ボーヴワールがいた。サルトルとともに中国に招かれて一九五五年の九月から二ヵ月間中国にとどまり、北京、瀋陽、上海、南京、杭州、広東と旅したボーヴワールは、五七年に「中国試論」という傍題をつけた『長い歩み』を刊行する。そこで彼女は、胡風事件について個人の私信までとりあげて胡風批判をおこなう『人民日報』にたいする「困惑」を表明しながらも、中国にかかわるみずからの見解をこうあきらかにした――「たしかに中国は楽園ではない。中国はもっと富み、もっと自由にならなければならぬ。しかし、公平にみて、中国がどのような過去から抜け出てきたか、どのような未来に進んでいくかを考えるならば、わたしと同様に、この新しい中国が歴史のとくに感動的な時期を体験しており、この中国では、人間がついに人間性をかち得るため本然の姿にかえったことを感ずるであろう。」（内村敏、大岡信訳による）そしてサルトルがフィリップ・ガヴィ、ピエール・ヴィクトルとおこなった鼎談、七四年の『反逆は正しい』のなかで、フランスにおける固有の意味での毛沢東派の運動は、五月革命をささえた、古いタイプのマルクス主義者を否定するML派共産主義者同盟が分裂した六八年秋に、それを継承するかたちで誕生したと語られている。その中心となるのが、都市での反乱に失敗した労働者が井岡山の根拠地において農民と融合してつくりだした、人民戦争の理論であって、それは直接民主主義にささえられ、そこで「知識人は自己の矛盾を発見し、そこから脱しようと欲せずにはいられなくなる」（サルトル、鈴木道彦、海老坂武訳による）、そのような状況を実現させるものだったという。そして六八年から中国に招待されるその三年後まで、毛沢東にとりつかれ、『矛盾論』の註釈を書き毛の詩を翻訳したフィリップ・ソレルスは、二〇〇七年に上梓した『ほんとうの小説　回想』で、毛沢東こそ、一九六八年には「ロシアの古着を放りだし、悪を悪によって癒し、それを逆転せしめるため追いつめ、フランスのスターリン派ファシストの袖のしたを粉砕する、ただひとつの有効な手段だったのだ」と記している。

ユン・チアンとジョン・ハリディが二〇〇五年にイギリスで刊行した『マオ』は、一九五六年のフルシチョフのスターリン弾劾演説に驚愕しつつもなお信じきれないでいたわたしのためらいを、完膚なきまでに叩きのめした、一九六八年のロバート・コンクェストの『大いなる恐怖』（邦訳名『スターリン恐怖政治』）と同様の、いやそれ以上の衝撃をわたしにあたえた書物であった。そこでふたりはこう書く。

中国人民が一〇〇万人単位で餓死しているときに中国の経験を模範として世界に宣伝しようというのはずいぶん無謀な話に聞こえるかもしれないが、毛沢東は自信満々だった。外国人が入手できる情報について、毛沢東は水も漏らさぬ規制を敷いていたからだ。一九五九年の時点で、ＣＩＡは中国の食糧生産は「顕著な増産」が予想される、と見ていたくらいだ。〔…〕

中国から脱出して真実の声を上げたのは、命がけで香港へ泳いで渡った少数の勇敢な一般市民だけだった。彼らは大飢饉や共産中国の暗黒の実態について沈黙の壁を破ろうとしたが、その声は西側ではほとんど相手にされなかった。

（土屋京子訳による）

『マオ』によれば、「毛沢東政権のもとで二五年、人民の大多数は極端に貧しく惨めな生活を強いられていた。比較的恵まれている都市部でさえ、食糧や衣類をはじめ日常生活に必要なあらゆる物資について依然として非常に厳しい配給制が敷かれていた。三世代の家族が小さな一部屋に押し込まれて暮らしている例も少なくなかった。〔…〕毛沢東政権発生当初からすでに雀の涙ほどだった保健衛生および教育への投資は、一一年のあいだに当初の半分にも遠く満たない額に減らされてしまった。農村部では、人口の大半がいまだ飢餓線上にあった。地方によっては、成人女性が身にまとう布一枚持つことができず、全裸で暮らしているケースもあった」。

一九五八年、毛沢東の主唱によって開始された、人民公社化運動のなかでの「大躍進」路線は、西洋的技術に依拠せず中国土着の技法による「自力更生」にもとづき経済を発展させ、「欧米近代」に勝利することをめざすものだった。しかし『マオ』に書かれているような国内状況では、それが成功するはずもなかった。こうして一九六二年一月、ふつう「七千人大会」と呼ばれる中国共産党中央工作拡大会議において、六一年までの三年間に二千万をこえる餓死者を出した「大躍進」路線の失敗を、五九年に国家主席に就任した劉少奇がきびしく弾劾する演説をおこない、毛沢東は自己批判を余儀なくされた。そして劉少奇、周恩来、鄧小平らの手で、食糧供出レベルは大幅に引きさげられ、軍事工場への投資が極端に縮小され、その結果資金が日用品製造にはじめて振りむけられた。「都市部では就労時間が短縮され、栄養不良の国民はいくらか体力を回復した。〔…〕一年もたたないうちに、人々の暮らしは目に見えて改善された。」かくして六二年は、「毛沢東政権下でとくに開放的な一時期」となり、五九年の彭徳懐粛清にともなって処分された人々をまとめて復権させ、その数はなんと一千万人に達したという。

そしてユン・チアンとジョン・ハリディはこうつづける――「最初は慎重で控えめな男と見くびっていた劉少奇にしてやられ、つぎは上から下まで国家運営の責任者ほぼ全員から総すかんを食った。このときから、毛沢東は劉少奇および会議に出席した幹部たち――そして彼らが代表する党――に対する激しい怒りを沸々とたぎらせ、復讐を決意していた。標的は、中華人民共和国国家主席と中国共産党の中軸をなす幹部である。こうして数年後に毛沢東は文化大革命という名の大粛清を開始し、劉少奇をはじめとして七千人大会出席者の大多数を含む無数の人々を地獄に突き落とした。」

2 『秋風秋雨人を愁殺す』

「秋瑾女史伝」と副題された武田泰淳の『秋風秋雨人を愁殺す』は、雑誌『展望』に、一九六七年四月から九月まで、六月だけ休載で連載された。そして六八年三月、第六章「猪《ぶた》の叫び響く」を補加し、筑摩書房から単行本として上梓される。

武田泰淳がはやくから日本に留学した中国知識人にたいして関心を抱いていたことは、すでに触れた『中国文学』の「民国三十年記念特輯」号(第七十七号、一九四一年十一月)掲載の「学生生活」からもうかがわれるであろう。そして一九四三年九月の『国際文化』に寄稿した「中国人と日本文芸」で、魯迅の日本留学をめぐって短篇「范愛農」に触れつつ、「徐錫麟のこと、秋瑾女史のこと、痛憤を呼ぶ周囲の空気に身を曝しながら、魯迅は日本文芸に接触したのである」と、秋瑾の名がはじめて登場している。武田がたわけである。

秋瑾を主人公とする小説を一九六七年に執筆しはじめたについては、そのような前史がすでに戦前にあった。『秋風秋雨人を愁殺す』の冒頭で武田泰淳は、秋瑾の刑死が「一九〇七年七月十五日、光緒三十三年の六月五日午前」、逮捕されたのが「六月四日の午後、紹興の大通学堂」においてであり、さらに徐錫麟が安徽巡撫の恩銘を射殺したのが「光緒三十三年の五月二十六日、あくる二十七日に徐は安慶市において殺されている」と述べ、前者の事件を「浙案《せつ》」、後者のそれを「皖案《かん》」と呼ぶとまずことわる。しかるのちこう記す——「皖案が発生してから、十日もたたぬうちに浙案が発生している。この二大事件は時間的につながっているばかりでなく、それに関係した政治運動者たちのつながりがからみあっていて、はなすことができない。彼女も彼も日本留学生であり、その同志にも日本留学生が多く、そして彼女と彼の革命行動を結びつけて記録し、保存し、ひろく語りつたえたのも日本留学生であった。」そして武田に秋瑾伝を書くことを思い立たせた契機として、「昭和二十年の春、日本占領下の上海で見た革命劇」の「最後の幕ぎれに、鉄鎖をひきずり、赤い獄衣をまとい、黒髪を長くたらした女優が「秋風秋雨愁殺人」と叫んだ声が、今でもありありと耳底にこびりついている」ことを挙げている。

「浙案」にかかわる資料により、秋瑾と一緒に政府軍に逮捕された七人のうちのひとり、蔣継雲がスパイだったとあきらかになっていることから、「もしも彼女が彼を信頼さえしなければ、蘭渓の難も紹興の難も、これほどの惨敗のかたちでは実現しなかったかも知れないのである」と武田は言う。そしておなじ七人のなかであくまでも自白を拒否して獄死した十九歳の程毅の供述書に、「秋瑾はうわついて、かまびすしい女性で、かねがね破壊政治主義をいただき、平和をかきみだし、匪賊の頭目でもあるそうで、彼女をのぞくのは地方の禍根を去ることになります」とあることも省略しない。しかも徐錫麟の死を新聞で知った秋瑾が、「新聞を手にして内室に泣き、食わず、また語らず、一令も発せず」とあるところから、「徐が死んだようにして自分もいさぎよく死ぬことのみを思いつめていたのかも知れない」と推測し、「少なくとも六月四日の午前中までに紹興で手兵をまとめて出撃し、清兵と正面衝突するか、地方支部に急行して、各地の義軍を動員して紹興なり杭州なり金華なりの、いずれか一つの都会を占領していれば、事態は全くちがったものになっていたにちがいない」と考える。他方、夏衍《かえん》が一九三六年、上海で書いた戯曲『秋瑾伝』をとりあげて、「劇中の秋女士は、カクメイのためにイノチをすてることに、何の矛盾も感じてはいない。つまり「死」とむすびついていない「革命」は、彼女にとってカクメイではない」と断定する。また秋瑾女士が剣、刀、矛などを詩作によく用いていることに注意を喚起して、「秋女士が刀剣について彼女の詩想を、あるときは悲しげに、あるときは勇気と怒りをこめて、みちひろがらせているのは、彼女が彼女の革命思想を、自殺用の短刀としてにぎりしめていたからではなかろうか」と問う。そのうえで、「外に対しては土地をゆずり借金をかせぎ、内に向っては国民を侮辱し罪なき者を虐殺している」清朝を糾弾し、「全中国の同志は、かならず私の遺志をうけつぐのだ。中国女性の自由平等、中国民衆の解放独立は、かならず実現されずにはすまされないのだ」と訴える、夏衍の『秋瑾伝』の最後の秋瑾女士の言葉を引き、武田泰淳は、「秋女士はあくまで言行一致、彼女が宣言し、宣伝していたとおり、満州族の政府をくつがえし、漢民族を復興するためには一命をなげうったのである。妥協もせず、後退もせず、ひたすら突進して死に至った」と書くのだ。

その秋瑾は、一八七五年厦門《アモイ》で府長官の孫娘として生まれ、湖南の富豪の子に嫁ぎ、官位を買った夫にしたがって北京へ赴き、そこでどうあっても日本へ留学したいという思いにとりつかれた。「大変革を命令し、指導し、実現できる原動力は、そこにたむろしている無名の中国青年集団の中にある。どうして、私が彼らの仲間入りをして、わるいことがあろうか。」こうして夫に逆らって一九〇四年日本に私費留学した秋瑾は、おなじ年上海で浙江省人の革命組織として発足した光復会に参加する。当時「一刻も早く排満興漢の武力闘争に突入しようとしていた」徐錫麟ら光復会指導者は、孫文ら同盟会の「組織がために時をすごしている理論派がもどかしくて、みんな意気地なしぞろいだとして蔑視したのである」。こうした「血気にはやる徐錫麟戦術こそ、国際的にゆっくり根を張ろうとする孫文路線より、秋女士の性格にピッタリしていたにちがいない」。

徐錫麟は、当時革命派の考案した「捐官《えんかん》計画」——すなわち、献金にせよ寄付にせよ賄賂にせよ、ともかくそれで清政府の官吏の職を得、何よりもまず陸軍を学習し、軍事権力を掌握、しかるのち政府の中央部で活躍し、爆発して主要な政府機関を占拠しようという計画にしたがって、官費で日本留学をとげ、帰国後安徽省巡撫恩銘にとり入り、警察処会弁、陸軍学校監督の要職についたのだった。そして一九〇五年、徐はシンパから銀五千版を借りうけて上海で大量の武器を買いこみ、それを匿伏するため、紹興の大通寺に全国徴兵にそなえるという名目のもと大通師範学校体育専科を創立した。一九〇六年帰国した秋瑾は、上海で光復会の同志に接触し、徐錫麟に請われて大通学堂に赴任したのである。

ここまでが『秋風秋雨人を愁殺す』の最初の二章の梗概である。この二章を書きおえた武田泰淳は、一九六七年四月十三日、訪中作家代表団の団長として杉森久英、永井路子、尾崎秀樹とともに中国へ出発、北京、西安、上海、杭州、紹興、長沙をめぐって五月十七日に帰国する。このため『展望』六月号の『秋風秋雨人を愁殺す』は休載となるわけだ。

　武田泰淳の新中国訪問はこれが三回目であって、最初が一九六一年十一月の日本文学代表団の一員として中村光夫、椎名麟三、堀田善衞と同行し、二度目が六四年三月の亀井勝一郎、大岡昇平、由起しげ子らとのもの、そしてその間の六二年二月に武田は、第二回アジア・アフリカ作家会議に出席するためカイロを訪れ、帰途ソヴェト、フランス、スペインをまわっている。そして六四年の二度目の訪中のあと、武田泰淳は、「二年間あいだをおいて行ってみまして感じたことは、たしかに中国は明るくにぎやかになった、ということは感覚的にはっきりといえます」（「中国で感じたこと」、『思想』一九六四年十一月号）と記している。

　武田が三回目の訪中をした一九六七年四月には、武田より三日はやく高橋和己が中国に赴いている。当時国交のなかった中国に入国するには、香港まで飛んでから深圳で歩いて国境をこえ鉄道で広州にいくという迂回路しかなかったが、高橋は、深圳国境の橋をわたると、「駅舎と税関とを兼ねた白亜の建物のいたるところに「毛主席万歳」「不図名、不図利」等々の赤い標語が書かれ、白いブラウスに紺ズボンの女子従業員が待合室で「東方紅」を唄い、宣伝劇を演ずる。／列車に乗るとすぐ『毛主席語録』が各自にくばられ、いっせいに声をあわせて読む学習がはじまる」と報告する（「文化大革命のなかの解放軍」、『朝日ジャーナル』一九六七年五月二十一日号）。さらに「広州のホテルで毛沢東の写真を前に、女子従業員が整列し、『毛主席語録』を斉唱しているのを見たときにも〔…〕戦時中の小学生・中学生だったころ、これに似た情景があったという不愉快な記憶が甦ってきた」と記している（「菩薩信心から毛沢東崇拝へ」、前掲誌六月十一日号）。

『展望』七月号に発表された第三章「紹興の雨」は、「中国の並木の路は美しい」とはじまり、杭州から紹興までの一時間半の路で出会った、「水路には小舟が浮び、水面の藻をかきよせて舟にあげ」、「川沿いに長い長い縄をひいてくるたくましい男たち」が拉船橋を「掛け声もかけずに、すたすたと歩いてゆく」——水郷の静かな風景が描かれていくだけだ。紹興では魯迅の故居を訪れてから秋瑾女士の故居にもいくのだが、そこは門が閉ざされていて参観が許されず、「大字報がはがされたあとがある」秋瑾記念碑を見て写真をとってから、「魯迅の短篇に出てくる農民のかぶる黒い帽子」を買ったと書かれている。そして帰国した武田がテレビへの出演をたのまれ、その黒い帽子を持参したものの、「何だか知らないがおそろしく高級な化粧品の匂いのプンプンする控室で、叫びだしたいのを我慢していた」と記し、そのとき叫びたかった言葉をこう書き写している——「中国には革命というものがあったんですよ。勇敢な中国の男女が革命のために、ただ革命のためにだけ死んでいったのですよ。彼らはどの新聞社や放送局にたのまれて革命に出演したんではないんですよ。彼らが革命のために死んだとき、誰が一体、見守っていたんでしょうか。成功するかどうかも分りゃしなかったんですよ。」

このあと八月号には、第四章「「謀反人は誰じゃ」」が掲載され、五月二十六日の徐錫麟の安慶における最期の顚末が語られる。すなわち、安徽巡警学堂の卒業式にのぞんだ巡撫恩銘は、式を主宰する合弁の徐のピストルにより重傷を負わされ翌日落命することとなる。他方、徐はただちに学生百名をひきいて軍械所に立てこもり政府軍に抗戦するが、決起の予定が二十八日だったせいで呼応するものはなく、半日の戦闘のすえ捕えられ、翌日処刑されたのだった。

第五章「落水狗と共に」は、徐錫麟の自供書をとりあげて、殺人リストに光緒帝と西太后の名が挙がっていないことをめぐる作者の不審の念から書きだされる。そして「満州皇帝に対する徐烈士、秋烈女の罪状判定はいかがなものであったか、その点に私がこうまでこだわるのは、今回の訪中旅行で、文化大革命の造反派から最初に見せられたのが、映画「清宮秘史」であったからである」と述べ、武田は、十七年まえ香港で撮影されたこの黒白のトーキーには、光緒帝とその愛人が保守派の西太后によって苦しめられ、政治改革に失敗する悲恋物語がとりあげられていると解説する。むろんこれが「反動的な悪映画である」という説明文がそこに映しだされているとはいえ、これをあえて再上映することが、「中国革命史の第一ページを飾った人々の精神とは、全くかけはなれた場所で、まるで進歩的な皇帝と彼を助ける議会主義者だけが歴史をうごかしているかの如き印象をあたえているのが、何としても納得できなかったからである」と武田は書く。そのうえで、恩銘のいまわのきわの上奏文には、徐錫麟にかかわる「極悪人」とか「逆賊」といった罵りの言葉がまったくなく、最後の部分で、かつて皇太后と皇上にお目どおりしたときの感激を回顧し、「もはや再び天日にめぐりあう期もなく、遠く宮廷を望んで、長くこの世を辞し去ろうとする、此の口惜しさ何ぞきわまりましょうぞ」と結ぶことに注目する。ここであらためて武田泰淳は、みずからの疑問をこう表明するのだ——「映画「清宮秘史」のラストシーンは、各国連合軍の北京侵入を避けて、西安までのはるかなる路を馬車にゆられて行く光緒帝に、沿路の農民がいそいそと食物をささげる場面であった。そのような心情が、老百姓の間にあまねく行きわたっているから、革命派の闘士たちは敢て、この二つの名をかかげようとしなかったのであろうか。」

つづいて武田泰淳は、一九二五年の魯迅のエッセー「水に落ちた犬を打て」をこう要約する。革命が起きたとき紹興の都督となったのは秋瑾のかつての同志王金発であった。彼は女士殺害の首謀者をとらえ仇に報いんとしたが、結局釈放させてしまった。ところが第二革命が失敗するや、王金発自身が秋瑾殺害の首謀者たちにとらえられ銃殺された。革命勃発のとき、それまでいばりくさっていた紳士諸君は、「喪家の犬」さながらしょんぼりして弁髪を頭のてっぺんに巻きあげた。だが革命党は、「『みんなそろって御一新』なんだから、水に落ちた犬など打ちはせぬ。上りたければ上ってこい」と言った。「紳士諸君は水からはい上ってきた。民国二年の後半期まで息をひそめていて、第二革命きたるや突如姿をあらわし、袁世凱を助けて多くの革命家を咬み殺した。」そして武田泰淳はこう記す——「徐錫麟と秋瑾が刑死した年にだけ、秋風秋雨が人を愁殺したのではなかった。その後、魯迅は死に至るまでくらい秋風秋雨が止むことなく人を愁殺しつづけるのを感じつづけていた。さもなければ、「水に落ちた犬を打て」の主張がますます彼の胸中にあって確固たる信条になって行くはずがない。」

そのあとに魯迅の描いた、かつての日本留学生で新しい中国に期待をよせ、裏切られ、絶望を深めていった人物を、「范愛農」の主人公、「孤独者」の魏連殳《ぎれんしゅ》、「薬」の夏瑜《かゆ》と武田は算えあげていく。そして「勇敢にも刑死直前まで、牢番に向って革命の大義を説こうとした青年の名は夏瑜《かゆ》、秋と夏では季節もつながるし、瑾と瑜とでは同じ玉《たま》へんであるから、すぐさま察しのつくような名にしているのは、用心ぶかい魯迅としては珍しいことである」と——大枚二十五両で夏三爺に密告され、死後首斬人によってその血にひたした饅頭《マントオ》が肺病の薬として売られた夏瑜について注釈をつける。最後に、「酒楼にて」で「私」の出会った旧友呂緯甫の、「今後だって？　わからんよ。君はいったい、あのころぼくたちが予想したことで、一つでもその通りになったことがあると思うかい」という言葉を書きつけるのである。

紹興の魯迅記念館では、「偉大なる毛沢東思想に永遠に忠実なる」と傍記されている、一九六六年十一月発行の『魯迅に学べ』というパンフレットを買った。そこに収められている論文「周揚一派の投降主義の黒い文芸路線」では、抗日戦争が開始されたころの国防文学派の系統がきびしく非難され、そこに夏衍の名もあがっていた。武田は第二回の訪中のさい北京の宴席で夏衍に会い、『秋瑾伝』が読みたいというとすぐ使いのものに本を届けさせてくれた。だがその席での彼は暗い表情で沈黙していた。夏衍にはじめて会ったのは六二年の第二回アジア・アフリカ作家会議のあったカイロにおいてであって、終会式の日会場の廊下で顔をあわせた副団長の彼は、「やれやれ、すんでホットしたよ」と日本語で吐きだすように言った。そのあとの招待会で、「あの『ファシスト細菌』という劇は、活劇だね」と武田が言うと、「彼は「カツゲキ」という日本語がすぐにわかって、笑いだした」。その夏衍が昨年あたりから突如として「三十年代文芸黒線」の周揚、田漢らとともに「四条漢子《よにんおとこ》」に指名されたのはなぜなのだろうか。作品として非難されているのは戯曲『賽金花』にすぎないが、「むしろ、魯迅に対する反対者、陰謀人として、彼の人格そのものが攻撃されはじめたのである」。

「現在の中国文化界において、もっとも夏衍をにくんでいるのは、許広平である。〔…〕魯迅未亡人の夏衍に対する憎悪は、なみなみならぬものであり、彼女のこの憎悪の念が消え去らないかぎり、夏衍は落狗にされてしまうかもわからないのである。」一九五七年六月から八月にかけて開かれた作家協会の党組拡大会議で、夏衍は三〇年代の文芸闘争をとりあげ、魯迅攻撃の火蓋を切ったと許広平はいう。魯迅は当時、抗日のスローガンのもとに統一せよと唱えながら、統一戦線の内部に、「どうしても「敵」としか感じられない「文学者」がうごめいているのを指摘せずにはいられなかった」。それにたいして国防文学グループが、「何とかして当時の論争を、自分たちにとって致命的な誤りと敗北でなかったこととして、歴史にとどめたがるのは当然であったろう」。こう説明してから武田泰淳は、「未亡人のうらみかさなる追撃は、周揚グループのやりとりした私信まで引用して、とめどなくつづくのであるが、私は今、それにふれるつもりはない」とことわったうえで、みずからの思いをこう書きつらねるのだ。

ただ、私個人としては「そうかなあ。あの夏衍がなあ」という、淋しい感慨に沈みこんで行くのをおぼえるのみである。

魯迅の秋瑾記念の作品「薬」になぞらえていえば、少くとも夏衍は、夏瑜青年にちかい革命派として出発した、有能な作家であったはずだ。彼が、革命青年をうりわたした夏三爺でなどあったはずがない。その彼が、ほかならぬ魯迅の未亡人によって、かくも痛罵される運命に立ちいたるとは。それが私にとって、たまたま同じ秋瑾女士をとりあつかったがために、何とも物がなしい、わりきれない闇となっておそいかかり、いつまでも漂ってはなれないのである。もしも夏衍たちでさえも、ついに落水狗となる運命をまぬがれなかったとすれば、私などは「落ちるまえに死せる犬」であらねばならないのではなかろうか。

夏衍をめぐる悲痛な思いで結ばれる第五章のあとの第六章「猪《ぶた》の叫び響く」は、単行本刊行に際してつけ加えられたものである。ここでは周作人の『魯迅の故家』にしたがい、清国留学生取締規則が出たときの留学生会館の集まりで、和服姿の秋瑾が壇上で短刀をとりだして刃を演台に刺し、満州政府に投降するものは「私のこの一刀を吃しますぞよ」と叫んだという有名な場面を描きだしてから、「もしも私が彼女をヒロインとする劇を書くとすれば、壇上で絶叫する女性志士と、その罵声を浴びて黙って坐っている医学生志望の文学者の姿を、どうしても一場面くわえたいところである」と書く。そしてふたりの関係について、「彼女と魯迅が同席し顔見知りであったとしても、魯迅はひと眼をひく彼女の存在を確かに脳裏にきざんでいたのに、彼女の方では、大言壮語を何よりきらう無愛想な男、周樹人の名をおぼえることはけっしてなかったように思われる」と見る。このあと東京時代のふたりに共通な友人たち、秋瑾をめぐる人々のその後について簡単に触れ、紹興へ急行する車窓から見えた鑑湖のひろがりを描き、『秋風秋雨人を愁殺す』は擱筆される。

小説として見た場合、『秋風秋雨人を愁殺す』が全体のまとまりを欠いていることは否定できない。それが執筆途中でおこなわれた中国旅行において、具体的な事柄は何ひとつ書かれていないにせよ、作者が文化大革命に遭遇したという事実からもたらされたものだと見て、まず間違いあるまい。一九六六年十一月の『文芸』の小島信夫との対談「作家は何を見るか」で、「たとえばぼくは、中国の文化大革命の問題について、新聞や雑誌その他から注文されているのだが、言わないことにしている」と発言しているように、文化大革命そのものへの論評はいっさい避けつづけた武田泰淳ではあったが、この作品の後半では、皮肉なことに、武田の触れる秋瑾と魯迅をつうじて、当時だれも考えおよばなかった粛清という文化大革命の本質に迫る、すくなからぬ問題が提起されていると見ることができるのだ。わたしには、執筆しはじめたときは予想もしなかった、「死に至るまでくらい秋風秋雨が止むことなく人を愁殺しつづけるのを感じていた」魯迅とおなじような感慨を抱いて、武田泰淳がこの作品を書きおえたのではないかと思われてならない。『秋風秋雨人を愁殺す』がわたしたちの関心を何よりも惹くのは、この小説執筆のあいだに作者がどのような変貌をとげていったかという側面においてなのである。そう考えてくると、その直後に発表される「わが子キリスト」は、まったく新しい様相を呈しだすのにほかならない。

3　「わが子キリスト」

「わが子キリスト」は、一九六八年八月の『群像』に発表された。

その全体は、イエスの実父でローマの百人隊長の「おれ」が、イエスに「お前」と呼びかけながら、いばらの冠をかぶり十字架を担いゴルゴタの丘へ歩みゆくイエスの姿を見るところから、翌々日の朝のイエス復活の場面まで、その眼に写った事柄と、その記憶にのぼった事柄とを物語っていくというかたちをとっている。

「おれ」が三度目のユダヤ駐在を命ぜられたとき、「総督の政治顧問、蕃族支配に役立つあらゆる恐怖と懐柔、攻撃とおとぼけ、征服された人間どもの心を自由自在にあやつれる手くだをこころえていることで有名な男、うまいこと奴隷の身分から、奴隷をこきつかう上層部にまではい上った男が、おれを役所へ呼びよせた」。そして「もしも、ユダヤ人どもの中に、たよりになる指導者が一人でも存在するならば、その奴と連絡してその奴をわれらの意志どおりに動かし、ユダヤ人どもをわれらの意志どおりに支配することができる」と胸のうちをあかした。だから「今まではとても指導者とは思われなかったような、ざん新な『指導者』を奴らの中から発見せねばならんのじゃ。〔…〕発見するということは、つまるところ、育てあげ製造するということなのだ」と彼は語り、そのような候補をユダヤ通のおまえが知らぬはずはあるまいと問詰され、「おれ」は、大工ヨゼフの子、マリアなるユダヤ女の生んだ子を挙げた。

それは最初の滞在の三年後、ふたたびこの地にきて「子供狩り」をしたとき、その子の母親の首のつけ根の紫のあざを認めて、彼女がかつて「おれ」の抱いたマリアで、これは自分の子ではないかと気づいた幼子だったが、そのとき千草のなかから出てきた小男が、この女の夫の大工ヨゼフと名乗り、この子は「神の子供」だと言い張り、「神様の子供を、かならず神様がわしらの誰かにつかわして下さるだ」と断言した。それから二十年たってきてみると、「神の子としての、ほんものの予言者としての、まちがいのない精神的指導者らしき男としてのお前の評価が高まるにつれ、その高まりの程度にしたがって、いまいましいかぎりではあるが、お前をおれの子供だとする確認が強まったのかも知れんのだ」。

イエスを候補と決めた秘密計画は、顧問官と「おれ」のふたりだけのもので、「おれ」はヨゼフ、マリア夫婦のところへちょくちょく顔をだし、極道息子の説教の場にはかならず忍びの者をいれるよう命じられた。顧問官は、「あいつは、顔を殴られたら、だまって殴った相手から離れ去れと、教えている」と報告すると、みんなの同情をひくため「敵が左の頬を打ったならば、我らは右の頬をさし出そう」と改めさせよと指示し、ユダヤ教の長老がイエスの思想が危険だといって皇帝陛下の浮き彫りのある貨幣を出し、地上の権威をどうするつもりかと問うたのに「神のものは神へかえせ」とイエスがこたえたと知らせると、「それだけでは、まずいぞ。〔…〕カイザーのものはカイザーへかえせ」と付けくわえさせろと厳命した。イエスの数回にわたる奇蹟のひとつは、顧問官の命にしたがい、部下をつれて空腹で倒れている貧民たちに、施主の名をかくしてパンと魚と葡萄酒をたっぷり持ちこんでやったときのものだ。あとはあのユダのはたらきのせいだろう。しかも顧問官は、「おれ」があの男とそっくりなことまで知っていて、「身がわりになる男、そいつこそ、わしらにとっても、そいつ自身にとっても幸運なる奴ではないか」と、「おれ」に話すのだった。

「おれ」は重い足どりで、若い部下などがいかない場末の酒場にいった。すると影みたいな男のすすり泣く声が聞こえた。遠くの土地に働きにいっているはずのヨゼフだった。「泣くなよ」と声をかけてから「おれ」は、「イエスが神様の子となるためには、お前に居てもらっちゃ困るはずだろ。〔…〕人間の父親があったりしたら、神様が生かしちゃおかんだろうな」というと、ヨゼフは、「あんたも、無かった人間なんだ」と反発した。そこで「おれ」が、「では、うかがいますが、何が一体無かったものでなくて、有ったものなんですか」と訊ねると、「それこそ神の子、イエスでしょうが」とこたえる。「あの男は、お前さんを有った男として確立するために、ただそのためにだけ、自分自身を無かった男として勇敢にも消滅させ蒸発してしまったにちがいないのだ。」

ヨゼフの立ち去ったあと酒場にユダがあらわれた。「おれの最高顧問官殿に匹敵するほど、智能すぐれた、実行力に富む弟子なんぞ、お前の配下にはユダのほかありはしなかったのだ。」エルサレムで招集された秘密会議にはユダも呼ばれていて、顧問官が、「精神面でのあてになる指導者は、大工ヨゼフの子イエス、そして、経済面であてになる指導者は、汝イスカリオテのユダのほかにおらぬのだ」と称えても、ユダは口を開かず、突然「ヘロデ王朝は、ユダヤ人から見はなされています。彼の建立したニセの神殿は、やがて空しく崩壊するでしょう」と予言した。顧問官が、「お前が精神派と経済派の団結によって、ユダヤ族を滅亡から救い出そうとしている、その苦心のほどは、わしらもよく承知しているのじゃ」と共感を示しながら、精神派と経済派の統合ができるのは結局自分だけなのだと自信のほどを誇示すると、このローマ人にたいする嫌悪の念をユダは隠さなかった。とはいえ、イエスもユダも援護してやるのが顧問官の方針だった。「神殿を中心とする市場でしこたま儲けていた商人連中が、神殿の権威を否定する予言者に味方している商人ユダを、イエス以上に憎んだのはあたりまえの話」である。

「おれ」は、「イエスは危いな。危くなっているな」とユダに語りかけ、「あいつを恐れるのは、パリサイ人の学者神官やサドカイ人の政治家たちだ。それに血の気の多い熱心党の暴力主義者だ。おれたちが守ってやればやるほど、あいつはこれらの連中から、獅子身中の毒虫として敵視されるのだ」と話すと、「ローマ帝国は亡びる。亡びたら、二度とよみがえりはしない。だが、わたしたちユダヤ族は、かならずよみがえるのだ」とこたえ、「選ばれた御方が、よみがえって下さるのだ。どうあっても、その御方によみがえっていただかなければならぬのだ。その御方たった一人の復活のために、わしらは喜んで死んで行かねばならぬのだ」とつけ加えた。さらに、あの方は「処刑されたその日の夜か、次の日の朝、復活なさる」、「ユダヤ人のすべて、ローマ兵とローマ政府の役人どものすべては、あの御方の処刑を目撃し、あるいはそれを伝え聞くだろう。したがって、彼らは、あの御方の復活を信ぜざるを得なくなるのだ」と説く。ここでユダは「おれ」の首すじに手を触れて、「わしは、知っているのだ。あなたがあの御方の肉の父親であることを知っているのだ」といってから、「あなたこそ、あの御方のよみがえりに力を貸すことのできる選ばれた人なのだ。あなたと、この私。この二人が処刑されたあの御方をよみがえらせなければ、あの御方の死は『死』となって『不死』とはならぬのだ」と、おごそかに言明した。そして「あなたと私は、あの御方の処刑の直前、あるいは処刑の直後に再び相い会うであろう。そしてその時、あなたはおのれのなすべき務めを知るであろう。事がおわれば、あなたの重くるしい迷いから、あなたは永久に解き放たれるであろう」と言い残して、ユダは姿を消した。

ゴルゴタの処刑場へいく途中、「おれ」は伝令から、顧問官が熱心党の刺客に刺されたと聞いて、いそいで役所にもどった。死の床についた顧問官は「おれ」に、「わしはイエスを神の子にしてやる。あの人間の子を神の子にしてやることができる。それができるのは、わしだけじゃ。〔…〕イエスを復活させろ。ユダと力をあわせて、あいつを生きかえらせろ」と命じた。

雷鳴と烈風のなかをゴルゴタの丘にもどった「おれ」は、ふたりの部下に命じて「お前」を十字架からおろし、遺体を岩窟にはこびこませた。そのとき白痴のように取り乱したマリアがかけつけ、遺体にとりすがって泣き、「埋めてはいけないのよ。だってイエスは復活するんですもの」と言った。しかし「おれ」は、ほんとうに復活を願うならば、遺体ではなく復活したイエスを抱きしめてやらなければならないといってマリアを遺体から引きはなし、朝になるまえに遺体を兵士に埋めさせた。そのあいだ「おれ」は、イエスは神の子であると繰りかえしマリアを慰めていたが、そのうちに「おれ」自身イエスの復活を信じはじめているのに気づいた。すると「おれ」にしがみついていたマリアが「何やら恍惚状態」に陥り、「おれ」に頬ずりしながら「イエス！」と口走った。「悲しみと絶望、あげくのはての奇妙な歓喜で疲れはてたマリアが、いきなり崖から落っこちる小羊のように睡りに入ってくれなかったら、おれは彼女をもぎはなすのに手まどったであろう。」

ユダは災難の四辻に革ひもを手にもって立っていた。ユダは「おれ」に話しかける。「たしかに、あの御方の弟子どもは昨日、主を裏切った。〔…〕多くの弟子たち〔…〕があの御方を裏切ったにしても、もしもその中のたった一人が正真正銘、最悪の裏切者だったと決定できれば、ほかの仲間は助かり、汚名をうけずにすむはずではないか。」そういって腰にさげているローマ銀貨のつまった革袋を見せ、「たいがいの民衆は裏切者が裏切ったからには、銀貨の報酬があるはずだと、それを探すものだ」、これがその証拠品だと言った。自分はこれから首吊りをするが、失敗したら首をしめてくれと「おれ」にたのみ、「それから、わしが呼吸をしなくなったら、わしの仲間、イエスの弟子たちにこう言ってやってくれ、ユダは主を裏切った。しかし、あなた方は決して主を裏切りはしなかったとな」といい含めた。「おれ」がためらうと、「いいか。よくきくんだ。ユダヤ人たちはわしがユダヤ人だったことを恥じるようになるだろう。しかし、そのかわり自分たちがユダヤ人であることを恥じないですむようになるのだ」と予言した。「おれ」はユダの言葉にしたがい、ユダの死体を、自殺と認められるよう横木に吊るすことまでしなければならなかった。

処刑の翌日、ユダが裏切者だと知らせようと、「お前」の弟子を探すことに一日費やしたが空しかった。さらに「おれ」のつとめをやりとげるため、マリアの小屋に近づいたとき、「おれ」の左足が廃材の釘を踏みぬいて動けなくなった。傷痕をしらべようと甲冑など身にまとっていたすべてを脱ぎすててみると、「お前」の死体にあったとおなじ傷口が左足にひらいていた。「お前に対する、こらえきれぬほどの深い愛情〔…〕が湧き上り噴き上ってきて、おれは釘を右足の甲にあてがい、石をとりあげてそれを力いっぱい打った。〔…〕右足を刺しとおした釘をひきぬき、さらにそれをおれの右の手のひらにあてがって石で打ち、またさらにそれをひきぬいて、左の手のひらに同じ釘の傷痕をつく」った。「四つの傷の痛みにはげまされてではなくて、ますますおれが普通の人間でなくなって行くという恍惚感だけで、おれはだらだらの斜面をのぼり、マリアの小屋にたどりついた。」そこにはマリアと、「お前」のいちばん若い弟子、十七歳になったばかりの漁夫がいて、「走りよりにじりよって、おれにすがりつき、おれの四つの傷をなでさすってすすり泣き、おれに劣らぬ恍惚状態におち入った」。

小屋の片隅に盲目の老人と足なえの幼児がいた。若者がよろこびにふるえる声で叫んだ。「イエスさまは生きていて下さったのだ。私たちを救うために、もう一度生きかえって下さったのだ。〔…〕さあ、見てごらん。さわってごらん。この御方の尊い傷口、私たち万人の救いのために刻まれた聖なる傷口に口づけしなさい。」そして「わが子キリスト」はこう結ばれる。

……マリアもうめき声を発しながら、おれにとりすがり、気ちがいじみて大きく見ひらかれた両眼から大粒の涙をこぼした。
盲老人は、おれたちの誰よりもバッチリとした両眼を奥の奥まで見ひらいておれを見つめていた。そして、二歩、三歩と、足なえの幼児はおぼつかなげに、おれに向って歩きはじめていた。
イエスよ。かくしてお前は復活した。そして神の子イエス・キリストとなられた。誰がそれを疑うことができようか。

一九七八年エジプトの砂漠で出土したコプト語の文書のなかから、消滅したとされる『ユダの福音書』の写本が発見され、近年それを読解し、ユダはイエスを売ったのではなく、イエスの望んだことをしただけだという説をなすものがあらわれたと聞く（ハーバート・クロスニー『ユダの福音書を追え』、二〇〇六年）。しかしユダをイエス復活の演出者と見る武田泰淳説が武田の独創であり、先見の明を誇るにたることは、「わが子キリスト」の書かれたのが一九六八年であるという事実からもあきらかであろう。しかも武田泰淳は、おなじ年の河上徹太郎との対談「革命・神・文学」（『文学界』八月号）で、「ぼくに一番興味のあるのは、イエスがなぜ復活したかってことですね。復活しなかったらキリストにならないと思う」と発言し、竹内好、橋川文三、萩原延壽との座談会「ドラマとしての国家」（『中国』八月号）の席上、「キリスト教を本当に広めるためには、ユダが裏切り者になって、キリストの父はローマ軍の進駐軍の兵士であって、釘跡という複雑な過程をたどって復活したんだということを納得させせなければならない」と語っている。

このようにして、ローマ人とユダヤ人の混血児とされるイエスの復活が、ユダヤ人にたいするローマ人の支配を不動のものにしようと願うローマ人顧問官と、すべての使徒がイエスを裏切るなかでキリスト教によるユダヤ人の統合と独立をはかろうとしたユダ——このふたりの異なった動機が目的において一致することで実現されたのだという解釈を、武田泰淳は創出したのだ。具体的にいえば、実父のローマ人百人隊長が、その子の処刑後、イエス復活にかかわる信仰に憑依して、みずからの手足を傷つけその子になりかわることで、復活は成就される。むろん復活後のイエスが痕跡をとどめる必要はない。百人隊長は所詮ヨゼフ同様「無かった男」だからである。

武田泰淳が上海における敗戦以来聖書に深い関心を寄せていたことはひろく知られている。それにしても、イエスの復活をありうべきこととしてみごとに合理化した、このような独創的な解釈を生みだすほど、どうして一九六八年という時点で、武田泰淳はイエス復活にこだわったのであろうか。わたしはむしろ、一九六七年に武田が中国で眼にした文化大革命の実態をめぐる、武田自身のひそかな感慨が、かねてから関心のあったイエス復活の問題を呼びよせ、両者のかさなりあったところに「わが子キリスト」が誕生したと見たいのだ。

「わが子キリスト」において、イエスは、冒頭の部分で十字架を背負ってゴルゴタの丘へむかっていく姿しか見せない。そのときでも、イエスの眼が一瞬「おれ」の眼と見かわすのにすぎない。「わが子キリスト」はイエスをめぐる物語であるにもかかわらず、そこにはそれ以外、イエスの言葉も、イエスの内面の叙述も、まったく存在しない。ということはとりもなおさず、作中のイエスはいかなる実体もない、それだけにいかなるものと取りかえることもできる虚の存在と見るよりほかあるまい。その虚は、たとえ百人隊長「おれ」がイエス復活のドラマを完成させようとも、けっしてみたされることはなく、実体のない虚の存在のままにとどまるであろう。つまり「わが子キリスト」は、イエスそのものにまったくかかわりなく、ただイエス復活にいたる歩みの構造だけを明確にした作品なのである。とすれば、虚であるイエス復活のため、おおくの使徒が裏切るなかで、ただひとりイエスを信じあえてすべての汚名を引きうけて自死するユダのうちに、あくまでも革命中国を信じながらあらゆる非難を一身に浴びた劉少奇、あるいは夏衍ら粛清された知識人を武田泰淳が見たと想像することは、けっして牽強付会の説とは言えまい。わたしはソヴェトの粛清裁判で、十月革命の功労者たち全員がみずからの罪を自白したことを思い出す。そうしてみれば、ローマの顧問官を、あらゆる術策を弄しつつ将来を予見する毛沢東(2)におきかえてみるのも、一九六七年の中国における情勢を考慮にいれれば、奇矯というわけにはいくまい。そしてわたしは、虚の存在そのものを武田泰淳にとっての中国と考えたいのだ。武田は、六七年六月の『文芸』掲載の竹内好との対談「私の中国文化大革命観」のなかで、中国研究者や学者が「安定性というか、自己は分裂しないで、相手だけ分裂させて喜んでいるのはいやなんだ」と批判してから、自分にいえるのは、「自分を八つ裂きにする場所として、中国はまさに非常に好ましき場所であるということだけですね」と語っている。つまり武田泰淳にとって、中国はけっしてかたちの定まったものとしては存在せず、つねにそのときどきの武田との闘いのなかで新しい姿をあらわしてくる場、まさしく特定のものでみたされることのない虚の存在だったにちがいない。そうした中国の現在の姿を、現実の中国にかかわる論評をあえておこなわなかった武田泰淳が、イエス復活までの構造を借りて自分なりに造型してみせたのが「わが子キリスト」だったのではなかろうか。そうしてみると、「わが子キリスト」の「わが子」という形容句も、意外な親しさをもって読むものに迫ってくるのである。

『秋風秋雨人を愁殺す』の直後に書かれた「わが子キリスト」は、中国の現地で文化大革命の一端に触れた作者武田泰淳が、『秋風秋雨人を愁殺す』では書きえなかったみずからの現在の中国そのものへの複雑な思いを、イエス復活の故事に託して大胆に吐露した作品にほかなるまい。そして「わが子キリスト」とおなじ月の『文芸』に発表された「揚州の老虎」は、秋瑾の死の直後の辛亥革命に際して、揚州で「紳士諸君」を水に落としたあと、水からはいあがった彼らと手を組んだにもかかわらず、彼らに咬み殺された、盗人あがりの英雄徐宝山を主人公とし、この時期の作者の関心が一年まえと変化していないことを示しているのだ。

当時文化大革命の行方が武田泰淳最大の関心事だったことは、たとえば一九七一年九月の『中国』における内村剛介との対談「ロシア体験と中国体験と……」にも窺うことができる。そこで武田は、毛沢東の粛清の「数はソ連よりもずっと少ないと思います」とことわったうえで、「老舎の問題はまだはっきりしませんが、堀田善衞さんが受けとった手紙によれば、楊朔(3)という人は自殺したんです」と語ってから、夏衍のほか、一九六七年に中国で会えなかった、日本にもきたことのある作家として、巴金、老舎、劉白羽、李季、馬烽、謝冰心、茹志鵑《じょしけん》、杜宣の名を列挙していく。たしかに文化大革命下の中国は、武田泰淳を「八つ裂き」にしていると見てさしつかえあるまい。

4　雑誌『中国』

竹内好は一九六八年十月三十一日、福岡ユネスコで講演した「中国近代革命の進展と日中関係」において、みずからのこれまでの歩みの総括をこころみている。その劈頭まずこういう要約をおこなう――「本日の課題である近代化の問題、これについて私は戦後わりに早い時期に発言しております。そしてその後ずっと、戦後すでに二十年以上経っておりますが、その時期時期に、外的条件のちがいに応じていろんな形で同じような発言をしているわけです。ただ残念なことに、今日までそれを理論化できなかった。はじめは理論化を志したように思うのですけれど、いろんな応用問題にかまけているうちに、エネルギーがなくなってしまって、これは結果として私にその力がなかったということになるわけですが、もう自分では理論化はできないとあきらめてしまいました。」それにつづけて、「では、私はいま何をしておるのか」と自問したうえで、いま小さな『中国』という雑誌をやっているとして、「私は理論形成に失敗したし、それに実践目標である中国との国交回復にも望みを失ったときに、自分の失敗を反省しまして、その代償としてこういう雑誌を出しました。いままでは自分のエネルギーの八〇%くらいをそれに注ぎ込んでおります。では、その目的は何かと申しますと、歴史の復習をやることであります」と述べる。そしてそれは、「日本人の中国認識には欠落がある。〔…〕その穴を埋める作業をやっていこう、という意図にもとづく」と語るのだ。

この雑誌『中国』については、発案者の尾崎秀樹が、のちに『中国』掲載の座談会「カオスから新しい中国像を」（第百十一号、一九七二年十二月）で詳しく説明しているから、その言葉を聴こう――「目的意識を持たないという、そういう形で、この雑誌はスタートしたんですよ。〔…〕そもそもの中国の会にしても、会の形式はあってなきがごとく、茫洋としていて、その混沌の中から、何かが生み出されていく。そういう発想だったんです。で、最初に野原さんに相談して、次に竹内さんに相談して、橋川さんにも相談した。そうして、中心の核をつくってから、安藤さん、新島さんなどにも相談をもちかけたんですね。〔…〕とにかく、皆さんには、中国について語り合う、きわめて自由気ままなサロンをつくりたいという形で、相談を持ちかけたと思うんです。」――「ぼくの場合は、中国研究という形では、中国と取組んでないわけです。というよりも、日本人のそれぞれが持っている、大衆レベルでの中国像を引きずり出すことが、ぼくのやろうと思っていることだし、中国の会にいる人間たちの任務だと思った。」そして竹内好は、一九六三年三月刊行の『岩波講座・日本歴史』第十九巻の「月報」で、「「日本のなかの中国」という問題設定は、中国問題を他在的に考えない、という方法規定を含んでいる。これは私にとっては、戦後一貫した基本態度であって、それだから私はこの会に参加したのだし、他の会員も、多かれ少なかれこの点は私と同意見である」（「「日本の中の中国」ができない話」）と記す。

こうして、安藤彦太郎、尾崎秀樹、竹内好、新島淳良、野原四郎、野村浩一、橋川文三らによってつくられた「中国の会」が母体となって、普通社で刊行する「中国新書」の別冊付録として、一九六三年二月に創刊されたのが、竹内好、橋川文三、尾崎秀樹を編集主体とする、B6判横本、二段組み二八ページの雑誌『中国』だったのである。

もっとも竹内好によれば、「会が会として成り立つために、最小限の共通了解事項」がなければならず、「綱領めいたもの」について話しあった結果、「第一は、日中国交回復の実現に賛成する」、「第二は、日中の連帯の伝統を見直す」、「第三は、中国を日本人の眼で自主的に見る」、「第四は、この表現は私個人に気にいらぬのだが、暫定的に決まった形を紹介すると、「生きている中国認識をわたしたち共通のものにしよう」という文句で記録されている」の、四項目が挙げられたという（「中国を知るために（3）扇」、『中国』第三号、一九六三年四月）。ただし、『中国』が自主刊行をはじめた一九六四年六月の第七号以降、暫定的「とりきめ」として、「1　民主主義に反対しない。／2　政治に口を出さない。／3　真理において自他を差別しない。／4　世界の大勢を説きおこさない。／5　良識、公正、不偏不党を信用しない。／6　日中問題を日本人の立場で考える」が各号に掲げられることとなった。

普通社が経営不振に陥ったため、一九六四年六月の第七号から『中国』は、中国の会が会員組織となり、会員を公募して雑誌を直接配布することが決められた。ちなみに六五年四月二十六日の『日本読書新聞』に載せた『中国』の広告には、「有名人のお説を一方的にきく、そういう雑誌にしたくないのです。誰でも中国について発言したいことがあるはず、そのために誌面を解放しております」とある。これを機にページ数は三六ページにふえたが、小型変形版であることにかわりはなかった。そして六七年十二月から、

『中国』刊行を徳間書店が引きうけ、大型版一〇〇ページの市販の月刊誌と姿をかえ、七二年十二月までつづいた。

雑誌『中国』は終始、すくなからぬ写真など掲載して読者に親しみやすい雑誌であったが、創刊号から最終号まで十年間、竹内好がほぼ全号にわたって「中国を知るために」と題する啓蒙的エッセーを連載したところに大きな特徴がある。その内容を示唆する一端として、小見出しだけを適宜抜きだしてみると、「造語法について」(第五号)「支那から中共へ」(第十二号)「犬養さんと吉川さん」(第十八号)「度量衡のはなし」(第二十一号)「プイ族のもちつき」(第四十三号)「訳語の運命」(第五十一号)「標準語と普通語」(第五十九号)「漢文をどうするか」(第六十八号)「郵便制度のこと」(第七十六号)「上海一九三〇年」(第八十五号)「辞書のこと」(第百三号)「非力」(第百十号)となる。そのほか、普通社版六冊には、木暮実千代、瀬戸内晴美、網野菊といった名も目次には見えるが、自主刊行後は、「田中メモランダム」(第十四号)「台湾」(第十九号)「二十一ヶ条要求」(第二十号)「東亜同文書会と東亜同文書院」(第二十一号)「朝鮮の社会と教育――両斑と科挙と国語と」(第二十五号)「パール・バック『大地』」(第二十九号)「孫文と日本」(第三十六号)などの特集が眼をひく。それに六六年八月に出た第三十三号の「いわゆる中国整風運動の一側面――周揚批判と『魯迅全集』の註釈」以後、「紅衛兵」(第四十号)「紅衛兵新聞一九六七年一月」(第四十四号)といった特集や今村與志雄の「「周揚批判」余話と国防文学論争における陳伯達の立場」(第三十九号)などを掲載して文化大革命への関心を示すとともに、その副産物としてこの時期に顕著にあらわれた、日中友好協会、アジア・アフリカ研究所、中国研究所、ジャーナリスト会議などの組織の分裂をとりあげる「分裂」(第四十一、四十二号)という特集を編むなど、その日本への波及にも目くばりを忘れない。そして市販雑誌となった六八年五月の第四十九号以後は、「日本の社会主義者と中国」（第四十九号）「漢文・この複雑なもの」（第五十三号）「カンボジア・誇り高き中立」（第五十六号）「国交回復の条件」（第五十七号）「五四運動五十年」（第六十六号）などの特集をおこなうほか、「戴季陶の日本論」の翻訳（第五十六―六十三号）、橋川文三の「福沢諭吉」（第四十九―五十三号）や「黄禍物語」（第八十一―百七号）の連載などに特色を出していると言えるだろう。

ここで竹内好個人のことに移る。

竹内好は一九六五年一月十一日の『週刊読書人』に、「六〇年代・五年目の中間報告」という一文を寄せ、「隠退を志す人間が、論壇という修羅場を総括する大局観を下せるわけがない。たとい下したところで、見当はずれになるのはわかりきっている。重荷であるゆえんだ」と本音を洩らしたあと、「ただこの新春からは、新規事業は一切はじめないつもりである。批評や雑文の筆もなるべく押えたい。これが私個人の年頭教書だ」と書き、事実上の評論家廃業宣言をおこなった。その真意は、翌六六年十二月の『思想の科学』誌上における小田実との対談、「ナショナリズムの戦後的定着をめぐって」に窺うことができるだろう。

そこではまず中国の現状について意見を問われたのにたいして、竹内好はこうこたえる――「……ま、この一、二年の新聞にでるようなことは、私の予想とは全くはずれたんだね。五〇年当初、人民共和国ができた当初に予言したことは、だいたい当ったんだ。つまりこの国には永続性があるということ。〔…〕だけどそのほかに、この革命は新民主主義といわれる過渡期がかなり長い、という見通しを立てた。〔…〕

こんなに一挙に急激にくずれるとは思わなかった。その点では、全く私の予想がはずれたんですよ。だから中国文化についての発言の資格なしと、自分で判定しちゃったから、今は言いませんしこれからもいうつもりはないんです。」つづいて国家をめぐり竹内は慙愧の念をこめて語る――「国家というものが、人為的な構築物だという考え、つまり、国家を対象化できるような何ものかがほしいんだがね。四五年は、ちょうどいいチャンスだったんです。ところがあいにくと、〔…〕日本国家は解体したという安心感がなんとなくあったために、あそこで手を抜いているね。〔…〕あのときもひとつ息の根をとめればよかったんだがね。〔…〕六〇年の安保闘争では、私はそれをやりたかったのです。ただその一点だけ、つまり国家解体の記憶をもう一度呼びもどすということをやりたかったね。私にとってそれは最大の要求でしたね。〔…〕しかしだめだったですよ。もう今からはそれはできないんじゃないかね。」中国への幻滅と安保にかかわる挫折――一九六三年以後の竹内好に評論家廃業と雑誌『中国』創刊を決意させたのは、まさしくそのふたつだったと見てさしつかえあるまい。そしてそこにあらたに、文化大革命の問題が突きつけられるのだ。

一九六七年一月、日本の新聞すべてを飾った文化大革命の写真についてはすでに触れたが、それについて竹内好は「一枚の写真をめぐって」という文章を、同年二月二十四日の『週刊朝日』に発表している。そこで写真だけで「底流としての民衆生活の変化がたしかめられない以上、是非の判断を下せない」とことわってから、「ただ、一般的にいって、国家防衛がいまの中国の基本問題である。それと毛主席の世界革命の理想とをどう組合わせるか。その点をめぐって首脳部間の重大な対立が生れたものとみる」と書く。そして文化大革命下の現地を見て帰国した武田泰淳と、おなじ年の六月の『文芸』誌上で「私の中国文化大革命観」という対談をおこない、そこではより明確に竹内の見解が披瀝されている。まず竹内が毛沢東にかかわる疑問を提起する。「近ごろ中国で出ている雑誌は、みな第一ページが毛沢東の肖像なんだね。〔…〕だから毛沢東はまったく偶像だと言えると思いますね。私は「毛沢東伝」を書いたときは、観測を誤ったのです。五二年でしたが、あのときは毛沢東は偶像にはならないと書いた。〔…〕のちに毛は国家主席をやめたでしょう。欲すれば終身国家主席でおられる人なのに、それをやめたということを、非常に私は評価したのですがね。ところが近ごろになると、自発的にやめたのではなくて、やめさせられたのだという説もあるし、わからなくなっている。〔…〕別の解釈を下すとすれば、人民の統一のシンボルをどこに求めるかというときに、毛沢東のほかに求めようがないのだね。〔…〕そこでシンボル操作のために、生身の人間からはがして、毛沢東思想という一つの抽象的なものにするのではないかというのが、一つの解釈だと思うのです。ところが近ごろになると、毛沢東思想よりも、もっと生《なま》になってきた。肖像画で大きく出たり、石膏像もほうぼうにあるらしい。そうなるとちょっと違ってきますね。」つぎに中国のめざすものをこう類推する。「中国はなにをやっているかというと、私の感じでは、第一に考えているのは、対米戦争のときどうするかということで、そこからいまの行動を割り出していると思う。〔…〕その戦争の際の国家防衛とともに、もう一つ目標がある。つまり世界革命の目標ね。〔…〕毛さんは世界革命が目標だと思いますね。実権派は国家防衛が最大の目標になっていると思う。」さらに竹内は、中国内部の闘争をこう弁護する。「中国人の意識からすると、自分のところに階級闘争があることが、世界の階級闘争を保障するという、そういう関係があると思う。世界で階級闘争は死滅しない、階級闘争が死滅して矛盾がなくなるということは、つまり歴史がなくなることで、それは人類の死滅になる。それは現実にはありえない。そのためにはとうぜん自分の内部でもめてなければならないのです。〔…〕内部における階級闘争が世界革命の保証になっているという、非常に強い自信があるのではないかと思うな。」

おなじ一九六七年、もうひとつ注目しなければならぬのは、文化大革命そのものではなく、それを考察するのに必要だと竹内の考えた事柄を詳述した、『講座中国』第一巻（筑摩書房）掲載の「日本・中国・革命」であろう。この文章を正確にとらえるためには、一九六七年の前年に中国が第三回の核実験をおこない、この年の一月には、アメリカ軍海兵隊がメコン・デルタにはじめて進攻し、その結果ヴェトナム戦争に参加したアメリカ兵の数が四十万三千人に達し、六月にはアラブ諸国とイスラエルとのあいだに第三次中東戦争が勃発、七月にはデトロイトで黒人暴動が起こるといった一連の事実を、いちおう念頭に入れておくべきであろう。竹内はまず、「ともかく、いまの中国人をとらえている危機感を、想像力をはたらかせて体得するのでなくては、中国におこっている事態を解明することはできないだろう」と述べたうえで、「アメリカからの侵略を既定の前提として、その場合、ソヴェトは頼りにならない、あくまで自力で抵抗するほかない、と考えていまの行動を割り出している、これが危機感の内容である」と指摘する。そのような「危機感」を抱いている「中国の基本的な日本観は、日本はアメリカ帝国主義の隷属下にあるとする。独立は名目で、実質は占領時代とそう変らない。とくに軍事および外交では、まったく自主性が欠けると判断する」。そして「アメリカの極東戦略体制は、グアム島を本拠として、そこから一直線に沖縄に延び、沖縄からヴェトナムや台湾や韓国へ放射線状にひろがっている。いや、日本列島さえ沖縄の支配下にある。これが中国のえがく政治地図である」と断言する。

そうした中国人と日本人のあいだでは、革命の概念がまったく異なっていて、それがつねに相互の誤解を招いていると、竹内好は強調する。すなわち、「中国人の意識において、革命とは、善なるもの、かつ歴史に対して合法則的なもの、としてとらえられている」が、「私たちの場合は、とかく革命のイメージが、恐怖と憧憬の両極に分裂しがちである」。ついで「紅衛兵が街頭に躍り出たとき、その活動から義和団を連想した人があった」ことの、当否を問う。中国には古来「大同」という語があって、「一切平等無差別の世界」を指すが、一八四〇年のアヘン戦争にはじまる列強の侵略と、それにたいする抵抗のなかで、「未来に実現可能なものとして大同の理想社会が構想」された事実をあげ、その大同思想をとりこんだ太平天国の運動が毛沢東路線とおおくの類似点のあることを示唆し、義和団の乱をその延長線上に考えられる抵抗運動と、竹内は位置づける。そして最後に、「現代の日本人にとっての国家は、やや誇張していえば自然の所与である」が、中国人にとっては「人為の産物であり、しかも随時変更可能なもの、むしろ仮のものである」として、彼らにとって「永続的なのは国家ではなくて、革命である」と明言する。しかるのち日中戦争の歴史を回顧して、竹内は書く――「解放戦争にとって必要なものは、国家でなくて根拠地である。根拠地とは、軍事面でいえば、敵の戦力が我の戦力に転化される装置のことであり、生産面でいえば、戦争による荒廃が逆に生産力を高める作用に転化される装置のことであって、つまり解放区を内から支える構造を意味する。要するに土地革命と根拠地と解放区とは三位一体なのだ。」そこから中国人の愛国心へと竹内は論をすすめる。そして「いま中国で、国家へ向って忠誠心の集中が要求されていないのは、このような事情にもとづくと思われる。忠誠の対象は、国家ではなく、三位一体のシンボルとしての党である」と断定する。しかるのち、ソヴェトの一国社会主義が「世界革命の組織であるべきコミンテルンさえも国家目的に従属させ」、中国共産党がそのコミンテルン政策の被害者であったことを想起しつつ、

「世界的規模をもってする帝国主義の侵略には、革命を世界的規模に拡大するのが唯一の対抗策である、と中国人がいま考えたとしても、それは空論ではなく、歴史から学んだかれらなりの帰結である」と、竹内は「日本・中国・革命」を結ぶのだ。

とはいえ竹内好は、翌一九六八年一月の『思想』掲載の大塚久雄との対談「歴史のなかのアジア」のなかでは、「だいぶ脱線しましたが、私は文化大革命はわからない、判断を放棄します」と宣言し、「こちらには情報源はありません。かりに情報があっても、それを分析する力はないから、自分は判断を放棄するほかないが、同時に公的機関の判断も信用しないという、こういうセットでの放棄なんです」と述べている。

一九六九年三月、高橋和己は竹内好との対談「文学　反抗　革命」(『群像』)の席上、竹内になぜ中国へいこうとしないのかと訊ねている。それにたいして竹内は、「第一回の学術代表団[4]、あのときが最初で、行かないかという話があったが、病気あがりで体に自信がなかったため断わった。そのあともう一回何かあった。文芸家協会からも二回ぐらい話があったかな。最初は何気なく肉体的な条件を理由にして断わったのが、二回目になり三回目になると、こんどはそれが既成事実になって、それを変更するのに何か別のエネルギーが必要になってくる。それがないものだから惰性で断わったということですね」とこたえている。

にもかかわらず、おなじ一九六九年の六月十日から七月五日まで、竹内好は武田泰淳・百合子夫妻と、総勢十人ほどの小旅行団に参加して、ナホトカ、ハバロフスク、イルクーツク、ノボシビリスク、アルマアタ、タシケント、サマルカンド、ブハラ、トビシリ、ヤルタ、レニングラード、モスクワと、中国国境を縁どる広大な地域を一月近く旅するのだ。その旅は、武田百合子によって、旅行記中の白眉ともいえる傑作『犬が星見た――ロシア旅行』に詳細に語られている。そもそもこの旅は竹内好が言いだしたものらしい。「丁度そのころ、竹内さんが遊びにみえた。「武田、旅行しないかね。ソ連圏だがシルクロードが入っている。磯野富士子さんが行ってきて紹介してくれたんだが、いい旅行社だそうだ。小人数で行く旅行だ」。招待旅行には決して行かない竹内さんは、武田と二人で旅行したくて話をもってこられたのだ」と、武田百合子は書いている。何よりも自主性を重んじる竹内好は、こうして敗戦後は官製旅行をいっさい拒否し、ついに中国を再訪することはなかったのである。

とはいえ、日中国交回復をねがう竹内好の姿勢は一貫してかわることがなかった。一九六三年に、「中国と国交回復せよ。平和条約を結べ。これが中国問題の核心であり、全部である。というのが私の年来の持論なのです。私の言いたいことは尽きているのでそのほかには何もありません」(「中国問題についての私的な感想」、『世界』六月号)と記した竹内は、一九七〇年二月、中国に対抗する日米軍事同盟強化という現実をまえに、「日中の国交回復はまったく絶望的になった」(「中国を知るために(68)環」、『中国』第六十三号)と宣言し、同年七月、「たぶん米中戦争は必至であり、その一環としての日中戦争も必至でありましょう」(「答えざるの弁」、『月刊たいまつ』)と危機感をあらわにし、七一年十月には、「私個人は、中国との国交回復をあきらめております。そしてその代償として、歴史の復習を自分に課し、人にもそれを奨めるために小さな雑誌を出しております」(「尻尾には乗れない」、『世界』)とまで書くのだ。それだけに、一九七二年九月二十五日、田中角栄首相が北京で周恩来と会見し、二十九日、日本側が「戦争で中国国民に重大なる損害を与えた責任を痛感して深く反省し、復交三原則を尊重」する一方、中国側が「賠償を放棄」するという日中共同声明が発表され、国交が回復したというニュースに、竹内好が万感胸にせまる思いにとらわれたことは想像に難くない。

「中国を知るために（101）迷惑」（『中国』第百九号、一九七二年十二月）は、「どうせニクソン訪中の二番せんじだから、見るほどのことはあるまいと最初はタカをくくっていた田中訪中のテレビを、北京到着の場面だけを除いて、ついに全部見てしまった」と書きだされ、こうつづく。

　共同声明の内容が逐次紹介されるにつれて、肩からスーッと力がぬけてゆく感じがした。ほとんど予期のとおり、というよりも、予想以上のものだった。よくもここまでやれた、というのが正直な印象である。中国の犠牲者たちは、これではまだ浮かばれないかもしれないが、少なくとも日本の戦争犠牲者たちは、やっと瞑目できるのではないか。

　いやしくも共同声明が一片の紙きれでないならば、の話である。

そして、「形式は条約ではないが、内容は平和条約以上のものをふくんでいる。望みうる最高のものかもしれない。結果だけでいえば、私の悲観論は見事に打ちくだかれた」と述べてから、「わが『中国』は国交回復だけが目標ではないが、それが重要な目標だったことは否めない。そしてその目標は、ついに果された。かえりみて、われわれの努力がムダではなかったことを、何者かに感謝したい気持である」と書く。

つぎの『中国』第百十号（一九七二年十二月）に竹内は「中国を知るために（102）非力」を発表し、こう記す――「「日中問題」または「中国問題」なるものは、戦前は、基本的には侵略的対象として中国をとらえる立場から設定されたものである。戦後は、それが戦争処理の問題としてとらえ直された。この両義ともにいまは消滅した。少なくとも原理的には消滅すべきものに変った。そこで、かりに「日中問題」が生き残るとすれば、原理的に消滅すべきものを実際に消滅させるまでの過渡的課題、または促進の機能としてであろう。その暫定的機能はまだ当分つづくだろう。」そのうえで、「たとえば、固有名詞の原音のよみ方をどうするか、カナ表記が現状のように無原則のままでいいか、といった問題がある」と記してから、「いまの雑誌『中国』を、そういった持続的テーマ中心の編集方針に切りかえるのは、やってやれないことはあるまい。ただ、それには莫大なエネルギイが必要である。国交未回復という、いわば一種の温室の中で育てられた消極的抵抗の姿勢のままでは、こういった積極的建設への方向転換は容易でない。人的にも物的にも、まったく異なった発想が必要である。われわれの現存の力は、私の自己判定では及第点をつけられない」と、雑誌の現状を率直に告白する。そして「じっさい非力なのだ。非力なりに、よくやってきたものだ。しかしこれからは、そうはいかない。で、しばらく雑誌を休刊して、その期間に将来の大計を考えることにしたいのである」と、休刊を宣言する。

この最終号には、座談会「カオスから新しい中国像を――雑誌『中国』の十年間」も掲載されていて、竹内をかこみ安藤、新島、野原、尾崎、橋川が雑誌十年の歩みを振りかえり、「戦争責任」を一貫して主張してきたが、日中国交正常化により「戦争責任」の問題の条件が変わった以上、休刊もやむをえぬという意見が大勢を占めている。ただそのなかで、林彪事件に言及した野原四郎の発言には、しばし耳を傾けておくべきであろう。

ここでいう林彪事件とは、国交回復直前の一九七二年七月二十八日、中国政府高官、在外公館筋が党副主席林彪について、「党指導権を奪うクーデターをくわだてて失敗、昨年九月十二日休養中の北戴河を抜けだして、英国製の専用機でソ連に脱出をめざしたが、外モンゴルで墜落、死亡したことを明かにしている」（『朝日新聞』朝刊七月二十九日）というものである。野原はその席で、「われわれが中国をとらえる方法そのものに、非常に大きな誤謬があるんじゃないかってことなんだな。ただし、この感じはね、実は日中国交回復のずっと以前からあった。ごく近い頃では直接の動機は林彪事件だと思うんだ。林彪事件は、ぼくらにとって、やっぱり相当な衝撃だよ」と述べ、さらにつづける。「ぼくら中国研究者の研究方法というものは、中国に対して、あまりに心情的であって、悪くいえば、中国の言葉でしゃべっているというようなところが、まだまだ抜けきっておらんと。〔…〕中国という対象を、客観的にはっきりつかむ努力を、どんなことがあってもやらなきゃならん。それが、ぼくら中国研究者の課題だと思う。そのために、掃除をしなくちゃいけないんだ。ぼくらの持っている、戦後からずっと長い間続けてきた、あかのついた研究方法をね。林彪事件は、その意味で、あかを落とすとてもいい機会じゃないかと思っている。」他方、野原四郎は、「それから、日中国交回復のことなんだが、それ自体についていえば、普通考えられているよりも、その背景はもっと複雑だと思うんだ」と話し、「日本の軍事上の核として、これまで、しきりに問題にされていた三菱などの大資本を、向うがあれだけ丁重に扱い、とにかく話合いを行なったということと」をとりあげ、「日本の軍事技術をどう利用するかという問題は、向こうにとって相当重大なことなんだ」と指摘している。たしかに日中国交回復とともに、日中関係はまったく新しい局面に入っていくのである。

5 『富士』

武田泰淳は、一九六九年の十月から七一年の六月まで、『海』に『富士』を連載し、七一年十一月、単行本『富士』を中央公論社より上梓した。

この長篇は、右眼の視力を失い徴兵を免除され実習学生として精神病院につとめていた「私」大島が、一九四四年春から秋にかけてのみずからの異常な経験について、中学の同窓だった精神病院院長の友人にすすめられ、「彼に読んでもらうため」書いた手記というかたちをとっている。「神の餌」と題された序章では、それから二十五年後の現在、「私」たち夫婦のすごす富士山麓での生活が描写され、雪のまだ残る庭を走りまわるリスにインスタントラーメンを撒いて餌づけする一方、いくら仕掛けても餌だけとって逃げてしまうネズミを何とかとらえようと工夫をこらすうち、「ネズミが可愛くなくて、なぜリスが可愛いいかという問題（まあ、それほど大げさではないが）が、私に降りかかってき」て、それをめぐって思索にふけるところからはじまる。リスとネズミにかかわるこの疑問は、さらに鳩とカラス、正常人と精神病患者とかたちをかえて、いわば『富士』全篇をつらぬく経糸となっていくのだ。

加賀乙彦は、この序章が「都会生活や人間生活から抜け出た場に読者を誘い入れ」、戦時中の「〈非日常的別世界〉」へと導いていく「日常生活との間の隔壁」となっていると指摘している（「根源へ向う強靱な思惟」、『文芸展望』一九七六年一月)。その「〈非日常的別世界〉」の舞台は、富士がよく見える桃園ヶ丘のうえの、九百名の患者を収容する国内最大規模の国立桃園病院である。

現実から隔離された「〈非日常的別世界〉」を描いた小説といえば、トーマス・マンの『魔の山』がすぐ思い浮かぶだろう。『魔の山』は、海抜一五〇〇メートルのスイスの高原ダヴォスの結核療養所で展開される。たしかにそこは、稀薄な空気にみたされ時間の失われる閉ざされた世界であって、宮中顧問官を院長とする病院では、主人公ハンス・カストルプのように世界各地から金持ちの結核患者が集まり、死をつねに意識せざるをえぬことを除けば、謝肉祭の舞踏会を待ちこがれ、馬車の遠出に打ち興じ、かくれてスキーを楽しむというふうに、ごくふつうの生活が営まれている。けれども桃園病院の患者たちは、「入院する前から疲れはて、〔…〕社会人として生活して行くために全く不必要な、全く無意味な疲れ」にとりつかれた人々で、しかも「おたがいに、その異常な疲れを背負わされた同類を、その「疲れ」の所有者であることによって、ひどくきらって」おり、「十把ひとからげにまとめられてギュウ詰めにされていて、自分だけがちがうんだと主張することができなくなっている」現状に、「たまりかねるほど不満」を覚えている。そして『富士』の「私」はハンス・カストルプとはちがって医師であり、「戦争と狂気」という論文の完成を念願とし、「患者たちと共同生活ができることに生きがいを感じ」、「これこそ使命だと信じて勤務にはげんでいる」。とはいえ、おなじように病院が舞台であっても、『魔の山』と『富士』の際立ったちがいは、ダヴォスの療養所に第一次大戦開戦のニュースが新聞でもたらされるや、「胸の悪くなるような硫黄の臭気が、食堂はもちろん重症患者や末期患者の部屋にもたちこめ」、「抗し難い外部の力」(以上、円子修平訳による)によって七年の眠りからさめ、ハンス・カストルプはじめおおくの患者が低地めざしてかけ降り、戦争に従軍していくといったように、現実の突然の侵入によって世界が崩壊するのにたいして、桃園病院は、はじめから「いつ果てるとも知れぬ大戦争」のただなかにおかれ、患者の食糧が不足するどころか、「役にも立たぬ病人には『配給をへらせ』と、圧力がかか」り、「患者の三分の一は、むくみ、つまり栄養失調におち入」り死亡率が増加するというように、最初からそこには現実の強風が吹きこんでいるのである。しかもそれこそ結核療養所とはちがう精神病院の特殊性なのだが、医師と患者はきびしく峻別され、「私」の友人であった患者の一条は、親愛の情を示す「私」にたいして、「君は、いつぼくが何をしでかすかと、見張っているじゃないか。君の好まない、君の予想もつかぬ狂気の行為を、ぼくが今にやってのけるのだろうと、目をはなさず息をはずませて監視しているじゃないか」と非難する。病院出入りの憲兵火田軍曹は、「精神病患者と戦場の兵士には、おどろくほど酷似した点がある〔…〕んです。つまり、両者とも、いつ何をやらかすかわからない状態にあることです」と語る。そこには不穏の空気さえただよっているのだ。このように、おなじ閉ざされた「〈非日常的別世界〉」であっても、『魔の山』と『富士』それぞれの別世界は、表面上の相似にもかかわらずいちじるしくその性格を異にすることを忘れてはならない。

小説『富士』にはふたりの主人公がいる。ひとりはむろん、「私」の同級生で「K大学医科の精神科に学んでいるあいだ、教授たちが驚嘆するほどの才能を示し」た一条実見である。宮様を自称する嘘言症の一条は、「ミヤサマ」と聞いただけで火田軍曹に、「放送局へ正面玄関から乗りこんで行って、しゃあしゃあと宮様づらして、局員にまで信じこませた、あのけしからん奴は、こいつだったのか」とうならせるほど、その筋では知られた男だった。春さき、火田が「徴兵忌避、戦争反対論者潜入の調査」に病院を訪れたとき、初対面の美貌の一条は、「戦時下のあのころ、あかるすぎるほどあかるい派手な黄色の、薄地のセエタアを、まことに巧みに（また自然に）着こなして、すじ目の通った、塵一つついていない黒ズボン（それは彼の長い両脚を見事にひきたてていた）を穿き、しかも赤革の短靴までピカピカと申しぶんなくみがきこまれていたのだから」、火田が「こらしめてやりたい衝動を感じたのもむりからぬことであった」。火田はソファに腰かけている一条を背後からしめあげ、「やめて。やめて。許して」と一条が口走ると、両手を一条の頭にあてがい吊るしあげて放し、「こうやれば血が下る。血が下れば、のぼせた頭が冷える」とうそぶくと、一条は、「ぼくが特別の人間、君たちには及びがたい選ばれた人間であることを、君たちは、ぼくを見たがる、けなしたがる、やっつけたがることによって立証して下さっている」とこたえる。「私」が院長の留守をまもっていた院長室から火田が退出したあと、一条は廊下のそとの泥のうえにすわりこんでいる、小さな身体にふさわしからぬ大きな坊主頭をした和服の岡村少年に近づいていった。岡村は、「およそ行動らしきものを自分自身に禁じてしま」い、「だまりこくって読書する、瞑想する、そして手記を書く」以外何もしようとしない少年なのだ。その岡村少年にむかって一条は、「君は全身全霊をふるわせて、女をほしがっている」と決めつけたあと、正常人の女に惚れこむのはいけないとさとし、こうつづけた。「ぼくたちは患者なんだ。異常人なんだぜ。異常人はあくまで異常人らしくあらねばならぬ。正常人とはちがった、知慧と勇気と我慢づよさを持っていなければならぬ。そうでなければ、どうしてあの憎ったらしい正常人たちに抵抗できるであろうか。」そして挑発は正常人への戦争宣言へと発展していくのだ。「われら異常人の任務は、まどわされることではなくて、まどわすことなのです。まどわしてやりましょう。〔…〕それだけが我らの生きがいじゃないですか。〔…〕負けてはいけない。かならず勝てるのだ。〔…〕負ケラレマセン勝ツマデハ。そうだ。大東亜戦争が開始されている。それだのに我らの大戦争が開始されないでいられるもんですか。〔…〕君の沈黙、君の黙狂。それをぼくがどれほど頼りにしているか、それがわかってもらえればなあ。〔…〕ヒットラー・ナチスがきらわれ者である以上に、きらわれ者である我らの、異常性集団の怒りを、のほほんとした正常性集団の上にパッと噴きあげる富士山の噴火と、どろどろ熔岩となって降りかからしめよ。そうでもしなければ、かの大木戸夫人一派の傲慢さ、『どうせ好かれているんだもの、いいじゃないの』と言いたげな、あの無恥、ずうずうしさを打ちやぶることはできないんだ。〔…〕我々は、行動する。彼らが演説し説教しているあいだに、我らだけが行動する。目にモノ見せてやる。一人の女を誘惑し強姦する。そんなことさえ彼らにはできない。それは我々にはできる。何故か。それは我らが『病院』に収容されている、そのためなんだ。」大木戸夫人というのは、元陸軍省づとめで癲癇病みの大木戸孝次の妻で、面会日にはかならずあらわれる、患者のあいだで評判の美女である。

一条が岡村少年にあまりつきまとっているので、不祥事の到来をおそれた「私」が、一条を院長室に呼ぶと、やってくるなり一条は「私」にむかってしゃべりだした――「ねえ、大島君。人間精神に異常がありうるとすればだよ。もしもそれが真実そうであるならばだよ。その異常性は、ふつうの人間にも分ちあたえられていなければならぬはずじゃないか。〔…〕人間の異常性を克服し征服できると考えている連中は、その正常側の秩序が、いつまでも錆びつきもせず、くさりもしないで堅固な金属的光沢がかがやく、鉄の秩序だと自称する、そのずうずうしさがいやなんだよ。」そして「正常な社会の平凡な秩序を守るためにはどうしたって異常人を収容する病院が必要なんだからね」と反論する「私」に、一条は言葉をつぐ。

「君は時々、人間の異常性の方に、つまり我々の側に味方したくなっているのじゃないかしら。だって君は、精神病患者の異常性に魅惑されて、一生の仕事をえらんだはずだからね。だから本来、君の追究する人間精神の、もっとも根本的な秩序は、異常性の中にこそあるべきじゃないのか。甘野院長のあたえる院内秩序は、あくまでイツワリの秩序であって、われわれ異常人のあたえる秩序こそ真の秩序であることを、君はうすうす感づいているのじゃないのか。」一条のいう「真の秩序」がわからないと「私」がこたえると、さらに一条の舌鋒は鋭くなった。「……君が気の毒な人間に思われるんだよ、ぼくには。正常と異常のあいだにはさまって、どっちつかずに苦しんでいる君が、これから先、どうやって自分の始末をつけて行くつもりなのか。〔…〕その君の大切にし頼りにする社会、世界が現在あきらかに狂気におち入っていることは、君だってみとめるだろう。人類は平和人から戦争人へと転化した。これこそ、みんなそろって正常人から異常人に変身してしまったことじゃないのか。〔…〕平和に秩序があるようにして、戦争にも秩序がある。げんにその秩序にしたがって、アジアでもヨーロッパでも、国民が総動員されている。〔…〕戦争人は、平和人ののらくら秩序なんか、てんで信用できないから自分たちの強烈な『秩序』をつくり出す。だから平和人だって黙っちゃいられないから、自分たちのなめらかな『秩序』を何とかしてつくり出す。〔…〕たった一つの秩序というものは、あり得ないんだ。平和も戦争もなくなってしまう時代が、やがてやってくるにしたって、君らの秩序のほかに、ぼくらの秩序はかならず存続して消滅することがないんだ。〔…〕君がわからないと断言する、その根拠は、この世にはたった一つの秩序しかあり得ないという君の盲信からきているのとちがいますか。」

翌日は面会日で、大木戸夫妻と甘野院長が一般面会室で話しこんでいるところに、不意に一条が割りこみ、「私」があわてて一条を「宮様」だと夫人に耳うちすると、一条は自分のことを滔々と夫人にむかって語りだした――「ある日、突然、私が宮様であることを発見し、みずからそれを主張しはじめたときの、私の両親、私の一族のおどろき、動揺がいかにすさまじきものであったか、奥さんにもよく理解できるでしょう。それは、あたかも、イエスが突如として『我は神の子なり』と自覚して、遊説を開始したとき、彼の肉の父ヨセフ、彼の肉の母マリヤが、また親族一同がおどろきあきれ、動揺したのとまったく同一の事態なのです。〔…〕あらゆる土地の住民は、自分たちの中から、異常な選ばれたる神の子が出現することを拒否するのです。その日から『神の子』は、重い重い十字架を背おう、受難の中へ歩み入らなければならない。〔…〕だが、キリストたるもの、宮様たるものは、その受難を敢えて耐えしのばなければならない。宮様の前途に待ちうけるのは、恍惚どころじゃない、世にも、むごたらしき処刑でなければならない。」さらに、甘野院長はピラトであり、「すなわち甘野院長は、裁決をせまられると、ぼくを敵の手にゆだねるのだ」とつづけると、それを遮って大木戸夫人が口を出す。「ここは日本の病院です。しかもいちばん設備がととのっている立派な病院ですわ。そこにどうしてピラトとかユダヤ人とか、そんな外国人が出てこなければならないんでしょうか。」しかし院長が、「いや、奥さん。一条君の言っていることは、筋道がたっているのですよ」と、きまじめに夫人に言いきかせた。けれどもそのとき、甘野院長は一条にひとつの疑問を投げかけたのだ。「なぜ一条君は、イエス・キリストを自称しないで、選りに選って『宮様』であると主張しなければ、ならなくなったのだろうか。」一条はこの問いについにこたえなかったが、戦前の日本で最大の危険思想が万世一系の国体を否定するものであったことは言うまでもない。「宮」を名乗るのは、とりもなおさず天皇となる資格を有する皇族の一員だということであって、天皇になりかわりうるものなのである。だから日本の「宮」であることは「神の子」と同義で、すなわちイエスと同等、もしくはそれ以上のものを意味するのだ。

その一条は夏のおわり憲兵隊に連行され、一週間監禁されたすえ病院にもどってきて、「私」に一通の手紙をわたした。そこにはこう書かれていた――「ねえ。大島君。ぼくに一つの企てがあることは、君も推察してくれているだろう。もうすぐ、それは実行されますよ。そこで、はじめて、ぼくがミ（一条が宮をミと略称した）であることが立証される。いや、ミであることとの宿命が結末をうるんだからね。破滅。君たちの目でみれば、そうなるだろう。だが、それが破滅であるか成就であるかは、ミだけが知っていることなのだ。〔…〕ぼくは予言者ではない。しかし、ぼくはぼくなりに、サキガミエテイルのだ。弟子をしたがえて、荒野から町に歩み入ったときのイエスにだけ、処刑用の十字架が見えていたわけではないのだ。〔…〕嘘言症患者はウソをつきつづけることによって、彼のウソの真実性を守りつづけようとする。〔…〕優雅はやがて壮烈になり、壮烈はやがて優雅にならなければならぬ。〔…〕もしかしたら、ミがミによって亡ぼされること。それだけが日本的壮烈の正しいタイプなのかもしれない。さようなら。」ここで断わっておかなければならないのは、イエスではなく「宮」であることを選んだ一条が、その「宮」を現実に存在する宮と同質のものとはけっして考えていなかったことである。以上引いた手紙のはじめのほうで、一条の考える「宮」のありようはこう説明されている――「宮内省の役人どもか。ミヤ家に仕えて忠誠をつくしているつもりだが、つくせばつくすほどミヤの格下げにはげんでいるにすぎないのだ。精神病患者の尊さを永遠に理解できない彼らが、どうしてミヤの尊さを保持できるであろうか。それはまさに、富士に巣くう奴ばらが、富士の尊厳を、とりかえしようもなく汚しつくしているのと同じなのである。まわりからたてまつられて、やっと尊厳を保てるものなど、ミヤでもフジでもありはしない。たてまつられる心配のない、われら患者は、その点だけでも必要にして充分なる、素質と資格を具えていることになる。」精神病患者である「宮」は、あくまで孤高のうちにその尊厳を保持するものなのだ。

一条の企てはさておき、ここで一条とおなじようにイエスへの深い関心を抱く、もうひとりの患者庭京子に触れておかなければならない。

庭京子にかかわる事件が起こったのは、梅雨どきの夜ふけだった。「私」が宿直室で寝ていると、何ものかが「私」のうえに馬乗りになり、しかも相手は、鼻のしたに墨でヒゲを描き、頭にしめた純白の手拭の鉢巻に二本の懐中電燈をさしこみ、三本目を布でくるんで股のあいだにぶらさげるという異様ないでたちであった。「私」がはねのけると、相手は懐中電燈で「私」の顔の正面をなぐりつけ、おまけに壁にかけてある空気銃を手にとると、「私」の下腹部めがけてはげしく突いた。そこで「私」は空気銃を奪いとり、銃口を相手の股のあいだに突っこむと、相手は血まみれになって失神してしまった。途中から相手が、「男になりたがっている」庭京子だとわかりはしたものの、「私」も身を守るためにはやむをえない抵抗だった。脱走するため看護人の制服を盗みだそうとした彼女は、一週間怪我のため臥床しなければならなかった。そして「私にとってつらい日々がはじまった」。庭京子は、自分と他人を傷つけようと何回もこころみた「分裂症」患者で、映画女優のようなすばらしい脚をした美人のキリスト教系女子大生だった。怪我のあと、「庭さんは急におとなしくなって、見ちがえるようよ」という風聞を耳にしていたが、ある日看護婦長が「私」に、彼女が「私」との面会を求めていると告げた。こうして夏のおわりのある深夜、看護婦長立ちあいのもと特別面会室で京子と「私」は会うこととなった。

「私」が彼女にあやまると、庭京子はこう話しだした――「あなたは、あの事件のあと、恥ずかしい想いをしたでしょう。私も、あなたとはちがった意味で恥ずかしい想いをしましたよ。ああ。恥ずかしい想いをする目に遭うことを恐れてはなりませんよ。それに、私は気がついたのです。すべての傲慢を棄て去るためには、自分の醜さをさらけ出して、みなさんに冷笑され嘲笑され鞭打たれることが必要なのです。〔…〕中世キリスト教の聖者たちは望んだのです。あがめられることではなくて、さげすまれることこそ、聖なる信仰者たちの願いでした。〔…〕ウソつきだ。ニセ者だ。地上の汚れを一身にあつめた魔女だ。そう非難され、つまはじきされ、救いなき者として処罰されたとき、聖女たちは、神にちかづきつつある自己を感じとることができたのです。〔…〕あなたが、あの空気銃の銃口を私の恥部に突き刺しなさったとき、それはあなたの突発的行為であると言うよりは、むしろ、必然的な神の御はからいではなかったでしょうか。〔…〕愛とか恋愛とかロマンスとか言われている、あの想いあがりのあいまいさ、あの自分勝手な傲慢さを打ちくだかれる、神の御手だったのではないでしょうか。〔…〕ああ、しかし恐ろしいことに、私と大島さんは、あの夜、神のみこころを実践し立証するために選ばれてしまったのではないでしょうか。」衰弱しきっていたわしい肉体から声をふりしぼるようにして彼女はつづける。「もう生きて行くのもいやになるような恥ずかしさ。それを私たち二人に御めぐみ下さった神に感謝しましょう。そのような恥ずかしさなしに、どうして私たち二人して、天国の狭き門をくぐることができるでしょうか。」看護婦長は庭京子に同意して、「私」に相手にたいし愛をもって接するようにすすめると、京子は「私」の隣の椅子に座を移して「私」の手をとり、語りつぐ——「しかし、私たち患者から言わせれば、医師、看護婦、実習生、その他院外の普通人のタマシイもまた病んでいるのです。で、私は今、愛をもって大島さんのタマシイと向いあい、しみじみとした深い気持で、ゆっくりとその孤独なタマシイを診察し、かつ改造しようと試みているのです。」婦長は、神が愛をもって接しておられる、そういうふたりとも愛をもって接しあわなければならないといって、ふたりの手をかさねあわせ、「大いなる愛によるよみがえりが、神の奇蹟として、この二人の上にあらわれたまわんことを……」と、牧師のように唱えた。そして「私」の抗議にもかかわらず、そこにきた若い看護婦と一緒になって、キャンドルと日の丸の国旗のまえでふたりの婚姻を祝することに決めた。庭京子はうっとりとして口を開く。「気ちがい病院の中で、気ちがいのままで、今こそ私は神の恩寵に浴していることを実感できます。病院は決して牢獄ではなくて、教会であり聖堂であることを、また、アダムとイヴが追放される前に棲みついていた楽園であることを、私は発見いたしました。」そこで「待って下さい」と「私」は叫んだ。ただちに婦長と若い看護婦が「私」を遮る。すると庭京子は悠然と「怪しきまなざし」で「私」を見つめた。「何もお二人に、加勢していただかなくてもよろしいのよ。〔…〕なぜならば、私は胎内に大島さんの子供を身ごもっているからです。」「エッ！」と「私」が立ちあがろうとするのを、婦長と看護婦がおさえつけ、京子が言う。「私は、マリヤ様を信じます。マリヤ様の処女受胎を信じます。それを信じられなければ、どうして大工ヨセフの子ではない、神の子であるイエス・キリスト様を信じられますか。聖体拝受は肉の問題ではありません。」

　そして「大木戸孝次の死亡した朝、かすかな雨がはれあがったあと、富士の方向に」美しい虹が何度も出るなかを、「私」が黙狂の岡村少年をつれて散歩からもどってくると、豚小屋と牛小屋のつづく泥のぬかった場所で庭京子が待ちうけていて、胸のまえに両掌をくみあわせ、「ああ、あの虹のすばらしかったこと。〔…〕あの六回もかかった虹を、六回とも眺めることのできたのは、私と、それからあなただけなのよ」と言い放った。それから「いよいよ、その日が近づいているのよ。ほら、ここにさわってごらんなさい」と「私」の右手をとって自分の腹にあて、「わかったでしょう。その日は必ず来るのよ。私とあなたの上に、その日が来るのは、疑いようのないことよ」とつづけ、恍惚となって語る。「どうしたって全世界のココロの統一を実現できるお方が、お生れにならなくちゃなりません。〔…〕新しいイエス様がお生れにならなければならないのよ。」

さて、もうひとりの主人公は、患者と対峙する医師を代表する甘野病院長である。

一条によれば、甘野こそ「秩序の蜘蛛の巣のまんなかに坐っている一匹の親蜘蛛」で、「私」など「その蜘蛛の子の一匹」にすぎない。一条は、「君にとって彼は、神の餌をあたえる『神』みたいな存在として君臨しているように見えるがね」と言う。その甘野博士は、「仏像のあたえる、あの安定した感じ」、「患者を安心させるどっしりとした落ちつき」、「常にひかえ目な、清潔な感じ」によって患者の信頼を集めている。もっとも四辻の茶店の娘中里里江は、「あれは、それしかできないから、ああやってるだけで、実は何もできないんじゃないかと思います」と首を傾げ、院長をピラトに擬した一条は、「カレは異常と正常のあいだに立って、どちらにも適用する定理、つまり安全路線を見つけて、その上に乗っかっている。乗っかっているからこそ、手を汚さずに『いい人』でいられるんですからな。だが、お気の毒なことに、キリストと宮様が十字架にかけられるからには、それを許した彼ピラトの正しさこそ、もっとも醜悪なものになるんですからね」と批判する。

一条が大木戸夫人にみずから「宮様」である所以を語った面会日の午後、自分の伝書鳩を追って梅毒性麻痺の田宮が、軍の要請で首都防衛の目的も兼ね雲つくばかりに立てられた大煙突の頂上にのぼり、黙狂の岡村少年がそれを追うという事件が勃発した。知らせをうけてふたりを説得するため、まず院長自身が、つづいて一条が煙突にのぼって小一時間ふたりに話しかけたが空しく、結局、富士の方角からカラスに追われた鳩が田宮のふところにもどり、一件は落着した。その日甘野院長は「私」を自宅での夕食に誘った。そしてさしむかいの食卓で、「私」は、患者にやさしい態度をとるにはどうしたらよいかと、院長に訊ねた。甘野はこうこたえた――「まあ、大げさに言わせてもらえばね。彼らこそ、いや彼らだけが我々を治療し教育してくれる、めったにない選ばれた人間だと称してもいいくらいなんだ。〔…〕彼らは我々の精神的実体を根本的に改めるために、つかわされてきた使徒みたいなものなんだよ。君もよく御存知のように、彼らは全くうんざりするほど明確鮮烈なやりかたで、我々に我々自身の、あぶなっかしい、いかがわしい本質を突きつけてくる。〔…〕どんなに頑固に目をつぶろうと、目ざまさずにはおかないのだ。ね。だから、そんな残酷な強力な攻撃者に対して、ぼくらが、やさしいやり方で接することなんぞ、ほとんど不可能なんだ。だから、根本的には、ぼくらはやさしくなんぞありはしない。〔…〕それでもなお、ぼくらがやさしげな態度を唯一の戦術にするのは、なぜだろうか。それは、彼らが絶対的に、いやおうなしに存在している、そのためなんだよ。〔…〕ぼくらが、やさしさを選ぶとする。だがそれは、向うがいやおうなく、それを選ばせるからなんだ。決してこっちが、自発的に意志のちからで、そうできているわけじゃないんだよ。管理者であるはずの我々は、いつのまにか収容者たちに、身も心もまかせてしまう。そう、させられてしまうんだよ。」そして「私」が患者にたいする「迷い」に言及すると、院長はこう引きとった――「いや、迷うのはいいです。迷うのはね。だけどニヒリスティックになったり、デスペレイトになるのはよくないよ。君は『カラマゾフの兄弟』を読んだことがある？〔…〕あそこにゾシマ長老と、その弟子アリョーシャ青年が出てくるね。あの師と弟子は二人とも、宗教的なやさしさにつつまれているね。〔…〕あのゾシマ長老はあれで、たいした心理学者だ。むしろ精神病理学者であったと言ってもいいくらいだ。彼ほど人間精神の微妙な奥底まで入りこんでいた男が、どうしてあのやさしさを保つことができたのだろうか。時によると、彼は聖職者の仮面をかぶって、信徒たちを救いにかかっているように見えることさえある。人間であるとともに聖職者であることは、人間であるとともに精神科医であるより、ずっとずっとむずかしいことじゃないだろうか。〔…〕ねえ、大島君。患者たちによって代表される人間精神の異常性は、もしかしたら、その神、その巨大なる何物かであるかも知れないじゃないか。〔…〕彼らは、『神』とはちがって、何やら悪魔的な匂いをプンプンさせて、ぼくらに迫ってくることがあるからね。しかし彼らは、決して悪魔じゃない。悪魔以外の要素を、無限に包みこんでいる。神が我々に不安を呼びおこすようにして、患者たちも、またぼくたちに不安を呼びおこすのだ。〔…〕患者がもし『神』にちかづいているのなら、ぼくたちだって同じ『神』にちかづいているのだ。ゾシマ長老もアリョーシャ青年も、たえず悪魔の呼びごえを耳にしながら、彼らの神にちかづいていたにちがいないんだ。」

　さらに、「ぼくらをとりまいている状態」、患者の食糧不足、役にも立たぬ病人に「配給をへらせ」という圧力、患者の三分の一の栄養失調、患者の死亡率の増加、とくに自殺などを列挙して、「ぼくたちは一体、患者たちを生かすために働いているのか、それとも死なすために働いているのか、混乱してしまうことだってあるさ。〔…〕一条流に解釈すれば、ぼくらのやさしさは『地獄のやさしさ』ということになるのかも知れない」と自嘲してから、甘野院長はこう語る。

……ただ一つ、ぼくは君に言っておきたいんだがね。誰かがやらねばならぬことを、我々はやっていること。これだけは、信じてもらいたいんだ。やがて、我々は徹底的に批判されるかも知れない。いや、今の今、我々は疑いの眼で、患者、患者の家族、内科や外科の仲間たち、社会の知識人から眺められている。そして何よりも、我々自身の眼によって冷たく、よそよそしく眺められている。『なぜ救えないのか。救えないでいても平気なのか。恥知らず』という声は、外部よりはむしろ内部から湧きあがり、みちひろがっている。よろしい。審判の法廷に、我々はおとなしく立とうではないか。どうぞ、裁いて下さい。いかなる厳格な裁きをも、私たちは受ける覚悟でいます。非難して下さい。ただ一つ、私たちはお願い申し上げます。要求はしませんが、お許し下さい。全く無意味に見えるような私たちの仕事を、私たちがつづけることを、ただそれだけを、お許し下さい。ぼくたちは、そう言うだろう。そう発言しないでは、いられないだろう。

薔薇の垣根でかこまれ、四季の花をたやさぬ甘野家の庭には、たしかに「幸福」の匂いがただよっていた。天使のように可愛い五歳のお嬢さんマリちゃん、そしてその母親の「可愛らしい奥さん」を見ることは、「私」には楽しいことだった。だが甘野先生の住居は、半年まえ失火で全焼した。そしてそれより以前、先生の上の男のお子さんは、四歳のとき、子守がつきそっていたのに河原からころげ落ち川で溺死している。「私の不吉な予感は、そもそも先生が精神病院の院長であること、ありつづけることが、そのおそいかかる不幸の原因ではあるまいかという想像と結びついているのだ。たとえどんな手ひどい神の試練、無慈悲な神の罰がたてつづけに降りかかろうと、先生は院長の職務を忠実に守りつづけるにちがいない。愛するものすべて、自己の肉体と精神とをまるごと打ちくだかれてしまった、旧約聖書のあのヨブの如く、精神病理学（神）を信じて、たじろぐことはないにしても。その神を信ずれば信ずるほど、甘野家を襲撃する不幸の掌は、さらに大きく、さらに重たくなるような気がしてならないのだ。」

「私」が甘野院長にたいして、ヤスパースの『懐疑と犯罪』に出てくる放火少女の実例にことよせて、甘野家への放火の可能性を仄めかすと、院長はすぐ「うちの子守。あの中里きんについて、君は質問したくてたまらないんだね」と察し、放火と殺人の可能性の濃いことを認めたうえでこう述懐する。「ぼくの大好きだった男の子が溺れ死んだとき、罰はすでに始まっていたんだよ。」

そのとき、台所でガラスの割れる音がし、つづいて食堂のガラス戸が割れた。「私」が庭にとび出ると、「私」めがけて石が飛んできた。「私」が叫びながら逃げていく足音を追っていくと、突如足をすくわれて棒のようなものでなぐられた。びっこを引き泥だらけになってもどると、院長が投げこまれた小石など六個としわくちゃな紙片を持ってあらわれた。紙片には、「患者ハ餓死シテイル自殺シテイル〔…〕患者ト患者家族ハ死ヌ苦シミシテイル汝ノ家族モ死ヌ苦シミセヨ」とあった。

大木戸孝次が危篤となった晩、連絡した大木戸夫人の到着を待つあいだ院長室へいくと、院長は『精神衛生に関する非常時緊急委員会』という部厚いファイルを持ちだしてきて、潜水艦で横浜に上陸したドイツ医師の口から、かの地の精神病患者の取り扱いには、たしか抹殺論もふくまれていると聞いたと言ったあと、その医師が「もっとも無難な、いざこざをひき起さずにすむ死因は、衰弱による自然死である」と口をすべらせたのは、「おそらくゆるゆるした、時間をかけた餓死のことではなかろうか」と、「私」に話してくれた。そして「大島君。君には絶望するなと、すすめはげましながら、ぼく自身が時々、絶望したくなることがあるんだよ」と告白するのだった。

翌日、伝書鳩を憲兵隊に持ちさられたことを怨んで田宮が甘野家に侵入して立ちむかった中里きんを手斧で殺害し、ちょうど甘野家で休養していた大木戸夫人がその田宮を暖炉のシャベルで撲殺するという連続殺人事件のあったあと、かけつけた火田軍曹に、「あなたが掌握し、統率し、命令下に置くべき部下とも称すべき患者たちが、秩序を破ろうとするすべての行為を、あなたはあらかじめ予知していなくてはならないはずです」ときびしく責められると、甘野院長は、「その通りですね。火田さんの意見は正しいと、私は思います」と、苦しげに顔をこわばらせてこたえなければならなかった。

大木戸の死の三日あと、T御陵への宮殿下の参詣がとりおこなわれた。その日参道のいちばんおくのところで、中里里江が防空頭巾のしたに日の丸の手拭で鉢巻をし平伏していたが、行列が近づくと突如走りだし、「お国のためです。お国のために、お願い申します。宮様に……」と、一条に教えられたとおり泣き叫び、すぐ警官にとりおさえられた。その騒ぎを利用して、裏山づたいに宮殿下の参詣する地点に姿をあらわした一条は、警官の制服を着用していた。一条は殿下に近よると、「宮様さん。そっちも宮様、こっちも宮様。三十秒、話しあいましょう。とりあえず、これを」と、「日本精神病院改革案」を殿下に手わたした。「怪しい奴が徘徊していますから、気をつけなさい……。ところで、その怪しい奴は、ぼくですがね。そのぼくが宮様なんです」と声をかけ、殿下とかたく握手をかわし、「さようなら」と言いおわった途端、警備員がかけつけた。だが一条は警備員にたいしてはすさまじくあばれた。「そのような彼の悪あがき、往生ぎわの悪さは、殺されるために必要だったのだ。」

甘野院長が憲兵隊へ出頭して一条の死体の病院への移送を要請したが、許されなかった。むろん新聞記事はすべてさし止めになって、事件は闇に葬られた。それでも火田軍曹が病院にやってきて、「一条は、かくし持っていた青酸カリを飲みました」と院長に報告したが、それ以外の死因については固く口を閉ざした。けれども五日間留置されて出てきた里江は、「一条さんが、どんなにひどい目に遭ったか、あたし見たのよ。殴られ殴られて、腕も脚も、腹もすっかり紫色になり、その紫色が黒くなって、そのあいだにドロップのように赤い粒々がまじって。あいつらは、一条さんの男根めがけて、殴ったり蹴りあげたりしやがったんだ」と証言しているところから見て、自殺は表むきの死因にちがいない。

「私」は、宮家からの御下賜品で病院がお祭り騒ぎとなった日、郵便配達夫から一条の手紙を受けとった。そこにはこうあった。

「……『ミヤ』は自分が宮様であることを、他人に信じこませなければならないのだろうか。自称宮様は、それでなければ気がすまないだろう。だが真のミヤであるぼくには、そんな無意味な押しつけがましい評判とりは一切不必要なんだ。なぜならぼくには確固不動の信念があるからだ。それの証拠には、ぼくはあくまでも宮様として死ぬことになるからだ。たった一人の臣下もなしにだ。信じられようとするための小細工ぐらい醜いものはありゃしない。ぼく（宮様であるぼく）にだって、醜さや弱さはうんざりするほどあるさ。ただ一つ、ぼくが自慢できるのは、誰一人（日本国民ぜんぶと言ったっていいさ）ぼくが宮様であるなんて信じてくれないのに（しかも、まちがいなしに精神分裂症患者であるにもかかわらず）、どんな非難や軽蔑や反感が八方から矢の如く突き刺さってこようとおかまいなしに、自分ひとりの力で、政治体制や学術思想や、いや愛や同情や未来への理想もなく、たった今、ミヤサマとして死ねることなのだ。〔…〕宮垣にかこまれ、宮廷の中で宮臣どもに守られ、ミヤ、ミヤ、ミヤと保証されることによってしか、宮様でありつづけることができない方々の不自由さにくらべ、ぼくは限りない自由を身につけているんだからね。〔…〕地上の権威や支配とは全く無関係に、ミヤでありうる者のみが、真のミヤである、とぼくは思う。」

さらに手紙はつづく――「断ち切ること。自然に無理なく断ち切ること。それができる瞬間が、ちかづいている。ミヤに自殺は許されません。恥ずかしがることも、自己を否定することも許されません。もっとも自然らしき方法によって、ミヤでありたがる自己を、ミヤである自己から断ち切るために、巧妙に死を招きよせせなければならないのです。」

一条の死について報告にきた火田軍曹は、一条が死ぬまえ、「今にわかるときがくる。私は復活する。きっと、お前たちが自分たちの罪に怖れおののくときがくる」と断言したといって、「あの男が死んでから、あの男があんな具合にして死んだために、おまけにその死んだことに私が関係していたために、私は苦しいです」と打ちあけ、院長に「あの男が復活することがあったら、我々はどうなるんでしょうか」と不安そうに訊ねた。それにたいして甘野院長は、一条は「自分が偶然にあたえられた病状、それによって醸成された精神状態を、自分がえらびとった唯一絶対の、もっとも傑出した生き方」として生きたのだと説明し、あくまでも一条を病人として判断する姿勢を崩そうとはしなかった。

火田が一条の「日本精神病院改革案」は宮殿下がにぎりつぶしてだれにもわからないが、どういうものなのだろうかときくので、「私」は、「一条君は、おそらく日本全体を一つの精神病院に見たてて、その改革案を書いているんじゃないでしょうか」とこたえた。

すでに見たように、一条は、現在の世界が狂気に陥っており、すでに異常と正常との区別がつかなくなっているという根本的な現実認識のうえに立って、正常と自称する現実の秩序にたいしてあえて宣戦を布告し、その欺瞞をあばき、異常者の秩序こそ正しいとして、それをめざして現実変革をおこなうこと、いいかえれば、すべてを異常性に賭けての救世を企んでいたと言うことができるであろう。そして彼がミヤとして国家権力により無抵抗のうちに虐殺されることこそ、その現実変革ののろしをあげることになると、彼は信じていたのにちがいない。じじつ一条の死後、庭京子は看護婦長に、「一条さんは、殺されたのよ。殺された一条さんは、復活なさるのよ。あの方がイエス様になれれば、私はマリヤ様になれるのよ」と語る。また一条がだれにも見せることなく、『富士曼陀羅』という大作を描いたことを「私」があかしているが、「富士曼陀羅」とは、神々のつどう楽土としての富士を意味するのにほかなるまい。してみれば、一条が「私」あての最初の手紙のなかで、大木戸の留守宅の応接間にかかっている掛軸の古びた富士を「退化させられ、矮小化された富士」と見たてて、人々は、「富士が新しく火を噴きあげることを、おそれている。そのおそれだけが、富士の富士らしさの形式となっていることぐらい、ヒノモトの衰弱を示すものはないのではなかろうか」と問い、「もしもぼくが、ニセのミでないならば、富士の形式を地底からして変革しなければならないであろうに。だが、もはや、そんな時間がなさそうなのだ」と記す言葉が、思いがけない重みをもって立ち帰ってくるはずだ。新しい火を噴きあげる富士こそ現実変革の運動を象徴するものなのであって、そのような活火山としての富士を描いたものが、一条の『富士曼陀羅』だったのではなかろうか。

「収容されている患者たちの形勢が、不穏になったのは、一条事件発生の直後からであった」と、「私」は書く。「かすかな風によって運ばれる花粉を待ちうける雌しべのようにして、患者たちの異常にするどい神経は、ふるえはじめる。かくされている事実の蜜の匂いが、患者たちの触角を、あたり一面にさし伸ばさせる。彼らは、一言も話をかわさないでも「何かが、どこかで始まった」と、眼と眼、耳と耳、肌と肌、脳と脳とで、ささやきあうことができる。理解しがたい伝達の電流が、アッというまに全病院の患者たちを、しびれさせる。緊張は、各病棟で高まって行く。」

一条が騒ぎにまきこんだ宮殿下からの御下賜品として、肉から野菜、魚から米、菓子から清酒まで、トラックに満載してはこびこまれたのは、そんな一日だった。その日の夕暮れはこう描きだされる。

> 日が暮れかかる。夕焼空に、富士は、ますます黒紫色のかたちを明確にしてくる。どんな電灯照明も、どんな大火災も、〔…〕この夕焼空のすばらしい紅、変幻きわまりない赤にまさることはできない。またもやカラスが集ってくる。不吉なはずのカラスの群の飛行さえ、赤い空の明るさのふくんでいる金色の光線に射ぬかれて、何かしら楽しげに見える。古びた貧乏くさい各病棟の屋根や壁までが、奇

跡が起る寸前の、この世ならぬ金粉にまぶされて、いっせいに皺のよった皮をはいで、生れたばかりの赤ん坊のまあたらしい中身をむき出そうとしているように見える。

御下賜品によって、この時期としては未曾有の大盤振舞いが患者、職員を問わず全員にたいしておこなわれた。患者への酒の供与は禁じられているので、職員が飲みはじめたのは日暮れからだった。「今日一日だけはハメをはずしてもいいではないか。諸君がそんな気分になるのは、精神病理学的に言っても、当然なことだ」と、甘野院長が言った。釈放されたばかりの中里里江が、自宅にもどることなくまっすぐ病院に到着した。正門をとおりぬけるとき、「あとで一条さんも来るからね」と、いわくありげに守衛にささやいた。「死せる一条実見の人気がうなぎのぼりに高まっていたからには、彼の唯一の協力者であった彼女の御入来も、女豪傑の御帰還として歓迎されぬはずはなかった。」今日は無事にすみそうもないなと心配して「私」が院長に注意すると、「どんな騒ぎが起ろうと、我々医師はそれを正面から浴びねばならない。逃げかくれすることも、避けることも許されない。〔…〕騒ぎこそ自然なのだと、自分自身に納得させなければならない」と、院長は「私」に訓戒をたれた。岡村少年がまた大煙突にのぼったという知らせがあったが、今回は監視人をひとり配置しただけで、だれもそれにかかわろうとはしなかった。「病院の無能力についての悪評は、増すばかりだ。そんなら、いっそのこと、患者の自由、患者のわがまま、患者の異常性を野放しにしてみようじゃないか」と、「病院職員の胸にたまりにたまっていた、どこにも訴えようのない内心の黒いしこりが、黒色火薬のように爆発したと、言ってよいかも知れない」。死んだ一条の姿をこの眼で見たというものの数がふえてきた。宮様とイエスをめぐって、中里里江と庭京子が口争いをはじめた。「私」は、テーブルのうえのどぶろくを一、二杯あけると、「病院、病気、医師、医学。あらゆる患者にはやさしくしなければならぬという、この絶対の定理。つまりぼく自身が苦心して守りつづけてきたすべて」がいやでたまらなくなった。「ことなかれですまして、それでバカだグズだ男らしくねえ男だと批判されてだまっているのは、今夜かぎりやめだぞ」と、「私」のなかから声が聞こえた。「私」は一条のことでからんできた中里里江に、「一条が宮様で、お前さんが一条の宮妃殿下なんてぬかすことは、許さんぞ」と怒鳴って彼女を突きとばした。おなじように「私」につきまとう庭京子に、「お前さんがマリヤ様ぶって、イエス・キリストをはらんだなんてぬかしたって、許さんぞ」と叫んで突きとばした。「私は私が、患者になりうる、患者になりつつあることの快感と恍惚を味わった。」

「私たちの騒ぎに、大木戸夫人が仲間入りしたのは、その奇妙な宴会（それは追悼式でもあったが）が、いよいよ最高潮に達しようとしているときであった。」その後臨時雇いとして病院で働いていた大木戸未亡人が、一羽の鳩を抱きかかえてあらわれ、みんなに問われるまま、霊安室で大木戸と「間宮さん」の霊にむかい祈っていたところ、スーッと風が通って一条が鳩をかかえてあらわれ、自分に鳩をわたしたのだと話す。それが幻覚でないかどうかひとしきり議論がもりあがったとき、看護婦のあずかっていた鳩が、突然羽ばたいて開いているガラス戸からそとへ飛びさった。テーブルにうつぶして未亡人が肩をふるわせてすすり泣きはじめ、あたりは静まりかえった。すると突如、「あなたは、人を殺した。あたしは、人なんか殺したことがない」と里江が叫び、「私が殺した……。そうね、私が殺しましたのね」と、うつろな眼で未亡人がこたえた。ふたたび一条の再来をめぐって議論が沸騰した。いまは職員食堂に人々があふれかえり、なかには患者もいるはずだった。「私」は監視人から報告をうけ、「あの鳩が煙突のてっぺんに、飛んで行ったんですよ。あの鳩が飛んで来たので、岡村君は降りて来たんですよ」と、みんなに知らせた。するとと中里里江が声をはりあげる。「一条さんが来たのよ。ただ来たばかりじゃない。病院の仲間を救うために、一条の宮がもどってきたのよ。」そのとき岡村少年がよろめきながらはいってきたが、かかえていた鳩は血まみれだった。未亡人の腕のなかではたしかにまるまるとふとって活発に動いていたのだが。すでに死体となっている鳩を見て大木戸夫人が卒倒した。

「甘野先生は？　甘野先生は今、何をやっているのか」、そう「私」が思い起こしたとき、「食堂の外部は、今までよりももっと激烈なざわめき、叫喚、物音で包まれたのだった」。そしてその騒ぎをとおして、「私」はたしかに岡村少年の叫ぶ声を聞いたのである。「富士が燃えているよ。」

「いつのまにか、すべての病棟の扉はひらかれ、すべての患者は自由気ままに、何の拘束も受けずに病院構内を歩きまわり、しかも職員と患者がすべての区別をとっぱらって、一つの宴に合体している瞬間。そのような無差別、無秩序を取りしまる力など、すでに病院側には失われていた。〔…〕いつもは互に孤立して、いがみあってばかりいた患者たちが、団結しはじめている。」そして「私」は、「異常な者」「社会からのけ者にされた者」を追いこんでいた「特別の檻が、正常な堂々たる天下御免の場所にな」り、逆に自分が「精神の檻」のなかに閉じこめられているという幻覚にとらわれだした。

しかしその幻覚は、完全武装した火田軍曹の、「院長は、どこにいる」との殺気だった声で破られた。「諸氏は何をやっておられるのか。この醜態は何事ですか。」火田に案内され憲兵隊をひきいて侵入した少尉がつづいてこう言い放った。手術室では女が男たちにとりかこまれ、『私は、人を殺しました。ですから、私の身体を皆さまの好きなようにして下さい』と、自分の裸体を見せびらかすようにして、手脚をのばして、のけぞっているじゃないか。〔…〕百鬼夜行だよ。まさに、ワルプルギスの夜だよ。」そして病院をこのように放置しておいた責任をきびしく火田に問うてから、「ここは精神病院でもありゃしない。無精神病院だ」と、冷たく「私」たちを見まわして少尉は断定した。「精神がなくて、精神病院だけがある。だとすればだな。つまるところ、ここには何物も存在していないことになるのだ。〔…〕ここはゼロなんだ。廃墟なんだ。〔…〕ゼロ以下のマイナスだよ。無意味、無意義であるのは、言うまでもない。存在、そうだ。それで行こう。精神病院でもなく、無精神病院でもなく、無存在病院……」

そのとき電話が鳴って、甘野邸が放火され、燃えているという知らせだった。しかも甘野自身だれにもあかさなかったが、数日まえ、「兵士の戦意昂揚についての精神病的調査のため、南方某島へ派遣す」という軍命令を受けとっていて、ただちに戦死者の続出する南海の孤島へ出発しなければならなかったのである。

「終章　神の指」は、甘野が南方へ出発したあと、全焼した自宅の後始末のため、灰にまみれた髪の毛を灰まみれの軍手でなであげながら、気丈な甘野夫人が「私」に甘野のことを話すところからはじまる。甘野が「他の誰よりも信頼していた」と彼女のいう「私」は夫人に、「あなたは、甘野のあとつぎですもの。甘野の運命は、あなたの運命になるはずじゃないのかしら」と、謎めいた言葉をかけられる。その甘野は、南方から最初にして最後のたよりをくれたあと戦死したのだった。

甘野院長はあの宮家からの御下賜品のとどいた日、「私」が甘野家での惨事を気にして「マリちゃんは、いかがですか」と訊ねると、「おびえているね。ああいうことは、一生消えることなく記憶に刻みつけられるからね」とこたえてから、そういう記憶が将来さまざまな影響を引きおこしうることを指摘し、「だが、そういつまでも、あの娘を見守っていてやることはできないからね。ぼく自身で、マリちゃんの恐怖の結果をたしかめることはできないだろうよ」と言いよどんだ。甘野家の二度の放火、甘野家への投石、患者間宮の襲来、焼失した自宅をそのまま残しての甘野の前線行、そうしたことがマリちゃんの幼い心に刻みつけた傷は、病院に収容されている患者のものとさしてかわるはずもなかった。「なんにも悪いこと、しなかったのに」と、二度目の火災のあと、マリちゃんは母親にうらめしそうにつぶやいたという。ところが三十歳になったマリちゃんが、いまは「私」の妻として富士山麓の山小屋にきているのだが、二十五年を経てふたたび「なんにも悪いこと、しなかったのにね」とつぶやいた。昨年の夏、「わが家の飼犬のポコ」が、車のトランクにいれて山小屋へつれてくる途中窒息死したときのことだ。

「私」は最近むかしなつかしいわが病院に出かけた。門前に赤旗が立っていたが、「見棄てられたような静けさは、昔とかわりがない」。友人の院長が「私」たち夫婦を案内してくれたあと、妻が座をはずすと、「奥さんが希望なさるのでしたら、いつでも入院はひきうけますよ」とささやいた。『富士』全篇は、帰路妻が「私」に上機嫌で、「わたし、あそこにいると、何だか安心するわ」と、はしゃぐ声で語ったというところで、擱筆される。

この小説のドラマの山場をつくっているのが、狂気にとらえられた世界にたいする危機意識から生まれ、「〈非日常的別世界〉」ではぐくまれた、一条実見の夢であることは何人も否定しえまい。一条は、破滅にむかう世界救済のため異常者であることによって正常者の秩序に闘いを挑み、孤高な救世主としての姿をあらわすことで人々の覚醒を促そうと、みずからすすんで権力者の手で虐殺された。とはいえイエスになった「ミヤ」の殉教が、現実に生みだしたのは何であったか。それは、けっして現実変革をめざす運動の誕生ではなく、「ワルプルギスの夜」と憲兵少尉が喝破する、あらゆる欲望の解放だけが実現された、百鬼夜行の混乱以外の何ものでもなかった。この夢と現実の齟齬こそ一条の夢への痛烈な批判となっているのであって、一条は所詮イエスの戯画にすぎず、その夢は一場の喜劇としておわったのにほかならない。

ここでわたしは、「わが子キリスト」を思い出さずにはいられない。「わが子キリスト」の復活の物語は、庭京子の存在をとおして容易に一条実見の夢につながるからだ。わたしは「わが子キリスト」について、イエスが「虚の存在」であることにより、そこに新中国の夢を託すことが可能であると指摘した。だが一条の「ミヤ」としての殉教による復活は、束の間の「ワルプルギスの夜」をもたらすだけで、それはまさしく「無存在」のものとして、既成権力により回収され消滅させられてしまうのである。かくてわたしは、一条の夢が幻滅におわる結末のうちに、「わが子キリスト」をとおしてともかくもなお文化大革命下の中国にいささかの希望を寄せようとした作者武田泰淳が、一九七一年という時点で、中国の運命について抱くにいたった屈折した思いを読みとりたいのだ。

たしかに『富士』は、舞台が一九四四年の春から秋にとられ、一条の夢が狂気にとらえられた敗戦直前の日本にたいする辛辣な批判となっていることを、わたしとて否定するものではない。だがその敗戦直前の日本と重ねあわせるようにして、武田泰淳がそこに文化大革命下の中国を見ていたと考えることは、『富士』が『秋風秋雨人を愁殺す』「わが子キリスト」と、ほとんど間をおくことなく書きつがれたことからも、けっして見当はずれではないと、わたしは思う。わたしは、いまはユダではなくイエスに擬せられる主人公一条のうちに、その数年後クーデタに失敗して惨死をとげる林彪の影さえ見たくなる。一九五二年に、葉鶏頭の真紅に燃えたつ花のかたわらで、「中国!」と「気恥ずかしい片想いで立ちすくんでいた」峯の胸のうちの「中国」が、六八年にはすくなからぬ懐疑の念に彩られながらも「虚の存在」としてのイエスと重ねあわされ、いま一九七一年には、「ワルプルギスの夜」を生みだして権力に回収される——そのような中国に変貌をとげたのだった。

ここでもうひとりの主人公甘野院長に注目しなければならない。『富士』のなかで、火田軍曹がみずからの戦地における体験から、精神病患者と戦場の兵士との「おどろくほど酷似した」状況について語っていることは、すでに触れた。そして南海の戦場に送られた甘野院長も、南方の孤島の兵士に関して、「私」あての唯一の手紙で、「彼らの疲労も底をついている。どうしようもなく疲れきっている。もはや、昂揚も喪失もできないくらいまで」と記し、「この疲れきった兵士諸君と、わが病院内の患者諸君が何と瓜二つに似かよっていることだろう」と感想をつづる。甘野にとって、「疲れきっている」というその本質において、兵士も患者も同一の存在なのである。すなわち戦場と精神病院とはまったくかわりない。そして甘野夫人は、夫の出発したあと、「私」に、「甘野はいつでも、自分の家に不幸がやってくる、しかもそれは当然なことだと考えていたらしいのね。〔…〕これは、私の想像ですけど。甘野はきっと、どんな不幸な患者よりも自分が、もっと不幸になることを、心のどこかで願っていたんじゃないでしょうか」と語る。そしてこうつづける。「人間は神にはなれないんだ。甘野は、いつもそう言っていたのよ。〔…〕神様になんぞ、なれっこありゃしません。それだのに、神様の真似をしたがるようにして、仕事をつづけなければならない。そういう意味だったんじゃないでしょうか。〔…〕人間はみんな病人である。しかし、その病人が、まるで神の……。ああ、思い出したわ。まるで神の指になったみたいにして働かなければならなくなることがあるんだって。」どんな不幸な患者よりも自分が不幸にならなければならぬと信じ、「神の指」となってひたすら患者に献身する甘野院長のうちに、わたしは、中国で兵士として戦い、「死者のまなざし」から逃れられず戦後の上海にひとりとどまった「審判」の二郎に象徴される、罪の意識を胸に帰国し、そうした過去を背負って作家として生きてきた武田泰淳自身の姿を認めたいのだ。

むろん、甘野は精神科医で、それもみずからすすんでその専攻を選んだ点では、兵士として戦場にかりたてられた武田とはちがう。しかし「審判」の二郎も「蝮のすえ」の杉も、その身にうけた最大の衝撃は、おのれの無意識のうちにひそむ「殺意」の存在を発見したことだった。人間内部の異常性を追いつめ、人々の救済をめざすのが精神科医のつとめであろう。だが不思議なことに、中国から帰還した武田は、そうした異常性そのものを正面から問題とした作品を、『富士』まで書こうとはしなかった。あるいは「ひかりごけ」を挙げるものがあるかもしれない。けれども「ひかりごけ」のとりあげるのは、「殺人」ではなく「喰人」なのだ。そして事実上、彼の遺作ともなったこの大長篇に、「殺意」はより包括的な「異常性」というかたちで、中心的主題として甦り、甘野院長に託されたのにほかならない。

一条を愛しながらも医師と患者の区別を厳格に守りつづけ、ピラトと罵られてもあまんじてその汚名を甘受し、「誰かがやらねばならぬことを、我々はやっている」と語る甘野には、つねに正常者と異常者の定かならぬ境界線上に立ちつづけ、それゆえに審判者としての「神」だけをみずからの唯一のささえとし、ひそかにゾシマ長老を先導者と仰ぐ、苦行者、殉教者といった相貌がある。だがしかし、思えばそれも、愛する中国の文化の破壊者として人生を歩みださねばならなかった、武田泰淳の贖罪の思いにつらぬかれた、おのれのありうべき姿だったのではなかろうか。そして甘野の後継者とされる「私」大島は、甘野の意志をつぐとともに、甘野のいう精神科医師の宿命によってもたらされた不幸をひきうけ、マリちゃんを妻にしたのである。甘野と「私」の関係は、まさにゾシマとアリョーシャのそれなのだ。

このように「絶滅」の予感にとらえられた一条の夢とその惨めな結末、現実のあらゆる苦悩を一身に引きうけ精神科医としての運命を最後まで生きぬく甘野院長、その他桃園病院のすべての人々の一九四四年の半年間の動きを、終始静かに、しかもけっして眼をはなすことなく、見守っていたのが富士山なのである。富士が一条はじめ、庭京子、岡村少年、間宮などによって神聖視されてきたことについてはすでに述べた。小説『富士』における富士山は、この「〈非日常的別世界〉」に絶対者として君臨し、一九四四年の一連の出来事から二十五年後の現在にいたるまで、この閉ざされた世界で戦時中生きた人々の織りなす、無数のドラマの証人でありつづけた。細部にいたるまでじつに計算しつくされ、無駄というもののまったくない、このみごとな長篇小説のなかで、繰りかえし姿をかえてあらわれる富士こそ、わたしに悠久の歴史を思わせずにおかぬ。そしてそれは、わたしを、武田泰淳が『司馬遷』に書きつけた、「神の心臓の鼓動ごとに、新しい宇宙が湧然と現出して、やがて無に沈み行くだろう」という言葉へと誘っていくのだ。そういえば、『富士』の序章は「神の餌」、終章は「神の指」と題されているのである。

繰りかえして言うが、わたしは小説『富士』のなかに、文化大革命下の中国について作者の抱懐する思いを、あくまでもフィクションというかたちで周到に描きだすとともに、そうした変転きわまりない中国のありようから距離をおいて、かつて中国を侵略した兵士であった過去を胸に、ひたすらその罪を贖うため殉教者のように生きようとする、作者の夢想するみずからのありうべき姿を彫塑しようとした、そのような作者武田泰淳の強靱な意志を読みとりたい。武田泰淳の執筆した最後のこの大長篇小説には、中国とかかわりあったその生涯のすべてが注ぎこまれているといっても、けっして過言ではあるまい。

一言つけ加えておけば、『富士』の上梓された一九七一年は、野間宏の『炎の場所』が刊行されて、敗戦直後にはじまった『青年の環』全五巻が完成し、十月に作者が自裁したとはいえ、三月に三島由紀夫の『豊饒の海』全四巻の最後を飾る『天人五衰』が上梓され、九月には大岡昇平の浩瀚な『レイテ戦記』が世に問われる――いってみれば戦後文学にいちおうの終止符を打つ大作が、あいついで戦後文学を代表する作家たちによって完成された年だったのである。

注

（1）　敗戦後の外地からの軍人・軍属・一般邦人の引き揚げは一九四五年九月に開始されたが、中国では国共の内戦激化という情勢の変化により、四八年十二月、なお中国に残留する技術日僑約六百名と、岡村寧次大将、松井石根大将などの戦犯軍人の総引き揚げ命令がくだり、東海汽船の橘丸で十二月十日に佐世保に入港した便が最後となった。以後五三年三月まで引き揚げ船は運行されていない。

（2）　武田泰淳は一九六五年四月に竹内実との共著として『毛沢東　その詩と人生』を文芸春秋新社から上梓している。「あとがき」を読むと、これは、武田がそれまでの二回の訪中で集めてきた資料をもとに、事実上竹内実がひとりで書きあげたものらしい。その「あとがき」のなかで武田泰淳はこう述べている――「……毛沢東の詩は、あくまで強力なる政治的指導者の詩であり、彼の詩に愛着し、それを読んでもらいたいと願う心は抜きがたいのであるから、本書の価値と、私の心情とは矛盾することになるかもしれない。〔…〕延安における毛沢東の「文芸講話」を、自己の作品において実行することは、私には死ぬまで出来そうにない。しかし、毛沢東の詩を立派な文学作品であると感じることを断ちきることは出来ない。」

（3）　堀田善衞は武田泰淳との対談『私はもう中国を語らない』（朝日新聞社、一九七三年）のなかで、こう発言している

――「ぼくがいちばん不愉快なのは、楊朔という、これがつまり、ぼくが十何年間、アジア・アフリカ作家会議をやるためにいっしょに協力し、つねに交渉していた人ですね。この運動の草創と初期の苦労を、はじめは一九五六年にインドで、それからセイロンで、また東京で、それからカイロで、ぼくは彼とともにして来た。これが朝鮮戦争のときの孤児を四人養ってたわけですよ。孤児を四人養っていて、なおかつ自殺しなきゃならないなんて、おそらく死んでも死に切れぬ思いだったろうと思う。そんなことをやってる中国の権力者、毛沢東を初めとして、ゆるしがたいという気持がありますよ、ぼくには。」

（4）　一九五四年中国は日本の文化人を招待し、安倍能成を団長とする総勢十五名の中国訪問学術文化視察団が組織され、九月二十八日羽田を出発し、十月二十七日帰国している。その際、中国研究者として倉石武四郎と竹内好に招待状がきたが、竹内は招待に応じなかった。

エピローグ

竹内好は、雑誌『中国』の休刊を宣言した直後の一九七四年二月、酒場の階段から転落して人事不省となる事故をひき起こし、骨折で四月まで入院した。そして六月には中国の会が解散する。その直後から、竹内は魯迅の翻訳に没頭することとなるのだ。それまでにすでにすくなからぬ魯迅の作品を竹内は翻訳していたが、その後の情勢の変化のなかで、「魯迅とはわれわれにとって、いったい何なのか」あらためて問いなおし、「この問題を読者といっしょに考えたいのが、今回の改訂増補に際しての訳者の最大のねらいだった」と、七六年八月、筑摩書房版『魯迅文集』全七巻の「内容見本」に、竹内好は書いている。ところがいざ作業にとりかかってみると、旧訳の手入れ程度では満足がいかず全面改訂となり、しかもあらたに詳しい訳注をつけ加えることまでしたので、予定が大幅におくれた。そういうこともあって、一九七四年から七六年までのあいだ、竹内は、座談会や対談に出席したり、追悼文を書く以外、「佐久を思う」(『佐久教育』第四号、一九七五年三月)といった短いエッセーか、戦前から戦後にかけてを詳しく語った「わが回想」(『第三文明』一九七五年十、十一月号)のような談話にもとづく作品しか残してはいない。そして竹内好個人訳による『魯迅文集』第一巻は、一九七六年十月にようやく刊行されたのである。

他方、武田泰淳は、『海』への『富士』連載をおえ、単行本『富士』が中央公論社より上梓されるよりはやく、一九七一年十月二十二日の谷崎潤一郎賞授賞式の式場で言語障害におちいり、入院して糖尿病に起因する脳血栓と診断された。同年暮れ、武田は、左手に軽い障害が残り執筆不能の状態で退院した。このため七二年いっぱい、座談会や対談に出る以外、武田は作品を発表していない。そうしたなかで一九七二年秋に堀田善衞とおこなった対談『私はもう中国を語らない』だけは、翌年三月に朝日新聞社から単行本として刊行されており、その内容から見てとくにここでとりあげておきたい。

この長い対談は、ふたりにとっての中国、とりわけ文化大革命下の中国知識人の粛清について、あますところなく語りつくしじつに興味ぶかいのだが、とくにその巻末で、堀田善衞が突然、「ぼくは戦後二十何年間、日中国交を回復しろ、といいつづけてきて、じつはもうウンザリしちゃったからね」と口火を切る。「武田さんはぼくと違って作家である以前から中国学者ですからね。これからもとにかく中国と付き合ってゆかなきゃならないし、付き合ってゆかなければ、武田さんの生涯は完結しないわけですね」と、武田に配慮を示してから堀田は、「日中関係についての、いわゆる〝発言〟といったものは、今日限りやめます。これでおしまいにします。という意味で、武田先生との対談でしめくくれたことをしあわせに思います」と宣言するのだ。堀田のこの中国にかかわる断筆宣言をうけて、武田はこうこたえるのである——「ぼくもね、それはよくわかる。ぼくの場合はだね、中国に対してひとつもいいことをやったことがないやね。いくら中国人がそうでないといってくれてもね、ぼくは害を与えたことはあっても、益を与えたことはない。それは歴然たることで、しかも、取返しのつかないことなんだ。〔…〕だから、ほんとはね、もしぼくが正しい人間であるならば、中国を守るために死ぬべきなんだよ、ほんとうは。」

一九七四年にはいると武田泰淳は、リハビリにつとめた結果、百合子夫人の口述筆記で、のちに『目まいのする散歩』という総題でまとめられることとなる、回復期の身辺雑記から戦中戦後の回顧、ロシア旅行にまでおよぶ、「目まいのする散歩」など八篇を、『海』に発表しはじめる。さらに七六年二月からは、一九四四年六月に到着した上海での生活をさまざまな角度から語る、「上海の蛍」をはじめとする連作七篇を『海』に掲載する。だが一九七六年九月、武田の容体が急激に悪化して再度入院、十月五日、胃癌により死去した。六十四歳だった。

ところが武田泰淳の葬儀委員長をつとめた竹内好は、それ以前からからだの不調を訴えていたが、十一月に入院して食道癌が発見される。それでも竹内は病室に『魯迅文集』のゲラを持ちこみ仕事をつづけていたが、第三巻の解説を口述筆記した直後、一九七七年三月三日、六十六歳で逝去した。(1)

ちなみに、武田泰淳の死の二十日あまりまえの一九七六年九月九日、毛沢東が八十二歳で没し、武田の死の十七日後、あらたに中国共産党主席に就任した華国鋒は、文化大革命を推進してきた四人組、江青、王洪文、張春橋、姚文元を逮捕した。一九七六年九月から半年のあいだに、武田泰淳と竹内好が死去したばかりか、中国の文化大革命もまた終焉を迎えたのである。

かえりみれば、中国を侵略する対象としか認識していなかった時代に、中国とは日本人にとってどのような問題なのかと問い、その問いにみずからこたえようとこころみた先駆者こそ、『中国文学月報』、ついで『中国文学』を創刊した竹内好と武田泰淳であった。ところが不幸なことに、近代中国を理解する先がけとなったふたりのうち、まず武田が、ついで竹内が、いずれもその中国を侵略する兵士として中国へ送られたのである。だからこそ中国で敗戦を迎えた彼らふたりは、日本における中国理解の先達であったがゆえに、だれよりも侵略者たる兵士であったみずからの中国人にたいする罪と、みずからがその一員であった国家日本の中国にたいする罪とを、一身に引きうける決意をかためなければならなかった。そしてふたりは、その決意を生涯かけて実践してきたと言えるだろう。

ふたりが帰国した祖国日本は、朝鮮戦争の勃発とともにすみやかにアメリカの勢力下にはいり、〈冷たい戦争〉のもと中国を仮想敵国と見なしつづけた。しかも日本に勝利した中国は、一九四九年以降、ちょうど十月革命後のソヴェトがたどったとおなじ歴史を歩みなおすこととなる。スターリン体制が確立した一九二〇年代後半以後のソヴェトは、東側のきびしい情報統制と西側の過度の警戒心から壁のむこうに押しやられ、おおくの西欧知識人にとって、革命を成就し、第二次五ヵ年計画を完成し、いまや抹殺しえぬ強大な国家として東ヨーロッパに君臨する国であり、ブルジョワ社会を扼殺し、虐げられた民衆を解放するという前代未聞の実験に成功した国、アンドレ・ジードの言葉を借りれば、「選ばれた国土である以上にひとつの模範」、「ひとりの先導者」であり、「ユートピアが現実のものとなりつつある国」にほかならなかった。しかも精神の自由への敵意を露骨にしだしたファシズム国家にたいして、曖昧な態度しかとりえぬ資本主義諸国とは異なり、この革命の総司令部は、はっきりと自由の味方としての立場を国際的にあきらかにしていたのである。このようにして形成されたソヴェトの神話は、一九三六年にはじまるソヴェトの粛清の嵐によって大きく傷つけられたとはいえ、三九年の独ソ不可侵条約の締結まで生きつづけるのだ。ひるがえって戦後の中国を見るならば、中国共産党は、根拠地を原点とする人民戦争の理論にしたがって日本軍を苦しめ、国民政府軍を破り、革命中国を樹立したばかりか、朝鮮さらにヴェトナムにおいて侵略者に抵抗する人民の戦いを支援し、植民地体制下でなお苦しめられているおおくの人民の解放を指導する国際的盟主の地位を占めるにいたったのである。まさに一九五〇年代から七〇年代までの中国は、一九三〇年代のヨーロッパにおいてソヴェトがはたした役割をアジア・アフリカで担っていたと言わなければならない。そして文化大革命は、たしかに一九三六年以後のスターリンの大粛清にきっかりと符合するのだ。

そのような状況のもとで、中国と中国人への贖罪こそ、かつての日本軍兵士だったみずからの責任をはたす道だと心に決めた武田泰淳と竹内好は、何をなすべきだったか。それは、侵略国家日本をふたたび甦らせないため、中国と敵対する方向へむかっていこうとする日本の進路を阻止する一方、日本そのものを根底から変革することであり、それを前提として、日中国交回復を実現させることにほかならなかった。そのような実践は、ある意味では、一九三〇年代にファシズムに抗して闘った、アンドレ・ジードからアンドレ・マルローを経てサルトルにいたる、広範囲なヨーロッパ知識人と共通するものであったと言ってさしつかえあるまい。けれども戦前のヨーロッパの運動と戦後の日本におけるその実践との根本的相違は、後者の場合、第二次大戦中において侵略国日本の尖兵だったことからくる、拭いようのない罪の意識が生きつづけているということなのだ。だから独ソ不可侵条約の締結により、ヨーロッパの知識人のおおくがソヴェトに幻滅し反ファシズム運動から脱落していったように、武田泰淳や竹内好には、中国問題に背をむけることがけっして許されなかった。武田泰淳の『富士』にならっていえば、たとえ夢を託した現実政治への期待が「ワルプルギスの夜」となっておわろうとも、その事実は事実として認めつつ、彼らはみずからの贖罪の道を命はてるまでたどっていかなければならぬのだ。それこそ、中国を日本においてはじめて思想の問題としたふたりの先駆者、武田泰淳と竹内好の運命であったと言わなければならない。

とはいえ、中国および中国人にたいする罪の意識をけっして見失うことのなかったふたりが、それゆえにこそ帰国後、だれよりもきびしく日本の過去を根源的に問いなおし、戦後の文学・思想のもっともラディカルな告発者でありつづけたことは否定できない。竹内好は、明治以来の日本の近代に果敢な挑戦をいどみ、まったく新しい知の地平を切り開き、戦後思想を先導した。そればかりではない。ありうべき新しい日本をつくりだすため、その理論を手がかりにあえて市民運動にまで身を投じたのである。他方、武田泰淳は、戦争責任を問う戦後文学の担い手として、つねに歴史の複雑な様相から眼をそらすことなく創作にはげみ、戦後文学のひとつの頂点にほかならぬ大作『富士』を完成させたのだった。なるほど、竹内好は思想家であり武田泰淳は小説家である。しかし中国文学者として出発したふたりの、中国文学研究会発足後に見られる、あらゆる意味で影と添う近しい関係を見落としてはならない。中国文学研究会のなかで、竹内が短兵急に新しい問題提起をおこなう一方、武田がつねに一歩さがって多様な角度から検討する複眼的視座を守りぬいたことを、わたしは武田の短篇「会へ行く路」を引いて語ったが、竹内を表とすれば武田が裏というこのかけがえのない関係は、ふたりの死までつづくのである。直線的な竹内好の生き方にたいして、武田泰淳の多岐にわたる豊かな小説世界が、ときには原点を逸脱したような様相を呈しようとも。まさにこのふたりは、その死期が半年と離れていないことに象徴されるように、おなじひとつの問題意識のもとに、思想と文学といった枠をこえて、戦後精神史のうえに一種独得なひとつの精神風土をつくりだしたのであった。死にいたるまで中国と中国人にたいする日本人としての責任を問いつづけたふたりは、戦後の中国が消滅していくまさにそのとき、近代日本にとって貴重な遺産を残して世を去った。

中国が思想の問題として日本に深くかかわったひとつの時代は、こうして武田泰淳と竹内好というふたりの偉大な先駆者の死とともにおわるのである。

注

(1)　さねとう・けいしゅうは、『竹内好全集』第九巻の「月報」に、「復刊『中国文学』その他」という一文を寄せ、竹内好の死をめぐってこう書いている――「……竹内が死んだとき、中国のジャーナリズムは何もいわなかった。ところが数日おいて、しかも告別式で竹内にわかれの言葉をのべつつ卒倒急逝した増田渉のことは中国のジャーナリズムは大きくつたえた。増田は魯迅の弟子であり、魯迅が増田に与えた書簡集も刊行されているのであるから、大きくつたえられたのは当然である。ところが増田は竹内にわかれのことばをのべながら死んでいたのに、中国の報道のなかには竹内の夕の字もかいてない。かかる無双の友情を書かなかったことは、増田そのものをも正しく伝えていないことになる。中国のジャーナリズムのために、わたしは遺憾におもわないではいられない。」

あとがき

本書は『フランスの誘惑――近代日本精神史試論』（岩波書店、一九九五年）、『〈他者〉としての朝鮮　文学的考察』（岩波書店、二〇〇三年）につづき、近代日本にとっての〈他者〉をめぐる精神史三部作の最終巻となる。

わたしが〈他者〉にかかわる問題意識を抱きはじめたのは、一九六三年の最初の留学のときに遡る。アルジェリア戦争直後のフランスで、アルジェリア民族解放戦線を支援し地下運動に参加していた、フランス人やロシア人やアルジェリア人の若者からなるグループとわたしは知りあった。そして彼らとの親交をつうじて、わたしは植民地問題というものを肌で感じ、〈他者〉という問題を考えだしたのだった。しかしその〈他者〉に焦点をあてて、近代日本の精神の流れを振りかえり、それを自分に納得のいくかたちでまとめてみようと思い立ったのは、ずっとおくれて一九九〇年代にはいってからだ。こうしてわたしがまずとりあげたのは、わたし自身の歩みからいっても当然のことだがフランスであり、明治以来の日本人にとってフランスとは何であったのかという問いにこたえようとして書かれたのが、「近代日本精神史試論」という副題をもつ『フランスの誘惑』である。それにつづいて朝鮮を問題としたのは、朝鮮がかつて日本の植民地であり、朝鮮人は日本人としてわたしたちと小学校で机を並べていたし、戦後も彼らはわたしたちの身近で生活し、じつにさまざまな問題をわたしたちに投げかけてきたからにほかならない。『〈他者〉としての朝鮮 文学的考察』は、そのようなわたしの経験を基礎として生まれた。

けれどもわたしが朝鮮にとりかかる以前には、日本人にとっての〈他者〉をめぐるこの考察に、さらに中国を加えて三部作としようとは思っていなかった。だが、旧植民地である朝鮮について考えていくうち、相手の優越性をまず承認し、その〈他者〉と対等のものとなることをわたしたちが自己目的としてきた西洋とは対蹠的に、むしろそれを同化せしめることにわたしたちがかつて全力を傾注した〈他者〉として、朝鮮とおなじようにわたしたちの隣人であり、しかも古代から高度の文化の伝統を持ち、近代にいたるまでわたしたちに大きな影響をあたえつづけてきた、もうひとつの国中国を不問に付すわけにはいかぬことにわたしは気づかされた。

そのうえ中国は、わたし個人にとってみても早くから大きな影を落とす存在であった。たとえば小学校一年のとき、皇軍による漢口陥落を祝して、小さな日の丸の旗を手に先生に引率されて旗行列に加わり、学校のそばの北白川宮家と高松宮家まで赴き万歳を斉唱した情景は、いまでもありありと眼に浮かぶ。そういう小学校時代のわたしは、山中峯太郎の『亜細亜の曙』や『大東の鉄人』に夢中になる一方、母親の本棚からパール・バックの『大地』をそっと抜きだして読んだ記憶もある。むろん、そのころは日々の新聞に戦争のニュースが躍っていたせいもあろう、よきにつけあしきにつけ、わたしたち日本の子供には中国が外国としてもっとも近しい土地だった。そして戦後の民主主義革命崩れだったわたしにとって、解放されていく中国はレジスタンスのフランスとならんで関心の的だった。わたしが〈他者〉の精神史を締めくくるものとして中国をとりあげたのも、いま思えば当然すぎるくらい当然のことだと言えるだろう。

ここで〈他者〉としての中国を問う第三部が、「武田泰淳と竹内好」というふたりの個人名を冠していることについて、いささか書いておかなければならない。戦後文学の圧倒的影響下に精神形成をとげたわたしにとって、このふたりは早くから親しんできた文学者である。しかしあらためて近代日本にとっての中国という問題意識をもっておびただしい資料を読みすすんでいくうち、一九三〇年代から七〇年代末までの半世紀くらいのあいだ、中国と日本の問題を一貫して考えつづけてきたのは、結局このふたり以外にはなかったということを、わたしは痛感させられたのであった。とくに武田泰淳について一言つけ加えておけば、彼には直接中国とはかかわらぬ作品もすくなからずある。だがここでは中国との関係ということに絞って、そうした作品には触れなかった。だから作家論として見れば、そこに欠落のあることは承知している。けれども翻ってみれば、このように中国を軸として武田泰淳と竹内好とをならべて考えることをつうじて、おのおのひとりだけをとりあげたときには見えなかった、ふたりのさまざまな隠れた側面が見えてくることも否定できまい。

いずれにせよ、この『武田泰淳と竹内好――近代日本にとっての中国』の刊行によって、わたしが二十年来構想してきた近代日本にとっての〈他者〉をめぐる精神史は、いちおう完結したと言っていいだろう。過去があまりにも早く忘れられていく日本の現状に危機感をつのらせているわたしとしては、このささやかな精神史が、戦争を知らない人たちにとっても、二十世紀に生きた日本の先人たちの足跡をわがこととして考える契機となってくれればと、ひそかに希っている。

なお本書第Ⅰ章が、「戦時下十年の中国と日本」という題で、『思想』二〇〇八年六、七月号に発表されたことをおことわりしておく。

おわりに本書刊行にあたり、みすず書房編集部の遠藤敏之氏にひとかたならずお世話になったことを記して、心から感謝の意を表したい。

二〇〇九年十二月

渡邊一民

索　引

＊　ここには原則として「武田泰淳」と「竹内好」以外の本文中の固有名詞が収められている。

ア行

カ行

サ行

タ行

ナ行

ハ行

マ行

著者略歴

（わたなべ・かずたみ）

1932年東京生まれ．東京大学文学部佛文学科卒．近現代フランス文学専攻．立教大学名誉教授．著書『神話への抵抗』（思潮社 1968）『ドレーフュス事件』（筑摩書房 1972）『近代日本の知識人』（筑摩書房 1976）『岸田國士論』（岩波書店 1982）『ナショナリズムの両義性——若い友人への手紙』（人文書院 1984）『林達夫とその時代』（岩波書店 1988）『故郷論』（筑摩書房 1992）『フランスの誘惑——近代日本精神史試論』（岩波書店1995）『〈他者〉としての朝鮮　文学的考察』（岩波書店 2003）『中島敦論』（みすず書房 2005）ほか．訳書サン＝テグジュペリ『人生に意味を』（みすず書房），ベルナノス『田舎司祭の日記』（春秋社），フーコー『言葉と物』（共訳・新潮社）ほか多数．

渡邊一民
武田泰淳と竹内好
近代日本にとっての中国

2010年 2月15日 印刷
2010年 2月25日 発行

発行所 株式会社 みすず書房
〒113-0033 東京都文京区本郷5丁目32-21
電話 03-3814-0131(営業) 03-3815-9181(編集)
http://www.msz.co.jp

本文組版 キャップス
本文印刷・製本所 中央精版印刷
扉・表紙・カバー印刷所 栗田印刷

ISBN 978-4-622-07515-8
[たけだたいじゅんとたけうちよしみ]